U0691656

提案委主任

余立功——著

中国文史出版社

谨以此书,献给伟大的人民政协事业!

谨以此书,献给敢闯敢试的深圳市政协!

谨以此书,献给作者三十八年政协机关工作的葱茏岁月!

目 录

1. 萧规曹随遭棒喝

再有一个月,换届大会就要开了。

金鹏市政协副秘书长邓念成和往常一样,同研究室的几个人围坐在茶几四周,一边喝茶,一边对常委会工作报告作最后润色,准备提请主席乔阳审定,然后上最后一次常委会议审议,再正式印发大会讨论。

"嘭嘭嘭!"敲门声陡然响起。他们只得停下,坐在门旁的王贵生反手去开门。

王贵生的手刚触碰到把手,虚掩的门就被推开,两张笑意盈盈的漂亮脸蛋儿探进来的同时,异口同声地响起黄鹂鸟般的呼唤:"邓主任!"

原来是提案委专职副主任刘畅和办公室主任许冬梅。迎着众人的目光,两人满脸笑容地把门推开,然后款步进来。

"人选,人选! 人选是什么意思,你们不知道吗?"即将在一口锅里抢勺,何况平时关系就不错,邓念成哭笑不得地纠正。

"主任人选,不也是主任吗?"牙尖嘴利的许冬梅得理不饶人,在办公室中间站定,笑问,"是不是啊?"众人哪敢说不是啊,都笑着应和"是的,是的!"

邓念成不再理会那个称谓,转口说:"我们在研究报告,你们突然闯进来,想干什么? 没事不准串门,这规矩还要再跟你们讲啊?!"两人继续笑嘻嘻道:"汇报提案组的工作,是正事,不算串门的。再者说,我们也是这里的半个主人了。"

邓念成负责文稿起草、理论研究等工作,所以研究室的人常常围坐在这间办公室里,仿佛成了半个主人。但两个女人自诩半个主人,还是引得哄堂大笑。毕竟真正的"主人",是个大男人。

两人也回过神来,刘畅红着脸嗔怪道:"笑个鬼呀笑! 就是讲快了。"许冬梅也不甘示弱,加入讨伐的行列:"是啊! 就是讲快了。再笑,撕了

1

你们的嘴……一个个不好好想工作，尽是歪心思，折腾主任天天陪着你们。"

打起嘴仗来，研究室的四杆光棍儿，哪是两个女汉子的对手？当即败下阵来缴械投降，忍住笑连声附和："是的，是的！讲快了，讲快了。"

邓念成没笑，反而眉头微蹙。许冬梅怀抱厚厚的文件夹，哪像开玩笑的样子？于是说："汇报提案组的工作，你们应该找胡主任啦！我现在在文件组，不是你们提案组的人。"两人却郑重其事："胡主任说的，让我们找你。"

邓念成的眉头蹙得更紧。现在就管提案委的事，外人还以为他迫不及待要"抢班夺权"，不知怎么议论他笑话他哩！他官瘾没那么大，没想这么早接手的。思忖片刻，他又说："这个事，恐怕不是我们能私相授受的，你们就别让我坐蜡①了。"他这话貌似有些道理，两人不好再说什么，只得悻悻然离去。

然而他们的讨论，很快又被一个电话打断。

"你过来一趟。"刚操起座机话筒，就听张伟华来了这么一句，邓念成霎时预感到不妙。好在讨论得差不多了，邓念成吩咐手下抓紧修改，然后正式走件报乔阳审定，同时着手起草书记和新任主席的讲话以及会议决议等文件。他起身上了个洗手间，便去了张伟华的办公室。

刘、许二人站在门口，得意地对他怪笑。邓念成瞬间有数了，估计出了他办公室，两人直接就来这里了哩！而且她们说的那事，自己似乎躲不过了。

"这官还没当上，就学会摆架子了啊？非得逼我找你谈？"一见面，张伟华就觑着他的脸戏谑，然后不等回话，又说："从今天起，大会提案组就由你负责了。"

邓念成也不恼，一屁股坐在张伟华对面，笑嘻嘻地说："名不正言不顺咧，主席！"张伟华瞪他一眼，不满地问："你不是提案委主任人选吗？怎么就名不正言不顺了？"邓念成说："其他委都是现任主任主持工作啊！"

"别跟别人比！"张伟华霸气地摆了摆手，随后缓和语气说："想林同

---

① 坐蜡：方言俗语。此处意为感到为难。

2

志请假,身体有些毛病。你说干部身体有毛病,真要累倒在岗位上,怎么办?你狠得下心,组织上却狠不下心。再说了,你迟早要接手的,早点进入状态,对工作不是更好?你说名不正言不顺,是吧?那好!我马上让秘书处改筹备方案,换你当组长。"

虽然知道了来龙去脉以及领导的态度,但他还是不想这么早接手,苦笑着说:"文件组也是一摊令人头疼的事,哪里顾得了两头啊?"张伟华满脸不屑,哂然一笑道:"前几年你既管秘书处,又管研究室,全会期间既当会务组组长,又当文件组组长,两大摊子也不轻松,一个要动一个要静,不都完成得挺好?没见出差错呀!"

把邓念成堵得无话可说了,张伟华又半带威胁地劝道:"别推托了,这也是乔阳主席的意思。提案工作是大会重头戏,也是你的首场亮相,可别出个什么差错。丢你自己的脸事小,影响了大会正常进行,说不定还没任命,就把你这主任给撸了,让你一天瘾都过不成。"

张伟华是党组副书记、副主席,邓念成知道自己再说什么都是多余,也显得矫情,便提了个请求,让张伟华跟胡想林打声招呼。一是免得误会,毕竟人家的提案委主任还没免;二呢,他也得请教工作上的事,顺便做个交接。张伟华思忖片刻,叫邓念成自己下午跟胡想林联系,说:"毕竟是你的前任,主动一点只有好处没坏处。"

事情到了这一步,邓念成知道,不管他乐意不乐意,都得接过这根接力棒了。至于他如何施展本事,甚至有没有本事,就全靠自己了。这也应了那句老话:"是骡子是马,遛遛就知道了。"

不过,张伟华说的也对。迟早要接的,也就早几天晚几天的事。能拖几天呢?至多半个月。再说了,领导把这事甩给了他,如果再出任何纰漏,责任都在他这里。要是打板子,也只会打他的屁股,没谁会脱了裤子替他挨。于是,邓念成黑着脸对一旁幸灾乐祸怪笑的两人说:"去我办公室,别影响领导工作!"两位女将似乎就等着他这句话,不怀好意地将了他一军:"终于肯召见我们了?"

邓念成懒得废话,率先出了张伟华的办公室。两人也识趣,谢过张伟华,便紧随其后。三人聊到上午下班,总算把大会提案的事捋了个头绪,也让他有了个大致概念。最后邓念成吩咐两人把提案工作有关制度、文件和资料给他一份,通知提案组的人下午两点半来碰头,才放她们去吃饭。

下午两点半,提案委的另外四个人准点到了邓念成办公室。邓念成没客套,直入正题。除了他自己,都是提案委的老人,大会提案工作也不是头一回参加,邓念成便让他们把手头的工作进展,以及需要协调的事项,挨个讲了一遍。

听完之后,邓念成松了口气。大家各司其职,筹备工作有条不紊,好像没太多要他强调的,何况他本就反感"下车伊始哇啦哇啦",便没"指导"各人怎么做。不过,他还是提了几条原则要求,然后说:"我们是一个团队,是一个战斗集体,不能单打独斗,甚至画地为牢搞诸侯割据。希望大家精诚团结,相互配合,相互提醒,相互补台,相互沟通,有情况及时汇报。"

委员名单还没确定,征集提案通知便没办法发出。不过,已经完成了报批流程。他叫许冬梅盯着,名单一经通过,便让华艺章发出去。提案工作情况的报告初稿完成了,但还需要润色,他又叫杨豫明抓紧完稿,再集体研究一次,然后走流程报批。想想应该差不多了,他指着许冬梅送来的一摞文件,那是他要的资料,无奈地笑道:"我又要当小学生了。你们都是老师,可不许保留啊!"

邓念成宣布散会,刘畅似乎意犹未尽,问:"就这么完了?"邓念成有些疑惑,说:"不这样完了,你还想怎样? 要喝茶聊天,以后有的是时间。"许冬梅提醒道:"刘主任的意思是,你不搞个就职演讲的?"

"又不是不认识,搞什么就职演讲呀? 再说了,一个人选,又不是主任,有什么好演讲的? 传出去还不让人笑掉大牙? 我可丢不起这个人!"邓念成心里还有气,随即便打了个预防针,"不过,一栋楼里待这么久,算是知根知底了,脾气性格也相互了解。谁要是掉了链子,我肯定不客气。"

众人嘻嘻哈哈地走了,他抓起电话打给胡想林,希望约个时间当面讨教。不承想,胡想林客客气气地说,也没什么好交接的,情况刘畅跟许冬梅都熟,找她们就可以。之后又联系过两次,也不清楚什么原因,都找借口婉拒了。

事不过三哪! 邓念成的头顿时就大了,他百思不得其解。好像没得罪这位大哥呀! 或许真是点子低①,约的时间碰巧都不对? 但全会临近,

---

① 点子低:江汉平原方言。意思是运气差、机会不好。

事情越来越多,越来越急,越来越具体,没时间让他等了。他左想右想了好长时间,无奈地哀叹:"唉!萧规曹随,先照老样子干一年再说吧。"

说是一年,实际也就大半年。因为本次全会六月初才结束,明年的全会大概率在一月。凭三十多年的政协机关工作经验,半年熟悉一项工作,也绰绰有余了。这个自信,邓念成还是有的。

整个机关进入临战状态,所有人都像被鞭子使劲抽的陀螺,不知疲倦地疯狂旋转。筹备处的会议也频繁起来,一天几个会。议题当然只有一个,就是如何开好换届大会。身兼两个组组长的邓念成也更加忙碌,不仅要参加会议,而且大多有他们的议题,还必须准备会议材料。

金鹏的政协委员责任心超强,名单甫一公布,提案就源源不断地通过提案管理系统提交上来,似乎早就做好准备了。

在政协干了三十年,又长期负责文案,说不了解提案工作,传出去都是笑话。然而,总归没研究得那么细那么深那么透,也是知其然不知其所以然,有些一知半解。为尽快进入状态,他除了会议筹备那些事,还得抽空学习许冬梅她们提供的资料,并在系统上同步看提案。

过去的常态,是七点半前回家,太忙了就干脆睡办公室。到了这非常时期,回家的时间更晚,睡办公室的时候也更多了。

但是,思想准备不足的邓念成,还是看错了皇历。换届大会一结束,他的"萧规曹随"梦,就被一顿棒喝,打得支离破碎。

却原来,既然决定萧规曹随,那么过去做过的提案合并,也就顺理成章地外甥打灯笼——照旧(舅)。何况按照相关规定,大会提案得用五个月时间办理。但今年全会开得晚,加上办理过程可能出现反复,也得预留点时间,因此提案就必须尽快交办。不然,年内都没法办完。真要那样,别的影响不说,单就提案工作情况的报告,都没法写的。所以,全会一结束,邓念成便组织委员审查,确定了六百多件立案提案。他们再按类别归类打包,提出合并要求,然后交由各专委会去合并。

所谓的提案合并,就是把内容相同或相近的立案提案,由工作人员合并归整,形成新的提案。邓念成万万没想到的是,这仿佛捅了马蜂窝,弄得怨声载道,甚至有人把状告到了领导那里。

这次换届也是彻底,主席班子两位留任,专委会主任也只留了一位,其他都是新人。新人有新人的优势,但也有不太熟悉政协工作,包括提案合并历史等弊端。提提案是人家的权利,为什么要合并呢?许多人不解。当然,有些领导涵养好,只把不解埋在心里。但也有憋不住,抓住机会就要宣泄的。

这天召开主席会议,听取各专委会工作计划汇报。按专委会序列,邓念成当仁不让打头炮。谁叫他是"天下第一委"的主任呢?然而,邓念成汇报完毕,便有领导满脸带笑地说:"提案委的年度计划做得很好……但是,也不能只当生产队长,让整个机关给提案委打工啊!"

这话显然是指提案合并的,虽冠冕堂皇,却也直白,打了毫无思想准备的邓念成个蒙头转向。如果了解合并的来龙去脉,兴许还能狡辩几句,但他功课做得不足,也没想到会有人当面发难,顿时语塞。一旁的刘畅和许冬梅也仿佛思维短路,没及时递话,或者出声解释。

三人理屈般不接茬,给了更多人炮轰的机会,张一嘴李一舌痛批,批得不仅他们狼狈,分管的党组副书记、副主席杜火星也跟着狼狈,作了番领导不力、把关不严的检讨之后,也狠剋了他们一顿。

别看杜火星是个女同志,但人如其名——"火星",她那眼里容不得沙子的泼辣性格和严厉作风,没几人能扛得住。所以这女汉子的一顿剋,直剋得邓念成几个恨不得找条地缝钻进去。

后来是主席丁锐解围,算是卖了杜火星一个面子,也给了邓念成他们一个台阶。丁锐说:"提案委的确有错,不该把你们的工作分给其他专委会去做。却也事出有因,过去都是这么做的。但是,现在进入新时代了,好的做法坚持,不对的改正,不能全盘照抄照搬。今年已经做了的,便做完它。但今后怎么做?改不改?提案委提出个办法来,上主席会议研究。"

邓念成很想说,提案工作是政协的全局性工作,又不是提案委一家的事。提案委的责任,只是组织、协调和服务。但已成众矢之的了,他哪敢再节外生枝?只希望快点儿过去,抓紧进入经济委汇报的环节。何况丁锐的话,已经网开一面了,便应道:"我们一定认真研究。"

领导们偃旗息鼓了,不想还有得理不饶人的。就在经济委主任王懋林坐上汇报席,摁下麦克风时,后排的文史委专职副主任向中敏突然说:"我们一直反对,就是没人听。"

她是老资格,跟许多领导熟,所以这话说得比开了麦克风的音量都高。然而,她话音刚落,就被丁锐刚了回去:"过去的事情,去找过去的领导,我们不评判对错。再说了,任何做法都有一定道理,只不过时机和条件变了,就要与时俱进,不能死守教条。这个话题到此为止,不再讨论了。"

她或许没想到,丁锐会不给她面子,满会场的人也都瞅着她,于是她俏脸一红,头一低,没敢再辩。

后面的人讲了什么,邓念成基本没听进去,一直思考着合并的意义与作用、效果与利弊,想着如何去改进。等到下午两点半,就叫华艺章把正在合并的提案,以及往年合并的提案及原件,打印几件出来,几人围坐在茶几四周,大家一件件分析。

邓念成主持的会,只要人数不多,且非正规,习惯了在办公室开,众人围坐在那张茶几四周,一边喝茶,一边讨论。氛围宽松,不受拘束,瘾来了还能抽支烟。过去如此,甚至有人戏称这里是金鹏市政协的参谋部。现在又有人戏谑,市政协的参谋部,摇身一变成了提案工作作战室。

尚未认真比对,邓念成就发现,人们有意见也在情理之中,因为这种"拉郎配"式的合并,的确很有问题。同事们抱怨的,主要是增加了工作量。但是这个角度有些自我,甚至自私,是屁股指挥脑袋。梳理的结果,何止是机关人员增加了工作量?更主要的弊端,是把提案搞得走样变形,脱离了原意。

因为是合并,当然要有所取舍,而非简单叠加。这就很考验合并人的责任心和能力水平了。但不管是能力水平所限,还是责任心不强,总之是有的尺度把握不准,有的政策吃得不透,很多提案的建议——甚至是主要建议被合并掉了。更为可笑的是,有的提案不论原因分析,还是所提建议,在合并提案里难觅踪影,仿佛立案提案里,没出现过那件。

意识到问题的严重性,邓念成叫大家停止梳理,说:"我们讨论一下怎么办吧。然后抓紧形成方案,报主席会议审定。毕竟时间太紧了,千万别因为我们,耽误了提案交办和办理工作。"

有人快人快语,愤愤地说:"向中敏就是精神病!机关就数她叫得凶,领导提这个事,估计也是她撺掇的。"又有人附和:"岂止是这件事呢?机关做的任何事,她都要发一通议论,提一些质疑,显得与众不同。"

"先不管是谁撺掇领导的,也不管出发点是什么,但这合并真有问题,人家的牢骚其实没错的。"邓念成果断出声,免得大家都照这个调调发牢骚,不仅于事无补,而且影响团结。

"其实要我说吧,的确是主任老说的那话,顶着碓臼唱戏①。"华艺章一开腔,就似乎满肚子苦水。

邓念成的老家在江汉平原小镇通海口,兴致来了,时不时板一个土罐子②。但华艺章突然冒这么一句,还是搞得几个人一愣,目光转向邓念成,问是什么意思。华艺章主动补了一句:"这都不知道啊?吃亏不讨好呗。"又嘻嘻地道:"主任讲过的啊!"

华艺章负责提案管理系统,以及跟办理单位的联系,应该知道更多信息。邓念成没理会那句俗语,问:"你什么意思?"华艺章掰着指头,说了一大通:"提案被改了,委员有怨言;办理增加了沟通难度,单位有怨言;专委会多了工作量,同事有怨言。我们自己,又何尝不是苦不堪言呢?只是我们牵头,便除了埋头苦干,忍气吞声承受责难,还不敢说半个不好。其实也哑巴吃黄连,有苦说不出。"

许冬梅不客气地横了他一眼说:"还不是怨你?合并就是根据你反馈的信息进行的。"华艺章顿时一脸苦相,委屈地小声辩解:"姐姐,这可冤枉死我了啊!我只是反映提案数量多,也的确有内容相同或相似的,办理单位压力大,抱怨越来越多。我可没建议合并。再说合并这么大的事,哪是我个小萝卜头当得了家的?"

邓念成哑然失笑,暗道,没丁点好处,为何要做这吃亏不讨好的买卖呢?真的顶着碓臼唱戏啊?思忖片刻,便打断两人的争辩,说:"提案委是做提案的组织、协调和服务工作的,既为提案人服务,也为办理单位服务,所以不要把自己搞成矛盾的焦点,更不能搞成风箱里的老鼠。我先说点想法,大家看行不行。"

"主任说。"众人顿时安静下来,齐声道。

"今年就按丁主席说的,照样合并,但别搞那么大力度。合并了的就算了,没合并的由各专委会决定是否继续,不能合并的单独交办。同时,

---

① 顶着碓臼唱戏:歇后语的前引。江汉平原原话是"顶着碓窝唱戏——吃亏不讨好",意思是人吃了亏,戏还唱得不好看。

② 板土罐子:方言。意思是讲地方话、土话、方言。板:摔、丢。

把合并过的原提案,作为附件一并交办。印发的提案办理通知,强调要参考原提案的建议。"邓念成一边思考一边说,"至于艺章说的那些问题,还是要想办法解决。提案交办之后,抓紧拜访办理单位,走访委员也列为议题,同时走出去学习兄弟政协经验,三管齐下,然后再定明年怎么搞。"

他的话音刚落,几个人又吵成一锅粥。有的称赞这办法好,既有原则性,又有灵活性;有的担忧既然放了活口,专委会肯定就不合并了,等于放了散羊;也有的说,办理单位既要办合并提案,还要办原提案,肯定抱怨,还不如直接交办原提案。

邓念成又耐心解释:"现在讲不合并,合并完了的肯定骂人;如果不放散羊,还没合并的会继续抱怨,领导也会继续批评。而且,就是冲再不搞合并去的,放散羊就放散羊吧。叫办理单位把精力放到原提案的办理上。至于抱怨,受着吧,谁让我们折腾了人家呢?总不至于,人家辛辛苦苦干了活,牢骚话都不准讲一句。那也太霸道了吧?面对那么多抱怨,提案委也霸道不起来吧?再说了,闭幕会上作的提案审查报告,明确说了要合并的。突然不合并,似乎也不好交代。"

既然他这么说,也的确搞成了夹心饼,烧成了夹生饭,似乎怎么做都不对,大家不好再说什么,也算统一了思想。于是吩咐华艺章,把这个处理办法转告各专委会办公室,由他们灵活掌握。

华艺章仿佛松了一口气,满口应承,说那些人肯定对主任感恩戴德得五体投地。邓念成白了他一眼说:"感恩戴德就不必了,别撕了我就烧高香。"

然后,众人又商量怎么跟各专委会办公室的人去讲、怎么起草给主席会议的请示、怎么起草提案办理通知等等一些细节问题。最后,邓念成无奈地说:"我们得抓紧走出去,看看有什么好经验,然后抄作业吧。"

听说要出去学习,气氛又活跃起来,个个摩拳擦掌。随后,有人心有不甘,闷闷地说合并提案,就是考察取来的经,但实施效果如今看来并不好,也不知道那些地方是怎么坚持下来的。

"那你们是怎么学的?"对一些人动辄否认过去,凡事推倒重来的做法,邓念成很不赞同,也决心不问过去的事,但这事已经波及当下了,他还是忍不住,好奇地问了一嘴。

这话刚出,见众人脸色微变,他顿时就后悔了。谁没点隐秘啊?真是好奇害死猫了。赶紧不动声色地又说:"过去怎么做的,我们不管了。但外出学习考察,还是必要的。包括办理单位人员出去,每年都组织一次。不过要取到真经。不能走了一圈,回来空空如也,啥也没有。冬梅,你选几个出经验的兄弟政协,等提案交办完了,就抓紧出去一趟。"

邓念成每次碰到难题,都会走出办公室,或到各区,或到外地取经,且往往有意想不到的收获。即便有些做法不符合本市实情,开阔思路也是好的。他有个粗俗的口头禅,自他老家通海口俗语改编而来,研究室和提案委的人也津津乐道:"不管捅喉咙,还是捅屁股,捅得死猪的办法,都是好办法。"

几人脸色稍霁,似乎松了口气。犹豫片刻,许冬梅才说还有个事,也不知道该说不该说。

邓念成心下又是一个咯噔,瞬间感到了不妙。他眉头一紧,盯着许冬梅说:"说得冠冕一点,我们是一个战壕的战友;说得难听些,是一根绳上的蚂蚱,同生死共进退的。有问题,想办法解决它不就行了?哪来该说不该说一说?"看她那吞吞吐吐的样子,能是什么好事?不过,他还是调侃了一句:"当然喽!如果你们兜得住,甚至把它解决掉,也行。万事不要我操半分钱的心,我便一心一意写小说去,那才是最好的。"

邓念成自小就有个文学梦,可惜没能遂愿。但他这个自以为是的玩笑,并未产生预期效果,没人"哈哈哈"地附和,甚至都没人敢笑。冷了一会儿场,刘畅才接过去话头说:"还是我来说吧!是这样子的……"

虽然她吞吞吐吐,邓念成还是听明白了,顿时又"嘭"的一声头大。原来,提案办理工作是纳入党政部门绩效考核的,这也体现了市委市政府对政协提案工作的重视。但这几年提案办理绩效考核分数,绝大多数为一百分,最低也有九十五分。市绩效办有意见,因为没差距,就失去了考核意义。绩效办有人说,不如取消提案办理绩效考核,把宝贵的考核指标让给更需要考核的项目。而希望纳入绩效考核的项目,也的确很多很多。

她们此前不敢讲,是怕领导批评。但再不讲,等到真的取消了,这个责任又担不起。

"真是命苦啊!"邓念成又哀叹一声。虽然一再告诫自己,不要过问以前的事,现在却一件两件都火烧眉毛,催命一样摆到面前,逼得他不能不管,不能不想办法去化解。譬如绩效考核这事,如果真在他手上取消了,名声倒是事小,责任他更背不起。

但是要化解,就必须了解来龙去脉,了解症结所在。他不是怕事的人,然而这样的麻烦事,他还是希望少些再少些,最好不出现。此刻的邓念成,对不想理旧事的干部,似乎多了一分理解。有些事,真的是身不由己。同时对中央整治"新官不理旧账"的决心和举措,更多了一些认同。

已经摊上桌面了,他便不能装着不知道。尽管头大,也得面对,哀叹有什么问题,就解决什么问题吧! 于是,无奈地问这几年的绩效考核是怎么做的。华艺章也觉得是个问题,毕竟这项工作由他负责,要是打屁股,他首当其冲,所以细如蚊嗡地说:"实在过分的,就扣几分。其他的,都给满分。"也算是实话实说了。随后他又声明:"事情是我做的,但当家拍板的不是我啊!"

"现在是追根溯源,找出症结,才好对症下药。不是追究责任,你也别急着撇清……"邓念成真是无话可说。

本想趁热打铁,把这事了解清楚的,但望一眼墙上的挂钟,六点都过了,他只得转口道:"这事闹到这步田地,恐怕一时半会儿也说不明白。这样吧,艺章把这几年绩效考核的分数、依据都打印出来,明天上午研究。另外,各位也捋捋手头上的事,看还有什么要研究的,明天一并研究。等研究出一些办法了,先报杜主席同意,再上主席会议去议。这些责任,我们都担不起的。"

"唉! 命苦呀!"众人离开办公室,邓念成再次长叹,掏出烟来点上,愁眉苦脸地坐在办公桌后,细想怎么化解这些事。

搞了半辈子文字工作,终于换了岗位,以为脱离苦海了,可谁知,却是从一片苦海,掉进了另一片苦海。甚至于,是从米缸跳进糠箩。老家的说法,叫半夜玩龙灯——越玩越转去了。原来一心一意搞文字,人虽然累点,心却还算轻松。如今,麻烦事一件件接踵而至,像泰山压顶,直压得他喘不过气来。

而且,虽都是再熟不过的人,但同事似乎总有顾忌,话都说一半留一半。唉! 我本将心向明月,奈何明月照沟渠啊! 就是不知道,后面还会不会再冒出什么事,自己又该如何去应对。

本想着萧规曹随,然后顺顺利利按点退休的。可照这架势,想当太平官,怕是没可能了。邓念成欲哭无泪。

11

就这么懊恼地想了一会儿，他脑子突然一个激灵，骨子里那股不服输的倔强，霎时跳将出来：既然没办法敷衍，那就当它是文字工作，拿出过去的较真劲儿，花点时间，下些力气，想办法一个个化解它！只当搞了一辈子文字工作的。叫你一直搞文字，搞到退休，不也得搞啊？

换一个角度又想，同事有顾忌，也可以理解。谁叫你是主任，人家不是呢？再者说了，虽在一个屋檐下，低头不见抬头见，却也只是表面上相熟，并未深度交流过，没到绝对信任的地步。以后在一口锅里抢勺，将心比心，以心换心，那么完全融入团队，也只是时间问题，早晚的事。自己这大半辈子，不都这么过来的呀？

突然想明白了这一层，邓念成豁然开朗。咧嘴笑笑，关了电脑，拿起车钥匙起身回家。

2. 如履薄冰初试水

第二天上午九点半，一行人再次聚到邓念成办公室。不过，都正襟危坐，不再嘻嘻哈哈。

别看华艺章成天嘻嘻哈哈，但他的功课却做得到位。他提供的原始数据，即给各单位的分数，既有原始分，也有加分，还有扣分，且加分扣分的理由及分值，都列得清楚明白。翻看着绩效考核指标体系和考核原始数据，邓念成心里渐渐有了些宽慰。

绩效考核指标体系，通俗点说，是考核评分标准，也是进行绩效考核的唯一依据，年初就由绩效办印发各单位了。绩效考核分数，就是依据指标逐项打分，最后加总的结果。

指标是否合理另当别论，但好歹有个公认依据，这是毋庸置疑的。再说了，世上哪有绝对的公平？公平都是相对的。"一碗水端平"，不仅物理学意义上不存在，现实生活中也做不到。任何指标体系，都不可能绝对公平，都存在这样那样的不足，突出了这方面，便会忽视另外的方面。按照指标体系打分，或许有单位不服，却也只能哑巴吃黄连。谁叫你该加分的项目缺失，不该扣分的项目又有了呢？

换句话说，指标是一把尺子，拿这把尺子去量，长就是长，短就是短。所以，按指标体系打出的分数，具有一定的权威性和相对的公平性，任谁也挑不出大毛病。

"基础做得这么牢实，为什么不直接报绩效办？"邓念成扬了扬手里的表格，然后放到桌上，再扬起另外一张，很不解地问华艺章，"怎么另搞一个上报呢？这不是画蛇添足吗？也增加工作量啊！难道你们喜欢顶着碓窝唱戏？"

虽极力不给人错觉，以为他想踩前人——就像鲁迅先生批判的，"以人血染红顶子"，但是没办法，不清楚来龙去脉，不了解事实真相，他真找不到应对之策。面对连串追问，华艺章不吱声，眼睛瞟向刘畅和许冬梅。

邓念成也随之把目光转向二人。两人埋头苦笑，也没作答，甚至都没跟邓念成对视。气氛瞬间变得沉闷。

个中缘由，邓念成其实猜到了一部分，就是难过人情关，便也不指望他们回答。舒了一口气，心说，不过人情关而已，情况还不算太糟糕。思忖片刻，语重心长地说："各位！我昨晚上一直在想，有个道理，想必大家其实都明白。"

"什么道理？"众人有些讶异。

"就是表面上，我们照顾了所有人，谁都没得罪，你好我好大家好。但这也无形中得罪了人。得罪了谁呢？得罪了认真办提案的单位，得罪了提提案的委员，也得罪了我们所从事的工作！因为办好办坏一个样，不好好办的总不好好办，反正绩效考核分数不会低；认真办的觉得吃了亏，也开始敷衍。委员呢也是一样，提案写得再好，到了办理环节还是敷衍，那还花那大工夫干什么？还不如随便搞个交差。到最后，整个提案工作都没人当回事，成为政协工作的鸡肋。这是一个恶性循环。"说到这里，他停了一下，等大家消化。

见都不吭气，他点燃一支烟，接着说："还有一层意思，不知大家想过没有？就是已经有规矩了，有人却不拿规矩当回事。说得狭隘点，是欺负政协没权。人家欺负到头上，都没想着给我们留面子，我们不说还击，给个实实在在的考核，不算过分吧？有什么好愧疚的？有什么不好意思的？"

终于有人开口，说："主任你就说，该怎么办吧！"

"要我说，就是能马虎的马虎，该较真的也得较真。既然市委市政府给了这个尚方宝剑，政协又交到我们手里，那我们就肩膀硬一点。所以从今年起，都实事求是地给分。不知大家有没有这个决心？"邓念成说这句话时，满脸都是期盼。

众人果然雀跃，似有扬眉吐气的感觉。然而很快，又有人担心起来，小心翼翼地嘀咕，动作是不是猛了点呢？华艺章甚至开玩笑说，到时候，主任的电话估计要打爆，门槛也会踏平。邓念成也开了句玩笑："不怕。接电话不产生费用，办公室也没门槛，大不了踏条槽，然后叫行政处来换地板。"

随后，他像是想起什么似的，问过去是什么审批流程。问完这话，他又后悔了,恨不得给自己一个掌掴。怎么不长点记性,又提过去了呢?幸好大伙儿没在意。有人嘴巴一瘪说:"哪有什么审批流程?艺章一个人就搞定了。"华艺章脸一红,连忙辩解:"我也不愿意哩!以为我要这个权哪?而且最后上报,也是经过了领导的,哪是我拍板能定的?"

邓念成想想说,这样可不行,以后上主席会议。有主席会议背书,我们的压力就小多了,说话也硬气。又吩咐杨豫明,比照机关重要文稿起草工作,拟一个审批流程,以后都按这个操作。

众人似乎走出了压力的阴影,都舒了口气,笑说这个办法好。稍停,刘畅又担忧地提醒,如果真要认真,得提前打招呼,免得有人到时候扯横皮。许冬梅快人快语地说:"交给艺章!他一天到晚跟办理单位的人鬼混,烂熟了。"华艺章咂了下舌,双手乱摆说:"这个责,我可负不了。到时候那些人宰了我,都有可能。"

"可以打个预防针,丑话说在前头,先礼后兵也是应该的。"邓念成想想又说,"要不开个会?看看都有哪些要先礼后兵的,一并讲清楚,免得事后扯横皮。"

华艺章说过去都开提案办理培训会,但效果不是很理想。邓念成又想问培训会怎么开的,但话到嘴边忍住了。

他突然想起"千个和尚千个法"的俗语,也想起昙花般的萧规曹随胎死腹中,而且真不想提过去的事了。人家好使的法子,到了他却不好使,只能说明他命苦,抗压能力差。他也明白形势比人强,不同时代的人,必须承担不同的使命。过去行得通的法子,如今成了过去时。这是时代使然,怨不得谁。

既然人家的路不适合他,那就不去钻那个死胡同,东施效颦邯郸学步了。也就在此刻,邓念成暗暗做了个决定,彻底摈弃"萧规曹随"的想法,走出一条适合自己的路。

下了这个决心,邓念成霎时豁然开朗,道:"那就找个僻静地方,继续开培训会!好好设计下议程,我可以讲,也可以请杜主席,或者市委、市政府督查室和绩效办的同志讲。重点强调绩效考核从严……以后的每次培训,都重点解决一个问题。"

华艺章顿时泄了气,嘀咕道:"找僻静的地方,那估计……没人愿意去。"邓念成一愣,想问为什么。随即想到,既然要摈弃萧规曹随的想法,就不应该问了,于是他不容置疑地说:"通知发到各单位,写明缺席的,绩效考核直接扣分。我想,没单位敢不重视。"

见众人不言语,他又叫杨豫明记得设计明年的绩效考核指标体系时,把参加和支持提案工作,也列为考核项。这么好的手段,不用白不用。而且,一定要用到位。

他说得斩钉截铁,众人知道再纠缠没任何意义,便转而商量会议时间和开法。邓念成吩咐抓紧做方案,报杜火星审批。毕竟这事太大,倘若她不同意,再好的想法都是白瞎。

许冬梅趁机发牢骚:"办公室本来是五个人的,去年调走了一个。如今不断增加工作量,三个人哪里忙得过来?"邓念成当即拍着胸脯表态,他去找杜火星要人。

底下的人想干事,想出成绩,也的确是必须解决的问题,杜火星哪有不同意的?再说了,若绩效考核真在这届停了,她这分管副主席也难辞其咎。所以不仅都同意,还鼓励他们大胆干,说真有个为难的事,她当坚强后盾。但是,人怎么进?进什么人?她得先跟丁锐商量,再给他答复。

讨了这么个尚方宝剑,邓念成不再拖沓,先去拜访市绩效办,请求给一年时间整改。绩效办的人还是很给面子的,何况一位副主任还是提案委委员,便没有不同意的。这边的事项落听,邓念成便放下心来,只等着提案交办完,就抓紧开办理培训会。

这天是周五,每周开例会的时间。如果没有更重要的事,上午便雷打不动地开会。这也是邓念成立的规矩,总结一周工作,商定下周安排,讨论比较重要的事。既然放弃萧规曹随,也没作业可抄,邓念成只得自力更生,摸着石头过河了。

下周工作研究完毕,邓念成问华艺章,提案交办到什么程度了,提醒他下周是截止时间。华艺章说还有二十二件在扯皮,都只同意会办,不想主办。邓念成眉头微蹙说,不能让他们扯个没完没了,把时间都扯过去了。实在不行,就分办。

提案办理有四种形式,主办、会办、分办和承办。主办与会办是一对,即一个为主,其他协助。分办是一件提案各办各的,各自跟提案人沟通协商,完成提案办理的整个流程。承办是提案内容和建议不涉及其他单位,由一家单位独自办理,所以没皮扯,除非交办不准确,跟提案委扯皮。

华艺章说合并的目的之一，就是帮办理单位减负。倘若都分办，便失去了合并的意义。

又扯到合并上来了！邓念成的眉头皱得更紧。华艺章见状，又说，都希望开个会，由提案委协调。刘畅说这也是个办法，免得隔山叫骂，公说公有理，婆说婆有理，影响了交办进展。邓念成想想便同意了，解释说："提案办理协商是政协协商的重要形式。我们把提案办理协商的形式细化到不同环节，比如交办就叫提案交办协商，名正则言顺。"最后商定下周用一整天时间把这事完成。

中午在餐厅碰到杜火星，她告诉邓念成，丁锐同意进人，她也跟秘书长方淑文讲过了。具体怎么运作，叫他跟方淑文对接。邓念成没想到她行动如此迅速，自是感激不尽，下午一上班便去找方淑文。两人在秘书长班子共过事，关系一向不错，所以也不跟她拐弯抹角。

方淑文是位女同志，干练泼辣，当即直言相告，公务员编制人员没可能，因为总编制就那么多，一个萝卜一个坑的。各专委会和办公厅的处室也都叫嚷人手紧，没办法内部调整。不过，可以招一名购买服务人员。

邓念成得抓紧找人干活，便不跟她扯人员身份的皮，也不想把自己陷到里边去，于是笑道："可以呀！那就帮忙招一个吧。"方淑文却狡黠一笑，把皮球踢了回来："你是'培训学院院长'，招人的事最有经验了，何况也是你要用的。所以还是提案委为主，人事处协助吧。比如最后的手续，人事处帮忙去办。"

"培训学院院长"一说，是戏谑邓念成分管三个社团时，经常组织招聘活动。可实际上，邓念成真是苦不堪言。工作人员都是临聘，必须从ABC开始手把手地教。好不容易教会一个，却不是考上公务员，就是去了事业单位。于是再招聘，再教……

听她哪壶不开提哪壶，邓念成哑然失笑，起身告辞："行！算你狠。难怪人家说，'只见人吃肉，没见人赶兔'①的。原来你也算一个……算了，不说了。麻烦你通知人事处，先帮我发招聘启事。"

方淑文叫他去拟招聘条件，给人事处制发招聘启事。谢过方淑文，邓

---

① 只见人吃肉，没见人赶兔：俗语。意思是只看见别人享受，没看见别人吃苦。此处借指只看到他招聘的热闹，却不知他招聘背后的苦恼。

念成就把任务布置给了许冬梅。

提案交办协商会，是邓念成第一次面对办理单位，且是协调扯皮的事，自然得做足功课。所以，他交代完许冬梅，又找华艺章要了那二十二件扯皮提案，才回办公室，摊在桌上一件件琢磨。

还别说，提出异议的，并非全无道理。政府部门的职责分工，表面看很细，实际上又过于宽泛和粗放。特别是随着城市管理的精细化，一些边缘事项以及新生业态，政府还没来得及明确主管单位，便如雨后春笋般涌现。既然是这么个情况，邓念成便想，得借市委办、政府办和编办这些钟馗，借力打力了。

这天是周四，邓念成走进会场时骇了一跳，心说：我的个乖乖，来这么多人啊！原来，各单位不仅带着充足理由，还派出庞大阵容。更让邓念成惊讶的是，华艺章说这只是五件提案的办理单位。因为会议室坐不下，他叫另外五件提案的办理单位十点半来。

邓念成定了个不把自己搞成矛盾一方的原则，只当"裁判长"，不当"裁判员"，只宣布结果，不评判对错。办法是相关单位先陈述理由，涉及职责分工的，请编办的廖处长评判，最后由市委、市政府督查室的同志提出意见。

协商会甫一开始，便如刘畅所言，公说公有理，婆说婆有理，毫无例外地吵成一锅粥。廖处长也是尽责，带了厚厚的几本党政机关"三定"方案和职责分工明细，一一指出提案建议所涉事项归哪个部门负责。他的倾向性意见，也为两办的督查室领导指定主办单位提供了依据，往往能一锤定音。特别是市政府督查室副主任刘天民，一副刚正不阿的架势，虽刚过一米六的个头儿，却在来的那些人中享有很高威望。往往他说提案由谁主办，基本没人敢跟他理论。

提案是一件件过的，邓念成也不浪费人家时间，完了便退场。此时，定为会办单位的人，仿佛打了一场胜仗，满面春风地跟他们握手，满嘴都是感谢感激以及领导英明之类的废话。另外的人却似乎满腹委屈，闷闷不乐地扬扬手，算是打过招呼，然后像旋了的公鸡①，蔫头耷脑地出了会议室。

---

① 旋鸡：方言。指阉鸡、骟鸡。旋了的公鸡，意思是被阉了的公鸡。

邓念成顿生感慨，还真是几家欢喜一家愁啊！不过，以一家愁换来几家喜的买卖，还是值得的。

　　不到两个小时，九件提案的主办单位便尘埃落定，只剩最后一件。大家松了口气，甚至有人说，看来可以收个早工了。

　　最后一件是关于共享单车管理的提案，由三件合并而成。之所以放到最后，是邓念成预感难度最大，所需时间更多。

　　地处改革开放前沿的金鹏，遇到的困难和阻力向来比其他地方多，新业态也更早出现。委员们凭借敏锐眼光，看问题的视角也往往与众不同。这不，共享单车刚入市，不少人大声疾呼加快发展，便有一个党派和两名委员，自觉担起吹哨人角色，不约而同提出了加强管理，避免共享单车野蛮生长和无序发展的提案。

　　办法还是老办法，然而果如邓念成所料，很快就卡住了，就是刘天民的权威也不好使。还别说，理由都相当充分——

　　交运委的人无奈地说，哪里管过单车呀，如果连单车都管，再加一倍的人手都不够。他们还讥讽刘天民："您老人家面子大，要不跟市长说说，把城管局和交警局划为交运委的二级单位？"

　　交警局说路上跑的他们管，但这显然不光是路上跑的问题。

　　城管局说在城市公共空间乱停乱放，影响了市容市貌，才归我们管……

　　当然，都承认跟自己的职责有些关联，也同意会办。至于主办……呃，还是算了吧！这不是给不给面子的问题，是没那个职权。

　　虽是轮流发言，但还是吵成一锅粥。起先邓念成还制止说，都有发言的机会。那些人却等不得，生怕拍板的人受别人的意见引导，先入为主地把主办压给自己。于是只要不太过火，影响到会议的正常进行，他便懒得出声。

　　他们喋喋不休地吵，廖处长却充耳不闻，紧张地翻看厚厚的几本资料。刘天民和市委督查室王帆处长则同邓念成一样，静静地听，估计脑子里也在评判。

　　十二点过了，争吵却没打住的征兆。邓念成微笑着问："大家准备吵到什么时候？也让我们心里有个底。"又说："要不先吃饭，回来接着吵？"众人这才住口，也终于知道，今天是必须要有结果的。于是，都心有不甘

19

又满眼忐忑地望着对面的"裁判"。

就在这时,刚刚出门的华艺章又笑嘻嘻地进来,指着身后说,这是刘主任和许主任安排的盒饭。在他身后,果然是推着餐车的食堂工作人员。众人哑然失笑。

邓念成先是无语,继而也佩服起他们的精明。刘畅先面朝邓念成笑道:"总不至于叫大家空着肚子开会吧。"又对众人说:"只有盒饭,大家担待些啊!"邓念成乐呵呵地说:"好啊! 也算是别开生面了,咱们边吃边开。"说罢,起身去了洗手间。

大伙儿也不客气,各自取了饭盒,霎时就狼吞虎咽起来。吵了这么长时间,的确是饿了。邓念成边吃边说:"我们下午还有一场,希望大家中午能定下来,给我们点喘息时间。"

他这么一说,众人便一边咀嚼,一边含混不清地讲理由。这画面,怎么看,怎么都觉得滑稽。而且,也没新意了,不过是把讲过的再炒一遍剩饭。盒饭吃完了,也没达成一致意见。

"咳!"邓念成无奈摇头,随即咳嗽一声,他不想无休无止了。此前不阻拦,是他太相信"道理越辩越明"那话了。他起初的逻辑和愿景,是在辩明道理的基础上,有人主动认领,从而使问题得到温和解决,不走最后那个冷冰冰的流程。事实证明是他想多了,太幼稚了。因为争吵了这么久,也没出现他期盼的理想结局。甚至仍停留在那话的逻辑起点,原地打转转。照这样吵,再吵两天,也只能是这么个结果,依然进不了那个逻辑里去。

见会议室里鸦雀无声,大家都扭头望过来,邓念成不废话,问编办的廖处长:"请你先说说?"廖处长一脸苦涩,无奈摇头道:"这是个新生业态,还真没明确主管部门。"

邓念成转头问刘天民和王帆:"二位的意见呢?"王帆莞尔一笑说:"这是政府的事,我们不好插手的。"虽然推得干干净净,不过也的确光明正大,职责真不在市委那边。

刘天民也不矫情,按下麦克风道:"各位! 在金鹏,新业态天天出现,这是众所周知的。为了维护业态正常发展,不至于野蛮生长,或者半路夭折,政府总得给予指导和规范。不能事事都等编办明确职责,再开展工作。依我看,交运委牵头办理吧!"

交警支队的美女处长竖起大拇指,还送了他一个甜甜的笑:"刘主任,你真是太英明了!"城管局办公室主任附和说:"我就说嘛!这事离了交运委,哪个玩得转?"其他人也都跟着起哄。

　　交运委的人,脸色霎时就绿了,法规处处长一脸苦相,说:"刘主任,不带这么欺负人的啊!看我们交运委的人老实,来的又是些大老爷们,您老便柿子拣软的捏呀?我们真没那个职权!要是把提案办砸了,我们还有好日子过啊?绩效考核还不泡汤了?我们处讨论几次了,还请示过分管领导,真不能主办。要不三家分办,您老觉得呢?"

　　听说分办,那两家又不乐意了,再次嚷嚷起来。刘天民却不再开腔,望向邓念成。邓念成无奈地笑着开口:"各位!真是有劳大家了,为一件提案谁主办,居然能吵一个多小时。可见主办跟会办,区别蛮大的。但是,天下没有不散的筵席,也没有不结束的会。有些感悟,跟大家分享一下。"

　　众人神色一凛,不知他葫芦里卖的什么药。邓念成喝了口水,接着说:"撇开提案本身不谈,因为有共识,都觉得是好提案,相信都会认真办,效果也可预期。那么这里有两对概念,我先说说,大家看有没有道理。"会场又叽叽喳喳了。

　　邓念成不管,提高了嗓门儿继续道:"一对是办提案与办事情。本质上说是两个概念,但我们往往混淆了,当作一个概念,以为办提案就是办事情,办事情就是办提案。"有人觉得他尽说废话,像绕口令,当即打岔道:"本来就是嘛!"

　　邓念成没理会,继续说:"办提案,主要看建议能否采纳、以什么样的方式采纳、采纳到什么程度。能采纳的,出个落实意见建议的方案;不能采纳的,说明理由。其实就这么简单,对大家来说,应该都不难。而办事情,则是把提案建议,变成具体工作部署,推动相关问题的解决。当然,从更高层面讲,办提案与办事情,也是一码事……"

　　有人不客气,再次打断他的话:"你这不是同义反复吗,主任?这绕来绕去的,到底想绕出什么来?"

　　"你太心急了……"邓念成又笑道,"我接着讲最高层次。办提案的目的,当然是推动工作,推动问题解决,推动党的路线方针政策贯彻落实。提案的建议采纳了,相关工作也推进了,那是最高境界,是最完美结果,是

21

我们追求的目标。但现实生活中，许多提案的建议，哪是能立竿见影的？所以有时候，必须分开来，当作两件事，先把提案办好，再逐步推动建议落地。"

"哦——"有人似乎明白他接下来要讲什么了。

"正因为我们常常混淆这对概念，办提案就有畏难情绪，担心委员不满意，进而影响绩效考核。"作完小结，邓念成没给人插话的机会，直接说，"第二对概念，主办与会办！为什么都不想主办呢？因为除了花更多精力，还承担更多责任。而且假如委员不满意，也承担更大风险，诸如影响绩效考核……"

"难道不是这样吗？"邓念成的话又被人打断了。

邓念成也不恼，继续说："大家的担忧，其实是可以理解的。作为服务部门，提案委的工作就是帮大家解决后顾之忧，让大家心无旁骛，集中精力办好提案。"众人都没想到，他会分析出这么一套深奥的东西来，而且貌似有些在理。于是有的窃窃私语，有的点头称赞。

邓念成停了一下，索性让他们悟个透，反正午觉是睡不成了。喝了口水才接着说："交运委的王处长讲'欺负老实人'，我想这是我们第一个要解决的问题。我们要形成一套机制，不让老实人吃亏，不让认真办提案的单位出汗又流血，出力又流泪。"他这句话把众人都逗笑了。

他又说："至于怎么做，我准备留到办理培训会上再讲……既然交警和城管建议相同，天民同志也是这个意见，那么我希望交运委把主办接了，负起牵头责任。但交警和城管不能当甩手掌柜，你们的会办意见，一定要切实可行。同时，增加市场监管局为会办单位。毕竟共享单车管理是全链条的，涉及生产、销售、营运全过程，如果生产、销售和经营不纳入监管，也是一个缺憾。"

他的话讲到这个份儿上，交运委的人不好再坚持，只是提醒他不要忽悠，更不要挖个坑去坑他们。算是把活接了。

邓念成哑然失笑，道："怎么会坑你们呢？我们是捆在一根绳上的蚂蚱，共进退的。"又不失时机地肯定，到底是大委，就是高风亮节，敢啃硬骨头嘛！然后对城管和交警局的人讲："你们应该感谢交运委啊！刚刚提醒你们的话也不要忘了。以为交运委接了主办，就没自己什么事，可以撒手不管。我希望再加上市场监管局，你们四家好好办这件提案，说不定能为全国提供一些经验哩!"

刚刚还唇枪舌剑的人,嘻嘻哈哈地握手抱肩离场,邓念成颇有些无奈,转头对刘天民和王帆苦笑道:"政协直接交办提案,两位也看到了,太困难。很多地方都是由两办交办的。倘若我们也借鉴这个经验,两位觉得如何?"两人不置可否,都给了他一个意味深长的笑,然后说:"没问题呀,就看政协怎么推动了。"

交办提案一直是政协头疼的事,也都羡慕外地做法,希望能学习借鉴。邓念成这话,本是探个口风的,见对方把皮球踢了回来,又是一阵无奈。

仔细咀嚼,也是这么个理。就个人而言,能有什么问题呢?但这么大的事,毕竟还得组织去推动,领导点头才行的。便没再深入探讨,想着忙过这段时间,得跟领导嘀咕了。转而说起下周开提案办理培训会,两位不仅要参加,还要讲讲,提些要求。

王帆婉拒说,她就不讲了,一是要求大同小异,两人都讲,浪费时间;二是办理单位主要在政府系统,还是刘主任讲比较合适。刘天民爽快地说,艺章打过招呼了,他在准备。

邓念成说,他还想请绩效办的同志讲绩效考核,但考虑到绩效考核离不开提案办理,要求其实是共通的,所以请刘天民一起讲。拜托他尽量严厉些,重点强调提高办理质量和严格绩效考核。刘天民又满口应允,说他再加一些内容就可以了。

下午的会,原本有十二件提案的,却只来了八件提案的涉及单位。另外四件,有人打听到上午的情况,主动答应主办了。这让邓念成有些欣喜,心说总算开了个好头。而且,下午的争论也没上午激烈,不到两个小时,就都妥妥地搞定了。

3. 内外求索图破题

虽然只招聘一个购买服务人员,并非正式员工,但机关大呀! 所以投简历的人很多。到了截止日,许冬梅从人事处拿回通过了资格审查的人员简历,兴冲冲地说:"你这'培训学院院长',这回可是赚得盆满钵满,都是高素质人才呀!"

邓念成接过,看一眼第一页的综合表格,心说,可不是吗,通过资格审查的有二十六人,一整张 A4 纸。细看简历也吓死人,"985""211"的占了一半以上,硕士以上学位的也占了一半以上。就业形势不会如此严峻吧? 还是说金鹏的吸引力依旧这么大? 他要招的,不过是一个不太稳定的购买服务人员啊! 略为思忖,他不着痕迹地问:"你觉得都是你的菜? 还是说,都冲这购买服务的职位来的?"

"主任你什么意思?"被兜头浇了瓢凉水,许冬梅大感不解。

依邓念成的经验,大部分人即便招进来了,也待不长久。有的只是想增加大机关工作经历,让履历表上好看一点;有的是尚未找到理想工作,先找个饭碗解决温饱,然后骑在驴上找马,一旦有合适的地方,立马抽身就走。粗略一算,他招的人都快三十位了,但真正留下来的,却屈指可数。

人往高处走,水往低处流。人家的想法和做法也无可厚非。所以这个话他暂时没跟许冬梅说,而是叫她转告人事处,通知这些人下周六来,上午笔试,下午面试,一天搞定。

为了迅速融入团队,邓念成只要有空,就会将同事单个找来"闲聊",或者主动到他们办公室去,更深入地了解他们的具体工作。

人都是感情动物,何况还是些高素质的,而且也正如邓念成接手时说的,天天在一栋楼里,低头不见抬头见,脾气性格也算是了解,所以隔阂逐渐消除,距离迅速拉近。同事们再和他说事,便没那么拘谨了。少了顾忌之后,说话做事也都放得更开了些。这让他感到欣慰。

等有个头绪了,邓念成周二一上班,便拿着一摞打印文稿去向杜火星

24

汇报。不想，刚在办公桌对面的椅子上落座，杜火星就转到了茶几前，笑呵呵地说今天只喝茶，不谈工作。边说边摆弄起电水壶，清理茶具。

邓念成被她搞得丈二和尚摸不着头脑。前几天还像暴脾气的犁田老农，不管那拉犁的牛走得快还是慢，总高扬鞭子使劲抽，怎么突然间转性了，就仿佛那工作不是她关心的？尽管邓念成心里面打鼓，却也莫可奈何地转到茶几旁。

"你不仅有理论功底，还是实干家。我知道的。"等水烧开的空隙，杜火星笑眯眯地来了这么句掐头去尾的话，搞得邓念成更加晕头转向，不知她想表达什么意思，便嘿嘿干笑了两声，没接茬。杜火星果然还有话，她接着说："乔阳主席和伟华、铁成副主席都介绍过，说事情到了你手上，便大可以放心了。所以，我相信你的能力，也相信领导们的眼光，你肯定能把事情做圆满。那么提案工作，再具体的我就不听了。"

杜火星当过市委副秘书长，两人过去有些交集，感觉她虽然脾气性格有些急，但都对事不对人。而且，要求严格也并非坏事。所以，她前面那些话听得邓念成很感动，没想到几位领导对他有这么好的评价。但后面的话又弄得他有些惶惑，加上今天这态度，感觉她不对劲，又不晓得哪里不对劲。于是他坐直身子，一本正经地说："那哪儿成啊？这是两码事！你是分管领导，听也得听，不听也得听。而且，我也必须向你汇报，听取你的指示。"

杜火星未置可否地笑了笑，却始终不说正事，反而兴趣十足地八卦："乔主席要发个提高提案质量的文件，前面写了七稿都不过关，后来是你一个晚上就搞定的？"邓念成不解，不过还是解释了一句："本身就是写稿子的，领会了领导意图，写起来还不顺理成章啊？这种事于你这文豪级别的人物，还不是小菜一碟？而且，伟华主席也改过的。"杜火星马上接口说："只改了几个字！伟华主席说，他不能贪人之功的。"

张伟华跟她讲得真是很详细呀！邓念成暗暗吃惊，但是却不清楚她为何提这件事。莫非他们当初是用这种方式对自己进行另类考核？但着急此行的目的，他也没深究，岔开话题道："改几个字也是改呀！画龙点睛哩！……算了，不说这个了，还是听我汇报工作吧。汇报完了，还得抓紧落实哩！"

邓念成真要汇报，她也不好不听，笑道："你还真是执着啊！难怪人家说,你的优点是认真,缺点是太认真。好吧,材料放这里,我回头认真学习。"然后把泡好的茶推过来,"喏！再品一杯,看味道如何。"

"肯定比我们平头百姓的好啊！但我真没心情品茶。要不,把你那半罐给我,我带回去慢慢品,然后交篇品茶心得?"尽管对方兴趣缺缺,邓念成还是于玩笑间把话题扯了回来,又生怕她继续八卦,赶紧把这些天的工作,以及接下来的想法和安排,一条条说了出来。

果不其然,杜火星都肯定,没打拦路板①。却又话锋一转,话里有话地说:"以后的提案工作,你要多向丁主席和达理副主席请示汇报。"

黄达理是不驻会的党外副主席,联系提案工作,但还任着金鹏大学副校长,主要精力在那边,不到政协坐班。

"向黄主席请示汇报,我们肯定及时主动,跟向你一样。但向丁主席……"邓念成呵呵一笑,脑袋摇得像货郎鼓,"还是算了吧！一级管一级,一级对一级负责。你是我的顶头上司,我只对你负责。至于你怎么对丁主席,那是你的事。我可不想因为越级的事惹你生气,招别人说三道四。"

"你这个人！……"杜火星一时语塞,指头甩过来,片刻之后,又无奈地一甩手说算了,不说了。

"喂,提醒一下啊！周四的提案办理培训会,你得出席并作开班讲话,这是你审定的方案里面写了的,也上过周表了。今年的提案办理工作做得怎么样,你这一炮至关重要。"

"行吧！不过,讲话稿可得你们准备好。我这刚来的新兵蛋子,两眼一抹黑,行话还没学会哩！"

邓念成指着那一摞材料,狡黠一笑说:"最上面就是,也内网走件了。你看还要怎么改,我们抓紧。时间很紧的,今天是周二,后天就要讲了。"杜火星顿时噤声,随后手指甩过来佯怒道:"你这家伙,这是绑架的节奏啊！"邓念成喝了口茶,嘿嘿地笑。

"哟,好像不行啊！"杜火星似乎想起了什么,"周四上午,我另有安排了……这样吧！你抓紧联系黄主席,我跟他说过了,讲话稿也请他

---

① 打拦路板:方言。本意是拦路打劫,引申为故意刁难、设置障碍。此处指提出反对、否定意见。

26

审定。"

"喂！你什么意思？不是说好的吗？会议材料都印了，议程上就是写的你讲话。你突然变卦，叫我们怎么办？"邓念成惊骇得跳将起来，椅子都差点儿掀翻了。倒不是他轻视党外同志，实在是事情不能当儿戏，说变就变的。

杜火星白了他一眼，说："计划赶不上变化嘛！看把你激动的！在机关这么长时间，这点都没弄明白？"邓念成终于没忍住，说："你好像很反常啊！不是一般的反常，是反常得不能再反常。"杜火星哭笑不得，嗔怒："怎么跟领导讲话呢？还有个大小没有啊？懂不懂大小王啊？"

邓念成不跟她废话了，那么多事得抓紧处理。见他往外走，杜火星提醒："茶叶不要了？"邓念成转身，抓起那半罐茶叶，谢字都没说一个就走了，搞得她啼笑皆非。

在杜火星那里耽误了差不多一个小时，什么事都没办成，倒是把膀胱灌得鼓胀，邓念成急忙先去厕所放水，再把提案委的人叫来，研究培训会的具体事宜。见杨豫明打开热水壶，做着泡茶的准备，邓念成一指刚刚拿来的半罐龙井："喏！杜主席的赏赐。"

杜火星的这一改变，的确给工作带来了被动。但作为下级，除了服从，还能做什么？何况她说的也对，定好的事情，因某些原因突然改变，也是常有的事，不值得大惊小怪。

提案办理培训会安排了两整天时间，晚上都利用起来。地点是有些偏远的一个培训中心。因为有些偏远，想晚上回家，或者单位临时有事请假，便都不太方便，也是为了集中精力开好会。

周四上午开班，黄达理作动员讲话，刘天民作专题培训，邓念成讲提案办理工作的重点和具体要求，重点都放在严格绩效考核上。下午安排十家办理单位，介绍严格落实绩效考核要求、切实做好提案建议落实的做法和经验。晚上则组织分组讨论。

参会的有九十几个单位，一百多人。如果开大会讨论，既讲不了几个人，也不太好控制讨论节奏，影响讨论效果。于是分成四个组，分别由邓念成、刘畅、刘天民和许冬梅主持，重点也是围绕绩效考核，做好提案办理工作，同时征求对提案工作的意见。

分组讨论结束，已是晚上九点半。提案委的人没休息，整理分组讨论

27

意见,列成条目,为第二天邓念成的总结提供素材。

周五上午,先请开发公司技术员讲提案管理系统操作方法,特别是介绍与绩效考核有关的指标及其注意事项。据刘畅他们说,每年的培训会都讲这个,因为办理单位的专职人员变化太过频繁,差不多一半是新手,所以无奈地成了保留节目。

然后与会人员回房间,围绕严格绩效考核,以及市政协提案工作要求,撰写至少三百字的建议。

下午的总结会,因为是周五,又比较偏远,散会了大家都要赶回市区,便于五点结束。但内容很充实。先请几位建议写得好的上台发言,最后是邓念成总结,依旧强调严格绩效管理。

主题如此突出,安排和要求又迥异于过往,傻瓜都看得出来,市政协要动真格了。所以一百多人的会议,开得也算有条不紊,严肃紧张。等大家都坐上大巴,提案委的人才松了一口气,都说效果应该可以达到预期。刘天民甚至说了声"热烈祝贺"。

周二的主席会议,原定提案委有两项议题,一项是汇报下半年提案工作计划,另一项是提出书记、市长领衔督办提案和主席会议督办重点提案的建议。

主席会议一个月才开一次,邓念成便想插个议题进去,叫杨豫明起草了培训会情况报告,自己熬夜改了出来,目的是尽早启动相关工作,推动解决办理单位提出的问题。但这事得杜火星和丁锐同意。于是周一去机关的路上,邓念成就想着怎么向两位汇报。

两天培训,全身心泡在会上,接着就是双休日,所以他没怎么关注机关的事。没想到,刚到食堂吃早餐,就听到一个惊天消息——杜火星交流到兄弟市任书记。在瞬间了然她上周为何反常的同时,邓念成也惊悚不已。她一味打哑谜,肯定是保密原因不好明说,然而这事于邓念成,还是非同小可。

几十年的有限工作时间,碰到一个对路子的领导,真心不容易。譬如他碰到杜火星,算是福气。有的人一辈子都碰不到,只能一个霉运走到底。但是,这才开始,杜火星却突然要抽身走人了。若果真如此,那今后的提案工作,能否顺着刚刚定下的基调继续推进,还真是个未知数。

还没开始就得换帅,让邓念成心急如焚,感叹这届提案委还真是命运

28

多塞啊！不行,得听她亲口给个实信!这么想着,他饭都顾不上吃了,草草扒了几口,就连忙上五楼。

一进杜火星办公室,就见摆上去没几天的物件,又从柜子里撤了下来。邓念成见杜火星正在打包装纸箱,便知道没开口的必要了。他心里叹了口气:唉!我怎么就这么背呢。然而组织决定的事,不说他个小萝卜头,就是主席丁锐,估计也没办法阻挡。何况这次交流虽然是平级,却是重用,市委书记哩!干得好,再往上走一步,也是有可能的。挡人家前程,还不跟挖人家祖坟一样呀!

于是他换了个角度,祝她履新愉快,问有没有要帮忙的。他也知道这话白问,看办公室里忙碌的一帮人,哪里会要他搭手?不过他也并非虚情假意。看她在那边忙,自己也搭不上手,便告辞了。

跟听到消息时一样,邓念成的心情依旧沉重。主要是不知道谁会接手分管提案委。现在的八位副主席,党内党外各四位。机关有一个办公厅和七个专委会,但党外副主席不驻会,所以他们的分工,是党内副主席各分管两个,党外副主席分别联系七个专委会。这在无形中也形成了 A、B 角。但党外副主席都有本职工作,譬如黄达理,大学一堆的事要他拍板,哪有精力过问提案委的事?所以关于提案工作,杜火星定了,就基本可以施行。

倘若新来的分管领导不同意杜火星定的章程,甚至提出相反搞法,那自己就棘手了。自己棘手还是小事,怎么跟上下左右交代才是大事,毕竟大话狠话都放出去了。

想想心里不托底,邓念成已经下到二楼了,又转身上六楼。丁锐正好在办公室,同意主席会议增加议题,叫邓念成先把材料送来让他看看,同时告诉秘书处补办手续。然后明确告诉邓念成,到开二次全会也不过五个月,肯定会增补副主席的。所以,暂不安排人接替杜火星,叫他有事向黄达理请示汇报。

"你是政协老人,情况熟,有经验,提案工作思路也基本明确了。当然,你们拿不准的,也可以找我。党组和主席会议相信,你们能撑过这五个月,也坚决支持你们大胆工作。"最后,丁锐微笑着鼓励。

得了这么个实信,邓念成再不抱幻想,而且也算讨了个实底,于是走楼梯下楼,同时给黄达理打电话,约汇报工作的时间,又讲了主席会议增加议题的事。

正是毕业季，马上又要招生，分管学生工作的黄达理忙得焦头烂额，说增加议题他没意见，按程序落实。其他的事先按既定思路推进，等他忙过这阵子，再具体研究。最后又说，反正明天要见面的，如果有很急的事，也可以碰碰。

既然领导都这么说，邓念成便放下心来。

周二上午的主席会议，并非只增加了提案办理培训会情况汇报一个议程，还增加了一个更重要且排第一位的议题——欢送杜火星。这样的议题，当然轮不到列席人员发言，甚至副主席都没讲。就是说，他们连"拜拜"的话都没机会说。邓念成过意不去，发了条微信表示感谢和祝贺。

提案委的三个议题是紧挨着的，邓念成一次性做完说明，黄达理又作了补充，便进入讨论环节。总体来说，大家还是认可的，讲了不少溢美之言。对不再搞提案合并、严格绩效考核等思路，更是充分肯定，说是体现了与时俱进，体现了实事求是。就这样，工作计划、书记市长领衔督办和主席会议督办重点提案很快就通过了。特别书记、市长领衔督办的重点提案，都分别由二十多件提案合并形成，要求尽快拟订方案，报书记市长审定后组织实施。

对于这个结果，邓念成当然高兴，黄达理也表态要抓紧落实。

正要进入下一个议题，不承想列席的向中敏突然举手，丁锐只得问她有什么意见。向中敏摁下话筒，有些激动地说："我觉得吧！不能惯着办理单位，他们说什么就是什么，他们要怎么做就怎么做，那政协成什么了？办理单位的下级？按有些单位的想法，一件提案都没有，才是最好的。但提交提案是委员的权利。"

她这个发言，搞得大家面面相觑。当然，都明白她是冲提案办理培训会情况汇报来的，却不知她为何要冲这个来。邓念成汇报说，办理单位抱怨比较多的，是提案质量不高、重复提交、委员不配合办理工作等等，因此必须加强对委员的履职管理。

"你这有些危言耸听了，什么上级下级的？"丁锐笑着说，然后把目光转向了汇报席上的邓念成。

看他那意思，是要自己做个回应，邓念成想。瞅一眼身后，见刘畅的双眼像刀子,又气得说不出话来,扭过头来便道:"我觉得吧,办理单位的意见蛮中肯的,高质量提案的确不太多。重复提交还好点,毕竟新委员多,缺乏基础。但明年就说不准了。相同或者相似的问题,也是存在的。不然,上届就不搞合并了。立案率也高了点,尽管压了压,但仍有百分之八十六。像省政协,已经降到百分之七十左右了。新时代提案工作的基本要求是提质增效。再者说了,提高质量是个永恒话题,永远都存在提升空间,没有尽善尽美的。这跟保护委员提交提案的权利并不矛盾。"

"念成说得对!本届政协的提案工作,要始终把提质增效作为指挥棒。念成,就如何做到提质增效,你们再拟几条措施,主席会议研究一次,然后逐条落实。"向中敏还想说什么,丁锐却直接定了调子,并作了新的部署。

也没再看向中敏,丁锐对所有人说:"我们的所有工作,都要强调质量意识,讲究履职效果,争取每次协商活动都能收到实实在在的成效……好了,这个议题就到这里。另外再说个事,就是主席班子暂不重新分工,达理同志辛苦一下,多放些精力到提案委。"

"好的。"黄达理话音刚落,丁锐就宣布进入下一个议题。

按照绩效考核指标体系,对提案办理单位的硬约束也就那么几条。首当其冲的便是按时签收。即在规定的截止日期,必须完成签收任务。倘若没及时签收,扣分还蛮严的,每件提案延时一天,扣零点五分。

既然要严了,那么就从这项规定抓起。这是邓念成的主意。所以,他不仅自己盯系统,看还有哪些提案挂在"待签收"栏里,也要求提案委的人都这么做,更要求华艺章及时提醒办理单位。

虽然开过会,且讲得声色俱厉,却仍有单位翻老皇历。邓念成说,还是做到仁至义尽吧,毕竟第一次这么严。所以只要有空闲,他便带着人跑办理大户,跑签收慢的单位,苦口婆心地督促他们签收,了解办理工作中的问题,收集意见建议。

这些工作效果还是明显的。华艺章乐呵呵地说,签收进度快多了,按时签收率也高多了。提案委有太多的事情,既然这事告了一段落,邓念成便把后续的事托付给华艺章了。

这个周六一早,招聘工作人员的考试如期进行。通过了资格审查的二十六人,竟然来了二十一位。

上午十点笔试结束，几个人没休息，分头阅卷。人事处也人性化地给考生叫了盒饭，安排会议室午休，让他们等面试通知。下午三点，留下笔试得分靠前的六位考生面试。只招一名，面试再多也没用。面试一结束，邓念成便叫许冬梅起草招考情况报告，建议前三名进入体检环节，报秘书长会议审定。

之所以一天内搞完，是因为有的考生从外地赶来，不好意思劳烦人家跑两趟。而且他们自己也没太多时间浪费在这事上。

"主任！你那天的话似乎还藏了一半，害我琢磨了好些天。那你今天总能说说，到底什么意思了吧？"忍了这么长时间，许冬梅到底没忍住，便缠着邓念成，想一探究竟。

会议室里的众人好奇地瞪大眼睛，也凝望过来，迫切地想知道，主任说了一句什么话，居然让许冬梅纠结这么长时间。邓念成也没想到她一直惦记着，哭笑不得地说："好奇害死猫啊！你就不担心？"然而今天他心情好，便又打了个哑谜问："你们女同志上街买东西，是买贵的，还是买对的？"

华艺章大惑不解，问这招人跟买东西，有半毛钱关系呀。两位女士似乎听到了最好笑的笑话，也撇了撇嘴，满脸不屑地说："就是！有钱就买贵的，没钱就买便宜的，这还用问哪。"

"一样的道理呀！"邓念成不再打哑谜，点燃一支烟，又吐出一口烟雾，"我们是招人做事的，不是摆着好看的，更不是做慈善给人当跳板的。你们以为那些学校显赫、学历显赫的人，真看得上这劳务派遣的身份，愿意踏踏实实领几千块钱工资，帮我们干最基础的活？我看未必吧！"

"哦！主任是只买对的，不买贵的。"几个人这才恍然大悟。

"且慢！"许冬梅不认可他这"高论"，竟钻牛角尖抬起杠来，"贵和对，并不矛盾啊！贵的，也有对的；便宜的，也有不对的。这是偷换概念哪，主任！"

"没错！贵的也有对的，便宜的也有不对的。但是主任穷啊，买不起贵的咧！要是个富翁，管他对不对，当然拣贵的买。谁不知有钱了，去买个贵的显摆呀？"邓念成"扑哧"一笑，又无奈地打趣，"所以，就不敢打肿脸充胖子，瞎嘚瑟当个'表叔'啊，'皮带哥'的。"

听了这话，大家都翻看起手中得分靠前，即将进入体检环节的三位考生情况来,纷纷猜测,谁入了邓念成的法眼。邓念成顿时无语:"别猜了。随缘吧!说不定还没到体检,人家就找到单位上班去了哩!"随后他又解释,人往高处走,水往低处流。碰到更好的,或者更对路子的职位,人家肯定毫不犹豫地去,直接把这里放弃。

方淑文体谅邓念成的苦衷,恰好周一下午有秘书长会议,便急事急办,列入议题。随后一通流程走完,二本毕业的女孩小芳便正式入列。看到这个结果,众人顿时惊呼,主任果然不买贵的!而随着小芳入职,大家又感叹,到底是培训学院院长,真是专买对的。——此是后话,暂且按下不表。

书记、市长领衔督办提案,对于推动建议落实,进而带动整个提案工作提质增效,无疑具有正向示范作用,所以金鹏市一直高度重视。但今年全会召开晚,遴选和合并又费了些周章,加上居间协调和请示汇报,直到八月中旬,才与人大议案一并交办。

起草领导讲话稿时,邓念成有些纠结。升格为重点提案之后,所有要求相应升级,加之安排些督办活动,以及常委会议专题协商会,那么重点提案的办理时限比一般提案要多两个月。邓念成屈指一算,要到明年一月底才能完成。而二次全会大概率是一月中旬召开,时间显然不够用。

如果减少督办环节,履职活动便会变得平淡,成效也不那么突出,就是常委会工作报告和提案办理情况报告,都没法写得精彩。这与领导们反复强调的"开门红"和"良好开局"显然有差距。专题协商会更是纳入了年度协商计划,是必须完成的。

左想右想,他只想到了一个办法,就是延长到明年继续。毕竟,书记、市长领衔督办提案,各由二十多件提案合并而成,占了立案提案的百分之八左右,也是不小的比例。但是,提案跨年度办理,既缺乏制度依据,也没先例可循。

实在没辙了,他就去跟黄达理讨论了一回。黄达理没反对,只说看看怎么跟规则衔接。最后叫他请示丁锐,由主席决定。听完邓念成的困惑,丁锐意味深长地问:"规则和成效,哪个更重要?"

"我知道怎么处理了。"邓念成先是一愣,随即茅塞顿开,咧嘴一笑道。然后又请示:"开完重点提案交办会,我们准备出去一趟,拜会全国政协提案委、省政协提案委领导,同时到兄弟政协取取经,看看有什么新精神新要求,有什么好经验好做法。"丁锐不反对,叮嘱了一些注意事项,特别是要遵守八项规定。

重点提案督办和专题协商会的筹备早就开始了。所以,邓念成趁着空档,带着提案委的人火急火燎地先奔省城,再走北京,主动争取指导。

四天行程收获满满,大伙儿啧啧称奇,伸出大拇指说主任就是牛。他却苦涩一笑:"牛什么牛?把工作做出成效来,做到领导提起金鹏就点头称赞,做得领导帮我们打广告,那才是真的牛。"

学习考察是要提交报告的,邓念成却产生了新的想法,不准备就这次学习考察单独写报告。这个想法跟丁锐和黄达理一说,他们也都支持,接着邓念成便组织办理单位的业务骨干,二十多人浩浩荡荡,按全国政协提案委提供的样板,去上门取经。

一周时间,马不停蹄地跑了两个省的五家政协,既听提案委的经验,也了解办理单位的做法,还现场考察办理成效,把兴致勃勃的一帮年轻人拖到后来跑不动了。不过,心却热乎乎的,激动不已,直嚷嚷不听不学不知道,一听一学吓一跳,表示要把人家的经验变成自己的行动。

坐在中巴或者高铁里,刘天民不时对邓念成竖大拇指说:"你的这一炮,应该是打响了。金鹏市的政协提案办理工作,一定能上一个台阶。"邓念成还是很清醒,并未被这点成就冲昏头脑,淡淡一笑说:"骑驴看唱本,一边走一边瞧吧!我可没指望一次学习就真能起多大作用,更不奢望发生天翻地覆的改变。说不定三分钟热血,回去就依旧故我了。"

这是他的心里话。原本他还存了点混日子的想法,只跑了这两趟,就感觉火烧屁股,根本坐不住。

"那你还想怎样?"

"其他措施也必须及时跟上。不能让好不容易燃烧起来的热血,又冷却下去。"

"好!我们督查室全力配合。需要我们怎么做,你只管提要求。"刘天民也不含糊。

"谢谢!麻烦你们的事,肯定不会少。"此刻的邓念成,已经在做任内的全盘规划了。

4. 公开考核双推进

回到金鹏不久,提案委的学习考察报告便呈上丁锐案头。

报告从提案质量、办理质量和服务质量三个维度,提出了加强统筹协调、制定提案工作纲要、制定修订工作制度、创新重点提案培育、优化提案征集、加强提案审查、加强提案分析、加强提案督办、建立量化评价体系、推动提案工作公开化、加强沟通交流等十一条措施。每条措施下面,又开列具体清单。实际上是围绕提质增效,全方位规划了本届的提案工作。

丁锐很认真地看完报告,然后批了很长一段话,印发主席会议成员和各专委会主任研阅,又列为党组会议议题,专题听取汇报。不过,他在党组会议上说了一句"不过……",弄得邓念成一个激灵,心顿时提到嗓子眼儿,生怕他不满意。

领导讲过肯定的话,再来个"不过"转折,众人便都知道,肯定的话是铺垫,后面才是重点。所以,不光是邓念成,所有人都一个愣怔,不清楚他会接一句什么话,为邓念成捏了一把汗。

也没让大家等待太久,丁锐问了一句:"提案公开,全国后年都要普遍实现了,我们还要等到后年吗?"

听他说这个,邓念成吐出一口长气,其他人也把心放回肚里。

原来,国办去年印发通知,要求政府系统今年起推进人大代表建议和政协提案办理结果公开,并逐步扩大范围,后年起公开办理复文全文。虽然并未要求政协也公开,但邓念成觉得这是一个抓手,可以通过公众监督,推进提案工作质量提升,同时很好地宣传提案工作,于是写了这么一条。但没敢把话说满,只写了明年制定文件,后年全部公开,算是放了个试探气球,毕竟领导们怎么想,他不清楚。

丁锐这意思再明白不过,傻瓜都听得出来,也正中邓念成下怀,于是他接口说:"既然主席有要求,我们立即着手制定文件,明年全部公开。"谁知丁锐又跟了个反问:"今年来不及吗?"又说:"从现在到开二次全会,还有几个月时间。"

虽是商量口吻，但哪里有商量余地？所有人再次愣住，心说也太急了吧，提案公开，总得做些准备。特别是出现了舆情，怎么处理，没个预案哪儿成啊！邓念成也是一愣，随后一咬牙说："好！我们马上起草文件，同时做公开准备。文件一经主席会议通过，就马上公开。"

会议一结束，邓念成便组织人手，做提案公开的准备。

公开提案及办理复文，先得有制度，规定哪些能公开、哪些不能公开，把原则确定下来。同时，公开的审查机制以及流程，特别是发生舆情了怎么处理，等等，都应当遵循制度规定。不然就会打乱仗，出现状况了也手忙脚乱。然而，临到起草文件了，他们才发现难度不小。联系一些兄弟政协，竟没一家做的，更甭说形成文件了。就是说，没有可以参照的。

但党组会议定了，那就必须完成。再说了，金鹏市做事，有多少是"抄影本"的？沦落到"抄影本"，就不是金鹏了。再具挑战性的事，不也做出来了？还做得相当漂亮！于是邓念成跟大家统一思想："大不了不成熟。没关系呀！不成熟才正常啊！随着工作推进和认识深化，再修订就是了嘛！"

经过反复讨论，定好框架和原则，便叫杨豫明写初稿，硬是在半个月后，上主席会议通过。然后赶在年底，在政协门户网站公开了大约三分之一的提案及提案办理复文。——此是后话。

九月上旬的一天，提案委的人一早就聚到邓念成办公室。就在热烈讨论时，邓念成放在桌上的手机响了。一看是丁锐秘书小庞的，连忙接听。随后又挂断，叫大伙儿先回去，然后拿起圆珠笔和笔记本，径直上三楼的会客室。

小庞的电话，是说一个政府部门来拜会。丁锐知道那是提案办理大户，假如他有什么要讲的，这便是一个机会。

会客室的门开着，邓念成刚在门口露头，迎面坐着的丁锐就介绍："这是我们提案委主任邓念成。"挨丁锐坐着的人起身和他握手，然后转头笑着对丁锐说："我们是老朋友了。"

"哦！"丁锐笑说，"也是！金鹏就这么大，局级干部也就这么多，你们应该认识的。"

邓念成笑着说："原来是赵局长啊！"然后也解释："我们还是局干班

36

同学。"他走到丁锐指着的一个空位，见还有两位副局长相熟，也挥了挥手打招呼。政协这边除了丁锐，还有副主席周思明、秘书长方淑文和经济委主任王懋林。

随后他们继续聊，邓念成不方便插嘴，在一旁聆听。听了一会儿，他就明白所为何事了。原来，书记领衔督办提案，是他们局主办，经济委督办。其中有一场常委会议专题协商会，所以提前过来衔接，看看还需要做些什么。

事情商量完，丁锐问邓念成："有关提案办理工作，你还有没有要跟他们说的？"邓念成先说没有了。要说的，培训会上都说过，特别是达理主席的讲话，要求都在里边，落实好就行。想了想，他又提醒道："今年的绩效考核比较严，希望贵局多上点心。"

"那是应该的。"赵局长笑着点头。稍停，又说提案办理工作总结，他们写了个初稿，叫邓念成帮忙看看，还要怎么去完善。

"哦！这么快，总结都出来了？"这一刻，邓念成意外的同时，还是很感动的。但是接过总结稿一看，霎时就眉头微皱。及至翻了一遍，他才客气地问："是在这里说呢？还是一会儿去我办公室？"

估计赵局长是想当着丁锐的面听表扬，笑呵呵地说："就在这里吧。有不完善的，我们改了再报。"既然他这么说，邓念成就不废话了，微微笑着说："那我就不客气了？"他这话，听得局里几位脸色一变。但事已至此，他们只得硬着头皮说直说不妨的。邓念成指着首页，依旧笑着说："贵局这总结，可能是给人大的。"

这是他的一个毛病，不善于表扬，也不善于变通。通海口的话叫巷子里赶猪——直来直去。照常理，怎么也得先肯定几句呀！可他却不按常理出牌，上来就讲问题。一位副局长连忙说没带错啊，就是给政协的。邓念成指着标题里"代表"两个字，笑着说如果是给政协的，那这标题就有硬伤了。

众人顺着他的手指去看自己手里的材料。当然，有的看出来了，有的不明所以，一脸懵懂神情。局办公室主任也发现了问题，随即尴尬地笑道："哟，还真是搞错了！应该是政协提案，标题却写成了政协代表提案。多了'代表'两个字，画蛇添足了。"

赵局长几人一惊，连忙说："那我们抓紧改过来。常识性错误都会犯,真是不应该!"

这么一闹,局里的人紧张起来,不过政协的人没多纠缠,似乎等着他再发现问题。果然,邓念成接着说:"现在做总结,还是太急了点。六月初开完全会,月底才交办,满打满算办了两个月。大会提案的办理期限是五个月,总结应该是办完才有的。所以我建议,办得差不多了,再去写总结,材料会更丰满。"

他没敢说他们敷衍,毕竟当着丁锐几个人的面,毕竟赵局长是老朋友,但话里的意思,他们还是听得出来。赵局长又连忙说,一定把精力放在提案办理,而不是总结上。

政协这边的人,还是没说什么,客客气气地送客。还没回到办公室,邓念成就收到了赵局长发来的微信,只有四个字:"感谢!感谢!"邓念成笑笑,回了条:"对不起!"再加一个表情。

一转眼,就到了当年提案办理的收官时间,也该对办理单位的绩效考核算总账了。所以,元旦过后的第一个工作日,提案委再次到邓念成办公室,准备敲定这个事。

这是他们第三次核对数据的准确性了。众人都说,也没什么工作能细到这个样子了。

经过小半年磨合,邓念成早就融进了团队。新来的小芳,有的拿她当晚辈,有的当她是妹妹,倒是融入得更快。所以大家真像兄弟姐妹,气氛随意许多,说话没那么多顾忌,都能敞开心扉。

"各位!媳妇是俊是丑,总得见公婆。嚷嚷了半年的严格绩效考核,我们也不遗余力地推进,还信誓旦旦做保证,终于要见分晓,是考验我们的时候了。不过,再俊的媳妇,也得拾掇一番,努力展示更好的形象。所以,希望大家认真认真再认真,仔细仔细再仔细,把每个数据都核实得无可挑剔,经得起任何检验。这既是对办理单位负责,也是对我们自己负责,更是对政协负责。"扬起考核明细底稿,邓念成笑意盎然地开门见山。

其实他的内心跟大家一样紧张。只不过众人都肃穆,他再紧绷个脸,这空气估计就要凝固了。所以,他只能装得若无其事,还开起玩笑,用戏谑的语气开头。

经过前两次核对,数据方面没发现大问题,因为是系统根据设立条件自动生成的。数据方面假如真有问题,也是指标体系设计合理性的问题,那是接下来要改进的事。但不管设计合理不合理,同样的指标体系,对所有办理单位,还是相对公平的。

他们现在要核对的,是加分与扣分说明是否立得住脚。分加多了还好办一点,除了偷着乐,再暗骂一声提案委的人傻×,没谁会傻乎乎地说:"喂!你给我加多了。"当然,漏加了,人家也是要扯皮的。而扣分项,更是半分都不敢马虎了。办理单位是小数点后两位都要力争的。假如出现申诉,甚至大面积申诉,自己又没充分理由解释,麻烦就大了。至少,这份成绩单的真实性与准确性,就会大打折扣,提案委的工作质量也会遭到质疑。

华艺章做得也算是细了,甚至把每次跟办理单位的沟通,包括提案委上门提醒,都在系统里作了详细记录,时间、内容、联系人一目了然。这些都分单位打印出来,每个单位一页账单,订在一起厚厚的一本。有了这份台账,相信得分不高的单位也说不出什么来。即使申诉,也有充分的理由应对。

这次是分单位分项目逐一核对,看看有无误差。整个核对完毕,也没新的发现,见大家都松了口气,邓念成又严肃地问华艺章:"你能不能保证这个分数绝对真实准确?"华艺章知道这事非同小可,早没了平时的嘻嘻哈哈,一脸肃穆地无奈摇头:"主任你要这么不自信,我就真没办法了。"

见华艺章有些紧张,刘畅解释说:"这个事,压力全在主任身上,他当然要把钉下的钉子回个铆的。"犹豫片刻,华艺章便坚定地回道:"我保证!"脸色更加肃穆。

"那好!跟过去一样,都管好自己的嘴。艺章把所有材料收回去,锁进保密柜,最好用碎纸机销毁。也暂时不要网上走件,免得走漏风声,搞得满城风雨……今天周三,黄主席下午过来开会。我先汇报一次,听听他的意见。"说着把材料递给华艺章,"是俊是丑,总不能躲在闺房不见人的。但最后怎么定,还看领导们的决心和态度!"

许冬梅安慰道:"我觉得这样挺好,对大家都公平。"刘畅说:"我也这么觉得。而且最终结果,比我们预想的要好。得百分的占了三分之一,良好以上的为绝大多数。真正拉开差距的,也就那么几家。也的确该让他们长一次记性。我们下了那么大功夫,他们却还当耳旁风。"杨豫明跟着附和："这一次打疼了，估计再不敢应付了事了。我也觉得好。"邓念成却未置可否，说但愿吧。

这次考核成绩，总体看还不错。纳入考核的九十五家单位，满分接近三分之一，优秀（九十分以上，含百分）约百分之七十，除了三家较差（七十分以下），剩下的为良好。对于这个真实分数，估计绩效办再挑不出什么毛病了。

带着十足底气，下午两点，邓念成便进了黄达理办公室。黄达理如校对员般一丝不苟，很认真地一行行比对，一页页审阅，甚至到了后页又翻看前页，完全忽视了桌子对面坐着的另外一个大活人，似乎非挑出点毛病不可。

领导这么认真，当然是好事，邓念成巴不得有人帮他把一道关。万一有疏忽呢？譬如早些年的材料，都是油印然后手工装订的，少页、夹页、错页很难避免。他也的确见证过一场几百人的会议，所有人的材料完好无缺，独独主要领导的少了中间一页，结果读着读着读不下去了的尴尬。那位秘书处长懊恼不已地说，我真是背到家了，这种小概率事件都能发生。后悔怎么就没把主席台上的材料再翻一遍呢。

这种现象，就是著名的墨菲定律。邓念成也不敢打包票，自己就能百分百避免，就能跳出墨菲定律。所以他经手的材料，都是核了再核，生怕出错。一些重要材料，则组织"读校"，就是两人各拿一份，一人大声朗读，一人逐字核对，看有无疏漏或者语病。但凡摆上主席台的，即便手下人检查过了，即便随着自动化程度提高，少页、夹页、错页基本不会发生，他也会逐页再翻看一遍。譬如今天给黄达理的这份成绩单，集体核对过三遍，他又逐字校对了，才敢拿来见领导。

时间就这样熬着，直到半个钟头过去，黄达理才抬起头来，一边归拢材料一边笑道："你们还真是细心，就是扣零点一分，也讲得清楚明白，我竟没挑出半点毛病……我觉得挺好的，经得起审查，不怕人挑刺。"

"说实话，主席！材料我们不是很担心，光集体审核就三遍了，何况是系统自动生成的。但就是不晓得，会不会给领导添麻烦。毕竟有些单位的分数，落差还是比较大的。"虽然松了口气，邓念成却还有些犹豫，其实也放了个试探的气球。

黄达理哪里听不出他什么意思？提起笔在文件处理笺上写下"同意

拟办意见。请丁锐主席审阅"几个字后，说："我这一关没问题，会坚定站你们一边。而且我相信，主席们也跟我差不多的想法。出一个真实的考核成绩，是对事业负责，谁会反对呀？"

见他合上文件夹，邓念成一把按住，笑着提醒后面还有个件儿。黄达理翻开一看，原来是优秀提案和先进办理单位的表彰决定，后面附了名单和说明，于是边看边问："这个是如何产生的？"

绩效考核的文件他签过，邓念成便轻松多了，指着文件道："都是根据评选办法和专门方案产生的，市委督查室、政府督查室也参与了……喏！原则、办法、过程和结果，都在这里面。有什么不妥的，你指出来我们再修改。"

黄达理很快看完了，签上名递给邓念成。邓念成扫一眼黄达理的办公桌面，起身笑道："你这还有一堆文件要处理，我就先告辞了。"出了黄达理办公室，见离三点开会还有二十分钟，他便索性上了六楼。

丁锐没像黄达理那么仔细，而是一边翻一边听他解释。翻完之后道："严格绩效考核，是提案工作提质增效的第一炮，一定要打响。这也是市委市政府给我们的尚方宝剑，必须用好，用到位。所以，我跟达理同志态度一样，而且会在主席会议上强调，叫大家都支持你们的工作，帮你们解除后顾之忧。"

得了两位领导的承诺，邓念成放心不少。当然，为慎重起见，丁锐没当面签批，而是把文件夹留下了，说他抽空再看看。邓念成自然不会强求，于是跟在丁锐身后，去主席会议室开会。

四点半会议结束，邓念成赶紧回办公室。刚在会场上，手机就响过几次，都被他掐断了。

远远地，就见办公室门口，华艺章陪着几个人闲聊。见他过来，都满脸堆笑地喊了声邓主任。邓念成歉意地说对不住了，下午有主席会议。来人笑着附和说主任是大忙人，理解理解。然后尾随他进门。

正如华艺章所言，他的门槛都快被人踩平了。除了委员来讨教写提案的事，剩下的便是绩效考核了，既有存在这样那样问题临时抱佛脚的，也有心里不托底探听消息的。毕竟政协一直在放狠话。

宾主分别落座，华艺章主动烧水沏茶。几个人连忙去拦，说："别客气，别客气！"华艺章当然不会客人叫他不客气，就真不客气。一边清理茶杯,一边指着邓念成的茶杯,笑着说主任也要喝哩。众人瞅一眼那茶杯,果如华艺章所言是空的,不好再说什么,只满怀期待地看向邓念成。

虽然知道他们所为何事,但邓念成还是没急着开口,而是从办公桌上抓过烟,问了一遍有没有抽的,见都客气,自嘲地笑道:"不抽也好,抽烟有害健康。你们都是好市民。不像我,既损害健康,还搞成了弱势群体,处处受人歧视。"

"谁敢歧视主任?"

"嘿嘿!"邓念成自顾自点燃烟,坐在硬板椅上笑呵呵地问,"各位今天来,有何见教啊?"见他终于入了正题,一位男士便把随行四人一一介绍给邓念成。原来,他是秘书处处长,同来的一位是副局长,一位是副处长。还有一位,邓念成没要他介绍,说:"我知道,华艺章的老乡,王向东。"

副局长又套起近乎说:"哎呀!连小王的名字,主任都记得啊。真是佩服!"王向东欠了欠身,尴尬一笑。华艺章的茶杯清理完了,接口自豪地说,主任不仅记得王向东,各单位负责提案工作的,恐怕没几个没记住名字。

"哎呀,主任真是了不得!"副局长又发了通感叹,旋即指着几位手下,"喂!主任平易近人的作风,你们都得好好学习啊!"

"是,是!好好学习,好好学习!"几个人连忙又附和。

尽管事情一大堆,但来的都是客,邓念成不好撵人走,只得再次问:"你们来到底所为何事呢?"副局长终于肯说目的了:"就是绩效考核,我们来说明情况,希望主任手下留情,明年我们一定认真办。"

邓念成当然没告诉他们分数,还没上主席会议哩!可这么好的送上门来的说教机会,他也不会放过,于是跟前几批一样,讲了一通办好提案的重要性。然后说分数应该很快就出来了,叫他们耐心等待。

"高!"把几个虽心有不甘,却又莫可奈何的人送进电梯,华艺章竖直大拇指。邓念成笑骂道:"滚!"

打探消息的人如走马灯般,邓念成一点都不轻松,不觉得人来人往是什么好事,甚至越发沉重。这表明,重游说轻落实真实存在,且相当普遍,以至于游说到他这里了。

审定绩效考核分数的请示件,丁锐没压太久,第二天就签署意见,叫秘书退给许冬梅,吩咐做上主席会议的准备。

　　周一下午,丁锐主持全会前的最后一次主席会议。尽管议题很多,都是关于全会的事项,但还是把提案委的两个议题列入进去了。为应对领导们的盘问,邓念成做了细致准备,所以他的说明还算扎实。两个说明一次做完,他便坐在汇报席上没动,等待提问或者指示。

　　果然,随后就有人问:"这两个议题,过去好像没上主席会议,今年怎么就上了?"邓念成当然不会把"叫领导们帮忙背书"的话讲出来,更不会评论过去的事,只是模棱两可地说:"我记得上过吧!再说这本就是政协的权限,得主席会议过了才算数的。"

　　这话貌似冠冕堂皇,那位领导"哦"了一声,算是放过。又有领导忧虑地说:"各单位的分数悬殊蛮大的,会不会引起单位抵触,进而不支持政协工作啊?"知道邓念成承受着怎样压力的丁锐笑道:"不至于吧!谁那么小肚鸡肠啊?"似乎这样的问题,不在他的考虑范围。

　　"我觉得吧,过去都给高分,今年也没个缓冲,突然就严了,肯定有抵触的。特别我们对口的几个单位,办理数量少,怎么搞也搞不到满分。这说明指标设计有缺陷。我们专委会明年搞活动,哪有脸去求人家呀?要我说,今年就算了,明年开始严吧。"向中敏赶紧附和,似乎忧心忡忡,也似乎就她站在全局考虑问题。

　　邓念成正要开口,却被黄达理抢了先:"严格绩效考核,符合提案工作提质增效总要求。再说绩效办都挂黄牌了,如果依旧不讲原则,说不定就真的取消了。那是政协承受不起的损失。政协能有点儿约束力的,也就这个了。而且也不是没给缓冲时间,从办理培训会开始,大会小会反复强调,提案委还跑了二十几个单位提醒。至于电话、微信群提醒,更是不计其数。有时候,我都觉得他们做得太细致了,真是苦口婆心。做了这么多,也还有置若罔闻的。拖到明年,又说后年再去严,那么喊一千遍狼来了,也是没用的,还不如不喊。"

　　"我赞成达理主席的意见,何况提案委也仁至义尽了。任何事总有个开头的。既然要严,就从讲出口的那天开始。要让有些单位感觉到疼,再不敢应付。不然,政协总讲不起硬话。甚至副主席主持的会,他们也只派副处级干部来。"副主席周思明似乎被什么事触动过,讲得有些激动。副主席曾涛立即附和,来个副处级还是好的,有时候只来科级干部。

丁锐不禁眉头微蹙,似有不满之意,说:"要不要严的问题,今天不讨论,以后也不再讨论!这严,不仅是对别人,也是对我们自己的。从本届政协开始,不仅提案办理绩效考核要严,政协的各项工作都要高标准严要求,与金鹏市承担的使命相匹配。"要再听不出这话什么意思,那真没资格坐这里了。于是都缄口。

丁锐扬了扬手里的材料,又对邓念成道:"问题在于,我们还是要实事求是,不无原则拔高,也不要刻意打压。我只问你一句,这个分数能否经得起申诉?"

邓念成干净利索地回答:"一点问题没有!"听他这么说,丁锐便问大家还有什么意见。又环视一周,见都摇头,这才又问评优评先的事,大家有什么意见建议。

兴许是经过前面的事,大家都知道了丁锐的态度,所以过得倒是快,没人提不同意见。当然,丁锐也叮嘱,要认真对待申诉,做好解释说明。如果真是自己错了,该纠正的及时纠正。他的总要求是:"要求要严,态度要好。"

主席会议一结束,邓念成便把走到他OA(办公自动化)系统的绩效考核分数和评优评先两个文件发给黄达理,还电话提醒了一回。

之所以火急火燎,也是不得已。倘若拖的时间长,难免有得到消息来求情的。再假如领导打招呼,他听也不是,不听也不是。这还不是面子的问题,做提案工作,少不得领导支持。把领导得罪了,就少了一个支持。文件到了绩效办,再有人来求情,他也有个借口。

第二天,关于绩效考核的文件,丁锐签批完毕,就通过电子公文交换系统,第一时间到了绩效办。又隔了一天,邓念成给绩效办主任打电话,询问收到了没有。对方爽朗地笑了,说一看就是下了功夫的,文件也做得规范,还打趣说不愧是大机关,为他们提供了一个样本。

听他那意思,不仅收到了,还非常满意,邓念成那颗悬着的心,终于放了下来。

5. 死守底线太认真

"丁零零……"

这天上午,邓念成正和刘畅、许冬梅看优秀提案和提案办理先进单位证书与奖牌样式,座机骤然间一通猛响。许冬梅操起话筒,刚"喂"了一声,便递给邓念成,小声提醒说是曾主席。

"主席早上好!请问有何吩咐啊?"曾涛也是性情中人,且一向帮自己说话,两人关系比较融洽,邓念成说话便有些随意。

得知他在办公室,曾涛笑呵呵地说他现在过来,吓得邓念成一个激灵,赶紧说:"主席你折煞我也!电话里说得清,就电话里吩咐。电话里说不清,我上你办公室。哪敢劳你屈尊大驾呀?"

曾涛不分管提案委,工作上便没太多交集,但他说要活动活动腿脚,也认个门。领导都说到这个份儿上了,邓念成只得说:"那就恭敬不如从命了。我抓紧泡茶,把杯子洗干净,椅子擦干净,虚位以待。"曾涛笑呵呵地调侃:"邓主任的茶,肯定是香,都飘上五楼了。"又问门牌号码是多少。

邓念成本想再开句玩笑,门牌号码都不清楚,怎么就闻到茶香了呢?但他没有,而是说:"下到二楼就行,我在走廊等你。"另外两人知道没自己什么事,而且有可能要她们回避,何况证书与奖牌的样式也定了下来,帮忙烧上水,清洗了茶杯,便赶紧离开了。

邓念成不敢托大,也出门,真的站在走廊里等。开玩笑!副主席亲自来,他有那个胆子托大吗?

不一会儿,就见几个人簇拥着曾涛,从电梯口出来。定睛细看,那不是某局局长和副局长,以及办公室主任吗?他心里顿时就有数了。尽管心里有数,但毕竟是曾涛领来的,面子当然得给。何况局长也来了,即便曾涛不出面,他也会笑脸相迎。其实,就算局长、副局长甚至办公室主任不来,只来个办事员,他都没给过人家脸色,都会亲亲热热招呼,严格按照丁锐那个"要求要严,态度要好"的话来做。

边寒暄边进屋,邓念成打趣道,茶叶或许没曾主席的好,但不会没有。又问喝什么,绿茶,红茶,还是普洱。曾涛笑道:"留着下回喝吧,我要去走访委员。"邓念成戏谑:"主席不会是嫌茶不好吧？这水都烧开了,喝杯茶,要多长时间？何况周局长来了,茶都喝不上一口,还不骂我小气呀？"

　　"帮人把事办了,不比请人喝茶好？事情办好了,你想喝什么茶,周局长送你两罐,有什么问题呀？"曾涛真是直爽,直接就于玩笑间把话题挑明了。

　　既然真不喝,邓念成也不勉强,扭头问周局长:"您这大忙人大驾莅临,还惊动曾主席,是有何要事啊？"知道他明知故问,周局长还是尴尬地嘿嘿两声,道:"今天登门,一是请罪。提案没办好,送上门来给你批评,聆听教诲。这二嘛……"

　　见他停顿,邓念成也嘿嘿了两声说,批评就没有了,教诲更不敢。又问这二是什么。曾涛不耐烦了,直言不讳地说:"哎呀！我说你这家伙,真是越来越滑头了,揣着明白装糊涂。这时候来找你,不就是那个绩效考核,要你行个方便吗？"然后又大包大揽地说:"你放心,来年他们一定好好办。"

　　"哎哟！这事有些麻烦咧,主席！你也知道的,绩效办一直催,所以主席会议一通过,前天就报过去了呀！"邓念成一副恍然大悟的神情,挠了挠头,满脸都是无奈。

　　周局长惊讶于他这速度,也有些失望,诧异地问:"这么快就报出去了？"曾涛门儿清,指着邓念成笑道:"老压在手上,还不是自己找罪受啊？这家伙,别看傻乎乎的老实样子,猴精着哩！"

　　邓念成不禁无语,无奈地说:"不带这么损下级的啊！怎么说都是政协的人哩！"办公室王主任似乎就等他前面那话,连忙问:"不是还有个申诉期吗？"

　　他那言下之意,就是他们走个申诉流程,政协再改过来。这么明白的意思,即便再愚钝的人也听得出来。邓念成又无语了,却也作了一番耐心解释:"是！是有个申诉期,绩效办统一规定的。但也得有正当理由,就是说确实搞错了,才能改呀！不然,其他单位都来申诉,怎么办？都改吧,丁主席批评我们做事马虎,净出错。绩效办知道了,不也得挨批评？两边的批评我们都承受不起呀！"

"哎呀,你真是多虑了!难道他们到处吹牛,说本没这么高的分,是申诉了才有的?谁这么二啊?肯定是夹起尾巴,扎紧嘴巴嘛!除非脑袋叫门夹了!"曾涛不屑地挥手。

邓念成双手一摊,无奈地说:"没有不透风的墙哩,我的好主席!"几个人或许觉出了希望,连忙表态说保证保密,肯定不透露出去。那叫一个信誓旦旦,说的比唱的还好听。邓念成却知道,只要开了头,不管他们透露不透露,必定接二连三。而这个头,他早就打定主意死活不开。老家土话叫"王八吃秤砣——铁了心"。虽是骂人的话,带着贬义,却也表达了他此刻的意志和决心。

开玩笑!假如存有开小门放水的心思,他花那么大精力,把材料整那么翔实干什么?退一万步说,前面来的那么多人,哪位不是有头有脸的?不是大佛就是诸侯!何至于把前面的人得罪,等到他们来了再开小门放水?

"我这里改,确实比较难,除非真搞错了。主席会议你也参加了,知道丁主席的态度。而且这个分数,曾主席你也是同意的啊!"邓念成没办法,只得将了曾涛一军,试图堵住他的嘴,"要不你跟丁主席说一声?丁主席说改,我们二话不说马上改。"随后又解释:"按规矩,修改领导签过的文件,必须领导同意才行的。"

"邓主任的优点是认真,缺点是太认真。"曾涛哪能不明白他的用意?丁锐的那番话,态度明摆着哩!当然不会上他那个当,去丁锐那里自讨没趣。于是他对周局长等人调侃了一句,又转头问邓念成:"就这么个小事,还要惊动丁锐同志啊?你当主席闲得慌?"

"喂!黄局长,你上次跟王主任来,情况我应该讲清楚了吧?如果讲清楚了,就不该再来呀,更不该让领导坐蜡呀!"见曾涛不入套,邓念成只得另找突破口,笑问黄副局长,"难不成,你们没跟周局长汇报?"黄副局长脸色都变了,不知如何回答,只得瞅向周局长。周局长连忙说汇报过的汇报过的。

"哦!你们早就找过了?"这段对话让曾涛大感意外,比吃了邓念成的软钉子还不爽,暗道是叫我钻黑窟窿啊!正要说什么,裤兜的手机响了。掏出来瞅了一眼,没接。塞进裤兜时先对邓念成,后对周局长说:"我得去走访委员了。能帮的,你就帮一把,他们也不容易……假如邓主

47

任实在为难,你们也不要勉强。家家有本难念的经,他这个提案委主任,压力也大。单说这绩效考核,绩效办都亮黄牌了。他哪里做得起那个罪人?"

邓念成以为他们会跟曾涛一起离开,没想到送走曾涛,他们又随他回来了。虽然打定了主意,但面子上还得顾着。所以见众人重新落座,他只得坐到茶几前抓过茶叶罐,说:"还是喝杯茶吧!茶都不喝一口,周局长还不骂死我啊?"周局长这回没客气,吩咐一起来的小刘泡茶:"先帮主任把茶杯灌满。"

客人要久住沙家浜,邓念成反倒不说话了,笑眯眯地看着小刘往茶杯里续开水。

他有那个耐心,客人却没有。泡好茶的小刘刚一落座,周局长就迫不及待地说:"邓主任!我们局的情况,今年有些特殊。来年一定认真办,办成全市典范。你说我当局长才半年,就整出这么大的事,真是对上对下都不好交代。麻烦你看在多年交情的分儿上,务必给个薄面。行吗?"

邓念成有些好奇,笑问贵局的情况,怎么个特殊法。局长打了头,邓念成又有这么一问,黄副局长和王主任便讲起客观来。邓念成倒也耐心地听,反正这半天没太急的事。而且说不定,还能得到些启示呢?听了一会儿,便听出了原委——

该局最先负责提案办理工作的人员,开完办理培训会,就调整去了业务处室,且休婚假了。王主任安排了一个购买服务人员接手,但两人稀里糊涂没做交接,一个多月就这样滑过去了。更悲摧的是,那人后来离职,也没讲这事。等刚刚泡茶的小刘接手,已经到了八月下旬。

该局办理的提案有十来件,但只有那件是承办,其他都是会办。主办单位等不来会办意见,也就不等了,直接提交办理复文。但那件承办提案不仅签收环节扣分,答复迟了,又没沟通,委员也不高兴,直接给了"不满意"。如此一来,他那九十的基础分,还不扣得所剩无几?

黄副局长似乎颇为委屈地说:"一连串的事都碰一起,就碰出了这么个结果。您说,我们是不是太倒霉了?"

邓念成没接话茬,也没顾及众人渴望的眼神,而是问一直没吱声的华艺章:"叫你盯着系统,有异常情况及时提醒办理单位的。可提案挂了几个月没签收,你是怎么做的?"华艺章微微笑了一下,也不正面回答,而是把几张 A4 纸送到每个人手上说:"喏! 这是贵局的考核情况,我打印了出来。"

作为提案办理的"钉子户",邓念成哪会不清楚他们的情况? 还带队上过门,但没能见上周局长,只跟黄副局长和王主任见过面。当然,他暂时没准备点这个事。当面打脸的事,还是少做为好。

不当面打人的脸,却也不想被人打脸。他没《圣经》里说的那么高尚,人家打了右脸,再把左脸也转过来给人打。所以才如此慎重,无数次研究。特别是扣分,都核实再核实,生怕出差错。冤枉了人家,也造成自己被动。倘若有单位申诉成功,说到底也是他们工作做得不细,也会被人打脸。这张纸清晰记载了该单位的提案办理情况,还有催促提醒的时间、方式以及联系人等基本台账。邓念成上门那次,也赫然在列。

邓念成叫华艺章带着材料来,也是希望到此为止。果然,几人面色逐渐凝重,眉头紧蹙,甚至手指都微微颤抖。

"唉! 这么翔实的资料,确实让人无话可说,再开口也真是过分。我这个局长,汗颜哪!"周局长面有愧色地瞅了一眼邓念成,又不满地瞥了一眼黄副局长和王主任,然后拿起那几张 A4 纸说:"这份材料,我能带走吗? 我要作为反面教材,在机关整一次风。"

两人的脸更是红透了,头都不敢抬。他们或许没想到,华艺章会把见面的时间、内容、会议室甚至每个人的姓名职务都记录在案,今天又当着局长的面和盘托出。邓念成也没想到,他会借此去整风,便笑呵呵地说:"你要多少都可以,要电子版吗?"

"一份就够了。"周局长颇有些无奈,抓起桌上的烟抽了一口,当即呛得直咳嗽,眼泪都咳出来了,又连忙摁进烟灰缸里。邓念成知道他不抽烟,见他这样子,于心不忍地说:"绩效考核分数,政协这边只占百分之二。你这么在意干什么?"

"唉——"周局长长长地叹了口气,又气恼地瞅了一眼黄、王二人,"也是我大意了,应该亲手抓的。老哥你是不晓得,我还有几个项目,分数也不好看。去年的绩效考核总分,怕是要全市垫底,当副班长了。这几天也把一张老脸折完了,到处求爷爷告奶奶,却都是吃闭门羹,也不只在你这里吃……我也不为难你了。今年的提案办理,你看我的,一定打个漂亮的翻身仗。"

"喝了这杯茶再走吧！另外,你们也看看,有没有真扣错了分的。如果有,就抓紧申诉,我们都实事求是。"邓念成真动了恻隐之心,示意华艺章给他茶杯里续茶水。

另外几人早坐不住了,巴不得快点儿离开,见状连忙起身。

"好！喝了这杯茶,也算是给你立军令状了。"周局长苦涩一笑,爽快地一饮而尽。

人已经起身了,邓念成又说:"建议你们加强制度建设,落实好责任制。不然,今年的绩效考核,还得继续扣分。提案办理绩效考核,其实有这一条的。只不过默认都做了,所以没扣分。今年的还没研究,是不是还默认给分,就不一定了。你说你换了人,工作却落下了,这就是制度有漏洞,或者有制度没落实。还有,市政府关于人大代表建议和政协提案办理的文件,明确一把手负总责、分管领导分工负责、层层抓落实、一级抓一级,假如落实得不太好,督查室也得扣分。"

周局长握着邓念成的手,说一定学好文件,按要求抓落实。边说边走,邓念成一直送到了电梯口。眼见他们进了电梯,邓念成挥手笑道:"我希望,明年的提案办理先进单位,贵单位赫然在榜。"

送走了周局长等人,邓念成总算松了口气。

转眼就到了二次全会时刻。

政协全会报到这天,市委开全会。坐在会场的邓念成感觉很不得劲,头昏昏沉沉,人无精打采,老想打瞌睡。或许是昨晚熬夜,又睡办公室,天气冷冻着了,于是拼命补水。但是每人只有一瓶矿泉水。他很是懊恼,怎么不记得带茶杯呢？好在一旁的王懋林带了,隔座的人资环委主任赵晓阳不喝水。于是,他喝光了自己的,抓过王懋林的喝了,又把赵晓阳的也喝了。

还真是人冷尿就多,又喝那么多水,瞌睡是止住了,没让摄像头拍出不雅镜头,却也跑了几趟洗手间,惹得两人笑话。王懋林悄悄地问,怎么像破了尿泡啊,老往洗手间跑？赵晓阳调侃,谁晓得他是上洗手间,还是抽烟去了。

调侃完了又善意提醒:"你跑出跑进三四趟,主席台的领导都注意到了,老往这边瞅,瞅得我们想上洗手间也不敢了。"邓念成无奈苦笑,小声解释两句,却也不敢再跑。不过,实在没憋住,后面又跑了两次。会议从九点半开到十二点半，总不至于把尿撒在会场，甚至于被尿憋死吧？

终于散了。邓念成从屏蔽柜取出手机，发现有好几个电话，也有好几条微信和短信，于是没敢进餐厅，先去了政协大楼一楼的会议室。提案审查室设在那里。

提案初分初审，是从市直和区抽调了三十多人，上午开始的。没接的电话什么内容不知道，但微信和短信大多是请示拿不准的事，既有提案委几个人的，也有市政府督查室刘天民的。

刚一进屋，众人就端着盒饭迎上来，嘴巴里一边咀嚼着饭菜，一边迫不及待地絮絮叨叨。跟大伙儿打过招呼，邓念成就问还有盒饭没有。华艺章端了一份盒饭给他，打趣说这是要与民共进午餐啦。

邓念成真这么想的。现在都过十二点半了，下午两点半市委全会分组讨论，中间还得抽四十五分钟给新委员培训怎么写提案。如今人又不舒服，中午肯定得补觉。所以，也就吃饭这点时间能跟大伙儿商定一些事情。

收拾出一张桌子，几个人或坐或站，边吃边聊。其他人见状，识趣地端着饭盒去了一边。很快，邓念成就明白他们碰到什么难题了。去年的绩效考核那么严，去市委开会前进行初分初审培训，邓念成又说今年将更严，就都很紧张，都不想自己的单位搞成主办。不办最好，会办其次，实在不行，宁愿分办。自叹倒霉却还必须接的，是承办，因为只在他一家单位的职责范围。

听他们讨论的是这事，抽调人员生怕做出对本单位不利的决定，又聚拢来，张一嘴李一舌诉说，甚至拿了提案要邓念成评判。

参加过一次提案审查，算是熟悉了其中道道，以及抽调人员心里的小九九。各单位痛痛快快派骨干参加提案审查，除了支持政协工作这个"高大上"的理由，另一个心照不宣的想法，就是尽量不把提案分给本单位办。这便是他们的使命之一。

当然啦，能否推得出去，须凭点真本事。那么，扯皮甚至吵成一锅粥便在所难免。邓念成苦笑一声说："都抓紧吃饭吧！天气冷，饭菜凉了对胃不好。我们只研究原则，具体到每件提案，这里不做评判。"把其他人打发走，邓念成又皱起眉头问华艺章："叫你通知编办来个同志的呢？"

"是啊！编办来个人，情况会好很多，哪有这么多皮扯？你这个艺章,这都能忘记了,真是个奇葩哟!"笑嘻嘻地戏谑完华艺章,刘天民又摇头感叹,"过去要求不严,办不办无所谓,主办会办也无所谓。现在一严,就都很谨慎。有些提案,的确也不太好定谁主办。就是我这个政府办的老人,有时也拿不准。"

刘畅提醒,初分初审还有下午、明天全天和后天半天,现在通知还来得及。刘天民兴奋地催促华艺章赶快联系。邓念成先说编办的同志专门协调确定办理单位,不参加具体的初分初审,又请刘天民给编办领导打声招呼,务必派个人过来。

几个人又说,有几件提案的分办,确实拿不准,希望他定一下。邓念成笑道:"一并交给编办的同志吧。老刘都觉得棘手,我能有什么办法?"

不把自己搞成矛盾的一方,是必须坚守的原则。假如自己当裁判,做出一个引起争议的判决,那就违背了初衷,无益于矛盾的解决,甚至可能引发新的矛盾。足球场上球员追着裁判打的教训,时刻警醒着邓念成。

听他如是说,众人也不紧逼,匆匆吃完了饭,然后杨豫明跟小芳收拾饭盒,刘天民和华艺章分头打电话。

邓念成回到办公室,已是下午一点半。睡了半个小时,人依然昏昏沉沉,他硬撑着起床,简单洗了把脸,夹起会议材料去分组讨论会议室。但他只带了耳朵没带嘴巴。一则人的确不舒服,感觉体温有些高,尤其是下体的那种灼烧感,时时刺激着神经,老有尿意,又屙不出来。二则惦记着提案审查和新委员培训的事。

新委员培训讲完,他没急着去分组讨论会场,而是又上了回洗手间,然后去提案审查室。刚下电梯到一楼,就听里面吵翻了天。邓念成苦笑两声,干脆不进去了,打电话叫刘畅出来。

刘畅询问他为何不进去,他说吵得这么凶,进去了还有好果子吃啊。刘畅说也没什么,还是主办会办的事。得知编办的同志到了,他放下心来,却也无奈地说:"总有几个回合的。等他们吵到精疲力竭、嘶声哑气,矛盾也就差不多解决了。"

市委全会分组讨论结束,邓念成再去提案审查室时,只有提案委的人一边讨论,一边等着他。于是,几个人吃着盒饭拢情况。

争吵的事,每次都这样,也就无所谓拢不拢了,邓念成直接忽略,说反正一日不交办完毕,一日不停止争吵,目前有个大概就成。华艺章抱怨提案太多，也写得太长，硒鼓用了几个，打印机也坏了几次。

"哪年不坏呀？年年坏，真是影响工作。而且，都用好几年了，不坏才是怪事。"许冬梅白了他一眼，语气幽幽的，又对邓念成说，今年得申请买台新的。去年全会前就写过申请，结果人家没同意，说是没到退役年限。

他们说的还真是个事。一次全会六七百件提案，每件按三页纸算，就是两千多页。初审打印一遍，复审再印一遍，何况还不止印一份。有些提案哪止三页纸呢？特别是集体提案，十几页都有。所以每次全会，得有专人负责打印。但是审完了，都当废纸卖了。这个浪费，着实惊人。邓念成眉头紧皱，想了想说："能不能换个思路，丢掉打印机呢？"

华艺章似乎还在许冬梅那个频道上，无奈地嘟哝，要是不打印，还能节省一个人手。不过，大家很快回过神来，疑惑地望着邓念成问："不打印出来，怎么审呢？"

"我的想法，是这样子的……"瞅了众人一眼，邓念成继而解释，"一方面，按照提质增效的思路，限制提案件数和字数。即便还打印，也减少了工作量。另一方面，实现无纸化，所有工作都在系统里完成。现在的技术条件，是完全做得到的，就看我们敢不敢下决心。而且，这应该也是方向，看谁先下决心。"

"这个办法好，简直是一次革命性变革！说不定，又是一项创先河之举。当年我们搞提案管理系统，就是在全国率先的，全国政协领导还来观摩过。"明白了邓念成的心思，华艺章兴奋得差点儿跳起来，甚至恨不得抱起邓念成，在他脸上亲一口。那次全国政协领导来看系统，他就在现场服务，印象极其深刻。如果不再打印纸质文件，他也得到了极大解放，能腾出更多精力做其他事。

许冬梅比华艺章冷静多了，虽然赞成，却也心存疑惑："好是好，但系统去年改造过，今年再改造，领导批不批呀？"邓念成似乎胸有成竹，笑着说道："如果大家都说好，我就去找领导磨。铁成主席跟我讲，新来的闰生主席很有思想，敢于创新，也很开明。何况，这也是顺应潮流的好事。"

顶杜火星缺的文闰生，本次大会履行完选举程序，就可以走马上任。虽然两人之前没交集，但去年卸任的郑铁成跟他聊天时，对文闰生评价极高。所以，也算是有点儿底气。邓念成环视会议室一周，又问华艺章：

"开发公司的人呢?"

为给提案审查提供技术保障,开发公司派了两个工程师在会场。华艺章解释,人大那边的系统出了点故障,都去支援了。邓念成吩咐道:"等他们回来了,你先吹吹风。节后再具体商量怎么搞,以及经费预算怎么编制。"

许冬梅的手机忽然响了,原来是领导在政协礼堂检查会场,秘书组要求各组派人到场。

明天的开幕大会共四项议程,其中三项涉及提案工作,即黄达理作提案工作情况的报告、常务副市长作政府系统办理政协提案情况的通报,以及表彰优秀提案和提案办理先进单位。

政协全会开幕会上,安排政府领导通报上年提案办理工作,金鹏市坚持了许多年,深受委员好评和社会关注。

许冬梅说下午就布置完了,应该没什么事的,她和豫明、小芳去就行了。邓念成对刘畅说:"我们也去吧!假如领导有新要求,我们也好抓紧落实。"

开幕会的组织都模式化了,且操作了很多年,已经得心应手,所以领导们没提太多新要求。关于提案委这块,要求也依旧,就是颁奖秩序不能乱。邓念成当即允诺,该提醒的事项,会再给领奖人员提醒一遍。而且也通知他们了,提前二十分钟进礼堂旁边的小会议室,详细讲解领奖顺序和注意事项。

邓念成回到提案审查室,把流程又梳理了一遍,确信没疏漏了,又叮嘱刘畅和许冬梅一通。两人每年都负责这事,也算轻车熟路,信誓旦旦地保证不会出纰漏。见再没什么事了,邓念成便道:"都回去休息吧!养精蓄锐,确保明天一炮轰响。"

收拾好东西,拿了车钥匙出门时,邓念成犹豫了。回去呢,还是不回去呢?照身体状况,应该回去,毕竟休息会好些,且有人照顾。但照爱人萧红梅那个胆小,又不敢回去,怕吓着她。

活了五十五岁,身体一直没大碍,这个年龄段的人常患的"三高"呀啥的,他一概没有。假若硬要往病上扯,大约也就每年一两次感冒,以及抽烟的人常有的咽炎。感冒也不吃药,猛喝水、不吃辣、戒几天烟酒,就过去了。他常常自诩打得死牯牛,这回也确信是感冒,只不过比过去严重些而已。

但萧红梅铁定不这么认为，而且铁定要送他看医生。

在大学当教授的萧红梅，什么都顶呱呱的，就是胆子小得出奇。尤其是爱人和女儿的事，原本芝麻大点，都当西瓜对待。以至于什么事没有，先把自己骇个半死。不怎么生病的邓念成，但凡有点儿伤风咳嗽，她都一惊一乍地要送他去医院，弄得邓念成啼笑皆非，也头疼不已。

兴许睡个觉就好了呢？这么一想，为省得萧红梅担惊受怕，最后牙根一咬，决定不回家了。于是给萧红梅打了个电话。心思单纯的萧红梅根本没往别处想，一如既往地信任，也一如既往地体贴，叮嘱他注意身体，别熬太晚了。

把手机放办公桌上，他又有些踌躇，不知决定是否正确。

6. 人间处处有温情

睡办公室真是有些冷。早知道不回去,就该要个房间。虽然都不驻会,但有需要的工作人员,还是可以在政协对面的招待所要个房间的。邓念成有些懊恼。

看了眼墙上的挂钟,快十点了。再找人安排住房,也不好意思开口。不说假如没房了人家作难,单就这个时候吵人家,他心里也过意不去。于是把心一横,也没敢去澡堂,就在办公室烧了热水简单洗漱,然后赶紧上床。

吸取昨晚挨冻的教训,他连秋衣秋裤都没脱,又从柜子里翻出棉袄、毛背心,加上身上穿的外套和裤子都搭在被子上。不到十一点睡觉,也算破天荒了。不过没办法,不仅脑袋昏沉,身子也绵软,的确干不成事。后面还有提案审查那场硬仗要打,他必须尽快复原身体。正如他跟同人们说的,养精蓄锐。

虽然这么早上床,他却没法入眠,一直在想些乱七八糟的事——

比如,被子上堆这么多衣服,让他忆起儿时去外婆家,和兄弟表兄弟五六个人挤一床的情景。尽管压得喘不过气来,却依然感觉不到暖意,仿佛都是冰冷石块。而到了下半夜,哥哥们把被子全裹了去,衣服也滑落到踏板上,年少的几个弟弟都被冻醒。

比如,他后悔全会期间审查提案了。全会期间审查提案,是他咬了咬牙,提出的一个建议。过去全会期间只收集提案,闭幕大会上提案委主任作的,也是收集情况的报告。提案审查则放在全会结束之后。他觉得提案立案审查是全会的一部分,应该在全会期间完成。而且,全国政协、省政协也是这么做的。

"意见大王"向中敏质疑说:"全国政协和省政协会期长,我们会期短,不能简单照抄照搬,东施效颦。"还说全会期间审查提案,冲击了正常议程。虽不中听,但话糙理不糙,邓念成便建议放到第二天晚上。因为没安排其他活动,便不会受提案审查冲击。只是提案委的委员要辛苦一点,比其他委员多来一个晚上。主席会议当即批准,丁锐说先试一次,看看效果。

其实,过去那么做,好像没谁吐槽,都感觉挺好。自己何必逞能,搞得压力山大?

然而,世上没有后悔药,且箭在弦上不得不发,也由不得他有更改的想法了。邓念成叹了口气,心说后面的事,还是悠着点吧,别弄得好像就自己懂政协,甚至于捉了虱子放身上……

冷还是次要的,更要命的是猛起夜。刚刚躺下,便有尿意,赶紧起床进洗手间。好在洗手间就在办公室门口,不需穿戴整齐了出门。然而站在马桶前,却又尿不出来。起先还能滴一些,后来只感觉有尿意,竟再也尿不出,似乎尿道堵塞了。再后来,更感觉下体火烧火燎地痛。把个邓念成急得,都恨不得骂娘。

这一个晚上,他记不得起了多少次夜,反正是躺下不久,又起床去洗手间。当然,也不敢喝水了。

没经历过病痛折磨的人,真真切切经历过一回,就知道什么叫苦不堪言了,心说难怪有人要寻短见。但他必须挺住,明天的开幕会有提案委的议程,他可是拍过胸脯做了保证的。

一夜折腾,那份苦楚就不必细说了,总之是连药都不吃的邓念成,想着要抽个时间,抓紧去看医生。直到窗外漆黑一团,或许是折腾得精疲力竭了,他才迷迷糊糊地睡着。然后七点起床,吃过早饭,八点提着文件袋去礼堂。

还没进礼堂,就见一楼大堂有不少工作人员。行政处处长刘向阳诧异地说:"离大会开幕还有一个多小时,你来这么早干什么?"邓念成刚刚靠近,刘向阳又一声惊呼:"哇!怎么搞的,邓秘?"

邓念成和同事的关系向来不错,虽不是副秘书长了,不少人还是习惯性地省略个"副"字,叫他"邓秘"。刘向阳的一声惊呼,霎时引得不少人围拢过来。刘向阳凑到他脸上仔细瞧瞧,又说:"莫不是病了吧?你这脸蜡一样黄,而且头泡脸肿,眼里满是血丝。"他把手放邓念成额头上,再次惊叫:"哇,还真是病了咧!额头都滚烫滚烫的。"

邓念成也不避讳,有气无力地实话实说。刘向阳对着大堂一角喊:

"刘医生,拿个体温计来!"邓念成扭头看去,只见角落里摆了张铺着桌布的长条桌子,两位白大褂正往桌上摆物品。于是他也没矫情,过去对年轻女护士说:"我好像发烧了,麻烦你给个体温计。"

护士没给他体温计,而是操起一个玩具枪似的玩意儿,在他耳边点了一下。就在他纳闷护士到底想干什么时,护士瞄一眼那玩意儿便说,还真是发烧了,而且烧得不轻,三十九度三。邓念成这才知道,那就是体温计。众人又叫道:"这么高啊?那是高烧咧!"

刘医生详细询问症状,然后说可能是尿路感染,建议他去医院确诊和治疗。他问什么是尿路感染,说自己从未得过这病。仿佛他不承认,就没得那病似的。

开幕大会有三项议程涉及提案委,他哪敢离开呀!何况会前还得跟领奖人讲流程。而根据请假规定,得找会议主持人。此刻丁锐不知道有多忙,他也不想给丁锐添堵。

刘向阳戏谑道:"只管去看你的病,会议保证照常开,且肯定圆满成功。"这个他当然相信。地球离了谁不转呢?不过,他还是不想请假,叫刘医生给点消炎药。刘医生没办法,只得叫护士给了一板消炎药。

接过刘向阳递的矿泉水,邓念成当场就喝了药,然后过安检,去一旁的小会议室,坐等领奖的人来。

正如刘向阳戏谑的,开幕大会果然顺利,没要邓念成操一分钱的心。散场时,不断有委员打招呼,他强装笑脸回应,有的握手,有的点头致意。快到门口了,朱虹委员扭过头来。朱虹是大学老师,参加过几次提案督办活动,感觉履职挺积极的,他便下意识地伸出手去,微笑着道:"你好,朱老师!"

"好什么好啊?需要委员撑门面,就记得有个朱老师,评优秀提案,却忘得一干二净。"对方突然呛了一句,呛得他霎时大脑短路,尴尬地伸着没人接的手,硬是没说出一句话来。也有委员听到了,装作没听见,加快脚步离开。

这个瘪吃的!平白无故被当众打脸,邓念成苦笑摇头。回过神来,又紧走几步追上解释:"立案提案五六百件,但优秀提案只有三十五件,不可能都评上的。希望你能理解。"

"相比我的几件提案,那些获奖提案优秀在哪里?邓主任,你能告诉我吗？也让我知道努力方向。"朱虹似乎要死磕到底了，也不顾大堂里挤满了委员和工作人员，还有媒体记者，依旧一点面子没给，如打机关枪般"嗒嗒嗒"射出了一梭子。

"邓主任，跟我们合个影吧！"此时十一点钟刚过，下午的分组讨论是两点半，时间比较充裕，所以大堂里和楼外院子，到处是合影的委员。不知是想给他解围，还是真有意跟他同框，有委员兴奋地招手，微笑着高喊。

解开朱虹的疙瘩，看来并非三两句话的事，而她似乎正在气头上，显然也不是合适的时机和场合。邓念成便说了句回头细聊，也不等回答，就跑向了喊照相的委员。

一些委员或单独，或几个人一块，拉着邓念成照了几张，猛见主席们也来到院子，霎时便哗啦啦拥上去，拉着领导们照相。邓念成趁机开溜，上提案审查室。想着做完这件事，便去政协斜对面的二医院第二门诊部看看。

吃过刘医生给的药，感觉有好转，但不太明显，人还是不舒服。尿液依旧少得可怜，也越来越黏稠，下体的灼热感甚至有加重之势。而刘医生那药，仿佛有催眠作用，让他老是昏昏欲睡。

下午的分组讨论，他得主持。中共组的召集人本来有三位，但另外两位，一位北京来了领导，下午要听汇报，另一位已经住进了医院。所以，尽管也是病人，他却不敢请假了。总不至于，三个召集人一个都不到。

没想到进了提案审查室，他就脱不开身了。主要还是主办单位难确定，都等着他拍板。尽管编办来了人，还是副处长，王帆跟刘天民也坐镇，但依旧吵成一锅粥。

各单位都学精了，把争取不主办提案作为基调。抽调来的人，也就当个联络员。涉及具体提案，都发回机关研究，找出不主办的理由。但凡扯得上边的理由，便无限放大，然后回传过来，当作推托的依据。这样一来，许多提案因确定不了主办单位而搁置，没法走后面的流程。

虽然暗暗叫苦，却也不好甩袖子离开的。这一折腾，就到了一点多，拖着疲乏的身子，赶紧回办公室补午觉。放弃去医院，是他觉得，睡觉比看病更重要。

下午的分组讨论，是审议常委会工作报告和提案工作情况报告。讲完开场白，就没他太多事了。委员们热情高涨，发言踊跃得很，动作慢的，

59

麦筒都抢不到。当然,他也要适时把控节奏,让想发言的人都有机会。不然,碰到个别"麦霸",一讲半个小时不歇,那大家都得受罪,也会质疑他的主持水准。

对于大半年的政协工作,委员们众口一词——好!且结合履职实践,既对亮点和成效如数家珍,也对两个报告极尽赞扬,还对报告人的风格和形象褒奖有加。然后话锋一转,便出谋划策。发言都没废话,把速记人员忙得不亦乐乎,不敢分神半分。

金鹏市政协的这么个文化氛围,邓念成很是欣赏。

或许身处改革开放前沿,与世界离得更近,接触世界最直接,了解世界也相对透彻,所以不管在什么场合、面对什么领导,委员们提建议都直奔主题、开门见山,从不搞虚头巴脑的花架子,也不讲云遮雾罩的空话套话大话废话,更不为了博眼球圈粉丝,交些标新立异的"雷人"提案,提些没养分的"惊世骇俗"的建议,作些捏着鼻子哄眼睛①的发言。

直到五点半,邓念成才摁下麦克风,笑着说:"今天的讨论,中间也没休息,那么就到这里了。没有抢到麦的,或者虽讲过却意犹未尽的,我们还有两次分组讨论,希望大家一如既往,把握好后面的机会。休会!"

回办公室拿了医保卡,又上了回洗手间,也不去提案审查室了,邓念成直奔第二门诊部。再不看医生,估计他这条小命就要交待在这次会上了。但是,他还没做好交待自己的准备。他甚至突发奇想,自己丢了小命事小,倘若炒成新闻热点,说领导不关心下级,让工作人员累死在会议上,那就严重了。不仅给领导和政协抹黑,也破坏了会议的和谐氛围。

正是下班的点,一见来了病人,正在洗手盆前打了洗手液死劲搓手的医生,连忙拧开水龙头,冲洗干净手上的泡沫,坐到桌前问症状,同时递过体温计让他夹在胳肢窝里,然后开了两张化验单。

验血查尿的结果很快就出来了。盯着桌上的化验单,医生眉头蹙起,嘴里慢腾腾念着他听不懂的数据:"高烧三十九点二度,超敏 C 反应蛋白八十九点五四,白细胞计数二十四点二三,中性粒细胞计数十九点七八,尿隐血两个加,镜检白细胞三个加……这是严重的尿路感染哪……"

"哎呀!邓主任是带病工作呀?"一个惊讶的声音骤然在门口响起,

---

① 捏着鼻子哄眼睛:方言。意思是自欺欺人。

打断了医生的话。

邓念成扭过头，见是财政局参与提案初审的小向，便问她也来看医生吗，她说小孩感冒了，过来开点药。她提醒邓念成，尿路感染可不是说着玩的，她公公就是这个病没处理好，差点儿见了阎王的。医生点头说："的确要重视！照你目前的状态，应该住院治疗。"

这话跟刘医生说的一模一样，何况还有化验数据支持，邓念成便知道，铁定是尿路感染无疑了。

尽管对那些数据没什么概念——他其实对医学知识知之甚少，都没什么概念——却还是感到了事态的严重。但他真没时间住院，明天还要组织审查提案哩。他紧蹙眉头想了想，抱着侥幸心态问："除了住院，就没其他办法了吗？"医生不容置疑地说："那就抓紧去本部输液！"见他目露疑惑，继而又解释："这位女士讲得对，真是大意不得的。如果任其发展，搞成了尿毒症或者败血症，是要死人的。但门诊不能输液，输液得去挂急诊。"

虽不相信一次尿路感染就让他一命呜呼，但这两天的折腾也确实够呛，邓念成便把医生和小向的话听了进去，抓紧回机关开车，直奔二医院本部。行驶到半路，手机响了。刚把蓝牙打开，萧红梅的声音便传过来，问他回不回家吃饭。

这又是个头疼的问题！邓念成的眉头皱得更紧。

萧红梅尚不知道他病了，倘若听说他正在去医院，以她那个胆子，还不骇个半死啊？但答应回去吃饭，又不知道输液得花多长时间。倘若说的时间太长，她肯定起疑心。他又的确不敢睡办公室了，还是想回家休息。想了想说，就在会上吃，不要放他的米。萧红梅不疑有他，叮嘱他忙完了早点回家。

医院在闹市，车本就不好进，加上修地铁封路，以及他极少去医院，对路况不熟，又是下班高峰，行驶缓慢，等到了门口，却又被挡在隔离带外边，只得再花大半个小时，围着医院又绕了一圈。

好不容易到了隔离带里边，他心里着急，临时进出口也太小了，半个车身竟过了入口处。他只得把车停下，想后退一点了再右拐进去。后面却灯光乱闪，甚至响起了喇叭。从后视镜里一瞧，几辆小车紧随其后。他没法往后倒了。

看了眼前面,感觉距离还够,他便准备打死方向盘,借出口的半条道进去。不想出口处却出来一辆小车,然后猛地一蹿,直接骑在进出两条道中间,把借道的角度封死了。邓念成一看,这也不是个事,总不至于再围着医院绕一圈吧?便下车跟司机商量,请她倒退一米多,再靠到右边的路牙边。

那是个半百女人,起初老大不乐意。后来愿意了,却并未靠右,而是直冲过来。随着"砰"的一声响,车身猛然晃动,站在车旁的邓念成瞬时傻眼。

交警正好路过,询问过情况,判邓念成负全责。他苦笑着解释:"我车停着没动,人也在车外。"交警说:"你不开口,便是双方各一半责任。因为你过了线,她撞了你。现在的问题是,她撞你,是你指挥的。"邓念成辩解:"我是请她靠边,没指挥她撞车呀!"

交警不跟他磨牙,直接开责任鉴定书,提醒说他的车已经把进出口堵死了,拿了鉴定书抓紧挪车。瞅一眼他那不甘与不解的神情,交警又说:"你可以申诉的。"邓念成急着看病,没心情和时间理论,于是无奈摇头,签过名递给交警。半百女人把车靠到路边,没再撞过来,放邓念成开着撞坏了车头和车灯的车进了医院。

进了医院又找不到车位,真是越着急越出鬼!邓念成懊恼至极,心说还不如打车过来。但是政协门口也的确不好拦的士。

终于泊好了车,他赶紧进了急诊室。站在门口往里瞅,只见人头攒动,熙熙攘攘。他心里又暗暗叫苦,迟疑了一下便来到导诊台,把病历和化验单递给年轻护士。门诊部医生说过,他的诊断结论,本部是作数的。护士却推了回来,让他先去挂号排队。身心俱疲的邓念成也没跟她理论,满脸苦楚地来到挂号收费处。

晚上只看急诊,病人却不比白天少。约莫排了一刻钟,终于挂上号,再次来到导诊台。护士接过挂号单和病历,让他到一号内科诊室门口候诊。

望着走廊或坐或站或焦躁走动的人群,他暗忖,这要等到猴年马月呀?明天还有一天会哩!便说门诊看过了,只开药。护士指了指他手上的处方笺,直接忽略他的言下之意,说开药也要排队的。没一点通融的意思。他这才仔细瞅了瞅那张处方笺,左下方果然有一行打印的五号仿宋字:"您的候诊时间大约四个小时。"

四个小时！我的个乖乖,这哪里等得起呀？不说肚子咕咕叫,人也发着烧哩！何况明天除了会,还要组织提案立案审查,那铁定是要开夜车的。

邓念成一急,便想给院领导打电话。他是二级医保,其实不用排队的。看来这个优先权,不享受一回,似乎是不行了。刚掏出手机,他又暗道等等也好。老听人讲就医难就医难,但难到什么程度却不知道,正好体验一下。于是,他又把手机放回去,转身找座位。感觉站太久,自己会撑不住。

铁椅早没空位了,离开走廊又担心错过叫号,便只得倚墙而立。很快他又发现,对于达到他的目的,靠墙站着其实挺好,既对候诊室一览无余,又不因影响别人的通行而要经常挪地方。

"让一让,让一让!"急促的呼叫声骤然响起,立即压住了走廊的咳嗽和嘈杂。人们像奔驰的车辆听到了警车呼啸,立马朝两边挤作一堆。他也下意识把身子往墙壁贴了贴,不留一丝空隙,同时扭头张望。只见从过道那头快速过来的推床上,躺着一个满头是血、哼哼唧唧的中年男人。

不久,又有个中年妇女搀着颤颤巍巍的老太太进入视野。老太太老态龙钟,似乎中年妇女一松手,老太太便会瘫倒在地似的。及至近了,他身边一个年轻姑娘连忙起身,中年妇女说了声谢谢,就把软绵无力的老太太扶到了铁椅上。

邓念成低头瞅了一眼,只见老太太满头银丝,没几根黑发,脸色憔悴而蜡黄。老太太眼睛睁了一下,又无力地闭上,随后把头颅低垂下去,好像颈项支撑不住她那并不算硕大的头颅了。他立马想起年迈的岳母和谢世的母亲,顿生恻隐,正好护士过来给老太太测体温,他便建议让老太太优先看病。

他这话一出口,刚才还显出些风度的人们,顿时便不淡定了。有如早已暗流涌动的海水,被他掀下一座山,霎时抹去表面的平静。又如表面被厚厚的油盖着,底下却早已沸腾的汤锅,被他拿勺子一搅,顿时翻滚起来。有的说都是急诊,不然谁来遭这份罪呀。有的说规矩面前人人平等。有的更直截了当地说,你要当雷锋,就跟老太太换,别拿我们垫背。甚至有人下意识挤到诊室门口,大概是怕护士心一软,把老太太放了进去。

此情此景，让他好生尴尬，再没说什么。何况，他的内心也在煎熬。就在此时，手机不合时宜地欢快唱起歌来。

他一看，又是萧红梅，便犹豫要不要在这里接听。如果让她听出环境如此嘈杂，以她的敏感，以及对自己的关爱，一定会刨根问底，然后火急火燎打的过来。但如果挂断，她一定会锲而不舍，不打通电话不罢休。又何况，说不定她那边也有急事要讲。如果出去接听，又怕错过了自己的号。

犹豫片刻，他还是来到相对僻静的角落，按下接听键。幸好，只是有些着急，问他怎么还没到家。照目前的架势，估计得后半夜了。于是他咬了咬牙说，接了一个急活，应该不能回家了。萧红梅仍未多想，只是再次叮嘱他少熬些夜，忙完了早点休息。

接完电话回来，老太太不在铁皮椅上了，又换成了小姑娘。这让邓念成心头涌过一丝暖流，原来护士还是很人性化的，而自己那个建议，除了拉仇恨，似乎没什么用。想到这里，他向护士站投去欣慰的一瞥。

他并未等四个小时，大约只等了一个半钟头。戴着口罩的年轻医生接过病历和化验单，一边看一边问病情，嘴里说要住院治疗和观察。邓念成说他没时间住院。年轻医生也不废话，起身去了隔壁诊室，不一会儿带过来一位年长的医生，劝邓念成千万别大意，说没了身体，还拿什么干工作啊。

然而，任凭他们怎么说，邓念成始终不松口。两个医生没想到，会碰上这么头犟牛，何况还有那么多病人等着，不耐烦的已经进出几次了，年长的医生叹了口气说，那你得每天来打三次点滴，隔八个小时打一次，连打两个礼拜。邓念成犹如菜市场买菜，跟医生讲起了价钱说，八小时一次肯定不行，但一天可以来两次。年长的医生无奈，同意早晚各一次，吩咐年轻医生头孢的剂量开大点，一定要把病毒压下去。

取了药，来到输液室。这里也熙熙攘攘，不仅唯一的留置室没有空床，铁皮凳上也坐满了人。当然，又得排队。

打上点滴，十点都过了。坐在铁皮凳上，阵阵睡意袭来，但他不敢放心托胆真睡，担心第一瓶打完了没人提醒护士换药。便靠在铁皮椅上，如病鸡似的，头颅时而低垂，时而扬起打盹儿。

手机又响了。全会期间手机响，他不敢大意，一看是文闰生，心说这位尚未当选副主席的党组副书记——党内职务任命已经下达，怎么这么晚来电话？虽心下疑惑，却还是摁下接听键，然后放到耳边。

"病好些了没有？"文闰生关切的声音霎时传了过来。

看医生的事，自己没跟人讲过啊！邓念成吃了一惊，精神也随之一振。但他不想打扰领导，便开玩笑地问："谁在咒我呀，领导？"文闰生却说："都什么时候了，还嘻哩马哈？到底是个什么情况？"他的声音里透出焦急。

邓念成不想分领导的心，便说感冒了，小事一桩。文闰生当然不信，生气地说："都说你感冒了硬挺的，哄鬼呀！欺负我是新码子？"邓念成心里涌过一丝暖流，把正在输液的事，删繁就简讲了一遍。文闰生问要不要帮他找医生。他说不用，挂上吊瓶了。文闰生最后叮嘱："撑不住就住院。"邓念成千恩万谢，挂断电话继续打盹儿。

随后，副主席黄达理、李明和二院院长赵祥，以及提案委的同事都来了同样的电话。本想眯一会儿的，大伙儿却硬是没给他机会，这让他很纳闷儿："没告诉谁呀，怎么这么快就传开了呢？"

邓念成的疑惑，是刘畅帮他解开的。原来，在门诊部见过的财政局小向，把他生病的事发在微信群里，说："主任病成那样了还坚持工作，大家就别再为主办会办争吵了。"文闰生、黄达理也在群里，当然看到了。李明是文闰生委托的，毕竟他兼着卫健委主任，有些资源可以利用。而李明问候完了，又拜托给了赵祥。

尽管疲惫不堪，但大伙儿的这份真情和关爱，却让邓念成备感温馨，精神了不少，病也似乎好了一半。

打完吊瓶快十二点了，晚饭是吃不成了，于是他抓紧回办公室睡觉。打点滴的效果，看来还是有的，他感觉身子轻松不少，起夜的次数也少了。所以第二天六点起床，简单洗漱，又坐地铁去医院。昨天开车的教训太深刻，何况车撞了，他担心安全，不敢再开。

针头刚拔，他就拦了个的士回机关。再坐地铁，肯定来不及了。还好，不仅赶上了大会发言，还提前到餐厅喝了两碗稀粥。

7. 风口浪尖巧处置

金鹏市委、市政府高度重视政协工作,重视倾听委员声音。譬如全会除出席开、闭幕大会,书记、市长听取大会发言外,另有三点做法特别值得称道。一是每次分组讨论,都有领导和市直部门同志参加,现场回应委员关切。市府办更是连夜梳理委员发言,然后交有关部门,第二天跟委员一对一答复。二是以联组讨论方式,把市委常委、副市长全部分到相关联组,与委员面对面协商。三是召开港澳委员座谈会,征求意见建议。

主持下午的联组讨论之前,邓念成又去了趟提案审查室。

刚迈步进去,邓念成便一反常态地受到热情问候,弄了他个措手不及。刘天民甚至笑呵呵地握着他的手说:"你这一病,倒是把心搞齐了。"许冬梅也银铃般地笑道:"是啊! 大家再不为主办会办争吵,初分初审进度快了不少。"

"不会吧? 我哪有那么大能耐!"邓念成也呵呵笑着调侃,"要我说,肯定是通过两天磨合,大家思想认识和阶级觉悟提高了,大局意识和合作意识更强了。"刘天民顿时就粗门大嗓地对众人嚷嚷:"你们听,你们听!到底是主任,看问题就是入木三分。"

微信群里也说进度加快了,但邓念成还有些担忧。玩笑开完了,便进入正题,他提醒说晚上就要复审了。华艺章眉飞色舞地叫他放心,仿佛捡了金元宝似的,说初分已经结束,初审三点钟也能做完,保证不误晚上的复审。

既然这样,邓念成也不想让他们闲着,说如果时间有富余,就再筛一遍。提质增效,提案的质量是源头。刘天民若有所思,随即伸出大拇指说:"杀个回马枪,这个办法好!"华艺章倒是来了个现的:"各位! 主任的话听到没有? 把之前审过的,抓紧再筛一遍。"

时间差不多了,邓念成把这边的事托付给许冬梅、刘天民和王帆,然后跟刘畅一起去联组讨论会场。

今天的联组讨论,毫无意外地,跟昨天的分组讨论一样热烈。甚至因为人数多,抢麦更激烈。参加讨论的市委常委雷天和文闰生也不时参与互动。邓念成则乐得清闲。

直到五点,他才摁下麦克风道:"照这架势,再开一个夜车都讲不完。但再怎么着,也得留点时间给雷常委和文书记。没抢到麦的,或者还想补充的,请形成文字,我们负责转交市委市政府。"文闰生说他就不讲了,请雷常委讲。雷天笑笑说:"还是多听委员意见吧!我要讲的,插话中讲过了。"但邓念成把话说到这个份儿上,委员们不好意思再开口。于是,雷天结合讨论主题以及分管工作,讲了半个小时。

由于时间太紧了,邓念成叫人给他留份盒饭,杨豫明主动开车送他去医院。晚上七点半审查提案,他必须打完吊瓶后抓紧回来。

会议期间审查提案,委员们抱有新鲜感,早早地来到会场,然后热烈议论。文闰生跟黄达理也在座,跟大家谈笑风生。

邓念成进来时,离开会还有五分钟。尚未落座,知情的人就小声询问病情,他笑答好多了。几个人松了口气,说那就好。

俗话说隔行如隔山。尽管都是精英,但委员有各自的专业领域。所以为做好提案审查,先由文闰生作动员,强调重质量而不追求数量。邓念成又讲解提案审查的注意事项,然后在各专委会专职副主任的带领下,开始复审提案。

之所以请各专委会专职副主任任组长,是因为他们既熟悉政协工作,也了解对口部门工作,以及相关政策与实施情况,能够比较好地把控审查尺度。委员则按照熟悉领域,根据经济、政治、文化、社会和生态文明,分成五个大组。然后两人一个小组,也是对提案负责,审查时有个商量。

领导没分到具体组,当然也不当甩手掌柜,而是居间协调各种疑难问题。等邓念成吃完了盒饭,几个人来到隔壁会场。见委员们两两一组认真审查,便没打扰,站在身后观摩。

"杨总,第二页还有初分初审意见。"待审查提案是用订书钉装订的,最上面一页是复审和终审意见表,第二页是初分初审意见表,后面才是完整提案。见面前的委员看完提案,直接合起来在第一页写复审意见,邓念成小声提醒。

初分初审,多多少少体现了办理部门的意见,是经过慎重讨论——甚至激烈争吵——形成的，是复审和终审的重要参考。从某种程度上讲，初分初审的人才是专家，毕竟属于他们工作的领域，或者范畴，是天天要琢磨的事。提案能否办，能不能办出成效，他们最有发言权。如果忽略，初分初审就失去意义了。

"那个还要看的？主要是翻来翻去比较麻烦。"杨委员笑笑，还是翻到第二页，随即脸色一怔，"哟，还真是要看！他怎么建议不立案呢？我还准备建议立案哩。"邓念成又提醒他看理由。提案不予立案有十五种情形，也印在审查表上，供审查参考。

许多委员围过来，站在一旁看提案到底该如何审查。

杨委员看那理由，是第七种"超出本市事权的"，随即皱起眉头，喃喃自语："提案指出的问题，我是感同身受，确实应该解决，建议我也觉得可行。但怎么就超出了本市事权呢？"

"提案的一个特点，是对本级事权范围内的事提出意见建议，也是交本级有关部门或者下级政府去办的。就是说，市政协的提案，不可能交中央或者省直部门办，那是越级的，人家也不会办。除非是派驻金鹏的单位。所以，但凡超出本市事权的，都不能立案，这并非说提案写得不好，反映的问题不重要，或者内容存在什么问题。"邓念成解释道。

"那就太可惜了。"一位委员插了一嘴。又有委员问："像这种的确应该解决，但事权不在金鹏的，应该如何处理？总不至于放任不管吧？"

"提案只是履行政协职能的一种方式，如果大家有兴趣，回头我们单独聊。今天的重点是审查提案，而且抱歉地占用了大家晚上的时间。"邓念成笑着解释了一句，接着话锋一转，"当然，有委员提了提案，我们也不能放任不管，只是要通过其他的处理管道。对于不予立案的提案，这里不是还有几条处理建议吗？"

大家的目光，随即瞄向他指着的审查表单上的几个栏目，刹那间豁然开朗，脸色也为之一变。在那个地方，清清楚楚写着根据不同情形，有退回撤案、转社情民意、转有关部门参考、报市领导参阅等。培训的时候邓念成讲过，只是大家都没怎么领会。此刻碰到活生生的例子，便知道该怎么处理了。

"如果觉得这几种方式都不适合，还可以在这里填写建议。"邓念成又点了点一个空白方格，"譬如这件提案，既能选'报市领导参阅'，也能选'转社情民意',还能在这里写建议转省政协委员向省政协提交提案。转社情民意,政协有一套完整体系,通过市政协,可以上报省政协,甚至全国政协,由他们报有关领导,或者转相关部门。市政协每年总有几件社情民意信息会被党和国家领导人批示的。所以,我们要穷尽一切手段,打好组合拳,不要轻易把提案建议浪费掉。"

邓念成趁机做了回委员履职的科普,听得委员们频频点头。文闰生吩咐刘畅,把这个要求和道理跟各组组长讲一声,叫他们都强调一下,确保审查精准有效。

"这么一大摞提案,审查起来确实不方便,应该有改进空间吧?"从会场出来,文闰生若有所思地说。黄达理随即附和,他也觉得有改进空间。

邓念成心头一喜,暗道英雄所见略同啊!于是先趁机叫苦:"提案审查不仅工作量大,而且浪费惊人。比如今天这六百多件提案,光打印就费了三箱纸,几个硒鼓,还烧了一台打印机。而这装订,也是几个人紧赶慢赶才赶出来的。提案审查完了,又全部进纸浆厂了。想想都心疼。"

文闰生扭过头来问,有更好的办法吗?他这句问,还真是久旱遇甘霖,堪称及时雨。邓念成心头又是一喜,随即说他有个想法,还没来得及跟领导们汇报。两人不约而同地问什么想法。

"升级提案管理系统,涉及提案所有环节的工作,都在电脑上完成,实现提案工作无纸化。"邓念成说完,便关注两位的表情。

"好啊!"两人异口同声,脸上果然放出异彩。文闰生接着说,身处改革开放前沿,科技和信息技术又这么发达,政协工作就应该先行一步。而且,无纸化办公是趋势,可以大胆去做。黄达理听出了弦外之音,问:"莫不是有什么困难?"

"哎呀,到底是参政党党魁!参政参在点子上,议政议到要害处。"邓念成顺势调侃了一句。

"又贫!看来这病是好得差不多了。"好端端的一句话,却被他拿来打趣,弄得黄达理有些尴尬。

"罪过,罪过!"邓念成双手合十,对着黄达理拱了拱,逗得众人哈哈大笑,他这才继续解释:"主要是有同志有顾虑,系统换届前改造过,今年再改造,领导会不会批准,机关会不会有人讲闲话?"

"钱不就是用来花的?摆在那里好看?该花的钱得花,只要不是乱花。这样,过完年了你们提个方案给我。"文闰生满脸不屑,根本没把这事当成个事。

他的不假思索,弄得邓念成激动不已,连忙回道:"我们抓紧落实。"又叫他们忙别的去,说:"这边开场了,我们守着就行。"也的确没自己什么事了,两人便离开。走之前,他们又叮嘱他也早点休息,毕竟病还没好利索。

不到十点,委员们审完提案,也陆陆续续走了。提案委的人留下来善后,做起草审查情况报告的准备。

随着各种统计数量出炉,邓念成的脸色越来越黑,眉头越皱越紧,心里面也暗暗叫苦。

本次会议收到提案六百五十八件,不予立案仅五十六件,百分之十都不到。当然,他并非划杠杠,一定要达到多少不立案率,如果都符合立案标准,他也同意全部立案。问题是他看过的,有些根本就不符合立案标准。比如去年办得还可以,提案人也勾了"满意",今年却继续提,照规定不能立案的,却还是立了;比如有的建议太过笼统,不具备可操作性;而重复提交的,也有几件。由此,他对推动提案工作无纸化的紧迫感,又增加了几分。

重复提交的问题,初审就应该解决,却进入了复审环节。因为提案由不同的人审查,所以他们并不知道重复了。复审也是同样的情况,并不能保证重复提案正好落到同一个人手上,所以纸质件审查容易蒙混过关。如果系统设置查重功能,不管是与别人重复,还是与往年重复,分分钟就能识别出来。

其他人也蒙了,瞪着眼睛看向邓念成。略微思索,邓念成苦笑着说:"看来我得行使主任的终审权了。"他吩咐把不符合立案标准的、重复提交的、往年办理效果不错且提案人已勾选"满意"的,先拣出来。几个人不废话,各取一摞分头看。半个小时后,拣出了二十几件,然后一件件讨论,又有十来件转为不予立案。杨豫明统计了一下,立案提案接近百分之九十。

时候真不早了,明天还有不少事,邓念成一咬牙,叫人把提案搬他办公室去,让他们抓紧回家。

"主任,你还病着咧!"

"是啊！不立案率已经比过去高了，今年就这样吧。"

"审查报告还要经主任会议通过，报主席会议审定，才能在闭幕会上作的。"

……

众人听出他那意思，是准备一个人开夜车了，纷纷提醒。邓念成咧咧嘴，苦笑着道："那怎么办？把不符合立案标准的提案交部门办理，也是一种不负责任。怎么着，办理提案，也要耗费行政成本的。"

大家见他铁了心，主动请缨说一起吧，总比一个人效率高。邓念成真铁了心，说没必要都陷在这里，反正他睡办公室，弄到什么时候都可以。又叫杨豫明先起草提案审查情况报告，明天早上填数据，上午的会议结束了开主任会议通过，下午送三位主席审定。他执意如此，大家不好再说什么。把提案搬到他办公室，叮嘱他别搞太晚了。众人一离开，邓念成就关上门，把办公桌和写大字的桌子捡开，将提案分类别摊在上面，一件件地看。

进入工作状态，他就忘了自己是病人，直到凌晨三点多才结束。前后加总，不予立案提案是八十七件，占百分之十三点二。尽管仍不满意，但明早还得打点滴，也只得作罢。

过去也常常熬到这个时候，但脑袋一挨枕头，就能鼾声如雷。今晚他却怎么也睡不着，兴许是过于兴奋，脑袋瓜子里全是提案。翻来覆去睡不着，心下不免着急，然而越着急越睡不着。

上午列席人大会议，下午的分组讨论内容就比较多了，既有政府工作报告及其他报告，也有政协人事、大会决议等事项，必须把握好节奏。邓念成叫大家先讨论决议和人事事项，因为十一点的常委会议要听取汇报。

进入讨论政府工作报告的环节，丁锐来了，使原本就热烈的气氛更加热烈。大家都想在主席面前表现，这个心情邓念成理解，便微笑着提醒，发言尽量简短，讲要点，给别人留点时间。

"丁主席，我想请教个问题。"夏聪委员站起身来，对丁锐道。他突然改变会议节奏，且不讲对政府工作报告的评价和建议，弄得众人一愣。丁锐也是一个愣怔，但毕竟是大领导，什么场面没见过？他微笑着点了点头说："坐下讲吧，没必要起身的。"

夏聪坐下，说他有件提案，连续三年都能立案，今年却没给立案。他

71

想知道原因。这话虽然简短,却也让邓念成脑回路霎时变长,愣是没反应过来。主要是没想到他会提这么个问题。委员们的目光也迅速从夏聪脸上,转到了他这里。

"召集人就是提案委主任,近水楼台哩。应该问他呀!"丁锐慈祥地笑答,又诙谐地问邓念成,"怎么,你没亮身份?"

反应过来的邓念成啼笑皆非,不过也惊叹于夏聪获取情报的能力,以及把握时机的水准,心说到底是律师啊。再说了,自己还要亮什么身份,跟这个组的委员,早熟得不能再熟了。

提案审查结果,华艺章正在组织人录入系统,他却知道自己有一件没立案了。撇开讨论主题不讲,却质问自己的提案为何不立案。个中根由,傻瓜都看得出来。何况他那件提案,还是邓念成亲手"枪毙"的,就更不会跟他讨论了。

夏聪问了,丁锐也点了将,邓念成便不能装哑巴。稍一思索,心说索性科普一下提案知识,也把提质增效的信号再强化一次。于是他摁下麦克风笑道:"感谢夏委员支持提案工作。说实话,你那件提案,是我'枪毙'的。"他开口就这么坦诚,让所有人顿感意外,目光全部集中过来。

随后,邓念成作了一通解释:"十五种不予立案的情形,有一条叫作'往年提案被采纳,且本次提出又缺乏新意的'。你那件提案,连续四年提交。今年提交的提案,标题、问题分析和建议跟前两年基本相同,只是改了些表达方式。而你去年的提案,答复是已经采纳,你也是满意的,还接受了记者采访。"

众人没想到他对提案如此熟悉,霎时都有些钦佩。夏聪显然也没想到,但大庭广众的,面子上下不来,便说:"每次都说采纳了,却只听楼板响,不见人下来。难不成就这么算了?再说了,提提案是委员的权利,为什么说不立案就不立案?这不是剥夺委员权利吗?"

"夏委员这话问得好!"邓念成竖了个大拇指,又问一旁的丁锐:"我能花点时间再解释一下吗?"见丁锐点头,他接着说:"提案办理协商,是一个沟通交流的过程。提案的建议,有的能采纳,但并非全部能采纳;有的能当年落实,有的也要等待时机。我们既要求办理单位能采纳的都采纳,又要求把不能采纳的情况向提案人讲清楚。作为提案人,一方面要协助办理单位推动建议落实;另一方面,对确实不能采纳的,要尊重办理单位意见,并向所代表的界别群众做解释说明。"

邓念成喝了口水,见都不吱声,便继续说:"采纳又分几种情形,有的当年落实了,也有当年落实不了,必须留待第二年甚至更长时间去落实的。因此,办理单位答复时,会标 A、B、C、D 四类以示区别——这个问题太深,有机会再解释。夏委员的提案就属于采纳并落实的 A 类。毕竟从办理单位的角度讲,已经提出了解决方案,并报市政府去研究了。那么除了等市政府的决定,他们再做不了什么。就是说,站在办理单位的角度,他们真的是办完了。"

紧接着,他把讲过无数遍的办提案与办事情的关系,又宣讲了一遍,最后问:"这个解释,不知能否解开夏委员的疑惑?"委员们早就听得惊呆了,没想到提案工作还有这么深奥的道理。夏聪似乎也心服口服,没再提新的意见。

会场依然鸦雀无声,邓念成索性再讲彻底点,免得还有人提些最基本的问题:"委员有提提案的权利,这个没错。但并非所有提案都要立案的。不然,要提案委干什么?搞提案审查,不是劳民伤财吗?至于再具体的,下来了我们再探讨。委员们对提案工作有任何意见建议,我们都欢迎。"

夏聪没再说什么,但他成功地引出了话题,所以尽管邓念成想打住,却树欲静而风不止。比如有委员不失时机地问,假如办理单位为了委员给"满意",答复说采纳了,然后就不管了,那怎么办?不是提了也白提?

"这个请大家放心,我们已经有了应对之策。譬如今年,将梳理部分往年的 B 类提案,进行跨年度跟踪督办,推动采纳了的建议落地落实……现在继续讨论政府工作报告。"

尽管他反复引导,试图把讨论引向正轨,有委员却仿佛当他在放屁,竟又抛出个"被满意"的话题。唉,终究还是有忍不住的!邓念成无奈地叹了口气。想想也是,丁锐来听意见,谁愿错过机会呀?不过,邓念成也再次感佩他们把握机会的能力。

提案办理评价"被满意",他们也关注到了,黄达理所作的提案工作情况报告,还将其列进了存在问题,也提出了改进措施。但是反映依旧强烈,分组讨论简报都有反映。只是没想到,还有委员当他的面,再次向丁锐提。邓念成的病情仿佛又加重了几分。

政协履职的方式很多,也每年向党委政府报送不少调研视察考察报告,通过各种协商活动提出意见建议。但是否采纳、采纳了哪些、以何种形式采纳、采纳的效果如何,诸如此类的问题,政协不好问结果,更不好评价没结果的是非曲直。

提案却不一样,是要分满意、基本满意、不满意三种情形,对办理情况作评价的。这也是政协拥有的唯一一项硬约束手段。倘若提案人勾选"不满意",办理单位就大条了,重新办理是肯定的。倘若重新办理了还不满意,绩效考核分数便会受影响。

所谓"被满意",就是提案人作出的"满意"或者"基本满意"评价,并非真实意愿。说得直白点,是不满意,还不得不勾"满意"或者"基本满意";甚至还不是提案人勾的,是在不知情的情况下,被别人"代行"了职责。

委员说得愤恨不已,丁锐也接上话了:"我也听人说起过,会议简报也有提到。念成,有解决办法没有啊?如果有,就给委员们说说,看看他们该如何配合。"

主席开了口,委员们的目光又盯过来,甚至记者的镜头也瞄准了,他就是想回避,也回避不了了。

邓念成有些无奈,舔了舔干涩的嘴唇,苦涩笑道:"这个问题我们注意到了,也想了些对策。黄主席作的提案工作情况报告有提,因篇幅所限,没能展开。但冰冻三尺,非一日之寒。'被满意'的情况比较复杂,解决起来没办法一蹴而就的。我就简单汇报一下。大家有更好的建议,也请告诉我们,加进今年的措施里。"

他接着说:"其实也不全怪办理单位,提案人和提案委也有责任。对于办理单位,重点是通过优化绩效考核指标体系并严格考核,规范办理行为,压缩自由裁量空间,督促认真办理提案。这个去年就已经开始做了。从提案委的角度,是要加强服务,既督促办理单位加强同委员沟通,特别是要修改相关规定,也要提醒委员及时客观公正评价。这个今年准备做……"

丁锐打断他的话,不解地问:"是什么规定?"本不想在会上说的,此刻他也只得无奈地直说:"规定是这么写的:'提案办理答复提交后十四个工作日,提案人不反馈意见,视同满意。'"

会场霎时哄堂大笑,然后丁锐诧异地问:"怎么会有这么奇葩的规定?"邓念成只得又回应:"我们准备改这个规定。"丁锐追问怎么改,邓念成实话实说:"提案人不反馈,视同不满意。"

这个一百八十度大改变,还真是针尖对麦芒,稍微愣怔,委员们就异口同声地说"好!"甚至还有人鼓起掌来。丁锐顿时眉头微蹙问道:"办理单位会接受吗?毕竟,评价是要提案人做的。提案人不评价,那不是一堆不满意?"

邓念成就希望有人这样提问,却没想到是丁锐,当即说:"这就要求委员认真履职了。"丁锐似乎不解,又追问什么意思。

"是这样的,主席!我们听到不少反映,有的委员电话不接,短信微信不回,上门不理,这些人都有名有姓,包括在座的少数委员。"邓念成说着,瞅了一眼刚刚还愤恨不已的委员,见他脸色一白,目光不自然地躲闪,邓念成也没点名,接着说:"政协应该加强委员履职管理,督促委员认真履职,积极配合。"

"倘若还是不配合呢?总有些特殊情况的。"丁锐又追着说。就仿佛邓念成不说清楚,他会一直纠缠似的。

"那就给办理单位提供救济。"邓念成继而解释,"比如办理单位做好与提案人沟通的台账,把没评价的提案人提供给提案委,我们负责提醒。做到了这个程度,还有不评价的,那么这件提案办理的满意度评价不纳入考核体系,不计入不满意范围。但是,在委员履职考核里,得记上一笔,算是提个醒。"

"嗯!你要这么做,我倒是觉得可以。"丁锐眉头终于舒展,然后问大家怎么看。考虑得这么细,似乎无懈可击,没人再说半个"不"字。邓念成却突然笑着说:"其实还不够的。"丁锐有些意外,又笑道:"都说可以了,你怎么还觉得不够呢?"

迎着满场疑惑的目光,邓念成继续说:"这也考验委员的事业心、责任感。不要等着人家提醒,委员也主动点,关心下提案的办理进度,看看有没有需要配合的。有的委员,说句不客气的话,就如不负责任的父亲,生了孩子甩给社会,自己不管不问,仿佛那孩子是别人的。"

会场再次哄堂大笑。丁锐也是无语,甩着指头说:"你这家伙!"

邓念成没笑,又说:"也不要人家一游说,就在反馈栏里勾'满意',却又到处说'被满意'。这也是不负责任的表现。发现类似情况,提案委也不答应。人家办了提案,还受冤枉气,那就不好了。所以,我也呼吁委员们,不要只把嘴巴搁别人身上,既不检讨自身问题,又睁着眼睛说瞎话,对人严对己宽。"

丁锐见他那话讲得过了点,尤其是不负责任的父亲这个比喻,但也不好说他什么,便问大家听明白了没有,或者还有什么好的建议。邓念成也见好就收,笑着说:"继续讨论政府工作报告吧!关于提案工作,如果觉得还没讲明白的,我们再单独交换意见。"

耽误了半个小时,会议终于再入正题。

8. 一波未平又起波

闭幕大会这天,邓念成下体的灼热感更加强烈了,尿液浓得像米汤,还有丝丝的血。邓念成再不敢耽误了,作过提案审查情况报告,然后会议一结束,拔腿就往医院跑。

泌尿科的曾主任也算熟识了。于是又开化验单,一看结果吓一大跳。原来不仅没好转,反而加重了,当即收他入院。曾主任感叹,好在没基础性疾病,又每天打吊瓶消炎杀菌,不然,哪里还能来医院?早去了殡仪馆!

被病痛折磨得苦不堪言,邓念成面团一般,毫无反抗能力地任他揉搓。何况到了医院,也只能听医生的。

住院的艰辛不必细言。其实他最难面对的,是爱人萧红梅。

得知他住进医院,萧红梅的震惊可想而知,当即三魂去了两魂,七魄去了四魄。好在学校放假,萧红梅火急火燎地收拾东西,连滚带爬跑到了医院。不过,她自始至终没埋怨一句,只是满脸忧愁地嘘寒问暖,体贴入微地帮他做这做那。甚至把难得的出国参加学术会议的事也推了,全心全意照顾他这个病人。

正是绩效考核申诉期,他的电话都成热线了,除了慰问,就是讲考核分数。所以他这院住的,倒是不寂寞。

这天下午,邓念成坐在小桌旁看材料,手机骤然响起,刚看显示屏一眼,便不禁心头一热,暗道怎么还惊动市领导了呢。正要说感谢的话,不料那头张嘴就来:"邓主任!你们的绩效考核分数,还有改的可能没有啊?"

原来,是自己会错情了。愣怔片刻,邓念成才尴尬地笑着打了个马虎眼说:"谢谢领导关心提案工作。"电话那头似乎很着急,又追问一遍:"还能改吗?"他的心情可以理解,毕竟是申诉的最后一天了。过了今天,就是阎王爷也只能干瞪眼。不过,这也太直接、太赤裸了吧?邓念成皱起眉头,却不好硬刚,耐心解释道:"办理单位可以申诉的。错了的,当然改。"

"喂！我说，你们那个指标体系，真是成问题。办理提案少的单位，再怎么努力，把提案办出花来，也得不了满分。你不觉得这样的指标体系，的确存在缺陷吗？"

"数量的确不能说明全部，但多少能反映办理单位投入的人力精力，总能衡量劳动量哩！再说了，政府部门分工越来越细，却并不十分明晰，职责犬牙交错。这就使得一件提案，既可以给张三，也可以给李四；同样的，张三和李四也能扯一堆不办的依据。您不知道，我们交办提案有多难哩，领导！"邓念成顾左右而言他地大倒苦水，希望领导体恤政协工作的难处。

"就是因为难，才设提案委呀！你以为是安排干部的？"领导却不跟他讨论这个，"依我的看法，办理提案多的单位，说明工作没做好，才有那么多提案。再者说了，办理提案少的单位，不是人家不办，是你没提案给人家办呀！"

这是什么逻辑？按这个逻辑，综合性部门、与民生关系密切的部门，工作永远都做不好，因为提案永远是多的。那些部门的人，以及分管领导，听到这么一段"精彩"点评，还不气得肺炸呀？但他不想跟领导辩理，没心情，也没精力，更不愿把人得罪了。他想了想说："我们考核只管提案办理的事，不包罗万象的。"

"但是，你们设计指标体系，总得给办理提案数量少的单位一点盼头吧？不管怎么说，办理提案数量少的单位，毕竟是多数哩！"

"您讲的这个，确实是个问题，我们也挠头，也在不断改进。但是，不管有多大缺陷，指标体系都是绩效办发布的，也征求过所有单位意见，不是随随便便画的杠杠。这世上，就没绝对的公平，公平都是相对的。您说是不是？所以目前来说，这是唯一的标准。如果觉得冤枉，那就申诉，错了的一定改……喂，领导！还有其他事吗？"邓念成不想讨论这类无聊的话题。

领导又说人家很支持政协工作的，市政协每年的调研都积极配合。虽然支持政协工作，但这跟办理提案是两码事，邓念成还是问了句："到底是哪家单位？"

"才办三件提案咧！主办一件，会办两件。"对方刚说出单位，他就惊叫道。领导嘿嘿一笑，还真给他出了个主意："你们不是强调办理效果吗?"

效果这东西,可塑性太大,兴许真能做点文章。邓念成不想跟他闹得太僵,便说自己在住院,过两天回去看看。对方却说今天是最后一天。这天一过,绩效委的会一开,就黄花菜都凉了。

本是拿住院做挡箭牌的,却被领导直接忽略,邓念成心下更不爽。但没把不爽表现出来,而是不软不硬地再次提醒:"领导!单位可以正常申诉的,不一定非得麻烦领导出面。"

这时护士喊他做彩超,于是不管领导高兴不高兴,他客气了一句,把电话挂了。心里想着,这事电话里讲不透彻,只能有机会了再作解释。

他们的原定计划,是腊月二十七萧红梅出国参加学术会议,他和女儿二十八回老家探望岳父岳母的。如今整个计划都泡汤了,改成两个人全力照顾他一个病人。

七天的年一晃而过,初七上班的第一件事,是开机关干部大会收心。还没进会场,就有许多人表达关怀之意,邓念成都微微笑着回以谢意。副主席曾涛也满面春风地过来,先说了句新年好啊,然后拍着他肩膀,意味深长地笑道:"你呀!优点是认真,缺点是太认真。"

认真和太认真,曾涛讲过多次了,今天却掐头去尾,听得邓念成"蒙嚓嚓",不清楚是指绩效考核找自己的事,还是病成那样了还坚持工作的事,抑或分组讨论时讲的那番话,也或许还有别的意思。

邓念成讲有的委员像不负责任的父亲那几句话,已经传出几个版本了,而且越传越神乎。不过,看曾涛那神情,似乎欣赏成分居多。邓念成便嘿嘿了两声,没往下接话。

干部大会九点半开始,丁锐讲了一个小时,强调以一线担当和火线作为,对标对表中央赋予金鹏的新使命新任务,大胆开拓创新,推动政协工作走在前列。然后各部门开会,研究落实举措。

文闰生分管办公厅和提案委,黄达理也来了,邓念成便邀他们参加提案委的会。两人欣然应允。邓念成解释说:"本来冬梅要找间会议室的,但新年第一天,我怕给人添麻烦,也感觉去会议室少了人情味,就没同意。办公室有些寒碜,只能委屈你们了。"

黄达理与邓念成早就熟悉,而且配合默契。文闰生虽接触时间不长,但这次生病,人家隔天就去一趟医院探望,也让他倍感亲切,所以说话便少了顾忌。不想文闰生也是个幽默的人，一屁股坐到沙发上，笑呵呵地说："这可是金鹏市政协提案工作作战室，不是谁都能进来的。我们荣幸之至哩！是吧，黄主席？"

"那是，那是！"黄达理微笑颔首，也在单人沙发上落座。

"哎呀，主席不简单哪！这刚刚来，就连作战室的情报都搞到手了啊？"华艺章是个自来熟，于嘻嘻哈哈间，不着痕迹地拍了个"彩虹屁"。

"有个专门的作战室，好啊！先在作战室推演，然后变成作战计划，提案工作就无往不胜了啊！"文闰生笑呵呵地应和。

邓念成直奔主题，简单回顾了去年学习考察成果，即主席会议认可的十一个方面思路，然后说："这些精神，已经体现在了黄主席所作的提案工作情况报告中，那么接下来，我们要按照报告提出的'提案工作质量年'要求，抓好落实。今天主要是一条条梳理，捋出优先要抓的几件具体事项。或者说，围绕'质量年'这个主题，看看提升三个质量①的切入点在哪里。"

"念成同志说的，我完全赞成。我先说两句，但不具体讲怎么做。鲁班门前弄斧子，关公面前耍大刀，不是我的性格。"文闰生拍了拍手头资料，微微笑着，"这些东西，我还要好好消化。消化完了，才有发言权。我主要是表个态，也提点原则要求。"

他抢在前面发言，搞得众人一愣，心说这哥们儿有点儿意思啊。当然啦，他要先讲，也没人敢拦。

文闰生讲了三层意思：第一，当推动提案工作的坚强后盾，鼓励大家不要怕困难，不要怕麻烦他，甚至希望大家麻烦他；第二，作为团队一员，他绝不透过揽功，抢下级成绩，大家荣辱与共；第三，大胆闯大胆试，不要怕做错了，他不会随便批评想做事的人，也不要怕走弯路，很多事没有经验可以借鉴，只能摸着石头过河。文闰生最后说："我们齐心协力，共同推动市政协工作走在前列。"

他一下就把自己摆进团队里，搞得大家热血澎湃，邓念成更是深有感触。过去大半年，缺少分管领导的提案委，工作推动起来，难度的确不小；处理左邻右舍关系的手段，也捉襟见肘。

---

① 三个质量：即提案质量、提案办理质量和提案工作服务质量。

机关最容易做,也都喜欢做的事,便是做方案。因为可以给别人派活。更有甚者,他那方案里留给自己的,除了甩手掌柜,便是监工,专司督促之责,等着收获成果。其实有的事跟提案委八竿子打不着。而有关提案工作,虽不至于落实不下去,却也不知得费多少冤枉口舌。

当然啦!邓念成也顶了好几桩事,有的官司还打到了丁锐那里。邓念成的据理力争,当然得罪了不少人。大度的人,或许心里不太舒服,却也一笑带过。然而这社会,并非都是大度的人。

有了他这个态度,邓念成想,今后的工作应该会更顺畅。

黄达理也表态,说文闰生的话代表了他,也希望给他多派些活。只要时间允许,他都尽量参加。

两位领导的态度,算是树立了一个标杆,大家发起言来更踊跃,各种见解和建议层出不穷。这种会风,也是金鹏市政协的一个特色。研究问题不搞一言堂,不看官职大小。所以邓念成组织的会议,基本没不发言的。反正各抒己见,讲错了也没关系,既不会有人笑话,也不怕被人揪辫子,打棍子,穿小鞋。

会议开过了十二点半。邓念成叫杨豫明按照提案质量、办理质量和服务质量三个类别,把问题和对策思路排个序,以供下次会议研究。最后邓念成问文闰生:"年前躺在病床上,我闲得无事生出了个想法,但有些大胆,不知道你愿不愿意听?"文闰生没好气地呛了他一句:"你这家伙,学会卖关子了?"

领导是这个态度,他就不客气了,说:"这不马上要报今年的协商计划吗?我想在提案办理协商那一栏里,除书记市长领衔督办提案外,增加一项内容:市委常委领衔督办提案。"

见大家都拿诧异的目光瞅过来,邓念成淡淡一笑说:"协商民主七种形式里,有个政党协商,且摆在首位。但如何通过政协这个平台开展政党协商?或者说,政协工作如何镶嵌到政党协商中?提案便是很好的渠道。具体做法,就是市委常委领衔督办党派集体提案。当然啦,我们有书记市长领衔督办,但每年只有两件主提案加几件相关提案,感觉量少了点,力度弱了些。而且,不是政党对政党的,体现不出政党协商的意思。而主席会议督办提案,党委、政府领导也参与不进来。"

黄达理当即眼前一亮,说:"我觉得可以呀,文主席你看呢?"其他人也纷纷附和。有的说,书记市长领衔督办提案,并非金鹏首创,体现不出金鹏特色;有的说,如果真能做到,那重点提案督办的引领和示范作用,无疑会增强很多;还有的说,这将是金鹏市政协又一个闪亮品牌……总之是一片称赞。

文闰生当即说要先写进协商计划,看市委常委会研究的时候,会不会删掉。然后又问:"假如市委常委会议通过了,能保证有提案吗?"邓念成说:"主席大可以放心。集体提案里党派提案是大头,每个党派都有几件,多的如民革、民盟、民建、民进都是十多件,总有市委常委感兴趣的。"文闰生眼里闪着光,也显得有些兴奋,叫他们告诉研究室,先在协商计划里加这么一项。

过了两天,杨豫明整理出了几件重点:提案质量方面,重点是加强培训,帮助委员提高撰写水平,做好知情明政,解决信息不对称的问题;办理质量方面,重点是细化绩效考核指标体系,压实办理单位的办理责任,加强督办,推动建议落实,解决"被满意"的问题;服务质量方面,升级改造提案管理系统,实现提案工作无纸化。为此要加强制度建设,梳理了需要修改完善的制度三件,新起草的制度四件。

设想报文闰生、黄达理阅过,便拟定细化的工作方案。特别是趁着绩效办征求意见的机会,对提案办理绩效考核指标体系进行了结构性重塑。这也是当务之急。

也不是说原来的指标体系有很大问题,但肯定不符合提质增效新要求。二十几个指标,除了签收时限、答复时限等可以硬性考核,大多比较宽泛,比较原则性,只能采取"默认给分"方式。这次修订,能量化的尽量量化,不能量化的干脆取消。

特别是为鼓励单位更多地参与提案工作,也弥补办理提案数量少而无法得高分的缺陷,新设了一些加分项。比如为解决信息不对称的问题,决定不定期发布提案线索。凡提供线索的,按条数加分。再比如为推动办理工作由"文来文往"向"面对面协商"转变,对"三见面"也设置了分值。而落实提案建议产生了实际效果的,也能加分,等等,不一而足。

修订方案征求意见,绩效办很满意,各单位和各区也没提更多意见,便正式报绩效办。

狂欢佳节正月十五,是周一。在餐厅吃过元宵,和同事们说笑一回,邓念成回办公室,打开电脑点上烟,修改杨豫明起草的文闰生在提案办理培训会上的讲话来。

今年的提案办理培训会,计划在二月底召开,提前讲清楚新要求,让办理单位有充足的消化时间,也打好预防针,避免再出现扯皮拉筋的事,推动三月份的提案交办。

"梆,梆,梆!"突然响起了敲门声。邓念成下意识地望着门口,喊了一声"请进!"

门刚推开,就见市委办副主任兼督查室主任戴新国那颗小平头露了进来,邓念成当即把烟头扔进烟灰缸,迎上去就来了个熊抱,拍着对方后背大笑,朗声说道:"哎呀!这是哪阵风,居然把大忙人给吹来了?难怪窗外的喜鹊喳喳叫哩!"

"你假不假呀?哪来的喜鹊喳喳叫啊?"被他逗乐了,戴新国也拍了拍他的后背,"还是说,你根本就不欢迎?"

"欢迎,欢迎!请都请不来的贵客哩!"两人松开,邓念成笑吟吟地指着沙发,"坐,请坐,请上座!"

两人的嬉笑,把身后的许冬梅、王帆和一个年轻人乐得不行,脸上表情精彩纷呈。

戴新国在三人沙发中间落座,其他人也都坐了,邓念成还不忘戏谑一句:"你一来,我这里就蓬荜生辉了。喂,冬梅!待会儿通知文史委,把这张沙发收过去,将来办政协文史馆,可以当个镇馆之宝。"

"老哥这张嘴巴,啧啧啧!一如既往地厉害。说不过你。"戴新国摇了摇头,一脸苦笑。

"好咧!"许冬梅笑嘻嘻应道,烧开水准备泡茶。

邓念成继续戏谑:"不骗你的,早晨真有喜鹊叫!我还想,在这狂欢佳节,它叫个啥呢?难不成它也要狂欢?却原来,是有贵人驾到啊!"戴新国却不废话,说:"还真有个事,但你这晃来晃去的,没法说呀!"又对许冬梅摆手说:"你也别忙了。"

邓念成不再嘻哈,往硬靠背椅上一坐说:"我就知道你是无事不登三宝殿的。"他从桌上抓过烟和打火机,见戴新国摆手,自己点燃抽了一口,这才问什么事。戴新国没回答,而是从年轻人手里接过几张 A4 打印纸,转递过来。

原来是一封给书记信函的复印件。挺长的,满满的三页五号字。但复印时把落款遮盖住了,不清楚写信的人是谁。邓念成花了几分钟时间看完,把信递回时,脸色垮了下来,再没刚才的意气风发,心中哀叹,真是一波未平一波又起呀!却也不动声色地问:"给我看是什么意思?"

戴新国不绕弯子,直接说明来意道:"这是一位委员写的,书记准备给他回信,但要我们先听听政协的意见。你说,这个信该如何回?"

信虽然洋洋洒洒,中心意思却只有一个,就是取消"满意度"评价。因为太多"被满意",还不如取消算了。

居然又是"被满意"的事,还真是不死不休了。而且闲得慌,竟把状告到书记那里去了。邓念成有些惊悚。他更没想到,书记要写回信。想了想,他没正面回答,而是从电脑里打印了一个文档,又打开书柜翻出一张《金鹏日报》,叫戴新国先看看这个,再讨论怎么帮书记起草回信。

他给戴新国看的,是政协关于提案工作提质增效的文件,其中就有解决"被满意"的措施。那份《金鹏日报》报道的,则是他那天对委员意见的回应,将切实解决"被满意"的问题。附带地,也讲要严格提案审查,推动提案工作高质量发展。

戴新国埋头看材料,王帆和年轻人看报纸,除了邓念成吸烟的轻响,以及水即将烧开的"咕噜咕噜"声,屋里静得掉根针都听得见。直到戴新国抬起头来,邓念成才歉意地道:"我们知道委员有意见有怨言,所以想着采取措施扭转局面。但还是迟了一步,竟闹到书记那里去了……我也不是怕人告御状,而是工作没做好,给书记添麻烦,心中有些不安。"

戴新国以为他怕挨批评,安慰说书记那里没事,又说:"书记叫我们来,有三层意思。第一,要不要取消?第二,如果取消,有没有替代方案?第三,不取消,怎么改进?"见另外两人看完了,邓念成拖过报纸递过去,说:"你看完报纸了我们再讨论吧!你的问题,书记的问题,上面都有答案。"

戴新国看报纸挺快的,见他抬起头来,邓念成斩钉截铁地回答第一个问题:"取消肯定是不行的!满意度评价是推动提案工作的一个抓手。没了这个抓手,提案工作将更加艰难。何况总书记对提案工作有明确要求,怎么落地?拿什么去衡量?再说了,书记在市委全会报告中强调'要加大提案办理力度,提高意见建议的采纳落实率和委员满意率'的,这可言犹在耳啊！文件也才印发，墨汁都没干哩！你怎么把它抠出来？"

"材料和报纸的报道，其实找到了答案，所以前两个问题不讨论了。但是，这些改进措施能不能做到？有没有时间表？书记回信总不能模棱两可，甚至说话不算数吧。"戴新国扬了扬手中的报纸，提醒道。

"我可以表个态。这个态你可以报告书记，也可以写进回信里。第一，肯定能做到，也一定要做到。第二，今年就扭转局面，让'被满意'成为过去时。"

邓念成言之凿凿，搞得戴新国先是激动，后又担忧。毕竟，闹到委员写信给书记，哪是上下嘴皮一磕那么容易？便提醒说："要不你举几个例子，我们也琢磨琢磨。"明显对自己没信心的语气，邓念成哪会听不出来？不过他没挑明，而是指着报纸说："这里面写的，今年都会做到。假如做到了，你觉得效果会怎么样？再增加些辅助手段，工作更细些。你想象一下，效果又会怎么样？"

"这条规定我也觉得怪怪的。"戴新国皱起眉头，指着"提案人不反馈意见的，视同满意"道。俄顷，又问怎么改。

"提案人不反馈的，视同不满意。喏！就是报纸上写的这句话。"邓念成指着报纸，语气中透出一丝坚定。

"那怕是不行吧？委员不反馈，后果却由办理单位承担，这不是鸡病了，叫鸭吃药吗？情理上说不通啊！不反天才是怪事。"王帆脱口而出，丝毫不隐瞒她的惊诧。

"假如是禽流感呢？"邓念成没直接回答她那问题，而是就她那比喻，反问了一句。

王帆似乎没转过弯来，问什么意思。戴新国倒是听明白了，无奈地解释说，他那意思，假如鸡得的是禽流感，叫鸭吃药也无不可。甚至不仅是鸭，所有禽类以及猪狗，甚至人，都可能要吃药。众人顿时无语，心说还可以这样比喻啊。

戴新国随后又不耐烦地说："知道你知识渊博，就别卖弄了。他们都是年轻人，哪里听得懂啊？你就说提案人不反馈，为什么要把板子打到办理单位屁股上……跟你讨论问题，真是费劲！"

"是，你们说的没错！委员不反馈，责任的确在委员。"邓念成嘿嘿一笑，然后话锋一转，"但是，办理单位是否应该履行告知责任？就比如今

85

年,提案人一月交提案,政协三月交办,接着花五个月时间办理,重点提案和疑难提案还可延长两个月,就差不多一年了。这么长的时间跨度,办理单位哪天上传复文,委员哪里会知道?难道要委员天天盯系统?我们也希望哩,但做不到啊!说点阴谋论的话,都巴不得委员不盯。反正十四个工作日一过,就视同满意了。这也是'被满意'的主要根源。所以必须改,也必须这么改,压实办理单位的告知责任。"

邓念成觉得,只要把"两办"人员的工作做通了,再请他们帮忙做工作,那后面的阻力和难度就会小很多。即便他们不做工作,只要不唱反调,也是不小的进步。

小伙子也担忧地说:"我听说有的委员很少接电话的。这么一改,不是把办理单位急死啊?急死还是次要的,更主要的是冤枉死。"许冬梅给众人的茶杯续上茶水,笑着解释说:"主任想到办法了。"市委办的三人不约而同地问什么办法。

"嗯!你说对了,就是要让办理单位着急,大家一起着急。不能提案委急得跳脚,他们不仅不急,还优哉游哉看笑话,讲风凉话。"邓念成腹黑一回,随后又嘿嘿一笑,"当然,对于认真办理提案的,也必须给予救济,不能让老实人吃亏。"

办理单位还没急,戴新国倒是先急了,问他到底要怎么做,别老卖关子,急死人了。

"提供救济措施!即使有些委员没作评价,也不影响绩效考核。当然,我们会制定操作流程,给出救济路径。所以前提在于,他们得遵守操作流程。"他们的问题,跟委员们分组讨论会上的如出一辙,只不过一个站在提案提出方,一个站在提案办理方,关注重点便迥异。邓念成的解释便也相应地调整了重点。

"还有这一条,做不做得到啊?这工作难度也太大了。"看来戴新国是听明白了,又指着一条措施,也是担忧的语气。

这一条是说,反馈率将作为考核提案人、办理单位和提案委工作的硬性指标,今年达到百分之九十五以上,明年起达到百分之百。邓念成只瞅了一眼,便不容置辩地说:"做不到也得做到!而且,我们相信能够做到。"他继而解释,提案委不能只考核别人,也要自我加压,把自己的工作纳入考核范畴。大家捆绑到一起,共同推进提案工作质量的提升。

如考官一样考了一遍,见邓念成对答如流,戴新国放下心来,把早就凉透了的茶水喝得见底,起身笑道:"你这一说,我们心里就有底了,也好向书记汇报。这样,麻烦你叫人写个复信初稿,过两天送到督查室去。"邓念成也起身,笑着说:"那有什么问题呢,我们还要感谢书记和你们对提案工作的重视哩!"

戴新国扬了扬手里的材料说:"我都带走了。如果有机会,我们会呈报书记的。"这份意外惊喜,邓念成真是求之不得,但还想做得稳妥些,说:"那当然是好啊!能够获得更大支持哩!但就这么一个白头,合不合规矩呀?要不,我跟丁主席报告一声,以市政协党组文件正式报件?"戴新国说没关系。报回信稿给书记审的时候,可以作为背景材料。邓念成双手一摊,一副悉听尊便的样子,笑道:"你觉得行就行,我这边当然没问题。"

把几个人送进电梯,邓念成直接上五楼。文闰生先是沉默,随即说委员给书记写信,好事啊。又道这事要从正反两方面去理解,甚至积极方面的意义更大些,可是要利用好。他说有了这把尚方宝剑,"被满意"一定会成为历史的。接着提醒:"既然惊动了书记,那么就要解决得干净彻底。你的话也说出了口,照你挂在嘴边的话,就是不能当泡皮①。所以,措施怎么落地,还得谋划得更周全,工作做得更细。到了年底,不管到位了没有,都记得再给书记报告落实情况。"

"这个好办。我们不是要年初出提案分析报告、年底出办理情况分析报告吗?到时候专门分析下这个,呈送给书记。"言毕,邓念成掏出烟来,笑嘻嘻地晃了晃,问介意吗。

"你这家伙!掏都掏出来了,还问介意不介意。我说介意,不是把你得罪了?我说不介意,那不是违心吗?再说了,你要真介意我的介意,还会掏出来?"文闰生啼笑皆非。

把烟点燃了,喷出一口烟雾,邓念成眼里闪着光亮,说他还有个想法。文闰生抿了一口茶,问什么想法。

"我们要把书记与委员互动的效用发挥到极致,拿钟馗打鬼,坚决杜绝'被满意'。就是你那意思,让它成为历史。所以,不管对委员还是办

---

① 泡皮:方言。多指做事不靠谱的人。

理单位,就拿这个说事。提案办理培训和委员培训,也都作为重点来强调。"

"嗯!"文闰生思忖片刻,随即肯定,认为这个想法好,接着又提醒:"但你要记得这个事,不要到时候事情一多,忘记了。"

两个人又研究了一些其他工作,邓念成便去找杨豫明,商量怎么写那个代拟稿。代拟稿也没多难搞,所以一通流程下来,下班前便报给了市委办。

第二天下午,戴新国打电话过来,嘻嘻地说姜还是老的辣。听他那意思,邓念成知道代拟稿过关了,也客气了一回。本想问他书记有何批示,或者有何口头意见的,或许戴新国也想讲,因为他那语气比较轻松,似乎心情不错。但是,手机里突然传来座机铃声。邓念成顿时有些懊恼:这电话,来得还真是时候!果然,戴新国说领导来电话了,回头再联系。手机突然变成忙音,邓念成摇头苦笑,无奈地将手机放回桌上。

9. 舌战群儒下猛药

两天的提案办理培训会如期进行。

第一天上午文闺生的动员讲话,气氛倒还温和,因为讲得比较原则性,大伙儿没太大感觉。但邓念成对去年的总结,以及今年办理工作的要求,就犹如往滚烫的油锅里浇了瓢水,顿时炸了锅。

听他讲绩效考核,大家就都坐不住了,要提意见发牢骚。太严苛! 及至讲满意度评价,又觉得前面那个根本是小巫见大巫,便把意见和牢骚都集中到这个上。连刘天民也想不通,吃饭时忍不住质疑。王帆倒是安然,她听过一回解释,知道接下来会怎么做。

跟戴新国他们的疑惑一模一样:鸡病了,却叫鸭吃药,这不成心跟办理单位过不去吗? 但谁也不是砧板上的肉,任人剁斫的。哦! 委员告了御状,你们不查自身原因,不去约束委员,反拿办理单位出气。这是讲的哪门子理呀? 就凭执掌考核大权,便能颐指气使胡作非为? 这公权力使用得也太随意了吧? ……

下午的分组讨论,一如去年是四个组。不过,暂时不讨论如何落实会议部署,如何做好办理工作,而是集中提意见建议。邓念成笑着说:"越具体越好!"

大家早就憋了一肚子气,既是专门给时间提意见,所以各种批评、牢骚和指责便铺天盖地,丝毫不给面子,要多难听有多难听。邓念成主持的第一组也不例外。

不过,这个早在意料之中,甚至是他故意发起的。所以他一直面带微笑,仿佛那炮不是轰他的,牢骚不是冲他发的。他的这么个态度,又激发了发言者的战斗性,大家提起意见来不遗余力。这也是落实文闺生动员讲话提出的要求。文闺生说今年是"提案工作质量年",那么提高质量的前提是摸清情况,然后对症下药。

参加培训会的,囊括了市直和各区近百家单位,还有上级机关的派驻机构,无疑是开展调查的最好机会。会前,邓念成就跟其他主持人强调,只带耳朵不带嘴巴,让人把话讲完,把意见建议收集起来,他在晚上的大会上集中回应。

之所以让主持人只带耳朵不带嘴巴,也是出于几个考量。其一,人家提一条意见,主持人就做一通解释,不仅浪费时间,而且堵塞言路,发言的人就不敢敞开讲,甚至讨论都没法顺畅进行。其二,担心口径不一,尺度把握不同,宽严出现偏差,从而引起误读,引发理解混乱,进而影响后续工作,效果也会大打折扣。其三,刘天民不是政协的人,没义务帮政协做解释。但政协没那么多人来主持。为了及时、真实、全面地收集意见,还一改只派办公室同志当工作人员的做法,每个组都请了速记。

有速记稿在手,梳理难度倒是不大,但工作量不小。何况邓念成要求,按同一问题提出人数的多少排序。提及的人多,当然便是关注重点,也是晚上要重点解答的内容。几个人饭都顾不上去餐厅吃,直接打包送到邓念成房间。许冬梅、杨豫明、华艺章、小芳各自整理本组的速记稿,最后交杨豫明汇总。

到了七点,杨豫明终于把整理稿递给正在吃饭的邓念成。邓念成推开饭盒,接过后粗略翻了翻,就拍了把沙发扶手,兴奋地跳了起来,朗声叫道:"好啊!竟然收集了二十六条意见建议!"其他人可没他淡定,瞪大了眼睛惊问:"这么多啊?"

这么多意见,一般人还不愁死了?他却兴奋得如中彩一般。果然,邓念成笑呵呵地说意见不怕多。对于改进工作,好意见那可都是金玉良言,多多益善啊。然后,逐条阅读起来。

都吃完了饭,时间也差不多了,便一起去会议室。其他人早就到了,议论纷纷,热闹非凡。见他们进来又迅速归位,随后就鸦雀无声。在主席台落座,邓念成摁下麦克风,会议正式开始。

第一个问题,便是满意度评价,几乎所有人都疑惑:"委员不作为,为何要把板子打到办理单位的屁股上?"

邓念成没直接回答,而是先说那条规定,笑问合理不合理。会场顿时乱糟糟嘈嚷嚷起来。邓念成笑了,说:"你们这么吵,我怎么回答?一个个地讲,好不好?要发言的,请举手。"

但是,没人举手。估计都觉得奇葩,却也都赞成。甚至说不定上传过提案办理复文,便暗暗祈愿,十四个工作日快点儿过去吧!或者提案人千万别看复文哪!然后掰着指头数日子,等到十四个工作日一过,便舒出口长气去,"哈哈哈"地仰天长笑。

然而这些想法,只能存在心里,在大庭广众之下,谁好意思说出口?当然啦!如果有人先吃螃蟹,也不介意跟在后面附和一下。问题是,谁愿当这个出头的椽子呢?

"既然没人举手,那就说明大家都认为不合理。就是说,我们是有共识的。而这个共识,便是我们讨论问题的基础。那就是,既然不合理,为什么不能改呢?"邓念成不管他们真实想法如何,立即用一句话框住,让讨论别又回到原点去。

这时有十几个人举手,邓念成点了站起来举手的小姑娘。小姑娘也不磨叽,说:"我们不是反对改,是反对这么改。提案人不评价,后果却叫办理单位承受。是不是搞错了对象?就像人们常说的,鸡得了病,却叫鸭吃药。"会场霎时哄然大笑,也有不少人附和。

"你这话有道理,我先给你点个赞!的确,锣做锣打,鼓做鼓敲,把责任划清楚,才不至于乱章程。从这个角度讲,政协是要加强对委员的履职管理,督促他们切实履行职责。所以,计划于五月举行的委员培训,提案工作已经列为重要板块。"邓念成先肯定一句,接着话锋一转,"那么,办理单位有没有提醒的责任呢?你说委员一月提交提案,八月才办理结束。这么长时间,委员怎么知道我们哪天上传复文?"

"那个……当然有责任。"小姑娘犹豫了一下,最后也没否认。这时有人说:"我们提醒了,但委员不理呀!办提案的也是人哩,却得不到应有的尊重。"有人接着说:"还有打电话不接,发短信微信不回,上门吧,也约不到时间。"众人顿时纷纷附和:"就是!"总之,一个个苦大仇深似的,开诉苦大会般大倒苦水。

见小姑娘一直站着,邓念成往下按了下手,叫她坐下。接着说:"大家的声音,我都听到了。能够敞开心扉,很好!这是又一个重要共识,就是我们有提醒的责任,也这么做了。我要代表提案委先感谢大家。那么,为什么委员积极性不高?我们提醒的方式方法是不是有改进空间?这些问题,大家想过没有?"

会场霎时静寂下来,或许都在思考他的问题。

没等他们出声,邓念成继续笑道:"碰到了问题,我们要找出原因,然后想办法解决。找原因的方法,我觉得是先查自身。如果单纯指责对方,那是泼妇吵架,是无赖放刁,不是解决问题的态度,问题也永远解决不了。假如委员也气呼呼地说,鬼知道你什么时候上传复文! 我天天盯着系统看哪? 你们说,站在他那个角度,有没有道理?"

会场彻底鸦雀无声。看来这个说法也被大家接受了,邓念成不再磨叽,毕竟有二十六个问题。当然啦! 有的是建议,不需要现场回应,而是带回去研究,有针对性地改进。有些比较简单,或许是刚接手,不太了解情况的人提的,几句话就能解释清楚。但再怎么说,这个会也不能开太长了,明天还得开一天哩!

"所以,提办双方都要换位思考,体谅对方难处,不要一味指责。"邓念成始终保持着微笑,"其实吧! 大家真是误解了这么改的本意,也是只看了字面意思,就多毛了,根本没想那背后还有什么深意。"

"还能有什么深意呀? 就是在领导和委员那里受了气,转嫁给办理单位呗!"有人不屑地小声嘀咕。

尽管他是小声嘀咕,但在安静的会场,还是被很多人听到了,包括主席台上的人。大伙儿面色一凛,瞥了那个方向一眼,又赶紧把目光聚到邓念成这里,看他是什么反应。邓念成也有些无奈,却依然微微笑道:"喂,我说! 能不能先让我把话说完呢,别急着下个阴谋论的结论嘛!"

会场又一阵哄笑,等趋于安静了,他才接着说:"你真是冤枉提案委了。提案委是光明磊落的,没那么多花花肠子,也不屑搞花花肠子。而且,我今天还给大家交个实底。"有人问什么实底。

"办理单位和提案委,永远是一伙的,是在一个战壕里并肩作战,可以把后背托付给对方的亲密战友。"邓念成也不停顿,继续说,"既然是一伙的,我会坑你们吗? 背后捅刀子,搞成对立面,对提案委,对我个人,有什么好处? 丁点好处没有,是吧? 说得再透彻点,我们的目标是一致的,都是为了推进工作,推动城市发展,促进民生改善,是一加一大于二的亲密合作,而不是零和博弈,更不是对立关系。大家说,是不是这么个道理啊?"

这话说得语重心长,会场更是鸦雀无声,落根针都能听得见。

绩效考核和"被满意",让邓念成憋了好长时间的气,所以为了今天的"舌战群儒"，他也是做足了功课。接着又说："其实吧！只要我们工作做扎实了，这条规定是可以忽略的，根本就不是洪水猛兽。请大家相信我一回，行不行？"

他这话，信息量似乎有点儿大，众人没反应过来，不约而同地问什么意思。

"简单说，我们给大家留了救济通道……"接着把给戴新国讲过的那套说辞，又讲了一遍，然后问："我这么解释，不知大家听明白了没有？还有不清楚的，抓紧提出来。因为今天有二十六个问题，不然都没法休息的。"会场再不嘈杂，似乎都放下心来，邓念成才开始回答第二个问题：绩效考核是否过严？

第一关过了之后，后面便没多少波澜。而绩效考核的事，去年已经严了，所以没费多少口舌，也都接受了现实。何况从严是趋势，也不是政协一家严，是绩效办统一要求。只是过去这个分数太好挣，猛地严了起来，大家有些不太适应。

虽然后面再无波澜，但直到快十一点了，会议才结束。

刘天民也由起初的不理解，转而认同，称赞有创意、有高度、易操作、好执行。培训会结束前的讲话，他和王帆又给予高度赞扬，不遗余力地帮忙推动。

培训会结束，邓念成便开始谋划提案管理系统改造。

不仅仅是审查提案，还有绩效考核、满意度评价等等，都需要强大的信息技术支撑。靠传统的手工操作，哪怕是目前的系统，都改变不了现状，无法兑现给各方面的承诺。而这次培训会上，公安、城管、规划、交运等有二级单位的部门还建议，在系统里增加二次交办功能，能帮他们省不少时间，减轻许多工作量。

有二级单位的部门，都是签收后下载，再转到内部 OA 系统交办。二级单位办完了，上传到局里负责提案办理工作的人员，再由他们下载导入提案管理系统。太费事了！邓念成觉得，既然定了无纸化方向，那么这些问题也要一并解决，为办理单位提供无缝连接的贴心服务。就是说，提案工作的无纸化，应该是全链条、全方位的，不只是政协内部无纸化。

这天刚上班，在等人来研究系统改造的空隙，他猛然记起元宵节那天，戴新国拿走几份材料，说要报书记的。后来在电话里说了一半，突然有事挂断了。这段时间一忙，就忘了问，那家伙也没回个话。对自己的谋划，书记是什么态度？看了眼时间，离市委常委会议开始还有二十分钟，想来他应该没这么早进会场，便在内线座机上按了五个键。

听出声音是他，戴新国有些意外，问有什么事。他这么一副语气，让邓念成的心霎时发凉。愣怔片刻，他直接笑骂道："你这家伙！那天电话讲一半'贪污'一半，然后就人间蒸发，杳无音信了。你到底什么意思？书记就一句话没说？"

"哎呀！该死，该死！事情一多，就忘了。下次不敢了，一定第一时间向你报告。"戴新国忽然大笑，还听到他似乎拍了一下脑门儿。然后说书记很满意，委员又给书记写了回信，也表示要积极通过提案履职。

邓念成先是无语，尔后心情大好，调侃道："这么重要的情报，你居然敢'贪污'，害老兄差点儿发心脏病！"想想又赶紧补了一句："类似'下次'这样的话，就不要再说了。别真被你个乌鸦嘴不幸言中。我可不想因为这点破事，委员三番五次去骚扰书记。"

"咚，咚，咚！"突然传来三声敲门的脆响。邓念成先是一个愣怔，正要说请进时，电话那头却说市委常委会议时间马上到了。没等他回应，电话就变成"嘟嘟嘟"的忙音。邓念成又是一个愣怔，盯着话筒瞧了一会儿才放下，开心地笑道："请进！"

几个人进屋，见邓念成满面春风，都一脸蒙圈，在心里纳闷儿，这是什么情况？刘畅没忍住，问："捡到金元宝了？还是中了头彩？"邓念成笑呵呵地绕过桌子，率先在那张硬靠背椅上落座。

众人也嘻嘻哈哈落座，满脸期盼地望着他，急切地想知道，到底是什么事，让"泰山崩于前而色不变，麋鹿兴于左而目不瞬"的邓念成，如孩童般满脸灿烂的。杨豫明虽摆弄着茶具，做泡茶准备，但也同大伙儿一样的神情。许冬梅迫不及待，笑嘻嘻地追问了一句："还真是捡到金元宝了？"

"嘿嘿！比捡到金元宝了还令人激动。"邓念成也不绕弯子了，把戴新国的话复述了一遍。

众人闻听是这么个结果，自然也兴奋得手舞足蹈，击掌相庆。这大半年，他们被各种诘问和诟病压得喘不过气来。如今终于得到领导和委员认可，总算可以扬眉吐气，挺胸昂首了。兴奋过后，刘畅提醒，赶紧报告文主席和黄主席。

邓念成解释,文闰生列席市委常委会议去了,黄达理这个时候有课。意思是不好干扰他们的。他想想又说:"我先编条微信发过去,让他们第一时间知道。"

众人不吱声,等他发微信。发完了收起手机,邓念成正色道:"现在我们做的每一件事,都事关提案委的荣耀,说不定也在书记的关注范围,只能成功不能失败。所以,必须小心小心再小心,千万别搞砸了。"然后便和大家讨论系统改造方案的编制。不过,他心里还惦记着市委常委领衔督办民主党派提案那事。

快十一点了,手机骤然响起。他连忙抓起,瞅一眼显示屏,双指虚压嘴唇,示意大家噤声,然后摁下接听键。果然,那略带沙哑的男中音立即响起,显出些兴奋,比平时的语速快了一倍不止:"念成,通过了!"

"太好了!那我们抓紧准备提案,然后报过去。"邓念成也大叫,一手握着手机,一手握成拳头,同时往上举了举。

他这动作和声调,再配上脸上的精彩表情,让众人也跟着神情一荡,开怀不已。然而,邓念成电话还没讲完,只得都赶紧拿手捂住嘴巴,哧哧哧地笑。

文闰生在回来的路上,叫邓念成一刻钟之后去他办公室详谈。然后说那条微信他也看了。提醒这既是开门红,也预示着今年要打的都是硬仗。邓念成应了一声,听到手机里传来"嘟嘟"声,才挂掉,把这消息跟众人分享。

"哇!这喜事好事,还真接二连三啦!"众人一片欢呼,开发公司的工程师也咧嘴笑着,表示祝贺。

好在研究得差不多了,于是邓念成叫工程师抓紧出方案、报价,毕竟政协还要走流程报批。何况涉及经费,更是马虎不得。

邓念成有些迫不及待,不过十分钟便出现在文闰生的办公室门口。然后,就见文闰生从走廊那头走来。邓念成迎上前去,兴奋地问到底是怎么个情况。文闰生也兴奋,却卖了个关子,拿出门禁磁卡故意调侃:"注意形象,注意形象!怎么说,也是堂堂提案委主任哩!"

随着"叮"的一声响,门开了,文闰生笑道:"我尿都还没屙哩!你去泡茶,我先上洗手间。"邓念成也不客气,咧嘴一笑调侃:"还说我不顾形象!市委常委会议室旁边那香的厕所不上,就急匆匆往回赶,也不知道是

95

谁不顾形象。倘若实在憋不住,还不对着路旁的荔枝树就开涮啦?"边说边走到茶几旁烧水泡茶。

"你这家伙……"听他说对着荔枝树撒尿,文闰生无语。兴许实在憋不住了,他无奈地说了半句话,就去了洗手间。

文闰生刚一进办公室,邓念成就急切地问顺利吗。文闰生笑道:"顺利,顺利得超乎预料!"抿了口茶,又详细说通过时的情形:"之前还找你们要了资料,没想到完全没用上。你是不知道,我作完说明,就没我什么事了。后来书记又强调,办好政协提案,不仅是部门的责任,更是领导的责任。书记的话讲到这个份儿上,即便有人想开口,应该也被堵住了。"

"这就好!"邓念成更开心,说接下来要抓紧遴选提案。毕竟是第一次,尽量让领导们压力小点,以后才好推进。

"你说的对!的确是要提前准备,把事情想周全些。我敢说,这个事,加上你提出来的无纸化,都是金鹏市政协提案工作的里程碑,将来写政协史,都该有这一笔的。"文闰生又吩咐,具体怎么运作,要抓紧提出个方案,既发挥市委常委领衔督办的效用,又不占用他们太多时间。

邓念成抿了口茶,答应下午研究,也抓紧跟市委办沟通,毕竟这个事要他们支持才行。文闰生由衷地说:"嗯!你这个雷厉风行的作风,还真是可以。"

"不要动不动就表扬,我会骄傲的。"邓念成开了句玩笑,又由衷地说:"当初提这个建议,也是胆子有些大,没奢望真的能成,还这么顺利,所以没想那么细。但党委领导全体领衔督办提案,在我们这级政协,似乎还没第二家,所以也没现成经验可以借鉴。那么接下来,只能摸着石头过河了。"

"金鹏市做的事,包括政协工作的探索创新,有几项不是摸着石头过河的?不怕!既然市委给了支点,我们就把地球撬动起来。"文闰生信心满满,也给邓念成信心。然后茶杯倒满,推到邓念成面前:"喏,喝茶!"

"谢谢!"邓念成屈指在茶几上点了点,端起茶杯抿了一口。想想前面的事说得七七八八了,放下茶杯时便转了新话题:"接你电话的时候,我们正和开发公司的人聊系统升级改造,他们有信心满足需求。我叫他们抓紧出方案、报预算,然后就开干了。你得提前给丁主席和办公厅吹吹风,毕竟涉及经费。"

文闰生叫他放心，说："该我做的，我会毫不含糊。系统改造功德无量，就是花点钱，也是值得的。"随后话锋一转，笑呵呵地问："听说你在培训会上舌战群儒，那风度、那气势、那口才，胜过当年的诸葛亮啊？"邓念成笑嘻嘻地不置可否，随即说："锣鼓听声，听话听音。你这意思，有人背后讲坏话咧！"

"你这家伙……"文闰生噎得喉结滑动，稍停才说："真是心理阴暗！怎么尽把人往坏处想呢？好话坏话听不出来呀？喂！是不是做过亏心事，担心人讲出来呀？不然，人家好生生的话，到了你这里，怎么就成坏话了呢？"

"开玩笑，开玩笑。"邓念成笑着敷衍。

两人开开心心地聊着。中间有人来请示汇报工作，邓念成要回避，文闰生也一概不允，打发走了来人，又跟邓念成继续聊。

聊到戴新国那条消息，邓念成感叹："可惜了！"他这掐头去尾的话搞得文闰生没反应过来，问什么可惜了。邓念成面露遗憾之色，说："可惜不知道写信的委员是谁，应该当面道声'衷心感谢'的。不是他，我们还真没办法把提案工作的一些细节，去向书记汇报。甚至于念头都没敢动过。"

"还真是的啊！"文闰生想了想，点头赞同。随即又笑道："这叫作老天也帮勤勉的人。喂！你不是有个说法吗？叫什么'运气来了，门板都挡不住'？"

"嘿嘿！我那些方言都被你记住了啊！看来也不算跟你白说。"邓念成有些意外，也有些嗫嚅，"照这样子下去，再过段时间你去我老家通海口也可以横着走了。"

文闰生感慨："民间大智慧！不管哪里的方言俗语，都蕴含着丰富的哲理。"这时邓念成告辞，他得想想，这事如何着手。

10. 半途杀出程咬金

下午两点半,提案委的人又聚到一起,研究如何落实市委常委领衔督办民主党派集体提案。众人还沉浸在喜悦中,也顺便拍了邓念成一通"彩虹屁"。

差不多一年了,大家跟着自己,尽管埋头苦干,却总是愁眉苦脸,邓念成心里真是愧疚。如今难得高兴一回,他当然不会扫大伙儿的兴。不过,他也不会得意忘形,把这当作终极目标的实现。人这一生,总得做些事情的。这是邓念成的心里话。

等大家放纵够了,便笑着制止:"马屁就不用拍了。说实话,我也没想到真能成,碰运气成分居多。再说了,也得领导认可呀!领导不认可,建议还不狗屁都不是?这样的例子还少啊?所以,功劳都是领导的。现在的问题是,任务已经明确,接下来该怎么落实?希望大家开动脑筋,好好抓住这次机遇。"

邓念成话音落地,所有人不再嘻哈。这也是他倡导的会风。正式开会或者干活前,怎么调侃戏谑都可以,一旦进入正题,便迅速调整状态,全部心思集中到工作上。

"用豁达的心态,干吃苦的差事。"这是邓念成的心得,也是他从事文字工作时的口头禅。在他看来,文字本就是苦差事,如果再愁眉苦脸,岂不是苦上加苦?那还活不活呀?他不仅身体力行,成天乐呵呵地把笑挂在脸上,也要求研究室的人以苦为乐,苦中寻乐,把苦差事当作快乐的事情做。

新会风的另一个特点,就是所有人都得发言,没有例外。说多少没关系,但得说,想到什么说什么。也正应了那句"三个臭皮匠,赛过诸葛亮"的老话,最终都会有成果。

一个多小时头脑风暴,大家都多次发表意见,其间也有观点交锋,甚至激烈争吵。邓念成归纳总结时,概括出了这么几条——

第一,抓紧制定制度,不然不好操作。书记、市长领衔督办提案和主席会议督办提案都有相应的办法规范。

第二,正式办理前,由主办单位提出办理方案,经领衔督办的常委签批同意。

第三,办理过程中,向领衔督办的常委报告进展及其成效。

第四,办理结束后,领衔督办的常委主持召开办理协商会,或者民主评议会,提办双方当面沟通,听取并评议办理情况。

第五,每位常委领衔督办的提案,都配一位市政协主席班子成员协助,做到"双督办"……

当然,这是他们的初步想法,还得征求市委办意见。毕竟,这是市委常委领衔督办提案,如果要形成文件,也是以市委办的名义印发。

讨论结束,邓念成先向文闰生汇报,然后联系戴新国。戴新国没接电话,估计在忙,于是编了条微信发过去。戴新国回微信倒是挺快,说他会抽空过来一趟,当面研究。

几天过去了,戴新国一直没来,邓念成也不催。戴新国的性格他了解,估计也是要有基本想法了,才来跟他讨论。而且他也的确身不由己,得围着书记转。邓念成工作倒没停,一是把基本思路形成文字,二是主动代市委办起草《市委常委领衔督办民主党派集体提案办法(试行)》,三是通知各民主党派推荐集体提案。

提案是党派通过政协平台履职的主阵地,每年各有十件左右,有的党派更多。但到底拿哪件给市委常委领衔督办,党派最有发言权。各党派的人一听有这样的好事,高兴得差点儿跳起来,连忙精选提案报政协提案委汇总。

这个周五上午,提案委开例会。华艺章上来就说,提案交办还有十七件,怎么都交办不下去,问怎么办。他这一说,众人顿时眉头紧蹙。有人老话重提:"要是给党委办、政府办去交办就好了。他们有绝对权威,没谁敢不接。"

邓念成脸色一沉,愧疚地说:"也怪我,事情一多,就忘记这耙纱①

---

① 这耙纱:方言。意思是这桩事。纺出的棉纱,都缠绕在一个个长方形的木制或竹制耙子(叫纱耙)上,然后取下捆好(叫"一耙纱")后浆洗晒干,就可以织布了。

了。"不过一激动,老家方言又脱口而出,惹得众人懵懵懂懂,问离他老家近些的华艺章:"这粑纱?什么意思?"

"我也没听说过,还是请主任解释吧。"华艺章也是无奈。俗话说,十里不同音,他跟邓念成的老家也隔着两百公里哩,哪能都知道什么意思啊?又不是他肚里的蛔虫。

"如今这么好的大环境,我们可以再试一下的。说不定精诚所至,金石为开,万一成了呢?市委常委领衔督办提案,原来不也没做指望吗?"邓念成没解释,若有所思地说。常委领衔督办提案这事能成,他就幼稚地认为万事皆能成了。

却原来,他还沉浸在自己的思维里,众人便没再纠缠。

"那今年怎么办?"华艺章追问,目光中有些无奈。因为两位所说并未解决他的问题。邓念成点燃一支烟,苦笑着说,还能怎么办?继续抄作业呗!刘畅接口说,下周吧!下周没太多事,而且交办时限也到了。邓念成叫华艺章先联系刘天民和王帆,他们哪天能来,就安排在哪天。又提醒别把编办忘了,说他们的作用不能忽视。

一个上午,就这样过去了。进餐厅打了饭菜,正和一帮人边吃边聊,邓念成的手机突然响了。一看是华艺章的,便走到角落接听。原来戴新国想下午过来商量市委常委领衔督办提案的事,王帆问他有没有时间。

邓念成不假思索地说,没时间也得挤出时间啊!听华艺章应了一声,又叫他问王帆,看戴新国几点有空,他们登门拜访。老要人家上门,不太好的。回到餐桌后,邓念成叫刘畅报告文闰生,也跟谢书光委员解释一声,下午的走访改期。

去年邓念成把提案委的六十位委员基本走访过一遍。但文闰生也得熟悉委员,便又排了个走访表,只要他有空就安排。今天下午,原定走访谢委员的。话刚说完,手机又响了,还是华艺章的。估计那边回话了,便再次到角落接听。

果然是那边回话了。华艺章说戴新国坚持到这边来,因为他的茶好,上次没喝够。邓念成顿时就乐了,说就是机关会议室都有的那种,大众货,好个屁呀。但人家执意礼贤下士,他也不好再推托,便让华艺章转告王帆,一定把茶泡好,在办公室恭候。

下午两点二十,提案委的人就到了,和邓念成一起开门迎客。不一会儿,戴新国一行三人也到了,进门就笑呵呵戏谑:"你真能折腾啊,老兄!"

"茶,上茶,上香茶!"戴新国说要喝茶的,所以邓念成先把茶杯推他面前,这才笑着说,哪是折腾呢,这是帮市委做工作好不好?戴新国却不领情,说:"明明是找事情,怎么到你嘴里不仅不领情,还变成你给市委帮忙了?"似乎要他给个说法。

"政协从来就只帮忙不添乱的。这个名言你都敢忘记,我真是服了你。看来,政协工作在你心里没地位呀!"那年市委开政协工作会议,邓念成负责文件材料,戴新国是起草组成员,不会不记得这些话的。所以,邓念成故意损了他一句。

还别说,他这一句损,让戴新国顿时没了脾气,白了他一眼。不过,稍后他便反唇相讥:"不抓辫子、不扣帽子、不打棍子的'三不'原则,到了你这里,什么都不是了。却原来,'马列主义手电筒'只照别人的。"邓念成嘿嘿一笑说:"好!为了让你死心塌地做好这事,我来跟你掰扯掰扯,什么叫作帮你。"也不等戴新国说话,他继续说:"你承不承认,金鹏是出经验的地方?"

"有话说有屁放,别挖些坑叫人跳。"

"如此说来,你是承认的。既然你承认,我就不绕弯子了……市委常委领衔督办提案这事做好了,那在政党协商方面是不是多了条经验?而且你参与其中,是不是也脸上有光?再者说了,政协工作是党的工作。市政协工作做好了,不表明市委的工作锦上添花?别老用阴暗心理揣摩,跟市委领导的身份格格不入。"

戴新国无奈地摇头说:"我发现你到了提案委,嘴皮子越发厉害了。无理说成有理,有理更是说得天花乱坠。"戴新国端起茶杯抿了一口,又问:"是不是天天跟人吵架呀?"邓念成紧跟一句:"是吗?多谢首长夸奖!"这才进入正题:"说吧,到底该如何做?我们保证落实不过夜,也保证落实不走样。"

"我们建议先立规矩。有了规矩,领导们才心中有数,知道该做什么,能做什么,做到什么程度才算可以。而且,有了规矩,也就有了衡量标准,能够推动这事行稳致远……"戴新国也不含糊,就立规矩这事说了一大通。说完抿了口茶,假装很享受似的,眉头先是微皱,随即迅速舒展:"嗯,真是好茶。香!"

"看你那表情就知道是装的。真是假得够可以！"邓念成一直等他说完，听他突然提茶叶，才无奈摇头，当即戳穿，然后说："要是喜欢，我这儿还有半包，一会儿你带走。"

"你这人……算了！跟没格调的人，尿不到一个壶！还是说正事。说完了走人，眼不见心不烦。"戴新国又无语，双手乱摆。

邓念成呵呵笑了两声，这才接口说："先立规矩的想法，真是英雄所见略同。"戴新国终于显出些激动来，说："真的吗？那可太好了。"两人在那里掰扯，其他人插不上嘴。见终于有机会，杨豫明连忙说代拟稿都差不多了，又把主要内容讲了一遍。

或许真没想到他们考虑得如此周全，也没想到他们如此主动，戴新国先是愕然，随即呵呵笑着说："我就知道老哥不会在光秃秃的山顶上只栽一棵孤零零的树。你提那个建议，肯定有后手跟进……待会儿还有个会，就不久坐了。你们抓紧形成代拟稿，争取早日印发。"

见他起身，邓念成抓起茶几上那半袋茶叶塞他手里。戴新国顿时皱眉嘀咕："茶叶都舍不得，送人送半袋。真是好意思，枉我叫你一声老哥！"邓念成一听不乐意了，作势要抢回来："给我，给我！不送了，不送了！……我就这半包了，自己还要喝哩！"

戴新国却把半纸袋茶叶搂得紧紧的，嫌弃地说，送都送了，还好意思抢回去？气得邓念成牙痒，不过再没抢了，而是说："这事忙完了，我还得找你们帮忙解决另外一件事。"戴新国一听，连忙停住脚步，把茶叶递回来，盯着邓念成的眼睛说："得！你见好就收吧，别得寸进尺没完没了。茶叶我也不要了。"

本想就提案交办的事打个预防针的，听他这口气，邓念成估计王帆早说过了，便连忙打住，把茶叶又塞他怀里，笑嘻嘻地挥手："好，好！不说了，不说了！快走，快走！"

有了去年的经验，也因为政协的态度越来越明朗，要求越来越严格，同时对主动承办疑难提案的，绩效考核有加分激励，所以疑难提案交办并没那么难搞。甚至有单位故意拒绝签收，就是要闹到协商会上，把这个加分捞到手。

后面的这点小心思，是他们笑嘻嘻走出会议室时，邓念成顿悟的。去年被确定为主办单位的，要么气鼓鼓愤然离开，要么垂头丧气出门，没见谁如中了彩票般兴高采烈的。但不管怎么说，提案终于交办完毕，大伙儿也算松了口气，邓念成便不戳穿那点小把戏了。

六月的一天，就要下班了，丁锐的秘书小庞一个电话把邓念成叫到了丁锐办公室。还没落座，丁锐就问："市长领衔督办提案的专题协商会准备得怎么样了？"

他开口就是这一问，让邓念成的心猛地一沉，虽不明白什么意思，但知道肯定有新要求。也没时间多想，只得实话实说："正紧锣密鼓筹备中。因为是跨年度督办，我们把今年有关行政审批制度改革的七件提案，也作为了相关提案。目前前期调研基本结束，正在起草报告；准备发言的委员交过初稿，也正在修改。"

去年的市长领衔督办提案，是有关行政审批制度改革的。因为办理时间不够，国家又就"放管服"提出新要求，便作为跨年度督办提案，定在七月开常委会议专题协商会，进行重点督办。此事由提案委牵头。牵头就牵头吧，谁叫提案委是提案工作的兜底单位呢？邓念成倒是想得开，反正虱多不痒债多不愁，也不多这一桩事。

"市长领衔督办提案的重点，要作适当调整。"丁锐没做评价，而是突然抛了这么一句。

猜想果然没错啊！但半路杀出个程咬金，还是让邓念成心里一个咯噔，惊骇得嘴巴吞得下鹅蛋。前期工作都七七八八了，再突然调整，有些工作不是白忙活，要推倒重来呀？七月份开会，满打满算不到两个月，哪里来得及？再说了，去年起委员们就为这事忙活，现在却突然说前期的忙活是白忙活，还不得炸锅呀？

心念电转间，他一下子就想到了这么多困难。不过，很快他又冷静下来。此时要调整，要么是有了新精神，要么是出现了新情况。再说了，领导要调整的事，他一个小萝卜头哪里顶得住？提前打声招呼，都算是把自己当个人物了。于是他苦涩一笑，轻轻摇头，却没发声，静听下文。

"你们这段时间的工作，党组和主席班子看在眼里，确实辛苦了，也很有成效。就譬如专题协商会的准备，我知道你们办得非常扎实，政府也很满意，实际上已经推动政府工作了。"安慰了几句，丁锐话锋一转说，书记要求政协围绕强区放权改革，既当参谋，也发挥民主监督作用，推动市委决策部署加快实施。

领导说得这么直白,邓念成哪里还听不出味道?

强区放权改革,是根据中央"放管服"改革要求,集中解决市与区权责不对等、事权与资源配置不协调等问题。既是书记点题,又事关重大决策部署落地实施,且属于行政审批制度改革范畴,甚至可以说,是"深水区"的行政审批制度改革,只是更加聚焦,指向更加明确。从这个角度讲,也不算推倒重来,前期有些成果还是可以用的,只不过要扭角度、转思路。

心里这么想过,邓念成也松了口气。他也知道,此时叫苦有害无益,最后还得执行。于是,他转而问:"闰生主席知道吗?"丁锐说他刚从市委常委会议上回来,第一时间找他,就是为了把任务早点布置下去。这么大的调整,也得上主席会议的。

本就不是个能讲条件的事,邓念成便说:"我们抓紧调整方案,报主席会议审定。不过,我们得先学习文件,做好前期调研,才能对症下药,制定可行方案。另外,既是书记点题,又是配合市里重大改革举措,肯定要做得扎扎实实,所以专题协商会召开的时间,我是建议后延。七月份来不及的。"

"嗯!"丁锐略一思索,便有了决断,"经济委筹备的书记领衔督办提案专题协商会有些基础了。叫他们提速到七月,跟你们对调……九月开会,还有三个多月时间,够不够?"

"九月……嗯,还是紧。现在方案没出,方向也不明朗。总不至于如无头苍蝇乱撞,或者东一榔头西一棒子,最后不汤不水的。"邓念成默默算了算,便皱起眉头,希望再宽延几个月。

"那好,时间服从质量!九月的常委会议,从其他专委会准备的议题里挑一个。你们的,什么时候准备好了,就什么时候开。反正调研一启动,就对有关单位有督促作用了。"丁锐读懂了他的眼神,组织一场专题协商会,怎么着也得小半年的,于是又退了一步。

邓念成脸色稍霁,说我们尽量往前赶。丁锐提醒,还是要抓紧,因为试点已经开始了。邓念成答应一声,起身告辞。

跟领导讨论工作,他向来惜字如金,从不说废话。而且,他把层级分得很清楚。好几次,文闰生要他向丁锐请示汇报,他都狡黠一笑说:"跟丁主席请示汇报,是你的责任。我只向你负责。至于你向不向丁主席负责,那是你的事。"

"你这个家伙！人家巴不得跟领导接触,没机会也找机会。你却躲着不见,给机会不珍惜。"文闻生哭笑不得,直摇头,"还真是头犟牛！难怪曾涛说你优点是认真,缺点是太认真。"不过,文闻生似乎也认同他的观点,涉及需跟丁锐沟通的,都是他去搞定,再转告邓念成。

"这茶叶还可以的,你一口都不喝?"丁锐嘴巴对着茶杯努了努,脸上带着笑。

确实,坐了二十来分钟,小庞端来的那杯茶,盖子都没揭开。邓念成尴尬地咧嘴一笑,揭开盖子一饮而尽。他的茶杯还没离开嘴唇,丁锐突然又问:"提案委的其他工作,目前进展如何?"邓念成一个愣怔。他这口气,是要聊新话题的节奏啊！之所以不越级请示汇报,除了一级对一级负责的组织原则,他另外一个考虑,是担心在领导间造成隔阂。

领导的关注点不尽相同,那么可能有些事,文闻生觉得小,就没汇报给丁锐,或者没向丁锐请示就拍板了。倘若丁锐大度,不计较这些,也就过去了。万一他小肚鸡肠呢?再或者,两人下达的指令南辕北辙,他怎么办?在领导间制造矛盾,或者可能引发矛盾的事,邓念成是坚决不会做的。

如今丁锐主动问,他便不好不答,于是笼统说一切都有条不紊。丁锐追问时,他才掰开指头细数:譬如代拟的市委常委领衔督办提案的办法,市委办正式印发了;商请市委常委领衔督办提案的函,以政协办公厅文件,送到了各位常委案头;系统升级改造拉开了帷幕;下半年的交通问题视察有了方案,搭建了班子,也做了前期调研;文闻生在培训会上提出的"微提案"理念正在细化,争取作为提案工作的一个方向……

邓念成一口气就汇报了好几件事。但都点到为止,决不展开细说。听他提到"微提案",丁锐发自内心补充了一句:"闻生同志讲得的确不错,很新颖,也很受启发。"脸上的表情和嘴里的语气,满是欣慰和赞扬。

那是"五一"过后不久的事——

全体委员培训把提案工作列为重点,不仅邀请全国政协提案委领导做专题讲座,还安排文闻生讲了一课。不过,两人侧重点不同,并非简单重复。领导侧重讲做好提案工作的意义、要求、原则,相对宏观,帮助委员提高认识。文闻生则结合实际,重点讲怎么发现线索、怎么开展调研、怎么写提案。

文闰生从自己驾照过期三个月，重新报考说开来，既呼吁交警部门提供更人性化的服务，譬如对证件到期进行短信、微信提醒等，又建议委员从身边事情发现线索，深入调研形成提案。他起了个名字，叫作"微提案"……

"是啊！委员们都说脑洞大开，幡然醒悟。这类事情天天碰到，怎么就没像闰生主席这么考虑问题，变成提案呢？所以，可以预料的是，委员提案将进入'微提案'时代。"突然想到一件事，邓念成又笑道："对了，主席！根据闰生主席的建议，交警局迅速开发短信、微信提醒功能，让市民再不用天天惦记证件是否到期，也帮交警局收获了满满的赞扬。"

"是吗？那可太好了。"丁锐由衷感叹了一句。但随后，他又把话题扯回去，说强区放权不是小事，好在跟市长领衔督办提案接近，肯定提案选得好，但一定要紧扣强区放权改革，真正发挥市长领衔督办提案的作用。

看来在丁锐这里，这个任务是压倒一切了，不然不会又扯回来的。邓念成很想趁机说，提案委还是专注提案工作，少沾些其他的事。比如交通问题视察，多的是专委会能干，却鬼使神差地派给了提案委。然而，他最终忍住了，没说出口。任务已经分派，谁愿半途接手？除非丁锐强压。但说服丁锐强压，他没那个把握。与其自讨没趣，还不如乖乖地做了算了。

机关有个不成文的做法，就是主要履职活动的数量，比如专题协商会、视察调研，各专委会大体均等。放到其他专委会，倒没什么问题，反正排排坐吃果果。但提案委还有个主业，全年都要做的，从年头做到年尾，且年复一年环环相扣，无一日停歇。也就是说，除承担同样任务，提案委生生地多了一块提案工作。换句更直白的话，本该是主业的活，布置任务时却当了搭头。

交通问题的视察，纳入了年度协商计划，是必须要做的。但文闰生刚来，还没摸清道道，党组就研究这事，懵懵懂懂接了。及至邓念成抱怨，他才懊恼地说，明年一定帮提案委争取。

邓念成苦着脸说，提案委任务本来就重，特别是市长领衔督办提案还要组织专题协商会，又加了八件市委常委领衔督办提案，这都是提案委的主业。他可不想种了人家的田，荒了自己的地，搞得主业一地鸡毛，最后被各种诟病，或者嘴里说着诸如"能者多劳"的便宜话，私下里偷偷乐。

"不就是半天活动吗？加上前期准备和后续写报告，满打满算，一周足矣！哪有那么复杂？看把你急的!"被邓念成吵得头大，文闰生也是恼火，还以为他不想干活哩。

"哎呀，我的主席！要就这点事，我烦你干什么？烦你的这个时间，我活都干完了。"察觉他的语气有些冲，看来是生气了，邓念成苦笑一声说，视察的惯常做法，是跟座谈会连在一起打组合拳，相关市领导也出席。往复杂了说，一次座谈会，就是一次小型的专题协商会。要编组，要前期调研，要组织现场视察，要开座谈会，最后还要给市委、市政府写专题报告。这一串动作做下来，没两三个月，下得了地呀？

"这么复杂的吗？但是今年已经接了，怎么办？你能更改党组会议纪要吗?"文闰生听得目瞪口呆，不过话也说得不客气。邓念成哪敢更改呀？他也改不了！不过发发牢骚而已。

有了这些前因，邓念成哪敢再提将交通视察转出去的事？

回到办公室，七点都过了，邓念成没着急回家，先给文闰生打电话。文闰生听完，只说了一句:"坚决落实丁主席指示。"

一句话代表了一切。文闰生这个态度，也在邓念成预料之中。给他打电话，一是丁锐说了，叫他先通气，而传达领导的指示不过夜，是他一直坚守的原则。二是让他心里有个数，接下来的工作，也要因这个而调整。

11. 勉为其难啃骨头

完成书记布置的任务,成了政协的重中之重。调整年度协商计划,也成为当务之急。不过,大家都很顾全大局,没谁有不同意见。于是,迅速调整相关安排,然后各专委会分头组织实施。

一些区不顾自身接得住接不住的客观条件,恨不得把市直部门的职权都揽到自己手里。而市直部门起初不想放,像保姆一样担心这担心那,主要是怕乱套,然后要自己背责任。所以把权力紧紧地攥着,生怕从指缝间漏出一丁点。如今见市委决心这么大,也转变思路,甚至想趁机把麻烦甩给区里。而这些,区里又不想接。

同时,各区诉求并不相同。说是各怀心事,也不为过。

这种两头热、中间冷的情况,不是一般的复杂。之所以强区放权改革初始就叫政协介入,就是想借这个超脱机构,帮忙摸清底数,提出上下都能接受,又不突破法律和上级规定的对策建议,切实调动市、区两级积极性,推进城市治理更加科学有效……

要来市委文件以及相关材料学习之后,同时收集了一些素材,邓念成他们便得出如上粗浅认识。因为试点从鹏丰区开始,市委的决定也是源自他们的请求,邓念成便拉上文闰生和黄达理,先去鹏丰了解来龙去脉。

鹏丰区高度重视,区委常委、常务副区长亲自汇报,会议室里满满地坐了十几个部门领导,也分别从各自角度提需求。一个个讲得唾沫星子乱飞,那可真叫一个振振有词,振聋发聩。主持座谈会的邓念成对一旁的文闰生小声嘀咕:"主席呀,还真是项庞大工程!"

"是啊!改革到了深水区,哪项是容易的?都牵一发而动全身。你不也讲过,'楝树籽好吃,能留到过冬吗?'"文闰生耳朵听着发言,眼睛盯着材料,也眉头紧蹙。不过,他随即展眉,瞅过来一笑问:"你啃的硬骨头也不少了吧?"

对领导的鼓励,邓念成不为所动,苦笑着说:"这块骨头啃下来,估计

108

要崩掉两颗门牙了。"倒不是他怕困难,而是难度的确不小。文闰生安慰道:"你那是铜牙铁齿,没事的。"

鹏丰也是狮子大开口,一下子就要二十二项城市更新审批事权,涉及七个市直部门,且都不是张张嘴就能做到的。为把方案做得扎实牢靠,几个人又调研了另外一个区,想印证鹏丰诉求的可行性。果然,这个区也想要事权,但因为是新区,城市更新需求没鹏丰迫切,想要的是另外的事权。

全市十个区,一个个地跑,还只是为了做方案搞前期调研,哪里跑得过来? 等到都跑完,估计黄花菜都凉了。于是邓念成跟丁锐和文闰生请示过后,便不再跑了,转而仿照市政府下发文件的清单表格,给各区发征求意见函。各区有什么需求、涉及哪个部门的事权,尽可以往表格里填,然后收集汇总。共同诉求事项,统计有需求的区的数量,再按数量多少排序。只有单个区提需求的,按行政区划排序。这样,最迫切的事权是哪些,便一目了然了。

在表格上报的同时,他们又去涉及下放事权较多的市直部门,重点了解相关事权能不能放、怎么放。

这天,在去一个单位调研的中巴车上,许冬梅忍不住说:"好几个单位在问,原定六月外出学习考察的,还能如期吗?"刘畅说她也接了几个电话,打听具体时间和行程安排。

之前邓念成想看看,人家的提案是怎么由市委办、政府办交办的,所以定了六月的外出学习考察。两人的话把正在补觉的邓念成吵醒,他紧蹙眉头说目前这种状况,看来是悬了。华艺章吓了一跳,连忙提醒说:"刚刚尝到甜头,却又不搞了,怕是不好吧?"

他这话应该不是随口说的,或许还有其他意思。邓念成睁开眼睛,无奈地说那就先等等吧,就说延期。但话不说死了,看看这段时间的工作进展。艺章说得对,开弓没有回头箭,既然迈开了步子,而且也有成效,就坚持下去,决不半途而废。

邓念成这么说,实在是出于无奈,因为摸底调研并不顺畅。

各区还好,知道是帮他们呼吁,所以相当配合,提供材料也很积极,基本上要什么给什么,说什么时候交就什么时候交。但市直部门磨洋工的现象却比比皆是,比如有的部门领导看菜咽饭,对他们的调研消极应付。

邓念成知道,表面看到的,不一定是真相。部门领导和干部职工多有

109

不甘,也能够理解。毕竟要削人家的权哩!杯酒释兵权,除了宋太祖赵匡胤,还有几人做得到?当然,大形势如此,明说不配合的当然没有,甚至喊的口号相当响亮,比要权的嗓门儿还大。

文闰生带队去了第一个部门,后面就交给邓念成了。

出乎意料的,不仅局长没露面,主持会议的副局长开了个头,便说还有个会要开,就把汇报和交流的事托付给了相关处长。邓念成无所谓,这样的场景又不是第一次出现,就是文闰生带队,也有局长面都不见的。甚至在他内心,还想着趁局领导不在场,尽量多地挖掘素材,捞点"干货"。

刘畅却不高兴了,小声嘀咕:"太不把主任当回事了!怎么说,也是为完成书记布置的任务哩!而且,我们上周就发了函,难不成有死人发火或者上访闹事的事,半天都坐不住啊?"

本是跟邓念成咬耳朵的,谁知副局长耳尖,闻言一个愣怔,随即满脸尬色,走也不是,留也不是。屁股离开了椅子,腰却还没伸直地佝着。看他那样子,要多难受就有多难受。

邓念成笑着对副局长说:"你去吧!刘主任开玩笑的。"又劝刘畅:"我们是来调研,不是做客的,也不能影响了局里的正常工作。而且我相信,我们需要的东西,处长们都能给。"他这话,算是放了那副局长一马。副局长如蒙大赦,尬尴地说:"我抓紧把那边的会开完,尽快赶回来。"

也许是有了这段插曲,接下来的调研座谈出乎意料地顺畅。在如拉家常般的氛围中,把情况摸了个透。

一周前期调研结束,各区的需求和部门拟下放事权的统计表也汇聚起来,提案委据此调整市长领衔督办提案的督办方案,聚焦到民主评议强区放权改革,并提出了情况通报、视察调研、民主评议、情况反馈四个环节的工作安排。接过邓念成手中的方案,丁锐笑问:"这次方案调整,工作量不是太大吧?"

"还好。所幸大方向一致,都是行政审批制度改革的,而且前面的事也七七八八了。但民主评议会,我们建议十一月甚至十二月召开。否则,四个环节的流程根本走不过来。"邓念成虽然心里苦笑,但没顺着领导的节奏,说真是很大的。求表扬的话,他讲不出来。实际上,工作量不是一般的大,可以说是一项全新任务,一项比原来的工作量大无数倍的任务。

譬如,从组织架构讲,直接提升了一个层级,把由文闰生任组长,升格

110

为丁锐任组长,主席班子全员参加。原来的全部任务,直接压给了第三组,另外两个组转向民主评议。每个小组又下设三个专项小组,参与委员怕不有上百人?原来只涉及编办、市政府办事大厅,现在则包括十个区和十几个市直部门……

随后组织情况通报会,把了解到的各区诉求,提前印发市直各部门,要求通报情况有的放矢,增强针对性。市直各部门倒也不敢含糊,多是局长亲自通报,还印发了全套资料。

一时间,市、区两级政协联动,搅得各部门、各区,甚至一些企业也跟着动起来,局长们走马灯般,几乎天天有人往政协跑。仿佛全市各部门、各区都围着市政协的指挥棒在转。

情况通报会后,邓念成又分别和三个组讨论民主评议报告框架,梳理现有材料,通知相关部门和各区差什么补什么。

之后,邓念成终于腾出手来,于盛夏酷暑,计划用一周时间,带领办理单位骨干二十多人,浩浩荡荡外出学习考察。

邓念成有句口头禅,叫"小偷儿不跑空趟"。这也是他老家的一句俗语,类似于"搂草打兔子"。意思是当了回小偷儿,不管有用没用,总得捎带点东西出来,尽管那不符合他心理预期,甚至并不值钱。

仔细想想,虽粗俗了些,但话糙理不糙。所以他做任何事,目的都非常明确,决不空手而归。比如外出学习考察,每次都事先打听哪里有经验,然后直奔目的地,到了也直奔主题。顺带着,有用没用的,都要一堆材料回来,有空了仔细琢磨。

也是因为这么个行事方式,他到过许多地方,除了工作还是工作,竟没去几个景点。甚至北京去了不说百次,几十次总是有的,竟一个景点都没去过,都是出了机场奔酒店,放下行李奔会场,等会议结束或者事情办完,便打道回府。

这回也是。既然带着办理单位的业务骨干,那么学习人家的提案办理经验,当然是第一要务。做法也跟去年一样,不仅白天用上了,晚上也不闲着,跟杨豫明研究有关制度的修改。也要求所有人,返程前交学习体会。他念念不忘的提案交办路径,也算是学了个透彻。

但是,邓念成只在外边跑了四天,就被一个电话给叫得连夜坐高铁回来。剩下三天,托付给了刘畅。

却原来,他以为文闰生带着委员们调研,能把事情搞团圆的。不承想天不遂人愿,计划赶不上变化,文闰生要去学习半个月。黄达理呢,高校招生正是关键时刻,没法替文闰生承一杠子。召他回来,就是要把文闰生尚未做完的事情继续做完。

老听人讲,政协闲得慌。甚至有人不解地说,要个政协搞什么?浪费纳税人的钱!也有人说,政协是养老的地方,是第二老干部局。这种话邓念成都听得耳朵起茧子,却也只能苦笑摇头。比如金鹏市,书记大会小会挂在嘴边的,是"政协不是火线,也不是二线,是一线"。也不只嘴巴说说,是真交任务,譬如强区放权改革的监督和推动。政协领导也不把自己当二线,搞得机关干部上洗手间都是小跑步,吃饭聊的都是工作,根本没空扯白讲闲话。

邓念成除了哀叹命苦,也只得打转。然后带着委员们紧锣密鼓地调研,准备民主评议会。

听取专委会工作汇报早纳入了党组的工作要点,也算是对年度工作的督促和检查。就在民主评议调研进行得七七八八时,年中汇报的安排也出来了。

这天吃过早餐,是八点半,离开会还有一个小时,邓念成坐在办公桌后吞云吐雾,眉头紧蹙地思考汇报重点以及接下来的提案工作走向。

民主评议强区放权改革,是政协的头等大事,却不是提案委的唯一工作。所以邓念成等人没法把全部精力放到这上面。

为扭转被动局面,他们围绕"提案工作质量年"这一主题,以去年学习考察形成的工作思路为基础,在二次全会后不久,争取用市政协正式文头印发了《关于加强提案工作的意见》。共七个方面二十七条,每条又有具体项目,涉及提案的培育、征集、提出、交办和督办等工作,并从提出、审查、办理、督办、评议各环节和基础保障等方面予以规定,提出了制度化建设的设想。

每一条都从今年开始,且大多年内必须完成。所以,不仅是提案委,就连文闰生跟黄达理都不是一般地忙。如今各项工作全面铺开,好在都推进得有条不紊——

譬如提案分析,报告报给书记、市长,都作出批示,强调这项工作有意义,要求办理单位聚焦重点热点难点,切实回应委员关切,真正办好政协提案。

说实话，没搞分析之前，提案工作真是一笔糊涂账，也就导致提办双方相互抱怨，却又缺乏支撑依据。有了这个分析报告，尽管不太完美，存在这样那样的缺憾，但质量到底如何、委员主要关注哪些问题、提案工作的重点在哪里、应该怎么去改进，等等，还是有了一个基本判断。

譬如因应市委常委领衔督办民主党派集体提案新形势，也是扭转遴选重点提案的被动局面，提前谋划明年的重点提案，各培育单位已经进入调研和准备提案的阶段。

譬如加强制度建设，代市委办、政府办起草的《提案办理协商实施细则》进入征求意见阶段，将进一步完善制度链条。

譬如走访委员，还恢复市、区政协提案工作联系会议机制，加强经验推广，担负起对区政协提案工作的指导责任。

……

这一切的一切，都离预定目标越来越近，步伐稳健而坚定。

尽管这样，邓念成却不敢有丝毫懈怠，甚至有些苦闷。因为到目前为止的所有工作，都是形势所逼。或者说，是被问题牵着走的。所有措施，都是着眼于解决眼前困难和问题的。而且大多借鉴别人的经验，当然也有改造，并非囫囵吞枣。包括这次外出学习考察，虽是奔着落实那个想法去的，但也是学习别人的经验。

邓念成的拳头慢慢攥紧，目光中露出一丝坚毅，决心尽快从这些紧迫的麻烦中脱身，变被动为主动，真正做点自己想做的事。

目前的人民政协事业，正可谓万舟齐发，百舸争流。各级各地政协铆足了劲，虽没祭出比拼大旗，全国政协也没组织竞赛活动，但都暗自较劲，补短板、强弱项、增优势，新的履职形式和履职方法层出不穷，总想做成最好，做到全国领先，甚至第一。

改革开放前沿的金鹏市政协，从成立那刻起，便坚持高标准定位，稳扎稳打，一步一个脚印，只用短短二十多年接续努力，便创造出了很多个率先，打出了自己的品牌，多次在各类会议上介绍经验，赢得了众口一词的良好口碑。

那么，在提案工作这块，如何把与别人共有的东西做出自己的特色，把别人没有的东西做出来，并形成品牌？没有自己的特色，形不成品牌，跟在人家屁股后头亦步亦趋,当个跟屁虫,或者小跟班,那不是金鹏市政协的风格,也不符合邓念成的品性。

瞅一眼墙上的挂钟,九点一刻了。邓念成把烟头摁进烟灰缸,然后上了个洗手间,拿起汇报材料和笔记本,出门去主席会议室。

九点半,丁锐摁下麦克风便说,今天只讲"干货",因为十点四十还要听经济委的汇报。干净利落,没一句废话。

丁锐的开场白刚落下,邓念成那略带通海口乡音的普通话,便在会议室响起。他也没废话,穿衣戴帽的客套话全给省掉了,说:"汇报材料已经印发,丁主席也有要求,我就不啰唆了,只简单汇报提案委的主要工作。"

干了大半辈子文字工作,语言却一直是他的短板。从娘胎里带来的那口乡音,陪伴他在江汉平原那个水乡小镇——通海口——度过了童年、少年甚至部分青年时光,陪伴他在江城武汉生活工作了二十二年,又陪伴他来到金鹏,也有十四个年头了。而且,估计这辈子都改不了了。

他也没想改,甚至引以为傲。娘胎里带来的,早刻在骨子里,流淌在血液里,是自身不可或缺的一部分,为何要改呢?所以,在武汉二十二年,他全凭地道的通海口话行走三镇。好在九省通衢的大武汉包容性极强,似乎万国语言通行,倒也没感到不便。他甚至觉得,武汉的"大",就是指海纳百川的包容性。

到了金鹏,他还是刻意板了板,让别人听得懂。特别鼻音、卷舌音和唇齿音,是通海口的发音体系基本没有的。比如"化"和"法"、"飞"和"灰"的发音,声母完全相同,"f""h"不分。但他高兴或者激动了,那一口标准的通海口"普通话",便不由自主地张嘴就来。不过,开放度极高的金鹏,以及全国各地的朋友,没人笑话他满口乡音,没人说听不懂。甚至,有的朋友和同事还能学他讲几句。他们开玩笑说,你是通海口的形象大使,把通海口乡土文化向全世界传播。——典型的题外话。

邓念成重点围绕《关于加强提案工作的意见》七个方面,汇报完成了什么、正在进行什么、哪些尚未开展及下一步的打算。末了,他提了几条建议。一是真正把提案工作摆到基础性、经常性和全局性地位,努力打通各种履职形式之间的壁垒,形成围绕提案履行职能的良性运作机制,如围绕提案的培育开展调研视察、围绕提案的督办开展民主监督、围绕提案的办理组织专题协商会和其他履职活动,鼓励各专委会、各党派团体把调研视察成果转化为提案,打好履职组合拳。二是市委常委领衔督办提案了,接下来要推动市政府领导全员领衔督办提案。三是制度建设加大力度,分两年基本完善,还提出了下半年拟修订、制定的提案工作制度目录。四是商请市委办、政府办履行提案办理归口管理部门责任,譬如提案由"两办"向归口部门交办。五是扩大提案公开范围,包括公开数量以及公开载体。鉴于市政协官网影响力太小,可以考虑在金鹏市新闻网和政府在线同步公开。

最后,他笑着对丁锐说:"我有个不情之请。"众人霎时愕然,不知他有何不情之请。丁锐面带微笑,只讲了一个字:"讲!"

"希望主席把提案工作当作一把手工程来抓。"

"好啊!"丁锐惜字如金地满口应允。

他答应得如此爽快,有点儿出乎邓念成预料,邓念成稍微一个愣怔,随即满脸喜色地说:"太感谢主席了!"

任何事情,只要一把手重视,就没推不动的道理,一切障碍都会消失得无影无踪。所以"一把手工程"尤为重要。

刘畅等人作了简单补充,就归领导们发言了,照例先是分管和联系领导。文闰生与黄达理都提前看过材料,还一起研究过,因此充分肯定。当然,也提了新的意见。

"我最近听到一些怪论,说是整个机关都给提案委打工。这种说法不仅错误,而且影响团结。尤其是一些老政协也这么说,就更不应该了。"文闰生的语气有些严肃,顿了顿又说,"都说提案工作是基础性、经常性、全局性工作。但这话不能停留在口头上,要落实到政协工作中。"

丁锐问:"你有什么具体意见?"文闰生应道:"我觉得提案委的建议是对的,整个履职活动都要围绕提案工作来组织,发挥提案的指挥棒作用。从这点讲,提案的作用发挥得还不够,政协围绕提案履职不是多了,而是少了。依我看,政协有两个综合性部门,一个是办公厅,另一个就是提案委。所以,提案委不应跟其他专委会一样,什么活动都有份,而应专注于提案工作的统筹和协调,真正发挥提案工作的基础性、经常性和全局性作用。"

黄达理随即表示赞同,并从另外一个角度进行了补充。他说提案内容的集中度,体现了委员的关注度。而集中度比较高的,要么是市委、市政府的中心工作,要么是民生热点,这也应该是政协履职的重点。特别是重点提案,都是多方面遴选,层层把关确定的。所以围绕提案各环节组织履职活动,打好组合拳,的确能够起到事半功倍的成效。

这两位一个口径,其他领导不管有没有别的想法,也都表示赞同。不过曾涛似乎不解,还是说了一句:"老邓哪!提案工作的确重要,你们加强制度建设的想法也非常好。我看了一下,要修订或制定的规章制度有八项之多。那我就有点儿不明白了……"

见曾涛打住了,邓念成微微笑道:"主席请讲。"曾涛接着说:"这么好的想法,为什么不集中做完,而要分两年时间呢?"

"是这样的,曾主席!"邓念成笑着解释,"有两个原因,只能今年完成一部分,剩下的留待明年。一是条件不完全成熟。有的只是感觉得有制度来规范,但到底包含什么内容、如何规范,还得深入调研。与其匆忙搞个不太满意的,还不如干脆留到明年,有充裕的时间琢磨。二是时间和人手也不够。今年时间已经过半,但还有很多工作没完成,且都是硬仗,没一件轻松的。我们就这几个人,没法专事制度建设。"

曾涛是法学专家,当然知道邓念成所言非虚。若有所思地点点头,然后又把他那句玩笑,在这么正规的场合讲了出来:"你呀!优点是认真,缺点是太认真!"

他这句俏皮话,听得众人善意地大笑。邓念成也脸含笑意,轻轻地点了点头,但理解或许有别于他人。

认真与较真,表面看意思差不多,但是细嚼,还是有很大区别的。"太认真"应该是较真的同义词。对待工作,"太认真"也没什么不好。倘若对同事和委员,"太认真"就不好了,有苛求人、刻薄人的味道。但曾涛这话,再配上笑呵呵的轻松表情,显然是表扬他追求完美,总想做到极致,并非指对他人的态度。然而也是提醒,世上哪有完美的事?有些事,只有先做起来,再修正完善。倘若什么都准备好了再动手,恐怕会一事无成。

"认真好啊!我们就是要鼓励这种认真态度。"就在众人哄笑间,邓念成也如上想着的时候,丁锐作总结的第一句,就接上了曾涛的话。然后他说,提案委做了大量工作,他和党组非常满意,也完全赞同提案委的建议和文闰生、黄达理的发言。的确是要充分发挥提案工作的基础性、经常性和全局性作用,发挥提案委的统筹协调作用,真正把提案工作做成精品。然后一一回应建议,并就如何落实提出要求。

出主席会议室后,邓念成吁出一口长气,突然想起文闰生那句"市委给了支点,我们就把地球撬动起来"的话,眉宇间霎时就充盈起自信。之前印发了提高提案工作质量和加强提案工作两个文件,加上今天会议形成的意见,本届政协提案工作的思路,算是正式确立,提高三个质量的四梁八柱也基本成型。有了市委给的支点,又有党组和主席会议递来的杠杆,接下来,就是他们撬动地球的高光时刻了。

看时间还早,才十点四十五分,邓念成对一众同仁说:"去我办公室吧!我们再研究一下,看看怎么落实。"华艺章笑嘻嘻地冒了一句:"主任的肾功能,就这么好的吗?"见邓念成没反应过来,其他人也是一脸蒙圈,华艺章笑嘻嘻地补了一句:"也不放下水的?"众人终于会过意来,三个女同志霎时俏脸一红,许冬梅随即嗔怒:"你能不能正经点啊?"

"好,一刻钟!十一点准时开始。"邓念成也是膀胱鼓胀,喝了那么多水,哪里会不尿急?加上心里高兴,于是乐呵呵地批准了。

12. 十指弹琴抓重点

　　随着党组会议纪要下发,类似"给提案委打工"的不和谐议论也戛然而止。或许有人心里还这么想着,但文闰生的尖锐批评,肯定传入了所有人的耳朵,便也只得把牢骚闷在肚子里。

　　尽管领导们重视,丁锐也同意把提案工作作为"一把手工程",但邓念成他们可不敢恃宠而骄,反是更用心尽力,像上满了发条的钟,一刻不停歇地转,紧锣密鼓地把各项工作往前推进。

　　譬如,九月中旬召开完书记领衔督办提案专题协商会,紧接着于下旬,提案委便牵头组织交通类提案"回头看"视察。

　　随着经济社会迅猛发展,人们对交通重要性的认识越来越清晰,对交通便利性的要求越来越高,呼声越来越强烈。近两千平方公里的金鹏,还存在一个特殊情形:只在三百多平方公里设立了经济特区。这就使得特区内外,在政策甚至一些法律适用上存在差别,建设和投资的重点与力度也有较大差异。这不仅束缚了城市整体和均衡发展,也阻碍了经济特区制度效能的最大化。有市民调侃,特区内胜过欧美,特区外恰似非洲。

　　这当然有些夸张,能与李白老先生"飞流直下三千尺"的艺术手法媲美。其实,特区之外的发展也是神速的,进步也是巨大的,也不是一般地方可以比的。不过,也足以说明,差距还是蛮大的。因此,生活工作在特区外的人们,强烈呼吁撤销"二线关",实现特区内外一体化。

　　市委、市政府早就意识到了这个问题,将推动特区内外一体化作为重点,尤其加大了关外交通等基础设施建设,以及补教育、医疗等民生短板的欠账。还要求市政协提供智力支持,加大监督力度,协助推动问题解决,推动一体化真正实现。

　　契合市委、市政府中心工作和社会呼声,政协关于交通规划、建设和管理类提案,近年都占较高比重。比如去年合并后仍有三十八件,今年没做合并,有五十多件,都差不多是当年立案提案总数的百分之十。于是,去年作为重点提案督办,今年作为跨年度提案"回头看"跟踪督办。

"回头看"督办共分三个步骤进行:情况通报、现场视察、督办座谈。其中现场视察细分为四个团,主席班子全员参与。一团关注市内热点片区,重点是打通公交站到住宅区"最后一公里";二团关注口岸片区,重点是改善通关环境;三团关注地铁建设与运营,重点是站点设置的便利性体验;四团关注城际交通,重点是铁路、公路、航空与水路的外部联通。

坐在视察一团中巴靠门位子,邓念成耳听热烈讨论,眼观满城秋色,心里却想着如何尽快巩固提案工作新局面。虽然支点有了,杠杆也有了,但撬动地球,还有个怎么使劲、从哪里使劲的问题。四两拨千斤,才能事半功倍。

提案工作存在的很大一个问题,是定性有余,定量不够。很多时候只能用定性来分析,甚至做结论,鲜少有定量指标。就是说,论点是它,论据也是它,结论还是它,似乎同义反复,或者类似蛋生鸡、鸡生蛋这样无聊的问题。这就使得稍稍深入讨论,便理屈词穷,因为缺少数据支撑。

比如提办双方相互抱怨,一方说没认真办理,重答复轻落实,一方说提案质量不高。倘若真要说出个子丑寅卯,比如,高质量的标准是什么?怎样才算认真办理?却没人说得清楚。当然,可以用案例法,一年几百件提案,瞪大了眼睛仔细扒,总能扒出几件典型的。然而,案例法有个明显缺陷,就是没法说明全貌,也不可能穷举,更没人听你无休无止地穷举。

所以,邓念成很苦恼,感觉找到破解困境的法门了,但从哪里着手,怎么去破解?他产生过很多种想法,最后都一一否决。似乎狗啃刺猬,无从下嘴。

邓念成眉头微蹙,暂时不想了,集中心思观看窗外美景。

地处南国的金鹏,一年四季阳光明媚,雨量充沛,绿树成荫,花团锦簇,到处生机盎然。尤其是这条标志性主干道——金鹏大道,中间宽阔的隔离带里,各种花草植被造型婀娜多姿,显得更加亮丽。大道两旁高大的榕树、杧果树、荔枝树、龙眼树青枝绿叶,与繁荣绽放的市花簕杜鹃相映成趣,给行人供给浓郁荫凉的同时,也供给香气迷人的芬芳,令人赏心悦目。稍远处高楼林立,鳞次栉比的玻璃幕墙在阳光映照下晃得人眼花缭乱。人行天桥横跨,也是造型各异,仪态万方。

国庆节就要到了,路旁的树和电线杆插了国旗和彩旗,还挂上灯笼,缠了霓虹彩灯带。一些工人在隔离带铲除花草,看来要改栽新的了。看到这里,邓念成眉头再次皱起。跟许多委员一样,他不赞成花草树木不断翻新。

岳父岳母偶尔过来小住,感叹金鹏气候真好,植被也真好,即便是冬天,依然繁花似锦。岳母感叹:"只怕是插根扁担都能生根发芽,长成参天大树吧? 可不像我们那里,原本枝繁叶茂的树,到了冬天片叶不剩,光留个树架子在寒风冷雪中瑟瑟发抖。"已经被人羡慕成这样了,为何还要不停翻新呢? 邓念成不解。

见他这副神态,有人心下好奇,问:"邓主任有心事啊?"丁锐在一号车,相关部门领导也在这辆车上陪同。他这么一咋呼,喧闹戛然而止,大家都把好奇的目光投过来。丁锐说:"念成! 大家在讨论城市道路该怎么规划和建设。督办视察是你们主办,你怎么看这个问题呀?"

没想到丁锐会点自己的将,邓念成收回目光,略微思忖,尴尬地笑道:"还是不说了吧,主席! 免得得罪人。"他这话弄得人们愕然,不知道是什么意思。丁锐也是一愣,笑道:"有什么就说什么嘛! 就事论事,怎么扯到得罪人了呢?"

"是主席要我说的啊! 说错了,不准骂人。"迎着众人疑惑的目光,邓念成触景生情,意有所指,"要我说,城市道路吧,还是回归主要功能比较好。"

这话虽有些委婉,但大家哪里听不出来言下之意? 都是人精哩! 有人很快接上话:"那你觉得,城市道路的主要功能是什么?"这话有些"阴险",似乎非逼他说出点什么,邓念成略一思索,还是绕口令般先来了这么一段:"我觉得吧,道路道路,除了道就是路。不管道还是路,主要功能就是通行。包括车的通行、人的通行。"

"这还用你说吗? 道路可不就是用来通行的?"果然有人不依不饶,似乎不满意他像挤牙膏一样说话。

邓念成没接他的话,顺着自己的思路又来了一长段:"就车的通行来说,其实开车的体验,重点在于是否流畅,没多少人东张西望看美景。不然容易出交通事故,给余局长他们添乱。再说人的通行,不管步行,还是骑行,也同样如此。要看风景,金鹏蛮多地方可看的。两千多个公园,哪里不能看? 还有那么长的海岸线,都风景如画。至于说沿途观景,那是去旅游景区游览,不是道路应该提供的。所以,赋予道路太多功能,既不安全,也不经济。当然,把边角空地利用起来,适当点缀也无不可。只是不要喧宾夺主,把道路搞成公园,挤压了原本功能,搞得它压力山大。"

这是邓念成看到隔离带里劳动的工人有感而发,也是得罪人的话。但没人真骂他,只是哄然大笑。交警局局长余东升迫不及待地附和,只差拍手称赞了。他深有感触地说:"邓主任的观点,交警部门太认同了。搞得花里胡哨,真没必要。金鹏寸土寸金,建条道路不容易,真的承载不起太多功能。还不如铲了,把道路扩宽点。"

其他部门领导显然不认同他们的说法。有人说:"老邓你那观点,放到野外道路上,倒是蛮好的。但这是城市道路啊!"有人说:"的确太片面,不符合金鹏的城市定位。照邓主任说的做,走在市政道路上,还不跟在光秃秃的荒郊野岭没区别呀?那怎么建花园城市?"还有人说:"是啊!太单调了吧?开车会视觉疲劳的。再说了,城市绿化美化,当然包括道路了……"

丁锐把话题挑起来,却只笑不语。坐后排的委员,有的附和邓念成,也有的不认同,一时间议论纷纷。

果然是得罪人了。邓念成心里感叹。然而却不后悔,他双手抱拳拱了拱:"得罪得罪!一家之言,可不许打击报复啊!我就是故意当个对立面,活跃气氛的。不然,大伙儿还不沉闷死了?"

这时车停了,坐在副驾驶位的许冬梅站起来,拿着扩音器高声说:"第一个视察点,夏田公交总站到了,请大家下车视察。"纷争戛然而止,由丁锐打头,鱼贯般下车。

大家站在路边的展板前,听完交通委和公交总站负责人的情况介绍,又在公交总站里走了一圈,现场感受公交车站的拥挤,也与工作人员交流,了解更具体的情况。随后又上车,去政府建的一个廉租房小区,步行体验从小区到公交站的"最后一公里"。

廉租房小区里居住的,主要是低收入群体,从小区到公交站,基本靠步行。有委员建议,开通小型公交车接驳,毕竟这小区太大了。又有委员建议,人行道上加盖防晒防雨设施,毕竟太阳太辣,金鹏有太阳的时间也长,而且台风经常袭击。总之是众说纷纭,建议迭出。

最后一站到"二线关口",已经过了六点。安排这个点来,就是为了现场体验周末的下班高峰进出关，到底有多拥堵。虽然不再验边境证了，但验证大厅和设施未拆，便造成了交通瓶颈，早晚进出关车水马龙，市民叫苦不迭。

后续活动，特别是座谈会，则安排在十月下旬。在这个期间，四个团，以及参加视察活动的委员，会结合情况通报和现场视察，以及平时掌握的情况，准备发言材料。有的委员为了发言材料更充分，更有说服力，还私下里搞了些暗访。

一个多月时间，连续组织强区放权改革调研和交通视察两场活动，尽管全机关的人后期都有参与，但毕竟台上一分钟，台下十年功，那么多前期准备，全由提案委独自完成，想想都恐怖，都觉得不可思议。赵晓阳笑骂邓念成是个疯子，曾涛也笑称九月成了"提案委月"。

当然，邓念成他们的内心，还是很感激机关同事的倾心倾情倾力相助的。大家各负其责，把一切工作铺排得有条不紊，没出什么纰漏，为他们卸去了很大压力。

视察活动后的下个周一，上午九点半，提案委的人又聚到邓念成办公室，汇总视察情况，讨论接下来的工作。

正如赵晓阳所说，邓念成就是个疯子，他不仅把自己逼到极限，也把一帮同事累得够呛。好在大家理解，甚至体会到了莫名的成就感，也毫无怨言地跟上他的节奏。邓念成的办公室，也俨然是真正的提案工作作战室。

磨刀不误砍柴工。邓念成常说，事情这么多，如果不先想透彻，反复拉抽屉，原地打转转，就什么事都干不成。同事们笑着说理解，并对自己承担的任务格外尽心，努力不出纰漏，不发生返工的情况。

大伙儿汇报完，邓念成问有没有特别需要注意的事项或者疏漏。这也是他的一个工作方法，每次大的活动结束，及时小结，查漏补缺，为下一次活动积累经验。既然都说挺好的，没什么疏漏，邓念成便叮嘱协助委员，抓紧准备报告和发言材料。然后转入下一个议题。

照例是许冬梅提出要做的事，然后一件件讨论怎么做，落实到人头。到了具体的事，则由责任人先说思路和想法，其他人补充，邓念成最后拍板。拿不定主意的，由他去请示文闰生。

许冬梅开口就说："都说九月忙，其实十月更忙。我粗略梳理了一

122

下,有十件大事。"华艺章扮了个鬼脸,夸张地叫道:"我的个乖乖,这么多吗?"邓念成无奈地白了他一眼说:"再多也是要做的,再难也是要过的。又不只你一个人做,你紧张什么?"华艺章又来了一句:"主任教导我们说,虱子多了不痒,债务多了不愁。"弄得邓念成哭笑不得,恨不得敲他脑袋一下。

调侃完了,办公室里复归严肃。就仿佛刚刚的戏谑没发生过一般。这帮人都是猴精,早把邓念成倡导的提案委会风贯彻到了极致,知道什么时候可以放,什么时候必须收,且收放自如,配合得天衣无缝。

许冬梅掰起指头,一板一眼地说:"第一,强区放权改革民主评议会虽定在十一月,但筹备工作十月基本要做完。第二,交通问题视察已经结束,十月要开协商座谈会……"

"这两场重头戏,上周讨论过,准备工作也七七八八了,今天不细说,各位按方案抓落实。"邓念成果断插话,又说后面的事情太多,如果都详细过一遍,时间不够用。何况已经明确要求了,再讲也是炒剩饭。所以,必须学会十个指头弹钢琴,抓重点。

"好!另外的八项都是提案工作。因为要收官了,大量工作必须在十月完成。"许冬梅随后一气呵成,"第三,市委常委领衔督办和市政府领导阅批提案的民主评议会;第四,重点培育提案中期评估;第五,主任提出的跨年度提案督办;第六,代市委办起草的《提案办理协商实施细则》以及《提案审查实施细则》;第七,督促办理单位提醒提案人作满意度评价;第八,系统改造验收;第九,参加办理单位的提案办理工作座谈会;第十,起草三次全会提案征集通知,准备第三批提案线索。"

有人感叹,有的要形成文件,有的要组织活动,有的要领导们亲自参加,还真是不老少。邓念成淡淡一笑说:"没事!只要安排合理,肯定能做完。九月两项大的活动都组织下来了,还怕这些鸡毛蒜皮的小事情?"语音刚落,刘畅又补充道:"还有一次委员活动日活动,都跟委员打过招呼了。另外,有几个委员还没走访完,要不要安排在十月?"

委员活动日活动,是邓念成提议的,弥补单纯走访委员的不足,帮助委员加强学习、相互了解、增进联谊,逢双月一次。

有人担忧会不会搞不过来呀?毕竟前面的十项都列入了年度工作计划,是必须要做的。在烟灰缸里掐灭了烟头,邓念成依然淡淡一笑说:

"没事！艺章同志不是谆谆教导我们，虱多不痒，债多不愁吗？该做的事，按计划做完它，也不多这一两项。当月事当月了。不然越积越多，最后就压得喘不过气来。"

"噗!"众人哄然大笑，都扭头盯着华艺章。华艺章站起身来嗷嗷叫道："明明是主任教导我们的，怎么成我教导大伙儿了？这么大的领导，明目张胆甩锅给下级，不厚道啊！这口锅我可不敢背。"众人又哄笑了一回。

邓念成问还有补充的没有，见都摇头，便说："那就一个个地来吧。"

"我先说吧。"杨豫明负责文字工作，讲的当然是文字方面的事，"刚刚讲的十二项，我为主的有两项半。即第三项、第六项和第十项的前半项。第十项的前半项没问题，抽个空就能起草好提案征集通知。但第三项和第六项的前半项，问题比较大。"

按制度设计，市委常委领衔督办民主党派集体提案，是要开民主评议会的。为向市委常委领衔督办提案看齐，也为明年推行市政府领导领衔督办提案预热，他们阅批的提案，也要开民主评议会。但这项工作启动较晚，中间还赶着出了个文件，便只得集中在十月、十一月。

杨豫明继续解释道，照这个要求，差不多每周要来两位市领导。对提案委来说，工作量巨大，其他工作没法安排；对市领导来说，也是一年中最忙的时候。

大家其实明白，要市领导集中给政协打两个月工，根本不可能，于是都不作声。邓念成也眉头微皱，问大家有什么好建议。刘畅小心翼翼地问："还能改吗？"她的目光和语气有些不确定，也有些期待。许冬梅连忙接口说："能改是最好。一周两次，光会议准备，不死也得脱层皮。"

邓念成又问三个年轻人是什么意见。两人说听领导的，华艺章笑嘻嘻地说："主任这么问，肯定是想改了。"邓念成没好气地瞪了他一眼："说你的意见！"华艺章继续笑嘻嘻地说："主任的意见就是我的意见。"

众人都骂他滑头。邓念成更是气得又想敲他脑袋，然而却没有，他叹了口气说："看来，我们还是太理想主义，太想当然了。只是要改的话，事情有些大，毕竟书记、市长都同意了……这样，一会儿我去请示闰生主席，看领导怎么说。"

大伙儿想想，也只得如此了。杨豫明接着说第六件事的前半件："代

124

拟稿报市委办半个月了,我再催催,看看是什么情况。后半件,意见已经征求完了,等着上主席会议审议。"邓念成的眉头皱得更紧,说:"的确是要跟市委办沟通一下,看看到底隔在哪里了。按说即便报省委办做合规性审查,也该完了的。"华艺章终于一本正经了,说:"我听王帆处长说过一嘴,大概还是隔在归口管理部门的提法上。"

所有人的眉头,也如邓念成一样紧紧皱起,然后轻轻叹气,却没言语。推动提案由两办去交办,是政协的共识。倘若"归口管理部门"的提法被市委办认可,便大事可成。其实,市委办的文件早有这个提法,此次不过沿用而已。当然,赋予了实质内涵,而非如过去一般,只有一个空洞概念。为慎重起见,丁锐跟市委秘书长打过招呼,文闰生又专程上门,两人谈妥了,才正式报件。

"唉,还是推不动啊!"忧郁的目光在众人脸上扫过,最后落在邓念成那里,刘畅叹了口气,语气里满是无奈。

"没关系的。猴子不上树,多打几遍锣①嘛!豫明,抓紧催催。"邓念成心里也有气,硬邦邦地又迸出句通海口土话。随后也叹了口气说:"我再跟闰生主席请示一下,听听他是什么意见。"

众人一想,也只得如此了。

华艺章先说他负责的有四项,即第五、第七、第八、第九项。然后说第五项,跨年度督办。去年的 B 类提案,按合并数算,有两百零五件,占合并提案总数的百分之五十三,办理单位也纳入了今年的办理范围。只要明确了督办时间,便可以操作了⋯⋯

见华艺章停住了,邓念成的目光又在众人脸上巡睃,然后问大家怎么看。这也是他带队伍的一个办法,鼓励大家思考问题,培养独当一面的能力,而不是遇到事了,坐等领导拿主意。

开展跨年度提案督办,是解决"被满意"的一个补救措施。

提案办结,办理单位会作出 A、B、C、D 四类不同标记,表示办理结果的类型。"A"表示提案所提建议已经解决或基本解决,"B"表示提案所提建议正在解决或已列入计划准备解决,"C"表示提案所提建议因受条

---

① 猴子不上树,多打几遍锣:谚语。意思是猴子不肯爬上树,是锣声催得不紧。比喻事情不成功,是措施不力,压力不够。

件限制或其他原因暂时无法解决，"D"表示提案所提建议不可行、留作参考。

实际工作中，"B"类仿佛成了垃圾桶，能办不能办的，都往里塞。因为没做到 A 类就标"A"，可能引发委员不满意；标"C"或"D"，委员关注的问题没解决，则会继续提，同时也可能招致不满意。综合比较，B 类最保险，既表示采纳了，争取到委员给个满意，却也可以不办。所以，标注 B 类的提案，每年都在百分之五十以上。

此类做法，提案人也纳入"被满意"。因为假如给"满意"，其实没达心理预期，内心不舒服；给"不满意"，似乎也不准确，因为办理单位说采纳了，只是暂时没落实。

那么，B 类提案的建议到底落实没落实，效果又如何，总得给个交代。于是便想了这么个法子，倒逼办理单位，当年能落实的尽量落实，因为今年没落实，明年还得去落实。

"抽查。"许冬梅先说了个意见，似乎又不敢确定，然后以探询口吻问："怎么样，主任？"

邓念成的眉头微不可察地舒展了一下，却仍旧没开口，静待其他人发言。这也是他带队伍的另一个方法。就是要大家把他当对立面、假想敌，有目的地不断质疑。说服得了他，那么解决办法也基本找到了；说服不了的，继续想办法。

他们也知道他这一手，只要他不开口，便会继续试探。刘畅道："我觉得可行咧，主任！"邓念成依旧不动声色，问怎么抽。华艺章脱口而出："随机也可以呀！总之今年是没法全覆盖的。"

"我也觉得可行。虽然是随机，但抽到谁抽不到谁，心里都没数。即使没抽到的，也不敢敷衍。"杨豫明说得更透彻。

"好，那就抽查！"邓念成终于拍板了，又问抽多少。小芳想了想，试探地说："百分之二十。怎么样，主任？"邓念成似乎自言自语地道："百分之二十……嗯，就是四十件多一点。"华艺章立马抢过话头："百分之三十，六十多件！"许冬梅提醒："听主任的！"华艺章脸一红，辩解道："我也就这么一说。主任那口气，似乎嫌少。"

"假如按办理单位抽呢？"见目的差不多达到了，邓念成这才说，一只羊是放，一群羊也是放。抽到的单位反正要到场，不如把那个单位的所有

126

B 类提案都检查了。

"这个办法好!"众人稍一愣怔,随即异口同声。华艺章算了算,补充说百分之三十,应该抽二十六个单位。邓念成不再犹豫,说:"那就二十六个单位! 具体怎么操作,交给艺章了。"

接着,依然用这种方式,把剩下的事情都确定下来。然后,邓念成去向文闰生请示汇报。

说到重点提案民主评议会,邓念成狡黠笑问:"你有什么高招啊?"他那点小心思,文闰生哪里猜不出来? 盯着他的眼睛,似笑非笑地说:"跨年度提案督办,你们能想到抽查方式,这个为什么就不朝那方面想呢?"

"想过,搞两场。市委一场,政府一场,先把动作做出来,给各方面一个再不敢敷衍的信号。问题是,各搞一场的方案,书记、市长都同意了。何况叫谁来不叫谁来,尽管可以盲抽,人家还是会觉得有倾向性。这才是我们的困惑。"邓念成不跟他打哑谜了,何况也没空闲扯,便实话实说。

文闰生也是直爽,当即出主意:"那就所有重点提案都搞,但来哪些常委和副市长,由两办协调,我们不指定。"邓念成眉头紧蹙道:"这个也想过。但一场八九件提案,那得多长时间搞完? 半天估计不够的……"文闰生当即打断:"只能半天! 时间太长,还不如分开搞。"邓念成猛地一拍大腿,兴奋地嚷道:"我知道怎么搞了!"也是刚刚想到的法子,即在流程上做文章。

"嗯……好!"文闰生笑道,也不问具体怎么做文章了,欣慰地说:"知道你不会让我失望的。"

邓念成也没说怎么做文章,只是提醒他跟丁锐沟通一下,毕竟改变原定方案了。文闰生鼓励他想好了就大胆干,说想必主席会同意的,实事求是嘛。

得了这么个尚方宝剑,又经主席会议同意,提案委便按这个思路,抓紧去做准备。

13. 鼓励委员敢说"不"

"十一"假期刚过,重点培育提案中期评审会如期举行。提案培育单位的负责人和执笔人,加上评委共四十多人,把个会议室坐得满满当当。

过去的重点提案,是从立案提案中遴选的,总体讲也没太大问题。但要等到提案审查之后,且只能看菜下饭,不仅质量没法保证,还耽误时间,给工作造成被动。不过,那时重点提案少,只有书记市长领衔督办和政协主席会议督办提案,加起来也就十件左右。如今市委常委也领衔督办了,再加上市政府领导领衔督办,可不就得三十件左右了?倘若提案质量不高,不仅浪费领导们的时间,也会影响办理效果,最后昙花一现,"止增笑耳"。

这可不是邓念成想要的结果,于是学习人家提前培育,然后从培育提案里遴选一部分,不够的再从其他提案里去挑,既增强遴选重点提案的主动性,也能保证重点提案质量。正如老人家所教诲的,"手里有粮,心里不慌"。为此,结合金鹏实际,细化设计了选题申报、中期评估和结题验收三个环节。

原本要就重点提案工作制发专门文件的,邓念成想了想,决定等市政府领导的阅批也改领衔督办了,再启动这件事情。

在选题申报环节,六月就落实培育单位,也有了基本文稿。但这种形式到底行不行,质量是否得到了提升,心里依然没底。所以,他笃信"猴子不上树,多打几遍锣"的道理,对尚未引起足够重视的,提个醒也是好的,总会有些督促作用;有的撰写人碰到瓶颈,不知再怎么深化了,此时有人点拨,也能产生柳暗花明的效果。这些,便是邓念成设计中期评估环节的目的所在。

同时,他坚持不把自身搞成矛盾一方的原则,也增强中期评估和结题验收的权威性与可信度,从市直综合部门和有关研究机构请了五位大咖当评委,借力打力。稿子提前就送给评委了,今天的评估会,就是请他们一一点评,提出修改完善意见。这也是邓念成念念不忘的"第三方"概念的一次具体尝试。

培育重点提案本就是个新鲜事,如今又来个中期评估,接下来还要结题验收,大家都有些忐忑,不晓得专家们会怎样点评,何况还在大庭广众之下。假如被点评得体无完肤,那面子就掉大了。因此会议尚未开始,众人都一脸蒙圈地议论纷纷,相互探询。

邓念成不管众人作何感想,上来就宣布,先由培育单位陈述调研过程、主要内容、核心建议等基本情况,然后专家评审组逐一点评。每个单位只给五分钟汇报时间。

五分钟时间哪够?所以超时现象屡屡发生,逼得邓念成不断提醒控制时间。

专家点评在最后环节,都想听了回去好修改,何况这么好的学习交流机会,也想了解其他单位如何组织集体提案撰写的,所以会场倒也规矩,极少有人中途离场。

这一番操作下来,十九件培育提案的中期评估会,便从下午两点,开到了六点半。弄得文闰生的讲话,只择要强调发挥重点提案引领作用,根据评估意见认真修改,进而举一反三,提高集体提案整体质量以及占比,带动所有提案质量提升。

邓念成的总结也只有几句话,重点强调深入调研、数据精准、情况翔实、建议具有可操作性。他举了个例子:两件关于养老的提案,都用了老龄人口数据,却一个说五百三十万,一个说六百二十万。那么到底是多少?两件提案肯定由民政局主办,人家该信哪一个?制定相关政策,到底以哪个数据为依据?而且,也会被质疑政协履职水平和提案质量,一个数据居然搞出两个版本。

尽管六点半了,被专家精彩点评折服的人们却并不着急离开,忙着扫微信要电话,以便随时得到更深入的指导。

这种场面,当然是文闰生跟邓念成乐见的,他们也笑呵呵地坐着没动。文闰生欣慰地说,明年的集体提案质量肯定会提高一个档次。邓念成也有同感,说相当于搞了一次培训,相互借鉴,取长补短,而不是闭门造车。

见都没离开的迹象,邓念成笑着说七点钟了,放专家们一马吧,留下联系方式就可以了。又对文闰生说:"走吧,我还得修改丁主席在民主评议会上的讲话稿。"文闰生起身,道了声"辛苦"。邓念成苦笑说:"不辛苦,命苦。"文闰生指着一旁的杨豫明,真诚地说:"要我做什么就吩咐,不要客气,就像叫他一样的。"邓念成笑道:"放心吧!我不会客气的,也没时间跟你客气了。"

第二天,市委副秘书长方华带着戴新国几个人突然造访,邓念成以为同意了政协的建议,有些喜出望外。却不料,人家郑重其事,只是来知会一声,他们当了回南柯,做了回美梦。为让政协死心,还知会了丁锐。就连党群系统绩效考核所占的百分之四分,都给了提案委。而不是如政府系统,市府办和提案委各占一半。当然,其余内容全盘接受。但市委办的文号,上半年给了提案工作一个,就是市委常委领衔督办提案的办法,所以那个文件,得等到明年再以两办名义印发。

这些年都是提案委交办,也没出过什么差错,除了麻烦一点。前任们能做好的事,他也能。大不了,多付出一点呗!邓念成也想透彻了,不愿再把时间和精力花在这些无谓的事情上。后面的那点,邓念成也能理解,毕竟压缩文山会海,市委办的文号也很紧张,不可能就提案工作一年发两个文件的。

这么重要的情况,当然得报告文闰生。可是走到半路,手机响了。看是朱虹的,当即放到耳边接听。虽然个性和虚荣心强点,但朱虹履职还是积极的。能够当面质疑优秀提案质量,并当着那么多委员的面说自己的提案应该评优秀,她是独一个。对认真履职的委员,邓念成哪会跟她计较细枝末节?所以还是经常邀请她参加提案督办等活动。

已经很熟了,邓念成便开门见山地问她什么事。

"咨询个事呗,主任!"一向敢作敢为的朱虹,声音有些颤抖,而且说完这话,又打住不往下说了。就仿佛她过去的豪情,消失得无影无踪。这让邓念成有些意外,问是什么事,搞得神神秘秘的。犹豫片刻,朱虹才问,能否给提案办理评价个不满意。

"那是你的权利。"邓念成当即就笑了,又心下奇怪,"你也参加过不满意提案办理协商会的,怎么突然问这么古怪的问题呢?有些小儿科啊!"

她说办理单位有些特殊。邓念成一惊,问怎么个特殊法。心说,就评价个不满意,总不至于还给小鞋穿,甚至打击报复吧?倘若是那样,自己

130

可得出面，甚至拉上文闾生找办理单位说道说道了。朱虹说是上级派驻机构，语气依旧有些紧张。只是这个原因？邓念成松了口气，进而不免失望。还以为她是无惧无畏、天不怕地不怕的女汉子哩！却没想到，也不是没顾忌的。

邓念成忽然意识到，面对强势的办理单位，单打独斗的提案人勾选一个"不满意"，需要何等勇气！一年几百件提案，出现几个"不满意"，何其难也！也就在这一刹那，他对敢于勾选"不满意"的委员，崇敬之情油然而生。就仿佛，那才是真正的勇士，真正的英雄！

倏然，刘天民的话，连同他说那话的神情，又在脑海里闪现。

刘天民呵呵笑着说："政协提案办理'不满意'少，给我们的工作减轻了很多压力。"当然，他是称赞的口吻，表扬委员理解办理单位苦衷。但反过来是不是也说明，委员不敢拿起武器，不善于利用手中的权利，勇敢地对办得不好说"不"呢？

实际情况也是。不管基于何种考虑，提案办理的评价大多是"满意"，少量"基本满意"，"不满意"还真是凤毛麟角。许多委员即便开始勾选"不满意"，最后也会改为"基本满意"乃至"满意"。许多政协还把消灭"不满意"当作了工作目标；甚至提案工作情况报告中，满意率"百分之百"也成了一项成绩。

这就导致一些委员，"满意"是自己勾选的，却又心有不甘，听别人讲"被满意"，就人云亦云跟着喊冤叫屈，似乎也"被满意"了。甚至有委员问邓念成，能不能由政协说"不满意"。邓念成苦笑着解释，制度就是这样设计的，满意不满意，只能提案人评价。政协只是协商平台，不是协商主体，不能对一件具体提案的办理，说满意还是不满意。

其实，一年几百件提案，有几件"不满意"，有什么问题呀？不说瑕不掩瑜，才百分之几，能有多大负面影响？单说客观真实，也是理所当然。难道说，几百件就真的件件满意？哄鬼都不信！

其深层次原因，经过一年多调研，他也有了深入了解。还真是冰冻三尺非一日之寒，哪能一蹴而就啊！这不仅涉及制度机制的完善，也关乎提办双方的责任感与事业心，还考验着二者的心性与灵魂。那么，邓念成就想，还是得给委员自信，让他们巧妙地运用手中权利，勇敢说"不"，倒逼办理单位认真办提案。

随即他又突发奇想，能否以朱虹这个例子为突破口，给相关方传递一个明确信号呢？

回过头来又一想，满意与不满意的选择，毕竟提案人要承担相应责任和压力，别人替代不了的。于是他便说："这个我不好出主意的。不过，我的建议是满意也好，不满意也罢，都得遵从本心，做到问心无愧。切莫自己勾选了满意，又到处说被满意。另外一个基本原则，就是一视同仁，只看办得好不好，不分办理单位的层级。如果对市里区里的单位严，对上级派驻机构网开一面，厚此薄彼，就不公平了。你也可以当成改高考试卷，看不见准考证号和考生姓名的。"

"办理的情况确实叫人生气，不能给满意。但毕竟是上级派驻机构，不给个面子，似乎也不好意思。"她这话虽然纠结，倒也直爽。

文闰生那里，暂时是去不了了。邓念成反身下楼梯回去，问："到底是个什么情况，方便说说吗？你这太笼统，我没法给具体建议的。"或许事情有些复杂，朱虹犹豫片刻，问他下午在不在办公室。看来，她是想当面说了，邓念成便说三点有个会，问她两点能不能到。朱虹说两点二十准时到。

既然是上级派驻机构，邓念成便要看看是哪家单位，搞得这女汉子如此纠结。进入提案管理系统，搜索朱虹的名字，发现她有四件提案。其中一件撤销二线关后，如何综合利用那片区域的提案，主办单位便是上级派驻机构，于是他点开来，把提案和答复对照着看。不一会儿，便眉头微蹙，暗道，似乎没太大问题呀！但他转念又想，她既然想给不满意，那肯定是分歧比较大了。随即又想，我在这里纠结也没意义，反正她下午过来，等她来了再说吧。

看一眼墙上的挂钟，十一点四十五分，离吃中饭还有一刻钟，他便打算再去文闰生那里一趟。一是方华来的事得跟他反馈，免得他还蒙在鼓里，甚至再去找人，讨个没趣。二是朱虹这事，以及自己的想法，也得跟他透个气，争取领导支持。

方华只是客气，才放下身段上门的，何况丁锐也没说什么，文闰生说只得如此了。朱虹那事，文闰生也有同感，但提醒他注意方式方法，不要让人觉得，他撺掇委员给"不满意"。却也不要阻止，仿佛要堵塞言路似的，不符合"三不"原则。同时如有需要，也得给委员撑腰，莫让委员流汗又流泪,出力不讨好。

他这意思跟邓念成的想法一致。邓念成的内心便有数了。

朱虹到得挺准时,两点一刻就到了。两人落座,邓念成拎起小茶壶,往茶杯里倒上茶水,推到朱虹面前。朱虹却推了回来说:"你时间紧,我也还得去一趟党派。"

"喝口茶要多少时间?还影响了说事?"见她明显是因为紧张和纠结,邓念成笑笑,把茶杯又推过去,说:"到底是个什么情况?我上午看过你那件提案,没看出端倪。"

朱虹于是缓缓道来——办理单位和她的沟通还可以,打过电话,发过微信,但她感觉还是敷衍。而那答复说是采纳建议了,但又说事情比较复杂,短期内不能落实,让她心里不舒服。邓念成大致听明白了,给她茶杯添了茶水,归纳说:"就是不管办理过程还是办理结果,你都不满意。是吧?"

为使提案办理评价更精准,今年把惯用的一个评价指标修改为办理过程和办理结果两项指标,要求提案人分别评价。

"谢谢!"端起茶杯喝了一口,朱虹这才有些不甘地道,"是的!他那态度的确傲慢,没法满意。而那结果,说是采纳了,却不知要拖到猴年马月,甚至一拖到底,感觉也是敷衍。"

"你这两个问题是要分开来说的。"邓念成提醒。呷一口茶,他接着分析道:"从办理过程来说,如果你觉得是敷衍,可以给他不满意。当然,也得看你能不能承受得住压力。作为提案委,我们是希望委员客观公正、实事求是地作出评价的。"

朱虹"嗯"了一声,又问:"假如我真给他不满意,后面他找我麻烦,提案委会不会给我撑腰?"邓念成轻笑一声说:"既然是上级派驻机构,我们也该相信他们的素质和度量。总不至于因为给了个不满意,就对提案人打击报复的。这要是传出去,他们那脸面何在呀?"

朱虹似乎钻进死胡同了,要给钉下的钉子回个铆地追问,他们要真打击报复呢?邓念成也不含糊,说他们要真敢打击报复,不仅是提案委,政协领导也得找他们说道说道了。甚至,向他们的上级部门反映。朱虹这才宛如下定决心,点了下头说:"那就好!"又似乎想起什么似的,问他:"你刚说要分开来说的,那另一说是什么?"

"另一说就是,办提案和办事情,其实是两个概念……"邓念成微微笑了,把办提案与办事情关系的那套说辞又说了一遍,然后说办事情,不仅要经历一个过程,甚至还得看契机。

他这信息量有些大,朱虹眼睛瞪得老大,问什么意思。

"跟你讲个例子吧。"邓念成没直接回答,呷了一口茶,随即现出回忆状,"我记得打捞中山舰时,全国政协和湖北省政协就收到了不少提案,但从第一件提案提出,到最后打捞出水,前后差不多隔了十年。"朱虹惊呼一声:"这么长时间哪?我的个妈耶!"随后吐了吐舌头,脸上做了个怪相。

邓念成没理会她的惊诧,继续说:"湖北哪里是不想打捞呢?哪里是不知道打捞的价值和意义呢?所以每回答复都说,条件成熟了一定尽快打捞。但打捞可不得花钱?打捞起来了还得维修和维护,不同样也得花钱?当时的湖北经济困难哩!更多发展难题亟待破解,更多民生问题亟待解决,拿什么去打捞?拿什么去维修和维护?总得有个轻重缓急呀!再说了,站在湖北的角度,它就沉睡在长江的武汉段,也流不走。晚几年打捞,有什么关系呀?"

"也是啊!"朱虹若有所思,微微点头。随即悟出了点什么,"那后来为什么下决心打捞了呢?"邓念成淡淡一笑:"这就是我前面讲过的契机呀!湖北在经济比较困难的情况下还拨款打捞,一个重要契机就是,孙中山先生诞辰一百三十周年纪念日到了。你也知道的,武昌是辛亥革命首义之地,这么重要的日子,当然要举办纪念活动。而这个时候,也有地方提出要打捞中山舰。这可不就是一个重要契机?"

"哦!"朱虹吐出一口长气,似乎彻底释然了。

"说起这个事,其实该给湖北点赞。那时的经济太困难了。"邓成由衷地说。朱虹随声应道:"的确要点赞,毕竟把提案的建议落实了。"

"再说你那件提案,那么大一座实验检测楼搬迁,也不是小事。要找新地方,要做规划,要开工建设,还有设备安装和调试。这些不做完,旧楼没法搬迁的。总不至于几年不做检测吧?这一桩桩一件件,不都得一步步来?哪是那么容易的?而且二线关撤了,那一片正在整体规划,他那实验检测大楼也得服从整体规划布局。所以,急不得的。"邓念成这解释也算是详细了。朱虹偏着脑袋思忖片刻,微微一笑便道:"那他一日不搬

134

迁,我就一日不松手,年年提。"

她这话把邓念成吓了一跳。这与他正在推行的跨年度提案督办和解决重复提案的思路可谓南辕北辙,连忙劝阻说,现在的提案工作形势跟过去不同了,要求也不一样。没必要年年提的。

"那你是什么意思?难不成,就让他糊弄过去?"朱虹仍然心有不甘,一双大眼睛瞪得圆圆溜溜。

邓念成少不得又一通解释,过去不兴跨年度督办,所以允许年年提。今年起将加大跨年度提案督办力度,不能让办理单位蒙混过关,没必要年年提了。相应地,也要采取措施,解决提案年年提、重复提的问题。"当然,你有新的建议和新的想法,我们也不反对,也是可以立案的。"邓念成最后说。

朱虹这才释然,说她就对办理过程给个不满意,煞煞他那傲气。起身告辞前,又笑道:"真出了乱子,你可不能见死不救啊!"客客气气送她到门口,邓念成说:"哪有那么严重啊!"

提案委的人已经候在门外,跟朱虹打过招呼,刚一进门,刘畅就笑嘻嘻调侃,现在这作战室,又被主任搞成委员接待站了哈!这种凑热闹的机会,华艺章从来不错过,笑嘻嘻地接上话说,应该收咨询费的,主任!需要经纪人或者收费跟班吗?

许冬梅也加入进来,笑骂华艺章:"真是看得起你自己,还想当主任的经纪人!要我说,当个小厮,都踩狗屎了。"几个人一唱一和,搞得邓念成啼笑皆非,调侃道:"心情都不错啊!碰到什么好事了,说出来让我也高兴一下?"

杨豫明笑道:"还不是上午主任心情不爽吗?活跃下气氛,帮主任放松放松。"邓念成真是无语,一连几个问:"我心情不爽吗?我什么时候不爽过?难道说我是玻璃心,就这么脆弱,轻易就能被打倒?"

"真是的,不会说话别张嘴!主任什么时候不爽过?你见哪个不爽的人成天笑呵呵的?这是主任咧,以为是你杨豫明呀?"华艺章又夸张地戏谑杨豫明。

"闹腾够了吧?闹腾够了就都打住,别再贫嘴了。"邓念成更加无语,制止过后又说:"上午的事,一阵风吹过了,谁也不准再提……说正事吧!"

与方华一行人的座谈，他们都参加了，但后来被丁锐叫过去的情况，他们还不知道，邓念成也懒得说了。随后，他也不忘解释一句，朱虹有一件提案，想给个不满意，又担心办理单位穿小鞋，便过来探讨一番。

"又有一件不满意呀？"华艺章一声惊呼，像是发生了什么不得了的大事。邓念成点上一支烟，笑眯眯地盯着他说："我记得没几件不满意呀！怎么，你嫌多？"

"喂！不是……"被邓念成反着打趣，华艺章有些蒙，而且也被盯得心里发毛，顿了一下也反应过来，尴尬一笑说："主任都不嫌多，我嫌什么多啊？不过五六件而已。大不了，多开一次不满意提案办理协商会呗！"

"那不就结了？看把你一惊一乍的，好像被踩了尾巴的猫。年轻人，沉稳点！"邓念成又追了一句。

一年多来，提案委承受着巨大压力，而大部分压力都在邓念成身上。但他都波澜不惊，往往于不经意间巧妙化解了。如今见他遭受这么大的打击，却依然是这副神态，众人便都放下心来。许冬梅打趣华艺章："主任肯定有了谋划，你别咸吃萝卜淡操心了。跟上主任的节奏，把自己的任务落实好，你就功德圆满了。"

"是的，是的！我也就这么一说。"华艺章连忙点头，依旧嘻嘻哈哈。

"好了。说正事。"邓念成打住嘻哈，进入正题。

今天的会议，主要是检查即将召开的两场重点提案办理民主评议会的落实情况，查漏补缺，把可能发生的问题消灭在萌芽状态。毕竟过去没搞过，心里没底，领导们又都高度重视。

此事讨论完了，邓念成问华艺章，几件不满意提案，叫办理单位先自己沟通的，目前是个什么情况。他这话一出口，众人就猜到，他要拿这事做文章了。华艺章实话实说，两件沟通完了，只等提案人在系统里改过来了完事。但还有四件，双方各执一词，还在扯皮。

"给他们个最后期限，不能无休止地扯下去。如果还不满意，月底前召开不满意提案办理协商会。"邓念成不磨叽。想想又说："有两个概念，我们也要镌刻在脑海里，用好用足，用到最大化。"

"又有什么新概念？"大家不约而同地面露讶异。在大家的印象里，他时不时冒出一些新东西，也的确是管用。就比如提案交办，真是一件磨破嘴皮的困难事。而他提出个办提案与办事情的关系，一下子就让大家有如醍醐灌顶,也让纷争烟熄火熄。

"哪有什么新概念?都是老概念!"邓念成顿时语塞。然后才说:"一个是协商,这是中央赋予我们的责任。政协的四种协商形式,提案办理协商位列其中。说到底,我们要做的、能做的,就是搭好平台,让提办双方唱戏,甚至角逐,通过广泛深入协商,推动达成共识。即便达不成共识,至少也能互谅互让。"

"哦!"众人顿时释然,都吁出一口长气。

"那另一个呢?"小芳似乎迫不及待。小姑娘挺肯学习,也愿意钻研,总嫌自己知识储备不够。尽管只是个劳务派遣人员,却常常不懂就问。

"我猜想,应该是第三方吧?"见邓念成点烟,杨豫明抢着说。但他似乎有些犹豫,眼睛四下里瞅瞅,补充说主任常挂在嘴边的。

"对,就是第三方!"邓念成吐出一口烟雾,向杨豫明投去一个满意的眼神,"提案委不能把自己搞成提案人的对立面,也不能搞成办理单位的对立面,更不能成为矛盾焦点。那么,就必须有人当裁判,评判是非曲直。提案委不能当裁判,但要当裁判长,既掌控局面,也发布结果。所以,不满意提案办理协商会,不只是请两办督查室参加,还要找几位专家来当评委,代表第三方。"

他这个高论,立即赢来一通称颂。邓念成却不为所动,吩咐杨豫明:"发挥第三方作用,我们用在提案分析和办理情况分析,以及重点提案培育上,效果蛮好的。但还可以用在哪些方面,能用的尽量用,你琢磨琢磨,争取也出个规范文件。"

杨豫明从来话不多,办事却雷厉风行,这回也只答应了一个"好"字。许冬梅兴奋地说:"哎呀!第三方概念,绝对又是个创新。不仅用上了,还用文件来规范。"叫杨豫明记得写进今年的提案工作情况报告。杨豫明又应了一声"好"。

座机突然响了,小芳抓起接听,随后就说是庞秘电话。邓念成伸手接过,只听了两句,心下又是一喜,暗道刚要瞌睡,便有人送枕头,还真是老天爷眷顾啊!原来,他正有两件事要跟政府办商量。如今丁锐带队去走访,叫他随同,于是笑呵呵答应。

见他满脸喜色,众人都不解地说,不就去个市政府吗?又不是没去过!他们说的也对,政府办公大楼,装着太多部门。他笑呵呵地说:"不可言,不可言!总之,你们等着听好消息。"

主要的事情说完,华艺章提醒:"这段时间各单位开人大代表建议和政协提案办理情况通报会,主任们可能有得忙了。先打个预防针啊!"刘畅自告奋勇说:"多派我一点吧!"

邓念成点点头,想了想又说:"把兼职副主任的作用也发挥出来。刘主任和我顾不过来的,请他们参加。总之,办理单位有关提案工作的会,提案委不能缺席。要利用一切机会宣传提案工作,强调提质增效的重要性,推动提案办理协商走深走实。当然,也得告诉兼职副主任,他们是代表提案委的,必须站在提案委角度,对办理工作提些要求。"杨豫明很醒目,说:"我回头写个讲话通稿,把需要强调的要点列上,供他们参考。"

"很好!"邓念成肯定了一句,又说如果兼职副主任还排不过来,冬梅去也是好的。就如农村请客,人家请,是看得起我们,不能拂了面子。亲戚是要走动的,老死不相往来,再亲的亲戚也疏远了。提案委一定要加强与办理单位的联系,帮忙解决办理难题,不能只提要求交任务。

大家都说是这个理。刘畅提醒华艺章,兼职副主任的安排,记得大体有个平衡,不要把任务压到少数人身上。

14. 苦心孤诣谋"倒逼"

邓念成打开提案管理系统,浏览提案及其办理复文,思考明年的工作思路。看着看着,他的眉头又皱了起来。

提案复文大同小异,就是把相关工作的总结改一改,作为答复发给了提案人。说跟提案没关系吧,似乎沾那么一点边;说有关系吧,又无从知晓哪些工作是采纳了提案建议的结果。有的还把几年前的工作也写进了答复里。

换句话说,自己一年多不厌其烦的宣讲,并没产生多大效果。这让他想起当秘书那会儿,领导对基层的工作不太满意时,一边轻轻摇头,一边面无表情地轻言细语:"你这里,还真是几十年如一日啊!"或者说:"怎么感觉,涛声依旧呢?"

他起初没领会是啥意思,还以为表扬那里坚守了什么好东西哩!甚至奇怪那书记县(市)长,怎么就面红耳赤了呢?及至后来,才明白领导是间接批评,几十年了,工作没什么起色,经济没大的发展,老百姓生活没怎么改善。

想到这里,邓念成的眉头蹙成了"川"字形。瞅一眼墙上的挂钟,五点整,离下班还有一个小时。他起身上了趟洗手间,索性点燃一支烟,靠在靠背椅上,一边吞云吐雾,一边陷入沉思。

当提案委主任一年多,邓念成很少有整块时间静下心来想事情。他和提案委的一帮人,一直在奔跑。不管是主动还是被动,总之是在奔跑。也不是说他们鲁莽,无头苍蝇乱撞。他们的奔跑,目的性还是有的。就是说那些事情,也是想透彻了才动手的。只是没像现在一样静下心来,思考更深层次的问题。

一年多的劳累奔波,表面看风生水起,但辛苦有余,成效不足,所以他本人并不满意。

许多工作并非出自本心,而是疲于应付地扎篱笆、堵漏洞、补短板,头痛医头,脚痛医脚。但是没办法,来自各方面的压力太大了。实话说,那些问题爆雷那会儿,他除了叫苦不迭,也是有怨气的。但仔细想想,金鹏市政协的提案工作并不糟糕,反倒很是辉煌,兄弟政协考察学习者络绎不绝,全国和地方政协各种经验交流会发言,也常见他们的身影。

单说这纳入绩效考核,就羡煞多少人哪?都说是大气魄大手笔!还有提案管理系统的开发与运行,甚至把政协成立以来的一万多件提案都电子化然后装进了系统。就是全国政协领导到了金鹏,也莅临现场观摩指导。还有建立市委办、政府办、政协提案委联系机制,推动以"两办"名义率先出台提案办理工作规程,推动副市长阅批提案,为提案工作制度化打下了坚实基础……邓念成无法一一列举。

已经如此优秀了,为何还有人不满意不满足?甚至"告御状"?邓念成跟文闺生、黄达理以及提案委的人分析过,关键是制度机制缺陷,而不是哪个人的能力和水平问题!

由于制度机制不健全不完善,加上缺乏硬监督,不说对办理单位,就是对委员,尽管通过各种方式正向引导,掰开了揉碎了苦口婆心地宣讲,效果却仍不理想。邓念成只得换个思路,再打制度机制的主意。甚至觉得,只有采取"倒逼"这一招了。

"倒逼"的想法,也是受绩效考核启发,而且是他这段时间思考最多的。前任们推动提案办理纳入绩效考核,说到底是一种倒逼机制,借钟馗打鬼。目前看,这钟馗还是很好用、很管用的。比如去年稍稍严了些,便如唐僧念了几句紧箍咒,霎时闹得孙猴子满地打滚儿,闹得办理单位鸡飞狗跳,不少单位领导打电话或者上门,还有托市领导说情的。这说明,从制度机制着手,政协也是能找到手段的。

绩效办亮黄牌,有人"告御状",以及"被满意"炒成热门话题,从某种意义上说,也是一种"倒逼"。至少,倒逼政协想办法去解决,也为推动一些创新举措提供了再好不过的契机,能够极大地减轻阻力,消弭杂音。那么,能否找到一个关键点,类似于文闺生强调的支点,起到四两拨千斤的作用?

顺着这个思路,邓念成感觉,关键点——或者叫支点——也是现成的。那就是提案工作评价,跟政协其他工作一样,只有定性,无法定量。如果能把定性转换成定量,甚至将定性与定量有机结合,形成完整的倒逼机制,把"软监督"变成"硬约束",似乎提案工作的所有弊端,便能迎刃而解。说得更精准些,是正向引导与反向倒逼相结合。而倒逼的前提,还是需要数据作支撑。或者说,拿数据说话,靠数据立威。那么,如何形成翔实数据,进而实现定性转定量,甚至定性与定量的有机统一?

核心还在制度机制上!就是说,采取倒逼方式,必须制度机制先行,就如纳入绩效考核一样。否则,还不砸锅了?一百个邓念成都不够人撕的。邓念成暗忖。

可是制度机制缺陷哪是那么好弥补的?还是那句老话,好吃的楝树籽,还能留到过冬啊?而且他相信,前任乃至主席乔阳也看出了弊端,也曾经着手弥补。譬如杜火星提到过的那份文件,之所以改了七八稿才出台,便是一个明证。制度机制的完善是需要大环境的,天时、地利、人和,三者缺一不可。或者说,民主政治的发展是一个渐进过程,太着急容易过犹不及,甚至适得其反。

他又默默评估了一下,觉得解决制度机制问题,大环境已经具备了。特别是赋予了政协协商民主重要渠道和专门协商机构的性质定位,强调要在国家治理体系和治理能力现代化中发挥更大作用,而且中央加强顶层设计,出台一系列政策,印发一系列文件,推动人民政协制度更加成熟更加定型。

几支烟抽下来,各种不同的可能性也在他的脑海里交替闪现。最终他认定,接下来要想法去搞数据,推动定量化,实现定性与定量有机结合、相互补充。这应该成为一个方向,邓念成在心里默默地说。至于如何去搞数据,他暂时没想出好的办法。但不管怎么说,明确了努力方向也是重要收获。

窗外的天,早已经华灯一片,看得人赏心悦目。瞅一眼墙上的挂钟,七点半了。邓念成关闭电脑,拿起车钥匙回家。

随丁锐去市府办拜访,果然超乎寻常地顺利。

邓念成讲了两件事,一件是市政府领导领衔督办团体和界别提案,一件是在金鹏政府在线公开提案及办理复文。市府秘书长想都没想就满口答应,并现场明确了对接的负责人。

政协官网影响有限,要吸引更多人围观并监督提案工作,他的想法是在宣传部主管的金鹏新闻网和市府办主管的金鹏政府在线同步公开提案及办理复文,并设计公众参与环节,倒逼提办质量双提升。

市府办爽快答应,出乎他的意料,本以为还要费一番口舌的。原本因为担心不同意,便比照市委那边的做法,只提了团体和界别集体提案。假如对方不同意,便拿市委常委领衔督办来将军。现在他不禁有些后悔,应该去掉"团体和界别"几个字,笼统提政协提案的,挑选提案的余地便更大些。

如此看来,是他把问题想复杂了。但事已至此,而且也算重大突破,便没太纠结,想着先开个头,再找时机去掉那几个字,想必也是顺水推舟的事。于是叫杨豫明把早就起草好的代拟稿,走完程序了送市府办。同时,叫许冬梅对接公开的事。

所有事情都在有条不紊推进,但时间还是不够用。因为年底了,当年工作收官,来年工作部署,都得紧锣密鼓。同时,新设立的两个行政区政协,又都重视队伍建设,邓念成也得挤时间去讲怎么写提案。所以睡办公室的频率越来越高,眼圈都是黑的,眼袋也越来越大,那下垂的眼袋,差不多占到脸部的三分之一了。

这天邓念成在鹏华区讲完课,原本要回机关的,主席人选范体军挽留,提醒他从鹏华回市里,正常也得一个多小时,马上就是下班高峰,回去了还能干什么?不如跟委员们共进晚餐,也可以讨教些政协知识。其他人也说自己是新政协,清一色新手,也想讨教些问题,不至于碰到事情了闹笑话。

人家留得情真意切,何况提案工作也得区政协支持,邓念成便给许冬梅打电话,叫他们都回家,务虚会的材料明天再研究。

几个人边吃边聊。范体军问,市政协督办提案,能否叫区政协委员也参加。邓念成笑着介绍,上下级政协联合组织活动是可以的。这几年,市、区政协就联合组织过多次,比如今年强区放权改革民主评议,各区政协都有参与。只不过,区政协委员参加市政协提案督办活动,也得有个说头。名不正则言不顺……

刚说到这里,邓念成心里倏地一阵悸动,假如搞个提案联动督办,再使之固定下来,形成工作品牌,的确蛮好的。他心里这么想着,却没着急说出来,想观察一下,看他们到底有多大的积极性,能不能下决心。

见他停了下来,副主席人选王乐贤连忙插话说:"章程不是规定,上级政协要指导下级政协吗？提案委就不能创新方式方法,帮帮区政协?"邓念成解释:"我们也做了一些,比如我今天来培训。还有,从去年开始,恢复了市、区政协提案工作联系会议制度,一年开两次。下半年的一次,原定十一月要开的。因为两个新区要成立政协,就延期到十二月了,正好搞一次培训。"

"哎呀,这可太好了!区政协刚刚成立,明年一月又要开全会,间隔不到三个月。正愁不知从何处入手,你就准备搞培训。"王乐贤满脸兴奋,筷子都停住了。按照目前的分工,鹏华区政协的提案工作由他分管。

邓念成觉得火候差不多了,像是突然想到似的,不经意地说:"我倒有个想法,就是不知鹏华区有没有兴趣?"范体军也是老江湖了,听他只抛了个气球,似乎想试探风向,也没表态,而是凑过头来,饶有兴趣地问:"什么想法?"

他把球又踢了回来,邓念成打不成哑谜了,只得说:"可以搞市、区政协联动督办提案。区里有些问题想解决,但事权在市直部门,或者涉及其他区,你们不是鞭长莫及吗?这也是市里为什么决定强区放权哪!那么,区政协组织提案,由市政协委员提交,不就有共同话题了?提案立案之后,再共同组织督办,区政协委员不就可以参加了?"

刹那间,几个人眼睛都是一亮,连说了几声"好!"范体军更是筷子一拍,兴奋地叫道:"哎呀!我伟大的邓主任,你这思路真是高家庄的高,实在是高!"

"你……"他这个马屁拍得愣是让邓念成没回过神来,只是无奈摇头。范体军依旧兴奋,一副成竹在胸的神情说:"我跟你说啊,选题都有了!"众人愕然,都把头扭过去,用探寻的目光盯着他问:"什么选题?"

"前几天赵书记还跟我讲,要区政协多搞些高质量履职活动,协助推进西进战略落地落实。你们说,实施西进战略,当务之急是什么?"不等众人回答,范体军直着嗓子道:"当然是路通啊!路都不通,西进怎么进?"

众人恍然大悟,纷纷附和是啊是啊。随后,有的说鹏华区是新行政区,基础设施又太差了,谁愿来投资?有的说,规划建设的几条路,似乎都碰到瓶颈了,半死不活的,总不见进展。又有人说,还有那几条"断头路",眼看就到鹏华区了,却硬是连不上,要绕好大一圈才能进来。

"那就搞交通!"没想到留下吃个工作餐,还能有这收获,邓念成眼睛放出光来,也很兴奋,"提案由你们组织,反正你们区有二十几个市政协委员,叫他们提……如果搞交通,不光是市政协跟鹏华区政协,还可以把沿线的区政协也拉进来。搞就搞得声势大点,甚至列为重点提案,交市领导领衔督办。"

　　"你看看,你看看! 叫你留下吃个饭,还老大不乐意,非要走。可这吃餐饭的工夫,不就碰出火花了? 这叫磨刀不误砍柴工,知道吗? 以后啊,可别瞧不起乡下,瞧不起我们乡巴佬,瞧不起这几个臭皮匠。鹏华区你得多来呀!"范体军吃完了,掏出烟来递给邓念成一支,自己嘴上叼一支,乐呵呵地打趣。

　　他这一通戏谑,再配上嘚瑟的表情,惹得众人大笑。邓念成却哭笑不得,只能应承一定多来。不过,他最后也打趣了范体军一句:"马上就当主席了,别再口无遮拦。说话有牙齿印①,要把握分寸,还要注意形象。"范体军愕然,捏着打火机准备点烟的手举在空中,讶异地扭头望过来问:"我哪句话说错了?"

　　"句句都错! 岂止是哪句错了?"邓念成狡黠一笑,继续调侃,"金鹏是没有农村和农民的城市,城镇化率早就百分之百。你却说鹏华区是乡下,说鹏华区的领导是乡巴佬。这不明显跟市委唱反调吗? 你这立场和思想认识都有问题呀!"随后,还不忘放慢语速,盯着他慢条斯理地问:"怎么我感觉,叫你到鹏华区当主席,你似乎不高兴,牢骚满腹呢?"

　　众人先是一个愣怔,待明白过来又哈哈大笑。范体军也回过神来,起初无语,随即点燃烟,笑呵呵地反唇相讥:"我发现,你还有一个长处……"

　　两个人打嘴炮,其他人也不好意思只当听众,王乐贤当即凑过头去问什么长处。范体军说:"两面三刀,说一套,做一套。"说完把打火机扔给邓念成,悠悠地吸了一口烟,一脸狡黠和不屑,似乎还在等人接话。果然,就有人不解地说:"据我所知,邓主任没这特点哪。他从来表里如一,言行一致的。"

　　"你只看到了他阳光的一面,没发现他的阴暗面。不是有句话,说亲

---

　　① 说话有牙齿印:方言。意思是说话会留下痕迹。

眼看到的,不一定是真相吗?"范体军不客气地顶了那人一句,然后解释说:"他刚刚讲课,还跟我们介绍'三不'原则,我也老老实实在本子上记了,想着要遵照执行的。结果他一转头,辫子也抓了,帽子也扣了,就只差打一闷棍。你们说,这不是典型的口是心非,两面三刀吗?"

整张餐桌刹那间又哄然大笑。

邓念成尴尬地赔着笑,眼见众人都放下了碗筷,自己的烟也抽完了,便叹了口气起身,无奈地道:"他是典型的提起裤子不认人。他要我帮他落实赵东书记指示的事搞定了,就赶我抓紧滚蛋。既然人家不欢迎,我还留在这里丢人现眼哪?走啰!"

一行人说说笑笑地送他到门口,已经上车了,范体军还不忘提醒道:"市、区政协联动督办提案,我马上跟赵书记汇报,他肯定高兴。你可别真的言行不一,给忘记了啊!"

"呵呵!看你表现吧。"邓念成不置可否,笑着对车窗外挥了挥手说:"感谢你们对市政协提案工作的支持。真的要走了!"然后就叫司机开车,迅速汇进了滚滚车流。

强区放权改革民主评议会,也是市长领衔督办提案的督办会,几经周折,终于在十二月下旬召开。

准备工作也算扎实了,共提交一份总报告、两份小组报告、六份专题报告和十四份发言材料。在肯定成绩、指出四点不足的基础上,重点为保证"放得下、接得住、管得好",侧重于事权下放的整体性和系统性,提出了做好顶层设计、增强改革的系统性,明确职责、实施精准协同放权,开放闭环、创新政府治理和管理模式,依法放权、健全监管和评估机制,一区一策,打破信息孤岛等六个方面建议。

尽管书记兼市长未到,出题目的老书记更是离开了金鹏,但会议还是相当成功,这从与会者脸上洋溢着的兴奋便看得出来。

会议结束,组织者们都没离开,坐在会议室里继续议论,似乎意犹未尽。邓念成突然一本正经地叫道:"喂,主席!"

文闯生可不觉得他平白叫一声,就没下文的,笑呵呵地问:"还有什么想法?"邓念成果然还有想法,说:"我觉得吧,事情不该到此为止的。"许冬梅似乎不解,张嘴就来:"是没结束啊!刚刚领导不是说了吗?书记批示说材料很翔实,很有参考价值,要求所有市领导认真研究,结合实际采纳。还要我们尽快给市委办、市府办各送二十套过去呀!"

"送完之后呢?你一个个去问'喂,领导!你觉得材料好不好?你怎么要求部门落实'啊?何况书记没来,只看了那几大本材料,我们是不是该给书记再报个情况呢?"邓念成反问。

杨豫明以为他忘了,提醒说:"市政协的民主评议会,按惯例是要给市委报情况的。"邓念成说:"我知道啊!"见他一直绕来绕去,黄达理也来了兴趣,问:"莫不是邓主任真有新想法?"

邓念成不再兜圈子了,眼睛在众人脸上扫了一遍,正色道:"我是这么想的啊!虽然出题目的老书记调走了,但开弓没有回头箭,新书记也一直盯着,明年肯定继续,不可能半途而废的。说不定,还会升格到专题协商会,也肯定由提案委负责,别人不可能接手的。所以,为了保持工作的连续性,也不至于让今年的心血付诸东流,我觉得,可以搞个类似民主监督建议书的东西——当然啦!叫不叫这个名字,还没想好,政协也没搞过——以政协文件报市委市政府。书记一批示,各部门和各区就得抓落实。这样,明年就有了抓手,不至于重新来过。"稍停,他又叹了口气,无奈地接着说:"说实话,组织这样一场民主评议会,花费的精力、人力和时间成本,太大了。"

众人顿时陷入沉思。很快,黄达理便频频颔首:"嗯!我觉得邓主任这个想法好。"

有人有些犹豫,说:"正如邓主任说的,政协就没搞过民主监督建议书,也没这个文种。会不会引起争议呀?"文闰生不再犹豫,说:"总有第一个的。假如这种形式好,以后修订制度,加上这个文种就是了。假如不好,就不搞了。所以,我同意试试,就叫《强区放权改革民主监督建议书》。至于丁主席那里,我去沟通。"

邓念成趁热打铁,转头就叫杨豫明归纳整理,叮嘱只讲问题和建议。杨豫明动作也快,共梳理出了五个方面的问题,针对性地提出对策建议。

正如众人所料,民主监督建议书报过去后,书记果然作了一段很长的批示,要求市委市政府领导认真研究,部门和各区对照检查,逐条落实。这事是老书记布置的任务,便也报了一份情况报告,老书记同样很高兴地批了一段肯定政协工作的话。

此事已毕,便组织评选优秀提案和提案办理先进单位。

平心说，朱虹的意见是对的，评优评先确实缺乏公开性、透明度和能服人的依据。委员有呼声，提案委就该有回应。这是邓念成的原则。但要建立完整的评价体系，又谈何容易！

还是套用邓念成挂在嘴边的那句俗语，"楝树籽好吃，还能留到过冬吗？"早被嘴馋的人们，打得丁点不剩了！说不定，还在青涩的成长期，顽皮的孩子就把楝树皮都爬光溜了，哪会等那楝树籽成熟啊？

好在金鹏市政协有个传统，就是有些创新举措，既然不能一步到位，那就半步走，甚至往前挪一点点。提案委做的几件事，都是秉持这个原则，先做出来，再慢慢完善和规范的。这也是金鹏市政协每年都有新进步，积跬步至千里，积小胜为大胜，最后总能取得骄人成绩的经验。

总之，想到了，看准了，就先做起来，不停顿，而非等到想透彻、想全面了再动手。何况，情况总在不断变化。任何一件事，等想得十全十美、条件完备了才动手，肯定一事无成。而且也没什么事是十全十美、毫无缺憾的。

提案工作尚不能实现定量评价，但评优评先又不能中止。邓念成自然而然地想到了"半步走"这个妙方。

具体包括两个方面。一是借用其他数据，尽可能量化。虽然缺乏直接数据，但"提案办理实效评估"和"提案办理答复考核标准"两个指标各有五大选项以及二十个具体数据，还是能借用的。而且委托专业机构对提案及其办理情况进行了分析，有基础数据。数据或许存在缺陷，但聊胜于无。二是摒弃闭门方式，撕开神秘面纱，组成评审组公开评议，形成建议名单后征求办理单位、党派团体和专委会意见，最后报主席会议审定。既扩大参与面，又增强透明度。

表面上提案委放权了，实际上也是。但他不是个专权的人，也不想成为矛盾焦点。攥住权力的同时，也把自己放在了风口浪尖，置于火炉之上。所以他从未想过要把这个权力攥在手里。

文闰生赞许说，聪明人，想得还挺透彻！参与的人也表扬，这一步迈得漂亮！在主席会议上汇报，更是获得赞扬一片，都说提案委是肯动脑筋想点子的。

后续的事就不要他操太多心了。比如，刘畅跟许冬梅去做证书奖牌，杨豫明起草表彰决定，华艺章和小芳做颁奖准备。

当然，邓念成也不轻松，他叫来开发公司工程师，演示升级完善的系统。为实现提案工作无纸化，没少跟他们碰撞。三次全会就要开了，收集、审查和交办提案能否做到无纸化，给人良好体验，就看最后的小修小改做得如何了。

"是骡子是马，也得拉出去遛遛了。"邓念成跟工程师开了个玩笑。他的心里也有点儿忐忑。倘若体验感不好，这一锤子就搞砸了。追求完美的邓念成可不愿这样的情况发生。

元旦过了没几天，金鹏市政协第三次全会如期召开。

开幕会刚结束，尚未走出会场，邓念成就被好几位委员扯住，打听提案工作情况报告里，那件"不满意"提案是谁的。随后他又被记者围住，打听同样的消息。

委员只是好奇，毕竟过去也有"不满意"，却从未写进报告，都仿佛不存在一般。这回却白纸黑字，明明白白写着"不满意一件"。嗅觉灵敏的记者们则意识到这是一个新闻点，绝对释放着一个强烈信号。都市报记者甚至觉得，这么好的素材，不狠狠炒作一把，还把它浪费掉，真是可惜了。

朱虹说的没错，那家上级派驻机构的确是傲慢，真的无视了她的"不满意"，竟一直挂在提案管理系统里。

当初写进报告，提案委内部也是颇费了一番踌躇。有人担心炒成热点，影响会议氛围；有人担心一颗老鼠屎坏了一锅汤，毕竟成绩有目共睹。就因为一件不满意，还放在"基本情况"那么靠前的位置，会不会抹杀辛辛苦苦得来的成绩？大家的担心，邓念成也理解，但坚持要写，还说随后的提案办理工作培训，也将拿这事做文章。再说了，文闰生也同意，大家都不好再说什么。

还在会场，邓念成就关注着朱虹，看她那表情，果然不太自然，甚至有些紧张。很显然，她不想成为舆论焦点，而且是因为这件事。邓念成又佩服起这女人来。尽管纠结许久，但最终勾选了"不满意"，说明她还是有些胆量的。对这样的提案人，他当然要保护，更不能出卖了。所以，面对委员和记者的围追堵截，邓念成只是打呵呵①敷衍。

中午去食堂进餐，见所有人都满脸喜悦，热烈议论两个报告，分享听

---

① 打呵呵：俗语。意思是顾左右而言他。

148

到看到的新闻或者逸事,邓念成便加入其中。

"老邓,老邓!邓主任!"突然,曾涛在领导那桌兴奋地大叫。见邓念成循声望过来,他指着身边空位说:"来这边坐!"

虽然曾涛邀请,但邓念成也没真的不知天高地厚,涎皮涎脸地端着碗碟,屁颠屁颠去领导那桌落座。而是只身过去,满脸笑意地问:"主席有何指教?"看他空着手,曾涛哭笑不得地嗔怒:"你怎么只过来一个人?碗和碟呢?"随即缓和语气,神神秘秘地说:"问你点事。"

"你问。"邓念成躬了躬身子说。曾涛没好气地道:"又不是一句话两句话!"随即又关切地说:"去把碗和碟端来吧,边吃边聊。不然,一会儿凉了,伤胃的。"

见他郑重其事,丁锐等人还以为他真有事,也叫邓念成去端了碗碟过来。其他人早看蒙了,不知曾副主席到底要问什么机密。邓念成没动,继续笑着说:"我的胃没事,吃了石头也化成水的。什么事?主席你问吧!"

邓念成执意如此,曾涛不再强求,笑呵呵问道:"你说你在闰生的报告里写个'不满意一件',还只占百分之零点二。什么意思?恶心人呢?恶心谁呢?委员、办理单位,还是闰生?"

他的嗓门儿很大,整个餐厅都听得到。一听是这个,顿时哄堂大笑。不过,他也算问了个大家都关心的问题。毕竟这写法有点儿别出心裁,不合常理。所以大家很快安静下来,想听邓念成如何解释。文闰生跟黄达理笑着摇头,似乎有些无奈,不过没插话。

"这么大的领导,心理居然如此阴暗!什么叫恶心谁呀?没恶心谁!是我们工作失误,写错了,又没校对出来。"起先还有些紧张的邓念成,在这一刹那哭笑不得,转头对文闰生说:"对不起啊,文主席!报告里竟然会出现这种低级错误。正式印发的时候,我们把它删掉。"

"鬼才信你是写错了,还'又没校对出来'呢!"曾涛不以为然,学着他那句通海口的话,随即又补了一句:"你小子!肯定又在憋什么馊主意。"

"不能搞人身攻击啊,主席!"邓念成顿时叫起屈来,"什么叫憋什么馊主意?难道说下级的建议都是馊主意?那以后谁还敢给曾主席提建议?"

"饭菜凉了,快去吃吧!"丁锐笑着对邓念成说,"他是今天高兴,故意逗你乐的。"曾涛哈哈大笑,附和说:"吃饭去吧,吃饭去吧!"

虽是一个玩笑,不过也的确是大家共同关心的话题,便都议论起来。忽然,主席们那桌有人感叹,终于没听委员抱怨"被满意"了。可见这一年的提案工作,的确是有成效的。众人又附和,还真是啊! 是没听委员讲这种话了。

吃完了的丁锐,离开时正好路过邓念成他们这桌,随口便问:"你们的提案,有没有'被满意'的?"

政协的局级干部大多是委员,专委会主任还是常委。但他这话有些突兀,众人起初没反应过来。等到反应过来了,也只是善意而友好地笑笑,算是作答。

"嘿嘿!"邓念成旁边的一位仁兄突然干笑了两声。

听他笑了两声,却又没下文,所有人都奇怪,不解地望过来。丁锐也驻足,好奇地问:"笑什么? 你是'被满意'吗?"他又"嘿嘿"地干笑了两声,这才慢条斯理地说:"算是吧!"丁锐更觉奇怪,站住不走了,说:"被满意就是被满意,满意就是满意。什么叫'算是吧'?"

"喂! 你那评价,是自己勾选的,还是别人帮你的?"邓念成也听出了点味道,眉头顿时微蹙,侧脸望过去,面色有些不善。不过,他没直接硬刚,而是拐着弯问了一句。

"自己勾选的。"那位仁兄还算实诚,没编瞎话。或许也知道邓念成有个"太认真"的毛病,不敢瞎编。

他要真敢编瞎话,邓念成也真会去核实,然后跟他说道说道。既然他实诚,邓念成便住嘴了,由众人去评判。他跟他们不一样,吃完了还得去提案审查室。那里正在初分初审,没闲空打嘴炮。

到底是怎么个情况啊? 所有人果然愕然,估计丁锐也是这么想的,随口又问:"既是自己勾选的,怎么会'被满意'呢?"或许是根本就没察觉出自己的做法或者话语有何不妥,这位仁兄继而解释:"主要是那答复吧,感觉落实不够到位,应该还有空间的。但办理也不容易,便给了个满意。"

丁锐笑着纠正道:"那你不应该算'被满意'。因为这个满意,是你自己勾选的,没人帮你勾选,也没人逼你勾选。"

"我说,你还是局级干部! 一点担待都没有,还不如普通委员。"尽管两人关系不错,邓念成还是没忍住,用讥讽语调呛了他一句。

150

假如他到处讲"被满意"，又有局级干部身份加持，还不得误导一批人？邓念成真生气了，想了想又道："不管是否出自本心，总归是你自己勾选的。这跟'被满意'，是完全不同的概念。只能说你没原则，没是非。再别到处胡说八道，惹人笑话了。"

他这几句话的确有点儿狠，且颇有杀鸡儆猴的意味，弄得餐厅顿时噤声，大家都埋头吃饭。丁锐也没再说什么，若有所思地出了餐厅。邓念成则把盘子一推，叫上刚刚吃完的刘畅，铁青着脸去了提案审查室，也不管满餐厅的人——特别是那位仁兄——作何感想，甚至如何腹诽乃至贬损他了。

那位仁兄估计是不知道哪里得罪他了，也或许哪句话说错了，愣愣地望一眼他没吃完的盘子，再望一眼他的后背，直到他走出餐厅，这才闷闷不乐地低头吃饭。

15."霸王条款"堪大用

提案审查改为电子版,是提案工作无纸化的第二步。第一步是提交,即提案人全部通过用户端口上传提案。

往年的提案审查,初分初审在提案审查室,复审和终审则在会议室。提案审查室比较狭窄,挤三十几个工作人员还勉强。而参加复审和终审的,有近七十人,就是站,也不够地方。于是邓念成叫许冬梅跟行政处商量,把提案审查室隔壁的三间办公室清空,也摆上电脑。尽管有些寒碜,像开大排档似的不成看相,不如整在一间大会议室里气派,却也总算隔得不远,他们能照应得来。

见二人过来,正在吃盒饭的工作人员都笑呵呵地打起招呼。

"还顺利吧?"邓念成脸上的怒气还没散尽,不过语气缓和了许多。毕竟惹他生气的,不是这帮人。

"一如既往地争吵,也一如既往地顺利。"华艺章一如既往的油腔滑调,顿时把邓念成逗乐了,被那位仁兄搞坏了的心情消弥殆尽,笑道:"争吵好啊!不争不吵不热闹,只要不打起来就行。再说了,道理不辩不明嘛!你们说,是不是这个理啊?"

"噗!"众人哄然大笑,有人把饭菜都喷到了别人的饭盒里。

邓念成又补了一句:"提案要人家办,却吵都不准人家吵。艺章,你也太霸道了吧?"华艺章顿时气结,一张脸通红,却说不出半句话来。见华艺章吃瘪,众人更是笑得前仰后合,女孩们甚至揩起了眼角的泪。

所有人都知道邓念成是个乐天派,成天把笑挂在脸上,再急再难也能沉住气。就是偶尔发个小脾气,发过了,转身却又乐呵呵的,仿佛刚刚的不顺心被一阵风吹走了。于是都跟他嘻嘻哈哈,或者絮絮叨叨。

"你们继续吵啊!我得抓紧午休了。"见没自己什么事,邓念成笑呵呵地说完,准备离开。这段时间事情太多,他的睡眠明显不够。

两人还没走出门,终于回过神来的华艺章突然笑着嚷嚷:"下午不准吵了啊！去年就是你们吵吵吵,结果把主任吵进了医院。今年再发生那样的事,我拿你们是问!"刘畅跟许冬梅笑骂他乌鸦嘴。邓念成则无奈地摇头,直接走人。

第二天晚上七点,开始复审提案。见一台台电脑虚位以待,委员们惊诧之余,更是赞赏有加,说到底是政协第一委,什么工作都走在前列。

有了审查的体验感之后,赞扬里更多了内涵。比方说,各层级审查放在同一界面,初分初审意见一览无余,省了翻来翻去的麻烦;是否重复提交及相同提案,点击界面右上角的"相似度"查询,立马便显示出来;审完了,在"复审人"栏里敲上大名,系统便自动生成文本,也节约了时间成本。

耳听大伙儿的赞扬,文闰生心里高兴,不失时机地调侃:"哈哈!这些都是你们主任带着搞的,结果黄主席和我跟着受表扬,也怪不好意思的。"

委员们还没表扬的是,改成电子版审查,审查速度更快了。不到九点,大家就纷纷走出审查室,然后有说有笑地出了政协大楼。邓念成等人也没像前两次一样干通宵。他们把提案过了一遍,相关数据整理完整,也是自动生成的,为后续写提案审查情况报告,节省了大量时间。甚至杨豫明心血来潮,兴奋地说数据都有了,干脆把审查报告写完算了。邓念成不好打击年轻人的积极性,两人忙完,也才半夜一点多。

全会开完,提案委便又如驴子拉磨,开始了周而复始的新一圈轮回,把前一年的动作重新来过。

提案委的工作,就是这么循环往复的。如果想混日子,只要做过一遍,便再不用操心,依葫芦画瓢,完全可以画得像模像样。但金鹏市政协领导却不会让提案委这么清闲。

市委办不食言,新春刚过,便和市府办联合印发了《提案办理协商实施细则》。市府办《关于市政府领导领衔督办团体和界别重点提案的办法》也随之印发。去年就想搞规范重点提案工作专门文件的,只是时机不成熟。如今两个文件印发,邓念成便琢磨该怎么着手了,叫杨豫明做前期准备。

由两办交办提案的幻想灰飞烟灭,为减少推诿扯皮,邓念成冥思苦想,搞了个提案交办"四原则"。一是"三定"原则。提案内容明确,承办单位没异议的,按"三定"方案直接交办。二是"先例"原则。参照往年类似提案交办情况,确定办理单位。三是"主次"原则。办理单位有异议,且无先例可循的,根据提案建议条数和重要程度确定主办单位。四是"先后"原则。提案内容难以分清主次的,第一条建议归谁办理,谁就是主办单位。

全年工作研究完毕,就在二月底召开提案办理培训会。"四原则"在培训会上一经宣布,顿时引起轩然大波。就连刘天民也苦笑摇头,直说不愧是"霸王主任",才敢定如此"霸王条款"。尤其是最后一条,简直不讲天理!假如提案人把建议顺序搞错了,交办也跟着错呀?

邓念成苦笑着解释:"我也不想搞霸王条款。之所以搞一个,不也是你们逼的?官逼民反哩!再者说了,我们要相信提案人,这么严肃的履职行为,怎么可能把顺序搞错呢?肯定第一条最重要啊!"

尽管许多人诟病,但邓念成坚持不改,威胁说,反正交办截止时间一到,系统自动关闸,不再接受"拒收"和"退回",然后开始记录延缓签收时间。办也是你的,不办也是你的。办理单位抱怨一通,觉得憋屈,却也无可奈何,最后还得乖乖签收。

另外还搞了几个动作。一是从根上解决"回娘家"的问题。所有团体提案一律由党政部门主办,不准推回该团体。当然,团体可以会办,毕竟更熟悉情况。二是不涉及下个环节工作的提案,相关单位不参与办理。比如,提案只建议做规划,那么建设单位不参与办理;没到涉及投资的提案,财政局不参与办理。这项措施,仅财政局的办理数量便直线下降,直接少了三分之一。三是削减会办单位。只沾点边的单位,或者涉及事项没那么重要,一般不参与办理,也为部分单位减了负。这几个动作,倒是很受办理单位欢迎,大家又欢呼邓主任真是英明。

邓念成不管人家戏谑他"霸王",还是颂扬他"英明",看准了的事,心沉似水地强力推进。所以提案交办出乎意料地顺利,最后只有十三件开疑难提案交办协商会,而且也没那么多扯皮的,把个华艺章乐得屁颠屁颠的,手舞足蹈地感叹主任的办法,还真是管用。

邓念成正要出会场,却被刘天民叫住了。他感慨道:"你这疑难提案交办协商会,效果还真是不错啊!"邓念成一个愣怔,不知他是什么意思。还在兴奋中的华艺章抢着说:"那是!省了我好多嘴皮官司。"刘天民推了他一把,佯怒道:"去,去,去! 就惦记你那芝麻大点屁事。你的境界能不能再高点?"

他这话,搞得邓念成都愕然,瞪大眼睛问:"你到底想说什么?"

刘天民这才知道自己心急了,没表达清楚,摸了摸没几根头发的脑袋,尴尬地笑道:"我是说对于推动提案办理,也是有很好的效果的。就比如前年那件共享单车的提案,当时都不肯主办。后来开疑难提案交办协商会,明确交运委牵头,四个单位联合。交运委也是下了死力,不仅建议得到落实,而且也推动市政府明确这事就归交运委主管。"

邓念成由衷地说:"那是人家办得好,也是政府重视提案办理,重视城市管理,知道共享单车不是个小事。"被刘天民打趣的华艺章,丝毫不觉得尴尬,又抢着说:"就是办得好,去年才给他评个先进单位咧! 他要是胡乱瞎办,那先进单位有他的份? 喊!"

"但是,疑难提案交办协商会的功劳也是不能忽视的。"刘天民还沉浸在自己的思维里,继续道,"通过这个会,一是引起了大家重视。第二个,也是更主要的,算是把提案办理工作讨论了一回。那么提案的重点和办理思路就都明确了。接下来的办理工作也就有了目标和方向。"

"哦……"众人终于明白过来,随后嘻嘻哈哈地赞扬刘天民,到底是老江湖,观察就是仔细,而且善于归纳总结。

"嗯……还真是的啊! 无心插柳柳成荫。"邓念成发了声感叹,又对众人说,"我们要学习老刘这精神,透过现象看本质,善于从表象里归纳出更多精髓来。然后集腋成裘、聚沙成塔,形成一些标志性的具体做法和典型经验。"

"你们看你们看……"刘天民先对着众人,又指着邓念成嘻嘻笑道,"我就发这么个感慨,他却想到了更深奥更深远的事情。"众人没再嘻嘻哈哈,都若有所悟地微微点头。

春节刚过,机关开始进行人事调整。提案委办公室的人似乎都不到升职升级年限,邓念成便以为没自己什么事,也就没过多关心,只是按要求做动作,该投票时投票,叫他谈话便去谈话。不想,许冬梅还是出乎意料地交流了出去。

办公室原来有五个人,他当主任之前调整了一个出去,又自动离职一个,虽然补充了小芳,却还差一个。他一上任就呼吁增加人手,何况工作

155

任务的确也增加了不少。如今差额没补,又把许冬梅调整出去,让他顿时头大。

自己天天加班,甚至睡办公室,搞成了熊猫眼,搞得眼袋占据半张脸也就算了,那是自找的,但闹得同事也跟着受累,他心存愧疚。何况自己的女儿已经工作,家里的事情爱人打理得井井有条,不需要他操什么心。但同事都年轻,上要赡养老人,下要抚养小孩,甚至辅导作业,没法同他一样,在家里当甩手掌柜的。

然而形势所逼,一些事情又不得不做。倘若全凭自己一双手,简直不可想象。换句话说,提案委能有今天,他们都功不可没。所以,听到风声,邓念成连忙上文闰生那里探消息,顺便讨点便宜。聪明如文闰生,哪里不清楚他所为何事?当即威胁道:"许冬梅虽不是提拔,但是重用,你不该挡人家前程。"

骇死人的帽子,邓念成当然不戴;弥天大的锅,他也背不起。当即就毛了,一蹦三尺高,说:"我怎么挡人前程了?从提案委办公室主任位置上提拔,难道不可以?要不你们现在提拔她,到哪去我不管,进中南海我更欢送。但不是啊!她还是去当处长啊!"

"你什么时候变成好打架的公鸡了?注意点形象好不好?"看他脸红脖子粗的样子,文闰生估计他真是急眼了,却也没想到反应会这么激烈。喝了一口茶,略微思忖,又狡黠一笑说:"好!我话没讲清楚,先跟你道个歉……但是,为了让她更好地成长,轮个岗,多岗位锻炼,是应该的吧?"

"喂——"邓念成无语。他本不是这个意思,被文闰生这么一绕,就绕成这个意思了。党管干部的原则,他是知道的。他不是要干扰正常的人事工作,而是想通过许冬梅调整岗位这事,来达成自己增加人手的目的。

短暂的无语过后,他也发觉自己太急了,讲话的语气和语调都不对,便望着茶几对面那个一脸嗫嚅的人,换了个语气说:"好!许冬梅的事,我投降,不说了。我说另外的事。"

"另外还有什么事?屁事越来越多。"文闰生一边捣鼓茶具,倒了一杯茶推到邓念成面前,一边有些嫌弃地说,"你说吧!"

"谁来?另外,我一直嚷嚷加人的事,有没有着落?"邓念成不跟他废话,直接问了两个问题。

"许冬梅走了,肯定会给你派一个处长。至于是谁,目前不清楚。还没到那一步。如果你有中意的,可以告诉我,我跟丁锐同志去建议。"文闰生这回倒是爽快,然后又说,增加人手的事,恐怕暂时提不上日程。得等这次干部调整完了,再考虑。

他后面这话,也算把邓念成的后路封死了。

"你——"邓念成果真被他这话噎住了。不过还是不死心,稍停又道:"提案委也是你管咧!同时你还管机关,你就不能一并考虑吗?正好趁着干部调整。"

"你也知道的,机关人手太紧了,哪个部门不嚷嚷着要加人?但也就几十个编制,你叫我怎么办?你叫丁锐同志怎么办?巧妇难为无米之炊呀,我的念成同志!"文闰生也诉起苦来,紧接着又说:"你也当过副秘书长,管过办公厅的几个处室。你说,哪个处室有多余的人?你说出来,我去帮你要。"

敢指名道姓说其他处室有多余的人?那还不把人得罪光了!傻子才干那样的事。邓念成莫可奈何地说:"算了!不跟你说了,喝了这杯茶就走。"文闰生嘴角抽抽,没接茬。喝完了茶,邓念成果然起身,边走边嘟哝:"其他领导都帮手下呼吁,你倒好,就知道胳膊肘往外拐。给你当手下,算是倒了八辈子霉。"

"你——"文闰生顿时气极。然而,那人已经出了他办公室,只得把个手指指向他出门的方向,无奈地摇头苦笑。

金鹏市的人永远雷厉风行,效率高到离谱。走完流程,许冬梅就去了新的岗位,丢下一个没有主任、副主任的办公室给邓念成和刘畅。其实,杨豫明能力蛮强的,不说当副主任,主任都担得起。然而,他目前只是个副科级,正科都不是。

主力干将被抽走,工作却不能停顿,邓念成只得把工作重新做了分工,自己客串起办公室主任。当然,逮着机会了,他就向文闰生甚至丁锐诉苦,希望新人尽快到位,弄得两人不胜其烦。

这天开完重点提案交办会,邓念成又提人手的事。文闰生真被他吵烦了,瞪着眼睛道:"一个人完成一份工作,那不叫本事。一个人做了三个人甚至五个人的事,对于目前的提案委,还勉强说得过去。"见邓念成噎得直翻白眼,他又笑道:"我看少了个许冬梅,提案委的工作没受影响

157

啊,都在顺利推进哪!这不才四月初,就开完重点提案交办会了?这说明潜力无穷无尽嘛!"

"你——"邓念成很想讲一句老家的粗话,瞅一眼刘畅等几个女同志,想想还是算了,没好意思说出口。文闰生说:"你们实在忙不过来,就把我和黄主席都当你的科长科员,也安排一份差事。"黄达理想都没想,脱口应道:"确实可以的。"

"你们?"这个话,他们说过几次了。但邓念成瞅瞅两人,语气里依然充满惊诧,无奈地直接起身,一边出会议室,一边嘟哝道:"给你们派活儿?我看还是算了吧……唉!碰到你们这两位,活该提案委的人倒涧①。"

领导态度再好,姿态放得再低,邓念成也没自大甚至狂妄到敢当人是下级,给人派活儿的程度。倘若真敢那样,要么是他活得不自在了,要么是脑子进水了。但邓念成的脑子清醒着哩!

"你不安排,那是你的事,不是我们不肯帮忙。"文闰生也起身朝外走,不失时机地在他身后笑道,"但也别再天天追在领导屁股后头要人,烦都被你烦死了。"

他们的对话,听得提案委的几个人不知如何是好。乖乖地清理会议室,当作啥都没听到。

这天下午一上班,文闰生就打来电话,叫邓念成去他办公室。邓念成刚一落座,他便开口,先堵住邓念成的嘴:"丁锐同志说,给三个人选,你挑一个。怎么样?"

"真的?马上就能到位?"天天追在他屁股后头说要人的事,邓念成哪里听不出他所指何事,不过也没想到这么快就真的有了着落,当即兴奋得跳起来,满眼都是喜色。

"嗯!不开玩笑。"刚应了一句,文闰生又没好气地数落,"你说你堂堂一个专委会主任,却整天像跟屁虫,哪个领导不烦你?抓紧把你的事情解决,耳朵根子就清净了。"放下心来的邓念成,对着文闰生双手抱拳拱了拱,说:"那就好,那就好!感谢主席啊,代表提案委,也代表我自己!"然后重新落座,笑嘻嘻地盯着对方。

① 倒涧:方言。意思是倒霉。

"德行!"见他得意的样子,文闰生鄙夷了一嘴,把茶杯推到他面前,"三个人选是……"

"不说了!人事纪律我懂,所以我不挑,组织上给谁就是谁。谁来我都举双手欢迎。"文闰生还没说出名字,邓念成马上嘻嘻哈哈打断,"而且我相信,你肯定有了中意的人选。"

"真不挑?"

"真不挑。"

"这还有点儿大局意识,才像个领导该说的话。"

"什么时候到位?"

"应该很快吧。"

"那就好,那就好!五月组织办理单位人员外出学习考察,正好让他先做这个事,学习兄弟政协的经验。"邓念成松了口气,然后把茶喝干了,边起身边问道:"还有其他事吗?"

"你这人……"文闰生彻底无语,"你就不能讲点感情? 自己的事说完就闪身走人,就不能陪着再喝两杯?"

"哦! 领导这么闲的吗? 我可是一堆的事等着哩!"邓念成只得重新坐下,尴尬地嘻嘻笑了两声。文闰生没好气地白了他一眼,说:"你去忙吧。就似乎全天下只你一个忙人。"

邓念成可不跟他客气,也的确有一堆的事情。比如推动强区放权改革果然列为九月的常委会专题协商会议题,也果然由提案委继续做。按计划,五月要开情况通报会,正式拉开序幕。有关方案得在外出考察前定下来。还有其他的常规动作也必须抓紧。于是他说:"那我真去了啊!"

邓念成做事的原则,是万事往前赶,决不往后拖。因为你不知道啥时候又冒出一桩新的事来。实际工作中也的确如此,常常叫人猝不及防。

接手许冬梅工作的人很快就到岗了。是一位副处级干部,叫方平。让邓念成喜出望外的是,机关又给他配了位正处级调研员,等于是前后脚增加了两个得力干将。提案委的人也高兴得合不拢嘴巴,说主任就是牛。邓念成又啼笑皆非,说:"这是组织关怀,哪是我的本事? 我也是做梦都笑醒的,好不好?"

那位名叫田静的女同志,长得小巧玲珑,一看就十分干练。实际情况也是,她长期在区里几个部门工作,领导经验十分丰富。

田静来之前，丁锐找邓念成谈话，不客气地笑道："你要的，我给你了。那么我要的，你也得漂漂亮亮地给我做好。不然，这交易不公平。"

如今兵强马壮，邓念成也的确不好意思再拿人手不够敷衍，便一脸正色打包票，说一定不辱使命，不负期盼，坚决把提案工作再提升一个层级。

三月召开的市、区政协提案工作联系会议，不仅把有关西部交通的提案列为市、区政协联动督办提案，推动解决跨区域共性问题，还商定了各区政协承担强区放权改革的调研视察任务，共同承办专题协商会。而根据中央有关精神，增加了民主监督性提案的比重，并将加大督办力度，推动解决部分民生问题。

队伍终于整齐了，邓念成把工作重新作了安排，随后就按照分工，有条不紊推进。该出方案的尽快出方案，有了方案的抓紧组织实施。为保证各个方案可行有效，邓念成带着人，又马不停蹄跑党政部门，做前期调研。某个方案出了初稿，及时讨论完善，然后走流程报批。

与此同时，坚持问题导向、目标导向和结果导向，围绕提高"三个质量"，重点梳理制度文件缺陷，补短板强弱项，全方位修订完善制度文件。其目的，就是形成顺畅的运作机制，探索建立全程协商的提案工作金鹏模式。

至此，邓念成变被动为主动、由扈从到主导、从跟跑到领跑的提案工作设想，正式付诸行动。

前面差不多有两年时间，一直被问题和诟病拖着走，被困难和压力推着走，要多被动有多被动，要多尴尬有多尴尬，要多憋屈有多憋屈。如今，这一局面终于扭转，可以按照自己的谋划，自主引导了。

扭转局面的过程，虽然耗时长了点，费劲多了些，但一直目标明确，总算没走弯路，且步履坚实，也终于走出困境，走到了如今这步田地。这种扬眉吐气的感觉，令所有人都高度兴奋，精神倍增，似乎有使不完的力气。霎时间，都如上满了发条的钟，不知疲倦、铿锵有力地奔跑起来，脸上则满是笑意。

学习考察回来，大家围坐在邓念成办公室的茶几四周，准备一口气研究六个制度文件的起草和修订。这些制度文件，涉及提案审查，重点提案培育、遴选和督办，邀请第三方参与提案办理协商等。前年纠结的提案跨年度办理，虽然实践中已经做了，但也将在相关制度里固定下来。

160

照惯例,负责起草和修订工作的杨豫明先谈思路和想法。一上来,他就兴奋地说:"主任! 去年的工作,真的是扎实有效。我仔细研究了已有制度规定,也思考了要起草的制度,感觉写起来更有底气,省事许多,内容也丰富许多。"

刘畅说:"那是! 主任领着搞的,还能有大错? 至少大方向正确。"新来的方平不解,问什么意思。杨豫明解释说:"我们去年的重点是查摆问题,找出制度机制缺陷,为有针对性地堵塞漏洞,制定整改措施做准备。"

他这解释虽然简明扼要,却也清楚明白,听得方平跟田静两个新人都"哦"了一声,似乎瞬间就理解了。

邓念成突然插话:"这几个文件出来,提案工作的规章制度一共是多少个了? 十六个还是十七个?"心里门儿清的杨豫明张嘴就来:"包括两办的,一共十七个了。"

"这几个搞完,估计也差不多了。"邓念成坐直了身子说,"我先说几条原则,方便豫明起草时把握,也为一会儿的讨论定个基调。大家看看,这样子行不行?"

见他要说正事了,便都噤声。

邓念成掰着指头,慢条斯理地说:"第一,质量优先原则。制度不在数量多少,也不在字数多少,关键是整体质量,特别是重点环节不能遗漏,更不能出现硬伤。所以,要用好去年的调研和梳理成果,学会透过现象看本质,不能头痛医头脚痛医脚。甚至,不能脚痛只看外科,还要查查有无糖尿病,是不是尿酸高了痛风。总之,既坚持问题导向,也不能被问题拖着跑。第二,程序完整原则。程序性的要求必须具体明确,不要留漏洞,更不要留缺口。包括提案委的工作,都纳入制度规范,尽可能减少人为操作空间。第三,实用有效原则。制定制度的目的是使用,不是印在纸上、挂在墙上,给人看的。所以要便于理解和操作,实用有效。另外,我一直在考虑,如何实现提案工作的量化考核? 最好是定性与定量有机结合。但是,还没完全想好。大家有什么想法都可以讲,我们相互启发。"

等大家消化的间隙,他掏出烟来点燃,接着又说:"第四,整体协同原则。我们的目标是形成制度闭环,制度之间相互配合、相互补充、相互协调、相互关照。之所以六个文件一并起草和修订,也是考虑到制度之间的协同性,以及制度体系的完整性,免得顾此失彼,或者重复雷同,甚至相互打架。第五,适度超前原则。起草和修订制度,要立下一个标杆,即跳起来,够得着桃子。就是说,不能只把经验和已有做法固化,要有点儿超前性,能管几年。千万别刚刚颁布,就要着手修订。等这批文件通过了,再照这个标杆,回过头去衡量所有文件,该修订的修订,还需起草的再起草。到那时,完整的制度体系有了,必定能起到正向引导与反向倒逼的作用。"

邓念成一口气说了这么多才停住。见大家都往本子上记,或者敲在平板电脑里,他喝了口茶,也没催促,静等大家消化。待都抬起头来,他才接着说:"一会儿大家发言,希望都把握住上述原则。今天的内容比较多,都讲要点。"

之前就布置下去了,又刚刚学习考察回来,邓念成的开场白也算清楚,所以这一场趁热打铁的头脑风暴,自然是火力全开,何况又是相互启发,就连到提案委不久的田静和方平,也谈了很好的思路,以及具体意见。这也正如杨豫明所言,去年的全面摸底与全方位检讨,成效还是明显的。

平板电脑搁在腿上,杨豫明不停敲打,把各种建议尽可能记录下来,甚至无奈地恳求发言者讲慢点,或者说请重复一遍。

讨论结束,又快到中饭时间了。看大家意犹未尽,邓念成不得不说:"大家回头再看看,还有没有遗漏的地方,或者觉得特别重要需要提醒的,形成简单文字,交豫明归总。待豫明形成初稿了,我们再找时间研究。"

研究完毕,此事便托付给杨豫明,由他拿初稿。邓念成等人则转过身子,集中精力筹备强区放权改革专题协商会。

围绕行政审批制度改革,前年搞过市长领衔督办提案活动,去年聚焦强区放权改革搞过民主评议,还给市委、市政府报过民主监督建议书,今年更是升级为常委会议专题协商会。三年紧盯一件事,不仅列为重点提案,而且不断升级督办层级,可见市级层面的重视,以及看法的高度一致。当然,具体内容和重点,每年都有所调整,而且是不断深入、层层递进的。

想想也是,改革到了深水区,哪里还有一蹴而就的便宜捡啊?迈半步都千难万难!只有以这种钉钉子精神,拿出绣花的功夫,一步一个脚印,积小胜为大胜,积跬步至千里了。

部署金鹏开展强区放权改革之后,书记荣升省长,也搞起了强市放权改革。于是,刚刚到任的书记要求市政协把二者结合起来,既为争取省里多下放事权提建议、出主意,也为继续推进强区放权改革当好参谋、加强监督。

去年的那份民主监督建议书,竟被前后三任书记批示。邓念成觉得,这是一个很好的基础,便把推动建议书的落实,作为筹备常委会议专题协商会的重中之重。但是,根据新的情况,特别是借省里强市放权改革契机,为金鹏争取更多事权,那份建议书的分量,显然远远不够。再说了,去年主要涉及城市更新改造项目的事权,今年则是全方位的,涉及的单位和部门也更多。

于是,从三月开始,邓念成就带着人做前期调研,跑了几个涉及事权较多的部门,以及要求下放事权呼声较大的区。方案经主席会议批准,又迅速组建三个调研组,一组负责综合评估,二组负责研究政策法规、体制机制问题,三组负责研究各区(新区)承接事项涉及的机构整合和人员编制等问题。

今天,便是根据方案,召开情况通报会的日子。

市直部门起先还有观望情绪,担心基层人手和能力不够,“接不住”。如今见新来的书记也是力推的态度,而且省里也要放权,便算是看明白了,形势比人强,胳膊拧不过大腿,所以都相当配合。对于区里想要的事权,既然捂不住,干脆做个顺水人情。而且,他们也得腾出人手和资源去承接省里下放的事权。

这倒是便宜了政协,基本要什么资料他们就给什么资料,毫无保留,毫不犹豫。这次来通报情况,更是一把手上阵,建议书里各区提到的事权,能放则放。这让邓念成和各调研组倍感欣慰,觉得为保证后面的专题协商会质量奠定了比较好的基础。

见很多部门和区领导主动跟邓念成、刘畅打招呼,文闰生笑呵呵地调侃,高光时刻啊。邓念成尴尬一笑说,人生在世,总该有几天得意,不会一直被整得霉头霉脑吧。黄达理戏谑道:“嗯!得意不忘形,还有进步空间。”

也真是苦中作乐的调侃了!真相到底是怎样的,不说热情打招呼的人,就是他们自己,也心知肚明。毕竟都想专题协商会那一关过得轻松点,不至于太难堪。而能否轻松,作为专题协商会的组织者,提案委拥有一定的话语权。

"话语权"这东西,还真是既虚无缥缈,又触手可及。与己无关时虚无缥缈,真正面对时又触手可及。政协拥有的,正是话语权,虽不具强制性,却谁都不敢忽略,不敢无视。套用邓念成老家的一句俗语,叫作"做糖不甜做醋酸"。当然,政协及其委员肯定不会小肚鸡肠,只做醋不做糖,有意去恶心人。否则,就不是人民的政协了。

情况通报会后,各组紧锣密鼓开展调研,甚至去了兄弟城市,借他山之石攻玉。提案委还向相关企业发放调查问卷,请有代表性的企业家来开座谈会,了解第三方对强区放权的需求。然后对调查情况进行汇总,形成了一本很厚的 A3 纸表格。八月初又组织四个视察团到相关单位和各区开展民主监督,了解下放事权的承接情况,再形成另外一张表格。随后召开相关部门座谈,反馈前期调研视察意见,提出新的建议。

这一套组合拳下来,专题协商会的材料准备便七七八八了。

与此同时,起草和修订的六个制度文件,正在征求意见,将很快提交主席会议审议。至此,邓念成他们才把工作重点再转到重点提案督办上。

16. 探索编制对账单

八月下旬,金鹏正热。天空不见云彩,蝉拼了命地鸣叫,鸟儿一早就躲进树荫。如此炎热的天气,文闰生、黄达理却带着提案人、提案委委员,马不停蹄地满金鹏跑,督办重点提案。

这天上午,文闰生带队,去督办三件关于加强航空器管理的提案。督办的办法,照例是先现场察看,然后召开协商座谈会。

三件提案,都是缘于民用无人机迅猛发展,而提出加强管理的前瞻性提案,各有几条具体建议。

主办和会办单位作了很详细的办理情况介绍,提案人表示满意,参加督办的委员也没提不同意见,但主持会议的邓念成却皱起眉头,斟酌再三还是开口:"从汇报情况看,各单位的确做了大量工作。但能不能告诉我们,有哪些措施是根据提案建议采取的?或者说,是采纳了提案建议,哪怕是受到启发。"

办理单位的汇报,以及所附答复意见,基本把相关工作讲了一遍,包括几年前的事。但跟提案有什么关联呢?类似的汇报,邓念成听了很多遍,一直把不解闷在心里,今天终于忍不住发问。

"是啊!材料里虽有涉及,但看不出关联。能不能梳理一下,看哪些与提案建议有关?"文闰生也有同感,当即接上话头。

两人都这么说,提案人和委员们顿时来了兴趣,也随声附和。办理单位的领导和工作人员却略有不爽,然而也不敢违拗,便现场梳理起来。不一会儿就讲了几件事,的确是根据提案建议采取的行动,包括出台规范性文件、部门联动督促检查、加大违规处罚力度,等等。

文闰生当即笑呵呵肯定,提案办理情况真是不错,不仅很好地采纳了建议,而且采取了有效措施来落实,甚至举一反三,解决了一些建议之外的难题。然后建议办理单位删繁就简,答复只写与提案建议相关联的事。邓念成的总结发言,也建议按梳理情况,重新写答复,增强办理情况与提案建议之间的关联性。

两人没说出口的,当然是对答复和汇报不太满意。不然不会叫他们现场梳理,又建议修改复文了。办理单位的人都是人精,哪会听不出这层意思? 当即满面含笑应允,说马上修改,然后重新提交到提案管理系统。

回机关的中巴车上,众人都默不作声,气氛有些沉闷。文、邓两人在想会上的情形,看看有什么改变的法子。其他人则想,两人提出相同的问题,肯定是有什么想法,但在那么一个场合,或许不好明说。但到底是什么意思,他们暂时还没领会出来,也不好意思问,于是都闷坐着不说话。而且也真是累了,想着借机休憩。

好在路程不远,很快就到机关了。所以这种沉闷并未持续太久,大家就如解脱了一般,嘻嘻哈哈下车,然后进餐厅吃午餐。

大伙儿的猜测没错,两人的那番话都不是无的放矢。

下午刚上班,文闰生就把邓念成叫到办公室,说:"我有个想法,你看能做不能做。"邓念成狡黠一笑,说:"我也有个想法。但既然领导也有想法,要不领导先说?"文闰生也不废话,直截了当地问,能不能把提案的建议梳理出来,然后对照建议梳理办理复文,从中找出具体有多少条建议得到了落实。

邓念成心头一惊,暗道:好在是让他先说,而他也没推让。不然,这人就折大了。因为文闰生的想法比他更大胆。岂止是大胆哪? 用"疯狂"来描述也是不为过的。五百多件提案的建议,整个梳理一遍。我的个乖乖! 亏他敢想,更敢说! 他随即皱起眉头说:"这个我想过,之所以搞提案办理情况分析,也是基于这个想法。但是,就是第三方专业机构搞分析,也没敢按一条条建议去做。工作量太大了。"

文闰生问:"那你是个什么想法?"邓念成尴尬地摆了摆手,自嘲地笑道:"算了,不说了。跟你这想法意思差不多,却是小巫见大巫,说出来丢人。"

"好吧! 不说就不说了。"文闰生也不追问。随后不怀好意地盯着他,那笑意令邓念成心悸。果然,他很快就把话题扯回去,不解地问道:"很难吗? 再说了,你还怕难吗? 你不一直想实现定量评价,却苦于找不到突破口吗?"邓念成喝了一口茶,慢悠悠地说:"我是怕把大家整得太苦,来个集体罢工,那就大发了。总不至于那些事让我一个人去做吧?"

166

"别把同志们的觉悟想得那么低好不好？好像都不如你似的……喂！听你这意思，是能做，只是人手不够。是吧？"文闰生哭笑不得，但前面的话刚说完，却突然从对方无奈的语气里嗅出了希望的味道，又兴奋地说："我跟你讲，这事如果做成了，在全国政协系统，你就创造了一个响当当的品牌。所以，一定要做！假如你不做，我就来做。"

邓念成大半年都在想定量的事，也的确想过这个法子，就是因为工作量太大，最终无奈地放弃了。于是说道："我知道这事的意义，就是不敢下决心。"文闰生眼睛放光，说看准了的事，坚决做，没什么好犹豫的。喝了口茶又说："人手的确不够，但也不是不能克服的困难。"

一个有这么大的决心，另一个原本就想做，于是一拍即合，一边喝茶，一边凑起具体做法来。比如名称，邓念成说他早想过了，可以借鉴会计工作中"对账"的叫法，而且实际上也是，就叫"提案办理结果对账单"。文闰生想想，当即认可，又说人手不足，可以向委员借，突击做这个事。邓念成说："可以，我们的一些突击工作，也是有委员人手支持的。"

正说着，文闰生的电话响了，他只得强压住兴奋，去接电话。然后说："丁锐主席叫我去说个事。这事你再琢磨琢磨，琢磨透彻了，我们再碰一次头，然后抓紧做起来。"两人都有些兴奋地前后脚出门，文闰生上六楼找丁锐，邓念成回去琢磨这件事。

有关要求，提案办理通知是讲清楚了的，就是针对提案建议写答复。但办理单位似乎生怕提案人不满意，总是啰啰唆唆写一大堆，只要扯得上边的都往里写，几年前的事也写，因此就把采纳提案建议做了的事淹没在里边了。不仅提案人蒙圈，就是写答复的人，因为偏离了答复初衷，估计也云里雾里，不知所云了……

邓念成正挠着头，一边琢磨这事，一边顺着楼梯往下走，这时手机突然响了。一看是鹏安区政协副主席杨婕的，就放到了耳边："喂！美女主席，有何赐教？"

"老哥！怎么不在办公室呢？"杨婕不仅工作做得好，京剧唱得也好，是政协系统的知名票友，邓念成的话刚刚说完，对方那歌唱家般悦耳动听的声音顿时传来。

"主席你查岗吗？过来都不兴提前通知的？"听她那意思，似乎到了自己办公室门口，邓念成有些讶异，随即开了句玩笑。脚下不由得加快步伐,又补充道:"罪过,罪过! 没在办公室恭候。"

杨婕似乎有些无语,顿了几秒钟才听她说:"老哥你这话! 堵得我无话可说。"邓念成不再打趣,如实应道,稍等片刻,马上到了。

刚到二楼走廊,就见杨婕和几个人果然在自己办公室门外,也朝这边张望。双方同时挥了挥手。

其他人跟区政协的关系怎么样,邓念成不得而知,反正他是很融洽。过去从事文字工作,经常请区政协提供材料,或者区政协有些事也跟他咨询,所以他不仅跟区政协领导熟,就是分管综合科的办公室副主任以及综合科长,也都烂熟。往往于嘻嘻哈哈间,话说了,事办了,感情也联络了。甚至碰到赶忙的文件材料,或者会议筹备,一个电话就能把区政协的科长抽来,帮忙把事也做了。现在他当了提案委主任,又跟主席、分管提案工作的副主席和提案委主任们,好得无话不谈,能够勾肩搭背。当然,跟女同志,他是不会勾肩搭背的。

杨婕分管提案工作,还是市政协提案委委员。与她同来的,一位是提案委主任李玉和,一位是综合科长易达,还有一位年轻女同志。笑呵呵地把四人迎进门,邓念成一边泡茶,一边又问有何指教啊。杨婕落座,笑道:"主任不像话,老是戏谑我们做下级的。搞得我们情何以堪? 你也好意思?"

邓念成仿佛冤枉无比,瞠目正色道:"哪有啊! 政协除了主席们,谁敢称领导? 不管哪一级,那都是至高无上的存在,都是机关干部仰视的高山。杨主席,你可别吓唬我们哦!"

杨婕嘴巴撇了撇,没接话。其他几人则笑着连连点头,也没说话。邓念成打趣正笑着的李玉和:"你笑什么? 你敢对杨主席不敬,戏谑杨主席?"李玉和依旧笑着,但不敢说半个"不"字。

"别贫了,老哥! 我们是来讨教的。你一开口就问'有何指教',堵得我们李主任话都不敢接。"杨婕继续笑道,然后叫易达递过一个文件夹,解释说:"我们也学市政协,准备叫'两办'发个《提案办理协商实施细则》。喏,这是代拟稿。但我们心里没底,新全主席便派我们过来,请你指点指点。"

邓念成是典型的乐天派,总见他一副笑脸。碰上合脾气的,更是打趣几句,调节气氛,也纾解自己的紧张心情。但是绝对没恶意。杨婕知道他这脾气,所以便丝毫不跟他客气。

"我来吧,邓主任!"文件夹递给邓念成,易达去捣鼓茶具。

该认真的时候,邓念成也决不马虎。打开文件夹,便细细地看起来。其他人见状,则不再吱声,一边喝茶,一边静静等待。

杨婕也是个女强人,非中共副主席,总想搞出点新鲜花样来。这也是身处金鹏这片改革开放前沿的政协人的共同特点。比如贯彻落实上级精神,总想弄出点有特色的东西,而不是简单地照搬照抄,依葫芦画瓢。说白了,好不容易等来个钟馗,为何不好好利用? 这从另一个角度,似乎也昭示着,金鹏人的骨子里血液里,天然就携带着改革创新基因。

顺着邓念成看稿子的目光,杨婕偶尔做些解释或者说明。当他的目光停留在"委员联络站"几个字上时,杨婕有些底气不足地解释:"我们把政协工作向基层延伸,在各街道甚至较大的社区建了委员联络站。为更好地发挥联络站的作用,所以就想着,让他们也有提提案的资格。老哥你看,这样写行不行?"

"全国政协提案工作条例,主要是管全国政协的,符合全国政协实际。但对地方又有指导和规范的意义,所以基本的东西必须遵守。同时我们也要明白,全国政协的'条例'不同于'章程',各级政协必须遵照执行的,所以在最后一条,明确地方政协'可以根据本条例,结合实际情况,制定相应的规定'。实际情况也是如此。例如届别提案,全国政协的'条例'是跟委员小组连在一起表述的,界定在全会期间。市政协突破了'全会期间'的限定,平时也可以提。你们把委员联络站作为提出提案的主体,个人认为没什么不妥……"

杨婕立即抓住了这段话的要点,眼睛放光地急切打断:"依你这意思,这么写没问题?"邓念成微笑着说:"个人觉得可以。万一有人诟病,改过来不就是了? 说不定你们这一探索,为地方政协发挥作用,创造了一条经验呢?"

"你这一说,我们就放心了。"杨婕呼出一口长气,微微笑着继续解释,"我们主席会议审议的时候,也有不同意见。后来新全主席说听你的,你说可以就写,说不行就删掉。"

"方主席还真是抬举我了。"邓念成哑然失笑。李玉和终于插话说:"那是必须的,你要不认可,我们可是不敢写。"邓念成笑说但愿幸不辱命。他继续把文件看完,然后提了些文字修改建议,易达一一在稿子上改过,又给邓念成过目。

这边的事情即将结束,文闰生的电话又来了。邓念成只得告诉他,杨婕过来了,征求一个文件的意见。说你要是不急,就稍等片刻。文闰生说他接了个紧急任务,吩咐对账单先做起来。邓念成哭笑不得,问他不是说还要研究的吗。

"要研究也是你们研究,跟我有什么关系呀? 我就一个出主意的。主意出了,任务就完成了。剩下的,当然是你们的事了。你不是有句挂在嘴边的话,叫什么'媒人还管生伢吧'吗?"文闰生呵呵一笑,末了又补充一句:"可别让我等太久哦!"

领导要起赖皮来,邓念成还真没辙,只得答应。

送走了客人,靠在旋转椅上,邓念成一边抽着烟,一边细想该怎么运作。等到心里有了大致想法,才给方平打电话,叫他通知四点开会。他动辄叫大伙儿过来,已经成常态了,所以已经习惯了的方平,没问什么议题,也没问地点,转头就叫小芳在微信工作群里发了个通知。

四点不到,一行人刚刚进门,华艺章就照例戏谑起来:"主任! 又要沙盘推演哪? 这回又是什么大事呢?"

在他们印象中,许多创新举措,都是他想透彻了,然后叫他们过来讨论,再去部署的。但这回站在硬靠背椅后面的邓念成,破天荒地没接话,搞得不仅华艺章有些许尴尬,其他人也捕捉到了不寻常,于是迅速落座。

邓念成的确没了开玩笑的心情,事情重大,丝毫马虎不得。搞得好,或许撬动地球的事,终于能付诸行动了。而且也的确如文闰生所言,开创了一条先河。但是搞砸了,便会沦为笑柄。

杨豫明照例泡茶,邓念成便开口了。众人刚听了个开头,便"啊"的一声惊呼,暗叹果然胆子够大,事情也够大,难怪他没了调侃的心情。因为是刚刚接触,还不明白情况,所以众人很快安静下来,静听邓念成讲。按邓念成的想法,大概分几个方面——

第一是名称。在没更好的名称之前,先按他跟文闰生商量的,叫"提案办理结果对账单"。

第二是工作流程。拟分这么几个步骤:一是提案办理差不多收官,但也尚未完结,所以抓紧发个补充通知,要求提案办理复文尽可能采用条文

170

式,逐一对应提案建议,不必面面俱到,有多少写多少,做到什么程度就写到什么程度;二是设计空白对账单,把五百六十一件交办提案的所有建议,先以表格形式罗列,方便填空;三是找委员支援人手,从复文里找落实事项,对照提案建议逐条填空,形成完整对账单;四是把对账单发办理单位核对,补充完善;五是提案委归总审核;六是委托第三方撰写办理情况分析报告,提出改进完善的意见建议;七是报主席会议审定,然后报市委、市政府,印发委员和办理单位参考,并进行新闻宣传。

第三是项目设计。对账单既要体现提案办理全貌,又不能眉毛胡子一把抓,搞得太过烦琐,面面俱到。重点结合办理实际,放在采纳建议的情形上。不能简单只设"采纳""不采纳"两类,而应细分为做完了的、推动了工作的、留待以后再推进的,以及不能采纳的,等等。总之是把各种情形考虑进来。

邓念成建议先列这么几项——提案名称和提案号、提案建议、办理类型、办理单位和采纳情况,方便掌握提案和办理的基本情况。采纳情况又分三种类型——当年完成事项、当年推动工作和明年待落实事项,既突出重点,也相应减少工作量。

说实话,猛丁灌输这么一个全新理念,大家都还有些蒙,更别说提建议了。看邓念成一气呵成,貌似很周全,都说主任深思熟虑了,就先这么干吧。邓念成苦笑着说:"哪里是深思熟虑呀?我是没法了急就章!"

"急就章都这么完美。这要是深思熟虑了,还不滴水不漏啊?按主任说的干,准没错!"华艺章这家伙,冷不丁又来这么一句,还假模假样地撸起袖子,仿佛要下地干农活似的,逗得众人哄然大笑。

"既然都说行,时间也的确是紧,那便先干着。倘若行不通,再随时调整。"邓念成也是无奈,不过还是拍板决定下来。

随后研究具体怎么运作。

这项工作不仅重要,关系提案工作未来走向,而且量大时间紧,只准成功不准失败,也容不得翻烧饼耽误工夫,搞成夹生饭。何况提案委的人也不能全陷进去。还有那么多事要同步推进哩!邓念成便交给既有领导经验,又心细如发的田静负责。

"请来帮忙的人员,办公地点倒是不愁,提案审查室就可以,也有现成的电脑。"邓念成面朝田静说道。也似乎在告诉她,那里也是她以后的办公地点了。又转头吩咐华艺章,挑几台好电脑出来。提案审查室虽有二十几台电脑,但都是机关淘汰的,好用的并不多。

责任人和地点定了下来,邓念成又给其他人派活儿:田静来的时间不长,跟委员还不太熟,刘畅负责找委员支援人手;方平负责找行政处要几张临时饭卡,方便借用人员用餐;华艺章负责叫开发公司,按提案序号绘制空白对账单;杨豫明负责叫学彪委员团队提前介入,做撰写办理情况分析报告的前期准备。邓念成似乎还不放心,目光在众人脸上扫视,问这样子行不行。

"行!简直太行了!还问什么行不行哪?真是脱了裤子放屁,多此一举。"华艺章真是胆大包天,竟然忘乎所以至此,在邓念成说得一本正经,大伙儿也全神贯注的时候,突然一拍大腿,嘻嘻哈哈又冒了这么一句,惹得众人先是一个愣怔,随即又哄然大笑。

"你这个家伙……"邓念成被他搞得哭笑不得,身子前倾到他面前,把手举在半空,恨不得一掌拍下去。

"你这小子!就不能好好说话吗?没大没小的!真是主任把你惯坏了,越来越不像话!"刘畅忍不住笑骂,然后对邓念成道:"主任!这家伙欠收拾,你不能再惯着他了。再这么惯着,不说上房揭瓦,偷鸡摸狗是肯定敢的。"

"罪过,罪过!"华艺章双手合十,笑嘻嘻地对众人拱了拱。

嬉笑了一回,都愉快接受任务,没人叫一声困难。

邓念成还是不放心,毕竟从田静到借用人员,都是生手,这又是一项全新工作。于是叮嘱田静边干边想,边想边干。有困难有问题及时提出来,大家一起想办法。见田静点头,便宣布散会。

回头邓念成跟文闰生汇报,文闰生却说:"我没新的想法,但你那三个落实事项,我最关心的是当年完成事项。"

"那我们就把重点放在这个上面吧。但是已经兴师动众,最后却只搞一个,既有缺陷,也不甘心。"邓念成无奈地笑道,随后掰着指头解释:"一是不知道有多少当年完成事项可填。太多空白,也是难看。二是与相关规定相悖,也没反映提案办理工作全貌。毕竟另外的两个事项,也算是采纳了。至于不能采纳的,说明情况也是可以。譬如有的提案建议,就不能当年落实,或者没办法落实。那么人家做了工作,表单却不能体现。

172

三是既然花这么大精力，怎么着也得尽可能多地采集数据，为后续工作提供支撑。有了这些数据，我们才能做更多的事，比如真正实现量化评价。说不定整个提案工作都将因此呈现不一样的精彩，给我们意想不到的惊喜。"

"随你！"文闰生不置可否，却又强调他只关心那个数据。

"行吧！"邓念成摇头，又苦笑一声，"你关心的那个数据，我尽量搞得完整些。"

大家效率很高，各项任务迅速落地。分别做着社工、科技和行业协会的孙华、吴敏、郑昌红三位委员也很支持，各派两人全天候参与。但进入操作环节，还是到九月中旬了。

从两人碰撞出火花，到进入实操阶段，邓念成的脑海里无时无刻不在琢磨这事，也反复和文闰生及提案委的同事碰撞、推演。随着时间的推移与讨论的深入，大家的思路越来越清晰，方向越来越明确，对其重要性的认识也越来越深刻。

正如他建议丁锐把提案工作当作"一把手"工程，他把这事也当成了提案委的"一把手"工程，须臾不敢大意。以至于提案审查室成了他每天的打卡地，得空便去跟田静等人碰撞。田静也真把这里当成了办公室，早晚都猫在里边。六个年轻人到底是委员精挑细选的，敬业精神和领悟能力都不是一般人能及的，不仅把事情做得滴水不漏，而且常常加班加点。

邓念成他们似乎看到了这事对于提案工作提质增效，乃至整个政协工作质量提升，所产生的推动作用以及蝴蝶效应。就仿佛，他们的确正在做着撬动地球的惊天之举，而且曙光就在前面。

与此同时，重点提案的督办也紧锣密鼓。

去年因为时间关系，最后是市委常委领衔督办提案和市政府领导阅批提案分两锅煮的，市委常委的八件提案一锅，副市长的九件提案一锅。但今年时间充裕，便再不能"乱炖"，必须一件件开民主评议会。而且，配合市领导督办重点提案的任务，也落到了各专委会头上，且明确分管副主席挂帅。这便在实际上形成了市委、市政府领导和政协副主席的"双督办"机制。

这天在餐厅吃早饭，文化文史委主任舒桐刚刚挨邓念成坐下，便笑问："上午有空吗？"他既然这么问，那肯定是有事。邓念成停止咀嚼，问吃饭的时间能不能说完,解释上午闰生主席要带队,去督办西部交通问题的提案。

舒桐也不矫情,说他们督办的是新闻出版界别提出的关于政府便民电话合并的提案,但办理单位都在观望,提案基本没办。曾涛着急,说要上民主评议会,这还不大条了。决定先开个协商会,请他也参加。

接受邓念成的建议,也顶住非议和怪论,主席会议决定,副主席除协助市委、市政府领导督办重点提案之外,每人还要督办两件以上的提案,也由各专委会具体承办。现在正是集中督办时间,大家都把大量精力放在提案督办上。

邓念成太知道那件提案了,当初交办就颇费周折,谁都不肯主办,但又不能分办。起因是去年有一件重点提案,民主评议会上分办单位各执一端,搞得领导和委员啼笑皆非,丁锐便要求重点提案必须有主办单位。后来是他动用跟信访局长的局干班同学关系,再加上信访局没提案可办,想在绩效考核里加点分,信访局才勉强同意主办的。

舒桐的要求,邓念成没理由推托,何况还打着曾涛的旗号。于是把自己这几天的安排告诉他,说剩下的时间归曾主席支配。

事情谈妥,饭也吃完了,邓念成便去坐中巴,赶往督办西部交通问题提案的现场。

17. 嬉笑怒骂巧督办

　　西部交通问题的市、区政协联动督办提案,被邓念成放在了"引窝蛋"的位置,企盼一炮打响,吸引更多的区政协参与,努力做成品牌。所以前期做了大量调研,并于六月组织视察和协商座谈,还向市政府报送专题报告。九月又组织这次监督性视察。西部的鹏华、鹏秀两区政协也投入极大热情,组织委员积极参加。

　　照土豪们的说法,金鹏市不差钱。所以,交通建设的难题不是投资,不是施工,而是拆迁。西部交通建设进展缓慢,主要原因也是这个。甚至有一条路,两年前就该交付使用的,可时至今日,工程完成量还不到一半,主要也隔在拆迁上。所以,今天的提案督办安排了一天时间,上午现场视察,下午协商座谈。

　　市政协的中巴到达现场时,比预定集合时间早了一刻钟。而发改委、规划委、交运委以及鹏华区的人已经候着了,汇报的展板也整整齐齐摆了一长溜。但是,鹏秀区的人却还没来。有人戏谑:"地头蛇不到,怎么看?"文闰生安慰说:"还有一刻钟哩,是我们到早了。等等吧!"

　　主要交通建设都是跨区域的。一般说来,需求旺盛的末端,虽然急得嗷嗷叫,却使不上劲;能够使得上劲的过境地方,受益不那么明显,所以并不着急。比如这次督办涉及四条道路建设,其中三条跨境鹏秀区,一条横穿鹏港区。假如都能尽快建成,那鹏华区的交通环境将得到极大改善,进而推动整个西部经济腾飞和社会发展。然而过境地方的拆迁太过缓慢,使得各条道路都拖延了工期。

　　九月的金鹏,太阳一冒头,就火辣辣地烧。何况又在露天,不一会儿,便晒得人头发林子冒油,浑身冒汗,衣服都拧得出水来。邓念成也是,但他无暇顾及,叫方平催鹏秀区快一点,说领导早到了。

　　不过也没等太久,离预定时间还有几分钟,鹏秀区的中巴就驶进了现场。政协副主席胡坤率先下车,跟文闰生和黄达理握手寒暄,歉意地解释分管副区长向家明上午不能来,只能参加下午的协商座谈会。又指着陆陆续续下车的人说:"不过,区直和街道的相关负责人都到了。"

范体军也跟胡坤握手,冷不丁开了个玩笑:"到底是老大哥,又是地头蛇,架子就是大,基本是踩着点到的啊!"胡坤闹了个大红脸,又歉意地解释:"抱歉,范主席!原本是早的,向区长也是要来的。但他临时有事,就等了一会儿。然而等到最后,又突然不来了,就耽误了。"

看胡坤脸有尬色,文闰生连忙打圆场:"跟他解释什么?你又没迟到。"范体军呵呵笑着说就是就是,随后补充一句:"文主席说得对,只要没迟到,都不算晚的。"

胡坤哪里听不出他话里的意思?毕竟市政协领导和市直部门负责人早就到了,作为地主,他没在这里候着,还是觉得愧疚。而且也对向家明有些想法,耽误了时间,原因都在他那里,不能来就早点说。但这话又不好跟他们讲,毕竟是区里内部的事。何况范体军当过他领导,脾气性格彼此了解,也不好对他不恭敬。于是尴尬的笑一直挂在脸上,嘴里不停道歉。

向家明不能来就不来吧,何况天也太热,文闰生便叫交运委副主任许有林开始汇报。许有林汗流浃背地把一溜展板依次介绍完,发改委和规划委的人也作了补充。文闰生问胡坤:"作为会办单位,鹏秀区是不是也说说?"见大伙儿都望向待拆迁的那片区域,胡坤便叫属地街道书记介绍拆迁的进展和问题。

"边看边听吧!"文闰生说着,就朝那片待拆迁区域走去。委员和其他人也连忙跟上。

走到近前,只见除了少量民居,多数是厂房。文闰生没停步,继续往前走,跟他汇报的街道书记和众人只好跟着。

可是走了不一会儿,就没必要再往里走了。因为民居早就搬空,工厂也停产停电停水,而且杂草覆盖,都没膝盖了,还有野猫野狗乱窜。便都停住,一边听街道书记汇报,一边心里犯嘀咕:"就眼前的情况,没什么难度啊!怎么就拆不动呢?"

随着街道书记的进一步介绍,委员们才明白原委:那片厂房是一个香港老板的,人在国外一直没回。而那几栋民居,正处于产权纠纷中。主张产权的双方,一个在上海,另一个更远在海外。明白原委之后,大家也都跟着叹息:"唉!还的确是难办。"

176

上午看了三个现场,把众人热得不行。虽然备了伞,无奈人有点儿多,领导们说不打了。领导们不打,其他人也不好意思打,都光着头晒,直晒得大汗淋漓,衣服一直湿漉漉的。

尽管热成这样,范体军却仿佛越看越心焦,不住地嘶哑着嗓子咋咋呼呼。这也难怪,四条道路,虽然有的只差几公里,前后的路早就修好通车了,可就隔着这几公里的"断头路",要绕行好大一圈才能再连上。而照如今的架势,再来个三五年,怕也不一定修得好。

因为离市区比较远,下午还要去更远的鹏华区座谈,所以就在鹏秀区安排了便餐和午休。其实也就市里的人吃午餐和午休,两个区的人不知是没心情,还是要做下午座谈会的准备,视察结束就都迅速离开了。

下午先看鹏华区修好了的路,再去会议室开协商座谈会。鹏华区可谓倾巢出动,不仅分管的区委常委和副区长出席,书记和区长也到场并在讨论环节发言,而相关单位、街道领导更是坐了半间会议室。鹏秀区除了副区长向家明和副主席胡坤,也来了几位相关部门和街道的负责人。

令人意外的是,向家明没讲,而是叫区交通局局长汇报。主持会议的邓念成虽有些不高兴,却也没表现出来。

大家的发言,包括鹏秀区在内,都表达了一定程度的焦虑,认为进展太慢,都希望快点儿,也表态在职责范围内大力推进。

市直部门抱怨,西部交通耗费了太多时间和精力,也增加了成本,甚至几次调整规划,进展却依然不能叫人满意。建设单位抱怨,拖过来拖过去,已经赚不到钱了,都浪费在无谓的损耗上,人员和设备刚进场,就又得撤离,反复打摆子。但他们是国企,承接的又是政府工程,也不敢撒手。他们现在不想赚钱了,只想尽快通车,腾出人手做别的工程。鹏华区就不用说了,心情比谁都迫切。鹏秀区抱怨市里定的拆迁标准太低,土地没法按时平整出来,希望适当提高。总之,都在抱怨。

文闯生跟黄达理都讲了话,强调西进战略的重要性,强调交通建设对实施西进战略的重要性,要求主、会办单位积极配合,共同推进提案建议的落实,为实施西进战略贡献力量。提案和这次会上委员们提出的意见建议,能定的尽快定下来,能做的尽快做起来。实在定不了做不成的,抓紧向市委、市政府请示。文闯生最后说,这件提案将作为跨年度重点提案,明年继续督办,也希望看到新的进展。

会议开到六点半，鹏华区留大家吃晚饭，说周五的这个点，塞车很厉害的。文闰生笑呵呵地说，那正好感受一下，看到底塞到什么程度，也更有话语权。

今天的市、区政协联动，邓念成颇有些感悟。但中巴车里，除了市政协的人，还有委员和新闻记者，他只得闷在心里，想着有机会了，再跟两位领导单独交流。于是，他交代杨豫明抓紧形成督办报告，争取用更大力度，穷尽一切手段，推动相关问题解决。

路上果然是堵，不是一般地堵，而是堵得一塌糊涂。货柜车等大型货车也多，夹杂在大小车里，他们的中巴走走停停，硬是过了八点，走了近两个小时，才回到市政协机关。为了打发时间，大伙儿都兴奋地闲聊，倒是不寂寞。

第二天上午九点二十分，离开会还有十分钟，邓念成就去参加曾涛督办提案的办理协商会。

舒桐已经在场，两人一边寒暄，一边翻看会议材料。不一会儿，曾涛也来了，在中间位置落座，他拍了拍邓念成的肩膀，笑呵呵地说："你来了，我就放心了。这件提案能否办出效果，就看你的了。"就仿佛邓念成是提案办理单位代表似的，不过邓念成没在意，而是憨厚地笑着应道："主席客气了。"

正说着，信访局的人也进场了。邓念成抬头一瞅，只见在局长林金山的带领下，班子成员全来了，后面还跟着几位处长。于是他笑着打趣："老林！你这是要借政协会议室开局长办公会吗？"

"不说这个，丢人。"林金山苦笑一声坐下，指着邓念成就对曾涛说："这一次，我算是被老同学坑死了。"

"我怎么坑你了？我是帮你好不好？你没提案办，绩效考核分数上不去。我给提案你主办，帮你过考核那一关。你却说坑你，真是狗咬吕洞宾，没丁点良心。"跟林金山打趣完，邓念成又向曾涛介绍，"我们是都市计划班的同学。他当了我两个月副班长，便以为是多大个官，老拿个副班长压我。"

"都说老乡、老同学、老战友，这'三老'关系最铁。既然你们也是，那今天这个会，我就更放心了。邓主任，交给你了啊！"不愧是领导，曾涛一下子就把话挑明了，也仿佛轻松了不少。

"主席呀！这是哪个浑蛋总结的？肯定是跟老邓一样的骗子。我的

178

体会是,那是最坑人的关系,被坑了还不敢喊冤的关系。"林金山一副苦大仇深的样子,满脸的愤懑与无奈。会场顿时哈哈大笑,大家都瞅向邓念成。邓念成只讪讪地笑着,盯着林金山不说话。

"主席放心！我今天班子成员来齐了,能来的处长也来了,就是领任务的。说实话,不是我们态度不好,也不是不积极,主要是没主办过提案,不知道怎么办,就闹成如今这么个被动局面,要主席劳心费神了。"林金山朗朗地表完态,随即又似乎耿耿于怀地笑道:"不过,这跟与某人是不是同学,没有关系。"

林金山这个态表的,算是相当诚恳了,当即受曾涛一通表扬。邓念成却不干了,起身佯怒:"既然是这样,那我走！以为我喜欢见你那张驴脸哪?"曾涛笑着不说话,舒桐却以为他真生气了,连忙拉着说:"你可不能走啊！你这一走,我们心里也没底了,会都不知道怎么开哩。"曾涛这才开口,对舒桐说:"人家开玩笑的,你还当真了?"

林金山坐着没动,满脸坏笑地继续打趣:"叫他走！他走了,我就知道提案怎么办了。他坐在这里,我就办不了。"舒桐无奈,笑着劝林金山:"哎呀！你少说一句好不好,我的林局长！真把邓主任轰走了,这个会还怎么开呀?"

曾涛却不屑地对舒桐说:"你这人也是老实。看不出来,他们是好得不能再好的关系呀?真以为是互不对眼的那种?"舒桐似乎反应过来了,尴尬地笑着说:"我是怕把协商会搞黄了。"曾涛说:"黄不了！你只管把心放回肚里,安安心心主持好会。"他脸上满是自信的笑,一看就是老江湖。

话都说到了这个份儿上,那这个协商座谈会,的确没太多波澜。

曾涛说:"邓主任是专家,他今天唱主角。正好我也不太熟悉提案工作,就由他以案说法,教教我们怎么督办提案。"

他悄无声息地连主持人都换了,议程里印的主持人舒桐也乐得省事,笑着对邓念成说:"那就按曾主席说的,开始吧?"邓念成哭笑不得。他的本意是先听,需要了再发言的,不想就这么一会儿,便被几个人装进了笼子,只得说:"还是先听提案人怎么说吧!"

为便利企业和市民的生产生活,政府设了 12345 市长热线、110 报警电话、119 火警电话和 120 急救电话,不少民生部门也设了热线电话。出发点是好的,也发挥了作用。但说实话,号码众多,有的还很长,就是个普通座机号,市民能记住多少? 打进去了又是否有人接听? 不仅浪费资源,还影响政府形象。

提案执笔人张学彪委员代表新闻出版界别介绍说,这件集体提案就是建议整合资源,只保留 12345、110、119、120 几个常用号码,同时对保留的号码进行内部勾连,相互贯通,让企业和市民诉求能够及时传递到相应部门。他进而解释,市民知道最多的,就是 110。而受"有困难找警察"观念的影响,许多人碰到事情了就打 110,致使 110 的非警务电话占到百分之七十,严重干扰了公安系统的正常运作,增加了 110 指挥系统的工作压力,甚至真正的警务电话打不进去,延误了警情的处置。

张学彪介绍完,所有人都说提案好。尤其是公安局指挥部领导,激动得跟那啥似的。

现在也就这样,没谁说提案不好。或许,真是对提案质量的认可吧。但办起来,又都叫难。也或许改革到了深水区,任何改革举措都牵一发而动全身。就如这件合并政府便民服务热线电话的提案,涉及方方面面,哪是那么容易做到的?

因为实际上没行动,所以办理单位都无话可讲,会议陷入了短暂的尴尬。见没人开口,林金山便说:"其实,市府办是最有资格做整合的。毕竟有热线的民生部门,主要在政府系统。"

邓念成认可他这说法,也是按这个做的初分。但市府办不接,理由是最主要的热线电话 12345 在信访局,110 和 119 在公安局,其他都在业务部门,一个都不在市府办,整合没抓手。邓念成这才回头找信访局,而且也不是全没道理。尽管信访局属于市委系统,但 12345 市长热线却设在他那里,符合他的"霸王条款"。

但是今天,邓念成可不跟他讨论这个问题,摁下麦克风,不客气地笑道:"打住! 你不觉得这个问题,今天再来说,已是干鱼肚里寻胆——迟了吗? 提案在你那里搁置几个月了,你再退回来,按照绩效考核办法,一天扣零点五分。你回去算算,你那九十的基础分,扣完了还剩多少? 还有,就你这敢中途退回来的态度,是不是也得扣分? 所以,就是碓窝舂铁①,你也得

---

① 碓窝舂铁:方言。碓窝,指石制、铁制或木制的深窝状工具。碓窝本是舂米的,引申到"舂铁",意思是难度很大,基本不可能完成。

老老实实把那铁舂成粉末。除非你不要绩效考核分数了。"

"不然怎么一开头我就说被你坑了呢?"林金山被他这话噎得喉结乱动,只得旧话重提,然后苦笑着对曾涛说:"主席,你看! 他现在更是赤裸裸地威胁。"

会场又哄堂大笑,根本不像开严肃的协商会了。

"在这里,有两个概念我们要弄清楚……"笑够了,邓念成不跟他废话,把讲过无数遍的办提案与办事情的关系那套说辞,再重复一遍。最后直白地说:"就是叫你信访局牵个头,把这件提案办了。至于事情怎么办,那是下一步的事。当然,你漂漂亮亮把提案和事情一起办,我不仅给你加分,还大力宣传。"

也难为邓念成了,还真是苦口婆心!就这办提案与办事情的关系,几乎逢人必讲,逢会必讲,嘴角都讲起了燎泡来,希望更多的人明白这个道理,更多的人接受他的观点,特别是希望更多单位主动担起主办责任。

"喂!你这意思,我是不是可以理解为,办提案就是出方案,然后相关单位按照方案抓落实?"林金山一下子就抓住要点了,眼睛瞪得比灯笼还亮。

"不傻嘛!马上就理解最低要求了?"邓念成点头,一脸坏笑地戏谑他一嘴,"当然啦!你能达到最高境界,麻溜地把提案和事情都办了,我更求之不得。"

"你早把话说清楚,不就屁事没有了? 哪会这么麻烦,还劳烦曾主席出面,开什么协商会呀?人都被你吓死了!"林金山如释重负,然后不甘示弱地回敬道:"我就见不得你这样的,拿着鸡毛当令箭,专门欺负外行人。而且我警告你,你下次到信访局接访,我一定给几个疑难案件你办,看不整死你!"

新提拔的干部到信访局挂职接访,是金鹏市增强干部联系群众能力的一个做法。只有新提拔的局级干部才有这个资格。

"哈哈!"邓念成乐得合不拢嘴,然后掩住笑问曾涛:"我还有机会吗?"曾涛也忍住笑,爽声回答"有!"然后装得一本正经地补充:"必须的!"邓念成马上接话:"倘若真有那样的好事,主席!办几个疑难案件,似乎也不亏,甚至物超所值啊!你说是吧?"会场又是一阵哄笑。

"哦!你没机会了? 这就到天花板了吗?"林金山佯装恍然大悟,甚至有些惋惜地说，"那可就太可惜了！我们都指望你再上个台阶的。"

一场严肃的协商会，竟然开得像联欢会，众人的神情轻松不少。

"老林！听你那意思，你是准备按最高境界办喽？"邓念成又将了林金山一军。林金山何等精明，哪能入他的套？想都不想就摆手笑道："我真傻呀？撅起屁股给你打？今年时间这么紧，满打满算只剩两个月，哪里来得及？当然是做方案了。"

他这态度，已经在邓念成可以接受的范围了，但邓念成还是笑着提醒他："要注意，方案不能瞎做，一定要切实可行。做不到的不要瞎许诺，能做的也不要轻易否决。学彪委员也说了，他们可是经过了深入调研，不是拍脑袋拍出来的。倘若让提案人感觉没认真办，给个不满意，就又得重新办。再办不好，那你绩效考核不光拿不回九十的基础分，甚至可能扣分，那就得不偿失了。"

"那这么多单位，到底谁为主啊？"曾涛仿佛捧哏的，及时插了一嘴。

邓念成先是愕然，已经讲这么透了，他却似乎没听太明白？随后他便醒悟过来，聪明如曾涛，还能不明白？肯定是敲打林金山的。或者，本就不喜欢板着面孔的曾涛，眼见事情有着落了，心下一喜，也活跃下气氛。略一思索，邓念成便笑问林金山："老林！主席问你话哩，装聋作哑干什么？"

林金山也是一个愣怔，心里暗骂邓念成不厚道，嘴上却赶紧老老实实回答："报告主席！信访局为主。"

接着他的话，邓念成笑道："老林！办提案有两种方式。一是文来文往，会办单位把办理意见给信访局，信访局负责归总、写答复、跟提案人沟通。二是当面会商，信访局主持，会办单位参加，形成共同意见，再写答复、跟委员沟通。如今时间紧迫，而且文来文往不容易达成一致意见，建议采取第二种方式。但到底怎么做，你们商量着定。"

"按你说的，我们会商吧。"林金山不再浪费时间，爽快答应，又问市府办刘天民等人："好不好？"

他已经如此放低身段了，众人也是求之不得，于是笑着说："你是主办单位，听你的。"几个人当即约定，各自先提初步意见，明天集体会商。曾涛、邓念成等人自然乐观其成。

曾涛似乎还没过瘾，笑问邓念成："这样就行了？"邓念成反问："不然呢？主席还想怎么样？"曾涛爽朗地哈哈大笑，没作答。

"嘿嘿！你这亦正亦邪，就把任务落实下去了。"舒桐轻轻地擂了邓念成一拳。邓念成却笑道："我就是个纠纠武夫，没你们谦谦君子的那个耐心。"林金山接口道："你哪里是纠纠武夫啊，你就是个土匪，完全不讲道理的。"邓念成笑嘻嘻地指着林金山回应："没有办法，谁让我遇到了真土匪呢？那可不得用土匪的法子？"

众人说笑了一回，再客客气气把人送走，邓念成甚至笑嘻嘻地拥抱了一下林金山。曾涛由衷地说："到底是老手。我们都觉得棘手的事，你于嬉笑怒骂间，三下五除二就解决了。"

"要不是主席坐镇，哪儿那么容易接受？"邓念成客气回道。不过也是心里话。

九月中旬，六个提案工作制度文件，一次性报请主席会议审定。至此，提案工作制度体系框架算是基本构建起来。相应地，也形成了培育引导、协商审查、多层次督办、评价倒逼和服务保障五大工作机制。这也标志着，邓念成主导的提案工作制度建设，暂时告一段落。后续的，就是等条件成熟了，再把已有制度来一次全面梳理，使之与新时代新任务新要求相适应。

田静他们的动作还真是快，到了九月下旬，对账单就新鲜出炉了。邓念成瞅一眼电脑左下方显示的页码，竟然洋洋洒洒六百页，还是电子版。苦笑着说："这也太多了，谁有时间看完哪？"田静有些不好意思，说："我们再压缩一下。"

邓念成只看了一部分，便给他们出主意："这些落实事项，没必要写过程，也不用描述细节，点出事项即可。也就是说三个栏目，只分别填做了什么、正在做什么、准备做什么，不写前因后果，不讲道理。"

得了这个启示，田静他们又花一周时间梳理，"十一"前夕发送到邓念成电子邮箱时，便不到四百页。邓念成稍稍看了看，吩咐按办理单位归总，发各单位去核对，弥补疏漏。他特地提醒，发单位的函记得写一句："对账单将与绩效考核挂钩。请认真核对，如实填报。"不然，没人当回事的。

邓念成有个观点，那就是再好的武器，如果锁在武器库里，顶多算一种摆设，其实与破铜烂铁无异。而再普通的武器，只要经常使用，都会产生意想不到的效果。他的口头禅是"工具的价值,在于使用",所以,绩效考核这个唯一的指挥棒,不仅要牢牢攥在手里,且必须时不时挥挥。实际上也的确管用。

"主任! 我要找你告状。"这天邓念成刚进机关院子,才七点多,就接到一个电话,说得没头没尾。

语气这么冲? 这得是多大冤屈呀! 邓念成不知他火从何来,却也毫不犹豫地放慢车速,开口就道:"你说。"

对方问他在不在办公室,说自己正在进政协大院。邓念成瞥一眼后视镜,果然有辆豪车,司机摇下车窗,正跟大门口的保安交涉,邓念成便问:"后面的车是你的?"然后踩了刹车说:"你叫司机跟上吧。"

"好!"对方似乎确认了一下,紧接着又说,"我知道了,前面的车就是你的。"

原本要进地库的,邓念成临时改主意,在院子里找了个停车位,把车倒进去。对方见状直接下车,然后朝他走来。

这是一位身材魁梧的男人,叫朱炜,一家民间智库的总裁。等邓念成泊好车,刚刚推开驾驶室的门,朱炜就气咻咻地说:"真是岂有此理! 邓主任,你一定要为委员主持公道啊!"

"喂,什么人这么大胆子,敢把我们佛爷般的朱总气成这个样子啊?"邓念成哭笑不得,拎起公文包,一边关门,一边笑望过去,"走! 去办公室细聊。"

安抚朱炜在沙发上落座,邓念成便开始烧水,清理茶杯。不想,朱炜却迫不及待地诉说起来——

他的一件提案,平心而论,办理人员起初是重视的,主动跟他沟通过几次。但只是借调人员,且总是回避实质性问题。也或许,实质性的问题,他回答不出来——朱炜解释道。

后来他提出见领导,至少跟处室负责人沟通,却一直没见着。他希望查看相关资料,也知道他们有,他们却以保密为由,硬是没给他看。他生气地说:"你们要这样办提案,那我只能给个'不满意'。"一来二往,对方仿佛也生气了,说:"你想给什么就给什么吧。就是给个'不满意',又关我屁事……"

朱炜的诉说滔滔不绝,邓念成一直没插话。但最后一句却让他目瞪

184

口呆,手中的动作都停止了,讶异地问:"他真这么说的?"朱炜一脸无奈地说:"你不相信? 只是可惜了,我没录音。不过,他真这么说的。"邓念成没说信还是不信,问:"你想怎么样?"

"我就想给他个不满意,看是不是关他屁事。"朱炜还是愤愤不平,脸色也不好看,"真是太气人了!"

"那是你的权利。你怎么做,我们都会尊重的。"水烧开了,邓念成的情绪也恢复如常,泡上茶,倒了一杯递过去,"你来找我,肯定不只是告诉我,你要给他不满意吧? 如果只是给他个不满意,你在网上操作就可以了。"

"那是当然! 主要是反映情况,另外看提案委有没有制约手段。我记得你说过,'不满意'是影响绩效考核分数的。"

"倘若你给他不满意,那肯定是有影响的。但如果他们提出要求,我们会开不满意提案办理协商会,给双方提供一个沟通协商的机会。倘若你想好了,可以先给个'不满意',引起单位领导重视。这也是逼他领导现身的一个法子。说不定,你们见了面,不用开协商会,问题就解决了呢。"

"嗯,那就好! 我先给他个不满意,逼他领导现身。"两人一边喝茶,一边设身处地地聊,朱炜的怒火终于平息了,笑嘻嘻地说:"先让他惊出一身冷汗,然后乖乖坐到谈判桌上。这也是毛主席在抗美援朝时的策略,把美帝国主义打到谈判桌上来。"

"比喻不对啊!"邓念成被他逗乐了,笑着纠正道,"提案人和办理单位立场和目标是一致的,都是为了推动工作,推动问题解决,推动城市发展。这可不是敌对关系,仿佛刀尖之仇,搞得剑拔弩张。"

"是,是! 我就是打个比方。"朱炜尴尬一笑,喝了口茶,放下茶杯时又感叹,倘若他后面态度好,我再改为"基本满意"。这个法子也是蛮好的。

"改不改,都是你的权利。旁人没权利干涉的,包括提案委。不过也得实事求是,凭良心就是了。"

"好! 那我就见机行事了。"

送走了朱炜,吃过早餐,邓念成便把华艺章叫过来,吩咐他跟办理单位联系,了解提案的办理情况,以及产生分歧的原因。

18. 搭台看戏费苦心

过了三天,华艺章说那家办理单位要来拜访。原来,朱炜说到做到,果真给了个"不满意"。但是,华艺章带他们进门的时候,邓念成再次无语,只得吩咐去找间会议室。

一些单位过来,往往兴师动众,搞得他每次都无语,心说来这么多人干吗?又不是打架!但人到了门口,也不好赶人家走。

一名男子笑呵呵上前,一把握住他的手说,加几张椅子就行了,没必要搞那么麻烦的。邓念成一想也是,不就沟通一件提案的办理工作吗?等华艺章找到会议室,说不定事情早谈完了。何况所有工作到了收尾阶段,手上压着一堆事,自己也耽误不起。便一边请人坐,一边叫华艺章去找几张折叠椅来。

分管办公室的王副局长,跟邓念成打过交道,一一介绍他们的队伍。说加几张椅子就行的男子,是主持工作的钱副局长。局长调离,新局长尚未到位。美女副局长姓周,分管该提案承办处室。接下来是办公室主任和承办处室的处长、副处长,以及相关工作人员。

他一边介绍,邓念成一边笑呵呵握手,嘴里说着"你好",心里却感叹,早知今日,何必当初?众人寒暄间,华艺章搬了几张折叠椅进来,大家这才挨挨挤挤坐了一满屋。烧水等不及了,何况壶小,烧不了那么多水,华艺章便一人给了瓶矿泉水。邓念成也不磨叨,问紧挨着他的钱副局长:"那件提案,我也听了一些反映。到底是个什么情况?"

钱副局长顿时皱起眉头,叫承办处室的乔处长汇报。邓念成便转头望向乔处长。那是位女同志,年近五十的样子,脸色不太好。此刻似乎有了一吐怨气的机会,张嘴就语气不耐烦地说:"那件提案,你们就不该立案!"

办理单位来谈提案工作,还没人这么跟他讲话的,邓念成瞬间僵化,其他人也目瞪口呆。有那么一瞬间,空气仿佛凝固了。然而很快,众人便反应过来，三位副局长异口同声地喝道："你胡说什么呢？"

尽管眉头微皱，邓念成还是对那几个人摆了摆手，诧异地问乔处长："青少年心理健康，很重要啊！不仅关乎青少年成长，也牵扯无数家庭，还关系着祖国的未来。这样的提案，怎么就不能立案了？能不能麻烦你说具体些？"

钱副局长气愤不已，不等她再开口，脸色通红地大声呵斥："简直是岂有此理，简直是胡说八道！"美女周副局长对她身边的兰副处长说："你来汇报吧！"邓念成便转头瞅向兰副处长，那也是位女同志，应该比乔处长小几岁。

兰副处长瞥了乔处长一眼，似乎有点儿幸灾乐祸，也有点儿无奈，这才开口。邓念成听了一会儿，就知道朱炜反映的情况基本属实了。不过，都是站在于己有利的角度。

说"关我屁事"的年轻人，今天也来了，老老实实坐在角落，蔫头耷脑不言语，不知道在想些什么。也或许什么都没想。邓念成实在不解，目光穿过其他人头，笑着问："你怎么会讲那句话呢？不知道会惹祸呀？"

年轻人也认识到了问题的严重性，头颅终于抬了一下，神情有些憋屈，却再无顾忌，红着脸解释，自己借调三年，那几天得知正式调动无望，想想都窝囊透顶。早晨又和老婆拌了几句嘴，心里更不爽，却偏偏好巧不巧，朱炜一上班又来电话，自己就不经大脑地脱口而出了。

"对不起啊，邓主任！"正在邓念成释然时，年轻人竟然起身鞠了个躬，然后又对其他人鞠躬，说对不起。

"坐下吧，没什么对不起我的。"他的问题，局里自会处理。邓念成只是问个缘由，没想要纠缠。既然问到了，便放过。而他也的确没说错，一个借调人员，工资在原单位发，满意不满意，关人家屁事啊？但涉及提案办理，何况搞到这步田地，他还是要提个醒，便问钱副局长："怎么会搞到不满意了，你们才出面呢？"

"局里的人多忙啊？哪有空闲天天应付建议提案？"不知是更年期到了，还是同年轻人一样，早上跟老公吵过嘴，乔处长如吃了枪药般，又呛了邓念成一句。她这话也间接印证了朱炜所言非虚。就是除了这个年轻人，也的确没人搭理提案人。

设身处地地想，她的心情邓念成其实能理解。作为最大的民生主管部门,该局处于风口浪尖,市民投诉量在市直部门排第一,尤其她那个处成天灭火,便无暇顾及其他。其实许多事,他们也是代人受过,并非不作为或者乱作为,心里都窝着火。但是,这也不能成为敷衍政协提案的理由啊!

邓念成不计较,不代表其他人也不计较。局里的人脸色骤变,先愕然望一眼邓念成,再蓦然转头恨恨地瞪着她,估计扇她嘴巴的心都有了。钱副局长更是怒吼:"你不开口,没人把你当哑巴卖了!"

乔处长仿佛委屈不已,一张脸满是不甘,却也总算憋住了嘴巴,再没开口。几位局领导赔着笑脸,有的解释,有的检讨,说:"也不是都没办理,提案还是很认真在办的,多数也获得了满意的评价,但这件提案的确是疏忽了。结果都在系统里,主任要是不信,可以去看的。去年我们还是先进单位哩!"

邓念成也不否认,说:"你们来之前,我把贵局办的四十几件提案全部过了一遍,的确都不错。这件提案办成这样,我也挺意外的。其实,朱炜是很好沟通的委员,一般情况都不会生气的。这次也的确是把他惹毛了……"

邓念成正说着,乔处长还是没憋住,又补了一句:"哪里好沟通了?这样的人,你们也叫他当委员。真是服了政协!"几个局领导真是不知该说她什么好,瞪她的眼神,都恨不得把她吞进去。邓念成还没接上话,钱副局长估计是气得没辙了,抢在前面直接赶她走:"你回去,你先回去!"

"你看,他要这个数据。这是保密文件,能给他看吗?"乔处长也是豁出去了,直接忽视几位副局长,从手机里调出一张表格,气呼呼起身,伸手就递到邓念成眼前。

"既是保密文件,怎么能放手机里呢?既然能通过手机处理,又有什么不能给委员看的?"邓念成这回没跟她客气,甚至都没瞅一眼,直接就推开了,"阅读保密文件的规定,我是知道的,就不看了,免得犯错误。"

似乎没想到邓念成是这个态度,乔处长噎住了,尴尬地盖上手机翻盖,又坐了下去。估计在局里,几位副局长也拿她没辙,翻了下白眼,没再说她什么。邓念成也不再理她,问钱副局长:"这件提案,局里是个什么态度?"钱副局长一脸苦相说:"当然是办到朱委员满意了。但我们也不知道怎么才能让委员满意,所以来请示主任。"几个人也连忙附和,一定要办到委员满意。

"从你们谈的情况看,局里的确有不周到、不重视的地方,既没很好地落实提案意见建议,也没耐心同提案人沟通。而这两项,提案人都是可以给不满意的……"

邓念成话还没说完,几个人又紧张起来,钱副局长更是脱口而出:"那我们应该怎么办?邓主任,你得教教我们啊!"

"办理过程中加强沟通,真的很重要。记得上回去局里,我还专门提醒过。那次的座谈会,好像是王局长主持的吧?"没等王副局长回话,邓念成又转向钱副局长说:"解铃还须系铃人,建议局领导跟委员沟通一次,看看他是什么意思,也诚恳道个歉,争取得到谅解。委员都是通情理的,话说到位,应该没太大问题。"

邓念成知道朱炜的态度,也设身处地为局里着想,意思是放心,朱炜不会为难他们的。钱副局长解释,昨天处里打过电话,但朱委员坚持开协商会,摊到桌面上讲。随即又忐忑地问:"会不会搞得下不来台呀?"

"已经跟处里搞僵了,再叫处室的同志打电话,估计没什么效果的。要我说,局领导该出面了。"邓念成也是无奈,这都火烧眉毛了,还顾忌面子?何况以乔处长这态度,电话沟通能解决什么问题?但也不好说他们什么,只得说摊到桌面上讲也好。只要以诚相待,就不会弄得剑拔弩张。

"我就说局领导该出面嘛!"乔处长又不失时机补一刀,仿佛她是先知先觉的大神。不过,这话给直接忽略了,没人接茬。

既然这样,邓念成便吩咐华艺章张罗开协商会。送客时,他瞅一眼乔处长,担心届时对方顶起牛来不好收场,又叮嘱美女副局长,希望她参加协商会。周副局长连声保证:"一定,一定!我一定亲自参加。"

送客人到电梯口,又叮嘱了一些注意事项,邓念成叫华艺章跟自己回办公室。刚一进门,他就语气不善地问:"这个乔处长,到底怎么回事啊?不是叫你了解情况的吗?"华艺章也是郁闷,知道会挨批评,也不敢嘻嘻哈哈了,说:"了解的情况,就是向主任汇报的那样啊!但乔处长这个态度,我也很意外,她像是听不出好话坏话。"

"是啊!我和你明明是帮他们的,但她却满腹牢骚,处处针对,按说不应该这样的。"华艺章刚才也说过一些话,都是在中间当润滑剂的。邓

189

念成深皱眉头,也不再纠缠了,说:"如果她不调整心态,协商会就不用来了。再顶起牛来,神仙也救他们不得。这话刚刚我不好讲,毕竟是他们局里的事,何况又当着那么多人的面,搞不好会影响她前程。你跟他们侧面提醒一下。"

"哎呀!主任真是菩萨心肠,宅心仁厚啊!处处被针对,却还想着帮他们。"原以为要挨批评的,却没有,华艺章顿时心情大好,又戏谑起来。

"我们是做服务工作的,这也是分内职责,跟是否菩萨心肠没关系。再说了,一年办几十件提案,也不容易。"邓念成无奈摇头,然后去提案审查室。

田静他们正在梳理的对账单,被邓念成当作头等大事,置于顶格位置,甚至超过了即将召开的强区放权改革专题协商会的筹备,他每天都去了解情况,研究解决具体问题。

企业是一个萝卜一个坑,不养闲人的。所以,把对账单发给办理单位征求意见,田静便放那六个员工回企业处理事情,做查漏补缺的事。一进门,邓念成就问各单位反馈的情况如何,质量高不高。言辞间有些着急。

盯着电脑上的文档,田静眉头微蹙,有些焦急地说,还是不太行。邓念成问主要是什么问题。田静指着电脑里的文档,眉头依旧微蹙着说:"还是那两个问题。一是长篇大论,仿佛生怕人家看不懂;二是没认真区分'当年完成事项'和'当年推动工作',填得比较混乱。还有一个就是漏项比较多。有些事我们都知道做过了,但表里没反映出来。"

邓念成凑近电脑,果见那填写的事项,拉拉杂杂一大堆,前因后果都在里边。再细看,的确有填错项目的。他皱起眉头想了想,问反馈了多少。田静不知他是何意,回答说二十几个单位吧。随后又说:"我们也一直在催,但估计要过了'十一',才能全部反馈回来。"

"二十几个单位,四分之一强点……"邓念成若有所思,然后果断地说先不催了,叫她挑三个相对好些的,改出个模板,再发所有单位参考。但十月十五日前,必须反馈回来。再梳理一遍,就给第三方机构去做分析报告。随后解释说:"今年的部分城市政协工作研讨会,十一月初在金鹏召开。我们提交的交流材料,就是写对账单的。争取把分析报告作为背景材料印发。"

"嗯……给个影本照着描,这个办法好。"田静略一思索,似乎松了口气,眉头微展,"虽然培训会上你讲过,补充通知也写清楚了,但可能是第一次,很多人还是不知道怎么填。与其滥竽充数,还不如给根拐杖,叫他们杵着走。"

"什么时候能讨论啊?离放假没几天了。"虽然邓念成嘴里说不急,但这话还是透出一丝焦急。田静哪里听不出来?边思考边说:"我抓紧弄……嗯!估计明天就可以……明天你有时间吗?"邓念成没犹豫,当即说:"那就明天上午!商定完专题协商会材料,就讨论你这个。宜早不宜迟,越快越好。"

强区放权改革专题协商会定在大后天。所有材料已经准备完毕,但在进厂印刷前,还得再集体过一遍,才能放心。印了之后再发现问题,不仅增加成本,浪费资源,时间也赶不及。

此间事了,看看还有点儿时间,邓念成又去找文闰生。作为提案办理结果对账单的倡导者,文闰生也时刻用半只眼睛盯着,生怕出丁点纰漏。所以,目前的进展和下一步打算得让他心里有个数。同时,那件提案的事,不管态度还是处理方法,其实蛮严重的,也得让他知道。甚至听听他是什么意见。

文闰生没提不同意见。不过,他突然抛了另外一个问题:"你考虑一下,有没有更好的名称?总感觉'对账单'有点儿老土,不够洋气。"

他动不动出考题,邓念成已经习惯了,所以并未显出多少不适应。端起茶杯喝了口茶,又思索了一会儿,突然联想到正在准备的专题协商会,所有材料用的都是"清单",于是灵机一动,身子往前倾了倾,盯着他的脸笑道:"现在不都流行这清单那清单吗?要不,干脆叫'清单'得了。提案办理结果清单,如何?"

"提案办理结果清单……"文闰生重复了三遍,又在心里默念了几遍,然后眼睛放光,兴奋地一拍座椅扶手,当即一锤定音,"好!就叫清单,提案办理结果清单!"

虽然貌似确定了,两人却还不放心,毕竟要长期使用,甚至还想着出经验的,所以必须经得起推敲。倘若给人挑出毛病,便贻笑大方了,于是又斟酌了一会儿。直到都觉得可以了,既与内容相符,也通俗易懂,还赶了下时髦,能够被人接受,文闰生便叫把所有材料的叫法都规范起来,统一叫"提案办理结果清单"。

邓念成又讲朱炜那件提案的事,文闱生思忖片刻说:"这也给我们提了个醒,必须加强督办。同时,抓紧把清单搞起来,发挥倒逼作用。"

第二天上午的会,并未花太长时间。专题协商会的材料过得烂熟了,昨天杨豫明跟小芳又校对过清样,今天只是把他们拿不准的地方,做最后确认。田静弄的三份模板,昨晚就发邓念成改过,所以也就走个流程。倒是华艺章汇报不满意提案办理协商会的时间,让众人踌躇了一阵子。他竟把时间协调在了明天。

见邓念成不语,华艺章解释:"我也知道后天开专题协商会,明天要做很多准备。但朱炜排过去排过来,就明天下午有空。"刘畅问:"通知和筹备来得及吗?"华艺章说没问题,一副胸有成竹的样子。甚至一副嘚瑟表情,真是招仇恨,恨得有人差点儿揍他一拳。

"既然没问题,那就开吧。麦林子躲雨——躲不过去的①。迟早都得开,那就早开,方便办理单位抓紧补救。"邓念成没时间跟他计较,想了想便咬牙拍板。随即又有些不放心,脸色凝重地问:"叫你了解的情况,搞清楚了没有?"

"其实没什么的,就是心里有气。"华艺章笑了笑,解释,"乔处长是个好强的人,算得上心高气傲了,工作能力也超强。却因这件提案,被领导们狠批了几回,面子上下不来,觉得很委屈。昨天回去,局领导又教育了她一回。明天的会上,应该会老实的。"

"老实就好!"得了这么个实信,邓念成如释重负,说只要她不发飙,就不会出大乱子的。其他人不知道昨天发生了什么,惊问什么事。见两人没接茬,便不好再多问,于是都闭嘴。

事情这么多,邓念成没敢开长会。他给大家做了个临时分工,只和华艺章去开不满意提案办理协商会。其他人由刘畅带着,做专题协商会的准备。

散会前,邓念成又对田静说:"我昨晚上仔细想了想,那些漏填事项的,还是因为不够重视,属于认识和态度问题。我们提供的范本,只属于技术性问题。所以,把范本提供给办理单位,要再发一个补充通知,请各

---

① 麦林子:江汉平原方言。指麦田。麦林子躲雨——躲不过去的:歇后语。意思是麦田里躲雨是无济于事的,形容有些事是避不开的。

192

单位务必认真填报,以免影响绩效考核。范本则作为补充通知的附件,请各单位照范本填报。"

第二天的不满意提案办理协商会,邓念成一直关注着乔处长。见她进门就阴沉着脸,也不跟人打招呼,心里面顿时打起鼓来,暗道:"艺章到底是怎么搞的?情报似乎不准啦!倘若她再次发飙,自己和他们局领导前期的所有努力,岂不就前功尽弃了?"

前半程还好,这让邓念成稍稍松了口气。周副局长亲自道歉,承诺一定办好提案,尽可能落实建议。朱炜想看的文件,也当场给他看了,只是叮嘱不要外传。虽不是密件,但也确实是内部件。朱炜语言有点儿激动,还在可以接受的范围。第三方评价时,邓念成那口气也差不多要放回肚里了,但形势却急转直下,甚至擦出火星,霎时就让周副局长差点儿吐血,邓念成也恼怒不已。

第三方评价,是在提办双方各自陈述完情况和理由、进行充分沟通交流之后,由第三方人员作出不带立场的客观评判,完全是就事论事。这是提案进行二次办理,还是就此结案的重要基础。一位傅姓委员说,他们局其实挺辛苦的,做了大量实事好事,解决了许多家庭苦恼的问题,感觉挺有成就的。但因为是民生部门,这些年欠账又多,所以市民抱怨多一点……

"你不清楚情况,就不要胡说八道!"人家后面的话还没出口,乔处长突然打断话头,瞪着眼睛呛道。

全场霎时讶然,都把目光转到她脸上。笑脸盈盈的周副局长脸色瞬间就煞白了,气呼呼地说:"你才胡说八道!你不开口会死人哪?"傅姓委员也被她那话惹得火起:"怎么说话呢?我是帮你们讲好话,听不出来吗?真是狗咬吕洞宾!"后面的也不说了,直接说:"就你这态度,怎么办得好提案?可见周局长前面说的都是假的!所以我的建议,是重新办理。而且要是我的提案,会不满意到底。"

"对不起,对不起!您继续……"自己巴心巴肝地努力,眼见就要成功了,可她一开口,就搅了个周天寒彻,周副局长怎能不上火?连忙跟傅委员道歉,又赶紧解释说:"她的话不代表局里的态度。在这里能代表局里的,只有我。"

跟同样眉头紧蹙的刘天民对视一眼,邓念成也叫傅委员继续。傅委员仍在气愤中，铁青着脸说："不说了，说再多也是重新办理！"邓念成便请后面的几位第三方人员发言。

因为有了这个插曲，后面的人当然没好话可讲，都说建议重新办理。听得周副局长一行如坐针毡，脸色越来越难看，也不时拿愤恨的眼光瞅乔处长。

会议开成这样，结果可想而知，当然是重新办理。这也在邓念成的预期范围，他也想着给一个教训。不过，流程还得走完，便叫刘天民讲话。

刘天民也是严厉批评，还上纲上线到政治认识高度。周副局长没辙了，漂亮的脸蛋儿羞愧得通红，作最后表态时又不停道歉，然后无奈地表了个硬态，说她一定拿在手上亲自办，保证让朱炜委员真正满意，而不是搞形式，走过场。

她这个态度，大家还是认可的，脸色缓和不少。所以宣布结果时，邓念成说协商会的效果还是很明显的，摆清了事实，讲明了道理，明确了下一步的办理目标。提醒周副局长二次办理就一次，提案委不再开协商会。两个月之内，朱炜委员满意就是满意，不满意就是不满意。希望说到做到，让朱炜真正满意。

"实在抱歉啊，朱委员！提案办成这样，责任全在局里，在我这个分管领导。但我向你保证，这种情况肯定再不会发生了。有关这件提案的办理进展，我直接和你联系。你有任何想法，也请直接跟我讲。"周副局长说完，拿着手机来到朱炜座位前，满脸谦恭地说，"加个微信吧！来，我扫你。"

她这一连串动作，弄得众人又是一个愣怔。心说这剧情翻转也太快了些吧。同众人的感受一样，朱炜起初也有些惊诧，稍稍愣怔才抓起手机，调出微信给她扫，脸色也转暖，笑意盈然地说："周局这么重视，我也断没再给不满意的道理。周局你放心，只要贵局认真办，我肯定给满意。"

乔处长没再开口，黑着一张脸，如木偶般坐在座位上，不知在想些什么。邓念成只是偶尔瞥她一眼，仿佛忽略了她的存在。而所有人也似乎把她给忽略了。

他们握手言欢，邓念成当然喜闻乐见。正如文闰生所言，政协就是搭台看戏，谁赢了都鼓掌。何况看到如此跌宕起伏的喜剧、皆大欢喜的结局,有谁不乐意?除了欢笑鼓掌,还能做什么?

既然他们化干戈为玉帛,邓念成便知道媳妇娶进门,再没媒人什么事了。于是笑道:"你们先聊着,我得退场了。明天开强区放权改革专题协商会,正在布置会场。那边来了好几条微信短信,叫我过去看看。"

众人先是一个愣怔,接着又都感叹,真是没想到,政协也忙成了这个样子。邓念成心说,可不就忙得跟政协似的?不过没答话,笑着离开了会场。

19. 没钱难倒英雄汉

强区放权改革常委会议专题协商会终于召开了。见领导们鱼贯般上了主席台，邓念成也坐到自己的座位上。眼睛却须臾不离主席台，以便随时应付紧急情况。

丁锐讲完开场，就是黄达理作综合报告。他起先不肯讲，说其他专委会组织的专题协商会大多是主任作主报告或者总报告，建议邓念成讲。邓念成说他就是个幕后工作者，至多跑跑龙套。大家回想了一下，还真是这么个情况。这两年多，提案委组织的大型协商活动，主报告或者综合报告，他一次都没讲过，都是安排别人讲的。

但这次书记和市委常委、常务副市长与分管副市长，以及相关部门和各区分管领导都来了，除了主席台坐的，下面也乌泱泱一大片，不好意思再安排其他人讲。文闯生觉得有点儿道理，也劝黄达理讲，指着邓念成说："叫他把稿子给你准备好。"因此，黄达理只得勉为其难。

会议进入正轨了，确信再不会有特殊召唤，邓念成这才放下心来。手抚砖头厚的几大本材料，听着委员们的慷慨激昂，见台上台下听得兴致益然，霎时百感交集——

为了这个半天的会议，他们真是穷尽了一切办法。早在三月，就搞前期调研，拟订方案，组织起六十多人的委员队伍，搭建了综合评估、政策法规和机构编制三个专题调研小组。涉及范围也确实是广，十八个市直部门和十个区。内容不仅有市里下放的一百四十四项事权，也有承接省里的几十项事权。随后开了一场情况通报会和八场座谈会，向近千家企业和十个区政府进行问卷调查，组织八十多名四级政协委员①开展监督性视察。

历时半年的市、区两级政协联动，总算把强区放权的成效、问题和困

---

① 四级政协委员：指全国政协委员、省政协委员、市政协委员和区政协委员。

难摸准了,也把未来的改革路径捋清了,才有底气开专题协商会。成果也算丰硕,形成了一份综合报告、两份专题报告、一份问卷调查专题报告、一份强市放权改革专题报告、一份视察报告、二十二份委员发言材料和一份调查总表,七个区政协也都提交了一份专题调研报告……

正这么想着,他突然暗道一声不妙,连忙起身出会议室。这段时间连轴转,常常睡办公室,甚至还熬过两三个通宵,如今精神放松,一股困倦陡然袭来。他可不敢在会场打瞌睡。

刚出会场,就在天台碰到了发完言,又接受电视台采访的黄达理。黄达理微微笑着对记者说:"邓主任是这次专题协商会的操盘手,最了解情况了,你们应该采访他的。"

为增强专题协商会的宣传效果,金鹏电视台准备做个新闻专题。按邓念成设计,每位委员发完言,包括待会儿要做回应的市直单位领导,都得出来接受采访。黄达理也不例外。

"我们也是这么想的,但邓主任说他不接受采访。"美女记者笑意盎然,语气却有些无奈。随后她灵机一动,嘴角也稍稍上翘,一边手持精致话筒,踩着高跟鞋"嗒嗒嗒"过去,一边狡黠地将了邓念成一军:"我们面子小,请你不动。但黄主席的话,你不能不听吧?"

已经站在摄像头前的委员自觉靠边,笑着说邓主任先来!组织人接受采访的刘畅,也看戏不怕台高,笑嘻嘻地跟着起哄:"主任你老说政协要亲近媒体,创造新闻热点,多宣传政协工作。如今记者找上你了,你却还往后靠。你这言行不一啊!以后再说话,别人怎么会听呢?"

他们这一出,打了邓念成个措手不及。尤其是美女记者那话,试图站在道德制高点,拿黄达理框住他。而刘畅那话,他也的确多次说过。可他还是摆了摆手,笑着对美女记者说:"还是按计划进行吧。计划是我定的,就不要被我破坏了。我是困了,出来抽烟提神的。"

"采访邓主任,真如走蜀道。"美女记者被拒绝,仿佛有些落寞。不过,她很快整理好情绪,目光中露出钦佩,问:"你还是坚持镜头对准委员啊?"

"那是!我们主任就是这样,做事情往前冲,碰到镜头往后躲。"刘畅不失时机补了一句,话语里满是自豪和崇敬。

"哪有你们说的这么'高大上'啊?"邓念成哭笑不得。本是出来醒神

197

的,却不知不觉赚了回表扬。不过,瞌睡真给赶跑了。

强调镜头和笔头对准委员,是因为"他们才是政协工作的主体"。这是邓念成的口头禅。起初的新闻报道总提他的名字,他便叫宣传处处长转告记者们,但凡必须出现他名字的,一律用"提案委负责人"代替。也仍有记者不小心写了的,他又去找人讲。后来,"提案委负责人"便成了他在新闻报道里的代名词。

他执意如此,大家便都不再勉强,黄达理进会场,电视台继续采访,刘畅则等前面的委员采访接近尾声了,再叫下一位出来。

这场专题协商会,委员们放开了讲,书记等领导不时插话,深度交流互动,气氛热烈得很。眼看着时间不够用了,丁锐提醒委员把握发言节奏,给领导们留点时间。书记却笑呵呵地说,有质量的发言,多长时间都不是问题,启发委员们不要有保留。所以,除了安排的委员,又有几位常委和委员即席发言。会议结束时,墙上挂钟的指针已经指向了六点半,整整开了四个小时。

按书记要求,邓念成他们第二天又把会议材料给所有市领导送了一套。市相关部门和各区(新区),则是派人来市政协领取,然后研究吸收采纳,转化为推动工作的实际举措。很快,又以市政协党组文件,正式向市委报送专题协商会的情况报告。也算是赶在"十一"之前,画了个圆满句号。

按照补充通知和范文模板,各单位报的提案办理结果清单,尽管也有不如意的,甚至部分单位仍然敷衍,但总体好了许多。又经田静他们整理和梳理,文闯生看了很兴奋,丁锐也批了一通表扬的话,便交第三方研究机构写分析报告。第三方的人眼睛一亮,觉得过去希望但无法实现的定量分析,这回有了翔实数据。

既然都是这个判断,邓念成便把第三方人员请来,讨论分析报告的架构。辛辛苦苦得来的宝贵数据,他不想浪费了。倘若分析报告仍然不汤不水,那真是得不偿失,他会扼腕叹息,毕竟在清单上面耗费了大家太多心血。

每每想到这个,邓念成就心有余悸,心说应该换个法子,从源头上解决问题,做到一劳永逸。他不能老麻烦委员支援人手的。再者说了,靠人海战术打疲劳战,肯定不可持续。不说别人,就是他自己,如果明年再搞,这个决心能下不能下都不一定。

思考了几天，邓念成心里也有了大致想法，又把系统开发公司的程序员请来，探讨修改程序的可行性。听了他的设想，程序员轻松地笑道："你有什么需求，只管明确说，我保证做得杠杠的。"他还自信满满地说："这都什么年代了，再难的程序都能写，你这一个提案管理系统，可不就像幼儿园的作业？"

既然他这么有信心，邓念成便放下心来，再去文闰生那里。两人一边喝茶，邓念成一边讲他的规划。文闰生听得云里雾里，不解地道："这想法挺好啊，那就抓紧做呀！我不是说过，你搞不定了，才来找我吗？"

邓念成狡黠笑道："现在就搞不定了。"话语里透出些无奈。文闰生问："什么事搞不定了？"

"两个！"邓念成不磨叽，喝了口茶，直接道，"第一，我还没想好搞成什么样。如果在现有基础上增加清单，百分百招致反对和抵触，我也不忍心折腾人家两次。办提案，毕竟要花费行政成本的，各单位人手太紧了。但假如清单不要办理单位填，那后面的工作全压在提案委，我也不能老找委员支持人手。所以复文和清单，只能搞成一个。但搞成一个，便要改提案格式。如今的格式是全国统一的，先写案由，再写现状分析，最后写建议。"

文闰生没急着讨论，而是帮他杯子里续茶，问："第二个呢？"邓念成说："第二个，我想明年就使用新模式，那就得抓紧升级改造系统。但四次全会明年一月开，满打满算只有三个月时间。而且下个月就要发提案征集通知。另外，学习兄弟政协经验，也想在全会召开前，就进行提案审查……"

"这两个问题似乎都在你职权范围内，不需要找我的呀！那么，你到底想表达个什么意思？简单点。"文闰生还是有些蒙，不知道他绕来绕去，到底想绕出点什么。

邓念成却不急，掏出烟来点上，这才说："系统升级改造，我们没经费。"文闰生终于闹明白了，想了想说："第一个问题，折腾办理单位两次，肯定是不行。我赞成合并，但具体怎么做，还得你自己去琢磨。第二个问题，你先去问办公厅，还有没有机动或者备用经费。如果有，你们写个申请，我去找丁锐同志争取。如果没有，能否跟开发公司商量，先做升级改

199

造,明年补钱?"

"喂,主席!我有办法了。"既然他同意合并,便只能在提案上打主意。邓念成灵光一现,脑袋一拍,在烟灰缸里使劲掐灭烟头,兴奋地站了起来。

"说来听听。"文闰生这下倒是沉稳了,没他那么激动。

"提案的基本要素,是条例规定的,这个不能变。否则,别人就会质疑我们突破了顶层设计。但可以按清单格式改造系统,使提案人提交的提案,一开始便是清单式的。就是说,进入办理环节的,就是清单式提案,答复也直接对照清单填写,使提案建议和办理复文形成一一对应的关系,免得答非所提。而且,提案和复文字数也会减少,双方都减轻了工作压力。"邓念成简直太佩服自己这脑袋了,聪明得不要不要的,兴奋得手舞足蹈。

文闰生却没显出有多么激动,而是若有所思地消化他那信息。思索了一会儿才道:"你还可以做得更彻底一些,开宗明义就写建议。因为办理单位最想看的,是提案有什么建议。然后把案由分析作为补充,帮助办理单位深化了解。这样,还是没有改变提案框架,只是改变了系统里的顺序。"

"哎呀!这茶没白喝,所有困惑迎刃而解。"邓念成起身告辞,说他得抓紧去落实了。

"还真是个工作狂。"文闰生也没拦他,只是笑着摇头。文闰生也是个塌下心来干事的人,他很庆幸能有这个好下级。两人脾气性格相似,真是太投缘了。

出了文闰生办公室,邓念成直接去找方淑文,却没想到,竟被一口回绝。见方淑文瞪着一双漂亮的大眼睛,像看大猩猩一样盯着他,然后把头摇得像货郎鼓,邓念成讪皮讪脸地跟她磨,说不多要,不会超过十万。方淑文却不跟他磨叽,哂然一笑道:"真是狮子大张口,还'不多要,不会超过十万'!你以为十万是个小数目?告诉你,别打钱的主意,一分都没有。"模仿着他的口吻,拒绝得干净利索。

听她语气有些冲,估计也为钱的事伤脑筋,讨了个没趣的邓念成扭头就走,气得方淑文扯起嗓子臭骂。邓念成充耳不闻,他在心里哼了一句:"哼!活人还能叫尿给憋死了?此树不开花,自有开花树!找你这招不行,我不还有文主席出的第二招吗?"

邓念成回到办公室,操起电话就准备打给华艺章,叫他联系开发公司,问他们能不能抽空过来一趟。号码拨了一半,他脑子倏然一个激灵,身子也打了个哆嗦,话筒瞬间就放下了。

却原来,他突然想到了财务制度和财经纪律,坚决不允许先斩后奏!做任何项目,都必须先申请立项,争取到财政资金,才能通过公开招标确定中标单位,再做项目开发。为这事儿,挨个处分不划算啊!再者说了,倘若开发公司做出了软件,但因违反财经纪律,机关不同意付款,怎么办?哭都没地方哭去!总不至于自己掏腰包付账吧?

他后怕至极,暗骂自己真是昏了头了。随后又庆幸,好在及时想起这个规定。以华艺章那个落实指示不超过五分钟的性格,还不转头就打给公司了?

他不是个碰到困难就找领导的人,尽管文闰生说,领导就是解决矛盾和困难的。所以,他没想着再找文闰生。可是,还能立马推进吗?如果能,该怎么推进?邓念成陷入了痛苦之中。

其实还有个法子,但邓念成不想用,也不敢用——

金鹏市的政协委员不仅履职热情超高,而且对政协事业都倾全力支持。比如这次为梳理清单,孙华、吴敏、郑昌红三位并非大老板,只分别做着社工、科技和行业协会,但听刘畅说需要人手,都毫不犹豫就支援了过来。

比较大的老板,更想着直接给予经费支持。记得那年成立理论研究会,有委员听说有组织没编制没经费,直接找上门来要资助,甚至建议设立基金,每年往里投一笔钱。负责这项工作的几个人,包括邓念成,说不心动那是假的。但时任主席季德胜却一口否决,转头就叫办公厅给财政写报告,申请专项经费。

办公厅后来又接手主管两个研究机构,也是采取这种方式解决,没找委员要一分钱。

倘若跟委员开口,甚至都不用开口,只须放风出去,不说十万,更多的钱,也有委员愿意资助。但是季德胜的话,言犹在耳。季德胜说:"请委员支持人手,支援智力,还勉强可以。但要委员出钱,绝对不行!……"

一连几天,邓念成都没想出个法子,系统改造便只得按兵不动,甚至都没敢提出来研究。

这天，开发公司副总李玉珍过来走访，了解市场需求。她表示，马上要开全会了，如果有什么需求，可以利用这两三个月时间解决，不至于届时措手不及。邓念成先是有些感动，心说真是想瞌睡，就有人送枕头了。继而又犹豫不决，最后觉得还是不开口的好，免得人家为难。

他几次三番欲言又止，不仅李玉珍几人忐忑，以为系统没做好，或者出了什么纰漏，就是提案委的人，也大惑不解。华艺章终于忍不住，打趣道："主任像换了个人咧！"刘畅也追问："是碰到什么难处了吗？"架不住大伙儿刨根问底，邓念成试探着问李玉珍，假如完全照清单要求，再进行一次系统改造，大概要多少费用？又要多长时间？

李玉珍这个女人真是聪明剔透，当即就笑着应道："主任你能说得更详细些吗？太过笼统，我不好回答的。只有了解详细需求，我们才能拿出切合实际的策划书。"邓念成想想也是，尴尬地笑道："唐突了！"随即不再犹豫，直接就讲了设想，连同时间要求。最后苦笑着说："不过现在到了年底，政协暂时没钱。"

李玉珍顿时明白了，依旧笑着说："我们不在乎延期支付的。"邓念成的脸色要多无奈便有多无奈，苦笑着说："问题是，我们压根儿就没报过预算。"

李玉珍的笑始终挂在脸上，思忖片刻又道："这样吧，主任！不管政协给不给钱，项目我们都做了。不说我们是金鹏的企业，应该为金鹏发展做点贡献，单说我们开发系统，最早就是从市政协开始的，如今在近百个人大和政协使用。亏了你们信任，最先给我们做，没有你们的宣传和推广，我们也做不到这个规模。从感恩的角度，我们也愿意免费做这一单。"

"回头再说吧，不好要企业免费的。这样子，我尽量去找钱，找到了就抓紧做。大不了就拖个一年，也不是什么不得了的事。"她那话情真意切，自然让邓念成感激，但揩企业的油，打老板的秋风，不是金鹏市机关的做派，他也断没这么想过。

杨豫明灵光一现，说："既然总要做的，那就两条腿走路。一方面公司先出策划书，一方面主任去找钱。怎么样？"邓念成想想，笑说："这个倒是可以呀！串联改并联，能省不少时间。反正今年不做，明年肯定做。你们说呢？"听他口气似乎下决心了，当然不会有人唱反调，便算是定了下来。

客人走了，邓念成说："为避免走弯路，同时方便提案人和办理单位更好体验,减少使用中的烦恼,我们研究一下,看看清单式提案模板的框架结构该怎么搭建。"

都是第一次接触这个理念,少不得他又完整地讲了一遍,然后张一嘴李一舌地拼凑,便达成一致意见。就是在提案提交页面,其他不作改动,只把建议放在前面,开篇就是建议,且用表格形式体现。

具体说来,就是在正文里,先设置"建议一""建议二""建议三"等几个标题式栏目。每条建议下面设置一个"补充说明"栏,用来填写该条建议的具体内容。这样,该条建议及具体内容是什么,便一目了然。同时,在建议栏右侧设置"添加"按键,方便填写更多建议,也保证界面整洁一致。至于"案由分析",则在建议栏目之下,再设置一个"需要说明的其他情况和问题"栏目,为办理单位深入了解提案背景提供参考。

为照顾人们的阅读习惯,并与传统提案格式相衔接,在文档结尾设置转换为 Word 文档的按键。点击该按键,便可呈现传统的提案格式,也可打印出 Word 文档,较好地实现两种格式间的自由转换。

在提案办理页面,打开便是清单表格。点击"办理"按键,左侧几列,系统自动生成案号、案由、提案人、办理单位、办理类型、事项序号及分栏的"提案建议",右边四列空白栏,分别是当年完成事项、当年推动工作、明年待落实事项和不能采纳的原因,由办理单位根据办理情况逐项填写。同提案一样,也设置 Word 文档按键,点击便可呈现传统的提案办理复文格式,同样可以打印。

钱还是没着落,但开发公司有这个积极性,他也不好打击,便叫杨豫明形成文案,提供给人家参考。

这天开市、区政协主席联席会议,专委会主任列席。邓念成知道没他们什么事,便夹起征集提案通知初稿进会场。

也的确没他们什么事。会议由丁锐主持,文闯生和各区政协主席分别介绍市、区政协工作情况,最后丁锐讲话。当然,会研究需要市、区配合的事项。不过,也是主席们去商量确定。

邓念成时而修改文稿,时而放下手中的笔,专心听一会儿发言。在机关干了大半辈子,他早练就了一边听会、一边修改文字的本事。甚至从发言人的语气和语调,就能立即抓住要点和重点。所以即便改着稿子,发言的主要内容还是能灌进耳朵,并将有用信息沉淀在脑子里。

他也知道，一心二用终归不是好习惯，似乎不尊重人，当然也不讨人喜欢。前些年有一次开会，他也跟今天一样，边听边改一篇急用的稿子。不想领导觉得煞风景，点名问他现在讲到了第几大点第几小点，最后一句话是怎么说的。邓念成尴尬起身，先回答问题，再分毫不差地复述，弄得做好了发火准备的领导暗暗吃惊，也让为他捏了把汗的人把汗揩干。

所以不到万不得已，他不会带稿子进会场。但是今天，真的没专委会主任们什么事，他便老病复发，又带了稿子进来。

然而事情总有意外。轮到鹏秀区政协主席周天鹏发言时，因为联动督办西部交通问题的提案，鹏秀区似乎不那么热乎，邓念成就放下笔，抬起头来细听。前面都没什么，但最后，周天鹏却侧过脸来笑着对邓念成说："有个困惑，想请你这专家给排解排解。"

周天鹏的话让所有人都觉得匪夷所思，目光在两人脸上扫来扫去。已经摁下了麦克风的鹏华区政协主席范体军也只得停下。邓念成也是一愣，暗道真是躺着也中枪，喝杯凉水也塞牙呀！随即笑着开口说："主席你尽管问，我保证知无不言，言无不尽。"

周天鹏依然微笑，问："政协到底是指导关系，还是领导关系？比如区政协的提案委，到底是只受区政协领导，还是市政协提案委也可以领导？"

他这话的挑战意味有些明显了，大伙儿越发惊诧。邓念成更是内心一震，不过很快调整好状态，目光望向了主持会议的丁锐。见丁锐点头，他便说："既然周主席点将，那我就恭敬不如从命，讲点个人浅见。如果讲错了，还请周主席指正。"稍停便道："上下级政协从来都是指导关系。过去是，现在仍然是。提案委作为政协的工作机构，当然只受本级政协常委会和主席会议领导……"

周天鹏打断他的话头，直接追问："那怎么感觉市政协提案委可以领导区政协提案委呢？"

"能听我把话说完吗，周主席？"邓念成依旧微微笑着，不过这话也有些不软不硬了。然后继续说："上级政协应当履行指导责任，下级政协也要接受指导。指导的方式，可以是会议，可以是活动，也可以是印发文件。而且，虽是指导关系，也并非可有可无的。譬如全国政协的决议，地方政协及其委员必须遵守。譬如今天的市、区政协主席联席会，某种意义讲也是一种指导。说句直白的话，指导关系虽非领导关系，却也绝非兄弟关系。不能因为是指导关系，就觉得地方政协可以跟全国政协平起平坐，下级政协可以跟上级政协称兄道弟。至于更具体的，如果周主席你需要，会后我再单独汇报。"

邓念成知道他因何发难，所以话语虽不太客气，却也留了些情面，比如没点西部交通提案的督办。毕竟在座的，有市、区政协主席班子成员及十几个列席人员，还有工作人员。太伤人面子的事，他做不出来。

未尝不清楚周天鹏意思的文闰生，也连忙接口说："今天会议时间有些紧，你们会后单独沟通吧。"文闰生这话也同样不算客气，坚决终止了这个意外插曲。

或许他就是抛这么个话题，也没真想深究，也或许邓念成真说明白了，周天鹏没再吱声。丁锐便叫范体军发言。

想必范体军也明白周天鹏的用意，关于市、区政协联动督办提案，以及强区放权改革专题协商，在书面材料里只是几行字，他却现场发挥，眉飞色舞地讲了一大段肯定的话，还充满期盼地说："我们书记说了，要积极向市政协争取，关于西部交通问题的提案，明年继续联动督办。"这让邓念成又感受到了一些欣慰和暖意，也坚定了继续推进联动督办提案的信心和决心。

会议结束，周天鹏直接走人，没再找邓念成。邓念成也没热脸去贴冷屁股。算是不了了之。

当然，邓念成还是郁闷，毕竟联动督办，是他们主动要求参与的。但他那话的意思，好像是受了胁迫。当然，兴许没想到会动真格，以为只走个形式，也兴许区里有领导不高兴，他承受着压力。但不管属于哪种情况，私下沟通是完全可以的，没必要闹到大庭广众，搞得彼此难堪。又不是人不熟，平时也称兄道弟的。

不过，这么想过之后，他就放下了。他没那么多时间，也没那么无聊，成天沉浸在这些无聊的事里。

征集提案的通知，邓念成改完已有两天了，却压着一直没签出去。原因是他还不死心，还想看看系统改造有没有可能性。如果有，那么提案格式方面的要求也得相应修改。

为这事，他又找过方淑文两次，闹得对方有点儿烦了，哭笑不得地说：

"好老弟呀,真是没钱!要是有钱,我藏着掖着干什么?又不能自己装腰包。要是能生,我二话不说就给你生了。但钱不是孩子,我生不出来呀!"

如果问题能解决,对方烦了也就烦了。他没所谓的,脸皮厚点就是了。问题是把对方惹烦了,他的问题却还是问题。

两人关系一直不错,但凡有丁点可能,断没拒绝的道理。既然方淑文把话说到了那个份儿上,就肯定是真为难。即便找文闰生,也是徒劳。自己难堪就算了,他不想叫领导也跟着难堪。所以后面文闰生问到了,他都支吾其词,没有明说。

"咚,咚,咚!"束手无策的邓念成,这天一进办公室,便点燃一支烟,心有不甘地作困兽斗,门突然响了。他以为是服务员送报纸,随口说了声"请进",人却靠在靠背椅上没动。

随着门被推开,他有些惊愕,甚至瞬间涌上一丝惊喜。因为映入眼帘的,除了华艺章那张笑嘻嘻的脸,后面还跟着开发公司的年轻工程师。工程师不废话,放下背包说:"我们做了个模板,李总让我来演示一下,主任看看再怎么修改。"

邓念成有些激动,也有些感动,他掐灭烟头,连忙起身说:"这么快的吗?还不到十天咧!"在办公桌对面坐下,工程师从背包里取出手提电脑,解释说:"这不时间紧吗?我们就组建专班,加班加点搞了个初稿。李总说有些粗糙,先听听你的意见,然后修改完善。"

邓念成心下骇然,却也不再多说什么,连忙转到他身后,一边听他讲解,一边仔细观看。只看了一会儿,就叫华艺章找间有电视屏幕的会议室,然后通知所有人一起来审查。

审过之后,大家都觉得基本成型了,用到第四次全会完全没问题。当然,也提了些修改意见。

到了这个程度,邓念成不再犹豫,当即去请示文闰生。文闰生没说别的,只是盯着他的眼睛,用夸张的语气问了两句:"既然搞出来了,为何不用呢?难不成,你将它当作核威慑?"

邓念成正想说他的困惑,文闰生又打趣了一句:"再好的武器,若只是锁在仓库里,都无异于破铜烂铁。这话是谁说的?"

这话当然是邓念成说的。领导的这么个态度,瞬间就坚定了他的决心,也不说钱不钱的事了,他当即回办公室,把提案征集通知退回杨豫明,叫他按这个要求重写。同时，叫华艺章通知开发公司修改完善，尽快上线试运行。华艺章问新版上线之后，老系统怎么办。

他这问题，的确很专业。虽说没突破条例规定，提案结构依然是三大部分，但在系统里，却是颠覆性的。新老系统同时运行，也存在不稳定的隐患。略微思索，邓念成便说："想办法兼容！新系统暂时只针对四次全会提案。至于后面怎么办，回头再研究。"

正用座机跟华艺章讲电话，手机突然响了，一看是文闰生的，连忙放下座机，接听手机。文闰生没说多的话，只是叫他过去一趟。听那意思，是电话里不好讲。可是，自己刚从他那里出来呀，怎么就不一次把话讲完呢？以为下级闲得慌，就等着听他召唤？但这话，邓念成只敢在心里嘀咕。

刚一进屋，文闰生就生气地问："你搞不定的事，不是叫你找我的吗？"邓念成便知他所指何事了，苦笑一声反问："你能生出钱来？"文闰生无奈扶额："我生不出来，但我有其他办法呀！活人总不至于叫尿憋死。这话，好像你也常常挂在嘴边吧？"

"真的吗？"邓念成顿时就激动得不知所以，哪里还有丁点接电话那会儿的腹诽？随即又不相信似的，睁大有些浮肿的双眼，惊诧地补了一句："你真找到解决法门了？"文闰生没直接回答，而是指头甩过来，无奈地说："你这个家伙！简直是榆木脑袋，叫人好气又好笑。"

却原来，见那头倔牛情愿隔三岔五去方淑文那里碰壁，也不来诉苦，文闰生无奈又无语，于是亲自协调，终于明确由提案委先写申请，经秘书长会议研究同意，纳入明年的经费预算框架。丁锐和方淑文也同意了。

"那可真是太好了，我伟大的文主席！"邓念成真是大喜过望，就差喜极而泣，然后热情拥抱了。

"我再说一遍，你要记牢了。不要碰到事情，又忘得一干二净。"文闰生叮嘱道。他这急转弯，搞得邓念成一个猝不及防，仿佛又让人兜头浇了一盆冷水，脸色霎时就变了，连忙问记牢什么。文闰生一本正经地道："领导就是为下级保驾护航，解决后顾之忧的。"

什么叫兄弟同心其利断金？此刻便是啊！什么叫可以托付后背，然后自己勇往直前的战友？文闰生就是啊！虽然他那弯转得令人忍俊不禁哭笑不得，但免除了后顾之忧的邓念成，却感动得不能自持，稍一愣怔，随即双手抱拳，对着文闰生拱了拱，二话不说就转身出门，去找杨豫明写申请。

207

20. 倒逼思路渐清晰

十一月上旬，清单分析报告初稿的电子版就发到了邓念成邮箱。他仔细看过，觉得分析还可以再深入，改进工作的建议还可以再具体。毕竟作为第三方机构，能够跳出政协看政协，正所谓旁观者清，能够看得更透彻。便退回修改完善。

征集四次全会提案的通知也正式发出，突显清单式撰写。但许多委员不太熟悉，所以提案委的人都接到不少咨询电话。邓念成说不管谁接到电话，都要把要求讲透彻，把写法讲明白，切不能模棱两可，更不可误导委员。

到了中旬，重点培育提案的结题验收会如期召开。方法同"中期评估"。有了中期评估的经验，会议顺畅许多，培育单位也充分吸收中期评估的专家意见，培育提案的质量明显提升。当然，还得根据专家们新的意见建议，进一步修改完善，把十九件培育提案都打磨成精品提案。

又过了几天，所有重点提案的督办工作也基本完成。邓念成叫小芳起草情况报告，而他自己又去文闰生那里喝茶。

其实，哪里是去喝茶呢？要喝茶，他办公室就有，尽管茶叶不是太好。喝了文闰生泡的第一杯茶，他就兴奋地讲："这几天我一直在琢磨清单这事，真是越琢磨越振奋。"文闰生也兴致浓郁，问他有什么新的感悟。

"假如把清单反馈给办理单位和提案人，肯定会产生意想不到的效果。同时，围绕清单建立提案工作机制，让清单效用最大化。经过这么一轮操作，我们对这一做法的认识，一定能深化到一个更高层面。你想想，是不是这么回事？"

"嗯！"文闰生略微思索，随即也是面色一喜，示意他继续。邓念成眉飞色舞地说："我觉得吧，我们可以这样来认识清单机制……"文闰生却不动声色，就像个捧哏的，低头喝了一口茶，然后问怎么认识。

"就是通过清单机制，实现正向引导和反向倒逼共同发力，使得办理单位由关注整件提案向聚焦具体建议转变,使提案建议件件有着落,所涉事项事事有回音,答复也不再顾左右而言他;使提案人更加注重建议锤炼,而不是泛泛地提,甚至只是提一些概念。"邓念成越说越兴奋,"虽然我们的初衷就是这样子的,但当初并未想这么透彻,所以认识还有些模糊。"

文闯生依旧若有所思,然后脸上瞬间放光,肯定这个归纳很好,说:"你们再梳理一下,拎出几条完整表述,把清单机制的作用和效果一并讲清楚……哦,对了! 部分城市政协工作研讨会的交流材料,就按这个思路写。"

既然文闯生肯定,他便茶也不喝了,回办公室继续琢磨。直到感觉有几条了,又把提案委的同志找来论证,最后叫杨豫明形成文字,报文闯生确认。文闯生也不含糊,凌晨两点就把改好的稿子发邓念成邮箱,感动得邓念成到处宣扬他这拼命三郎精神。

十一月下旬,部分城市政协工作研讨会在金鹏市召开,全国政协领导和部分城市政协主席出席。金鹏市政协自然是全力以赴,但上会的交流材料,却与众不同地选取了一个小角度,重点讲提案办理结果清单机制,包括做法和五个方面的效果,也不出所料地,果然引起反响,与会者纷纷索要更详细的材料。

依文闯生和邓念成的想法,原本是要印发清单分析报告作为参阅资料的,但有人不太同意,说全国性的研讨会,金鹏市不好夹带"私货"的。倘若金鹏开了这个先例,将来在其他城市开,会印一堆材料。毕竟,各地都有独特做法,或者需要向别人推销的东西。于是,只得作罢。

如今,丁锐和文闯生只得歉意地跟人解释,原本是有的,后来由于某些原因,便没印发。解释完,他们又转头问邓念成:"赶得及赶不及?"

邓念成一听,傻眼了。原定不印发,他也还有些不太满意,便没着急,正在自己手上琢磨着修改。文闯生说机会难得,就是有些遗憾,也先抛出去看看反响,听听别人的意见。

这话是中午说的,会议到明天下午结束。邓念成皱起眉头说:"那我下午得请假,抓紧去修改,然后你们审过,晚上进厂印刷,应该赶得及。"丁锐和文闯生当然同意。何况邓念成又不是正式代表,只是列席人员,有他一个不多,缺他一个不少。

邓念成紧赶慢赶,终于在晚饭前送文闰生定稿,不想政协报周总几个人正好在座,少不得寒暄几句。他跟周总是老朋友,随后文闰生坐在台灯下看稿子,他们便在一旁闲聊。

"我是来落实领导指示的。"周总解释一句,随后指着两位记者,"会后他们会留下来,专门采写你们的办理结果清单。希望你这个老秘书长给予指导和支持。"

"求之不得呀!"邓念成大喜过望,当即就满口应允,又笑呵呵地跟两位记者握手。

"跟他们握手,却不跟我和赵主任握手,你还真是现实啊!"周总指着一旁的总编室赵主任戏谑,"他们写得再好,你的经验再亮丽,也得过赵主任那一关。领导交代的事,虽然也给你登,但是登什么版面、登多大篇幅、登什么位置,赵主任分分钟都能给你小鞋穿。赶紧跟赵主任握个手,拜托下赵主任。"

"刚刚握过了。"赵主任是位女同志,跟邓念成不太熟,说话便有些拘谨,又叫邓主任别听周总瞎说,"对于金鹏的经验,我们从来都不惜版面和位置的,邓主任你尽管放宽心。"

赵主任这话,让周总顿觉无趣,他狡黠一笑,继续拱火道:"老邓这人啦,典型的势利眼。谁宣传他的工作,他就奉谁为太上皇。一旦用不上,见面了都不带点头打招呼的。"邓念成嘿嘿地笑,然后把手伸给赵主任说:"既然他都这么说了,还是握第二次吧,免得他那张臭嘴,又嗡嗡嗡跑火车。"赵主任只得把手伸过来,边握边笑道:"周总这话好像不合实际。政协系统谈起邓主任,我就没听到讲他半个不字的。你刚刚跟文主席也说了一堆的好,什么能干有思想,什么有他把关,这篇新闻稿肯定出彩。怎么见到真人了,就死命地掐呢?"

"你这人……"周总气结,稍停,才语气夸张道:"难怪人家说,不怕碰到狼对手,就怕碰到猪队友。这种话,你还敢当他面说?那他尾巴不翘天上去了?哎呀,完了完了!你们两个留在金鹏,算是死定了。"

后面的话,是对两位记者说的。随后周总伸过手来,笑道:"报社四个人,你握了三个,就不跟我握一握?"邓念成一把打开他的手,笑骂:"你这手上有鸡屎。"

周总收回手,转头对两个记者说:"你们两个,后天跟我回去啊!否则,不仅没人给你们报销差旅费,还按旷工处理。"两个记者嫣然一笑说:"听周总的。"

"感谢赵主任啊!我觉得吧,你有当老总的气魄和水平。敢讲真话,不畏权势。不像某人,没丁点老总样子,早该换掉了。"邓念成先笑对赵主任,又面向两位记者,"不就是差旅费、住宿费吗?要几个钱,是吧?他不报?我报。还真是小心眼!"

几人玩笑间,文闰生审完了稿子,在呈批表上签上大名,递给邓念成时,指着两位记者对周总说:"那就这么说定了,周总。两位记者在金鹏,直到定稿了才放他们回去。"

接过文件夹,邓念成请示文闰生:"既然政协报采访,那么一只羊是放,一群羊也是放,干脆开个新闻通气会,把相关媒体记者都请来,一起讲。如何?免得有人得到消息了,又提同样的要求。而且,既然给政协报讲了,又不给其他媒体讲,也不合情理。"文闰生倒也爽快,说:"你定。"

"嗯,那就后天吧。明天我们把素材梳理一下。"邓念成说完,又转向两位记者,"那就有劳两位了,感谢你们对金鹏市政协的支持……这样,我明天安排人跟你们对接,你们也先熟悉下材料,看看还需要补充什么,尽管跟对接人提出来。"

赵主任还是没忍住,叮嘱说:"这可是我们的金牌记者啊,可别怠慢了。"邓念成叫她放心,说保证合作愉快。他不敢久待,既要赶印材料,又要落实媒体通气会,打过招呼赶紧离开。

第二天一早,分析报告就摆上了会议室的桌面,让与会者目光一亮。

紧接着开融洽热烈的媒体通气会,又采访了丁锐、文闰生、黄达理,以及市府督查室刘天民和几个办理单位,还有几名委员,记者就回北京写稿子去了。并未如此前承诺,写好了稿子再回去。不过,关系也不大了。还应他们要求,跟其他媒体约好,大家等提案委通知,同一时间发稿,努力使宣传效果最大化。

这事告一段落,便于十二月开市、区政协提案工作联系会。

推动解决西部交通问题提案的联动督办,引起各区浓厚兴趣,纷纷希望借助市政协力量,推动解决一些本区有想法,但事权在市里,或者跨区域的事项。这个当然是市政协求之不得的,正好又有这么个联系会议制度,便请各区带着选题与会,摊上桌面来研究,看看如何满足各区需求,把好事做得更好。

经过现场梳理归总,发现各区的诉求,交通问题占了一半以上。当然还可细分为交通建设、交通管理、交通组织等等,但总归属于交通大类。于是当场商定,明年的市、区政协联动督办提案就搞交通了,包括西部交通问题提案的跨年度督办。文闰生讲话时,要求各区按这个方向组织提案,然后由所在区的市政协委员按时提交。

编制提案办理结果清单的做法,随着政协报和省、市媒体集中报道,也成为讨论热点,许多区都表态要学习借鉴,搞出适合本区实际的清单来。这也是两位领导强调的重点,希望市、区携手形成金鹏特色,不要墙内开花墙外香。

虽然再没跟周天鹏沟通,但邓念成的总结,还是专门解释了上下级政协的指导关系,强调市政协提案委必定更好地担负起指导责任,希望各区相互借鉴成功经验。他相信,胡坤和鹏秀区政协提案委尹主任一定会向周天鹏转达他的意思。

此间事了,邓念成他们便把主要精力放到全年工作收尾,以及准备明年的提案工作上。

这天吃过中饭,邓念成准备休息。每天都要熬夜,中午的时间就极为宝贵,再怎么忙,也必须休息半个钟头。他的睡眠质量很高,躺下就能睡着。所以,他最恼的是中午有接待,一餐饭陪着吃下来,就没午休时间了。

不想刚脱外套,手机响了起来,一看是朱虹的,不知她又有什么事,只得接听。朱虹客气了几句,随后话锋一转,直截了当地说市政协的奖项,她什么都拿到了,就差一个优秀提案。

今年的优秀提案评选已经布置下去,正由各专委会和民主党派推荐。再过两天,就要组织评选了。邓念成的眉头顿时就皱了起来,暗道还真是念念不忘啊。但也不好说什么,只能实言相告,今年的优秀提案评选有重大变化,是自下而上推荐,然后组织评选组集体评选。就是说,提案委没多少话语权的。倘若没单位推荐,便入不了围;即便入围了,集体评选得票靠后,也进不了报主席会议审议的名单。因为是现场唱票,现场公布的。

朱虹似乎不愿听他啰唆,语气一沉说:"我参加提案委的活动够积极了,可能没几个委员像我一样吧?就不能有个额外加分?"邓念成又解释,委员参加活动,都在履职考核表里体现了,但评选优秀提案是就提案说提案,关键还是看提案质量。这是两码事。

她又揪住质量这个话题不放,说:"你们所谓的'质量',根本就是个虚无缥缈的东西,哪里有个标准?你们说有质量那就有质量,说没有那就是没有;质量高低的尺度,还不掌握在你们手里?"邓念成笑道:"我们已经有大致标准了。至于是什么,电话里说不清楚。你如果想了解更具体的,可以抽空来看看。或者看看最近有关清单式提案工作法的媒体报道。"

朱虹软磨硬泡了老长时间,总之是希望给她评个优秀提案,硬是把邓念成的午休搅黄了,弄得他懊恼不已,却也莫可奈何。

清单分析报告一出来,便第一时间报市委。不想,书记作了一个充分肯定的批示,要求市委市政府高度重视热点问题,关注重点提案,在全年工作中结合实际积极采纳。而随着人民网、政协报等各大媒体集中报道,兄弟政协纷纷来电或来函索取资料。

起先只是两个人碰出的一点火花,想看看能否搞出点名堂,也料到会有些效果。不然,也不会费心劳神大动干戈了。可如今才起步,就引起这么大轰动,这让他们激动和欣喜之余,也开始谋划怎么扩大战果,使清单机制效果最大化。

然而,却仿佛总隔着一层窗户纸,感觉得到里面金碧辉煌,但愣是看不真切到底有些什么美景。

到了这一步,他们也不急了,很有耐心地等待。他们清楚,自己只差一个点破的契机,一个让杠杆与支点巧妙结合的契机。或者说,思路打开的那一刻,便能撬动地球了。何况"半步走"向来是金鹏市政协探索创新的策略,凡事不追求一步到位。能够一步到位当然更好。实在做不到,往前跨半步,也是胜利。

搞出办理结果清单,说明跨出了前半步。接下来的半步,他们坚信,很快也会跨出去的。

但也不是什么都不做,傻傻地干等。就如脖子上箍着一圈烙饼的傻媳妇,坐等外出讨生活的男人回来,然后帮她把烙饼转半圈,方便她啃食。比如,把每件提案的办理结果清单都发给提案人,让他们了解自己提案的办理情况及其成效。对五十四件办理事项的栏目都是空白,提案人却勾

213

选了"满意"——文闰生概括为"空转"——的提案,作出专门提示,希望他们悟出点什么来。同时反馈给办理单位,希望引起足够重视。还把清单数据作为评选优秀提案和先进办理单位的参考。

这么做的目的,就是形成倒逼,推动提案质量和办理质量双提高。实际上,提案委三年来所做的工作,都是为着这个目标,不管是正向引导还是反向倒逼。只不过,这次有具体数据做支撑,说服力更强,震慑作用和社会影响也更大。

下旬机关进行人事调整,秘书长方淑文也到点退休。提拔李志江来提案委做专职副主任,当然还得一月召开的常委会议任命。提案委的阵营,至此算是空前强大了,共三名局级干部、三名处级及以下干部,还有两名临聘人员。

这天又去文闰生那里谈工作,邓念成说:"按照你的想法,这几天我们一直在研究怎么拓展清单成果。"文闰生问有思路了吗。邓念成说差不多吧,虽然尚未形成完整思路,但有了初步想法。文闰生不置可否,叫他说来听听。这是他的工作方法,出思路,然后由下级形成完整方案。邓念成也往往能如他所愿,两人完美配合,甚至天衣无缝。

"总体上说,两个维度。一个是清单机制,另一个是清单效果。"邓念成伸出两根指头,然后收拢一个,接着再收拢一个,最后握成拳头。"嗯?"文闰生眼里闪现一束光芒,但没问具体什么内容,仿佛讲相声的,又捧了一个哏。

"先说第一个维度,清单机制。"邓念成从拳头里,又伸出了食指,把他这些天的思考跟文闰生和盘托出,"就是在编制办理结果清单的基础上,建立清单机制,使清单既有权威性,又能规范有效运行。这也是第二个维度,即清单能否有效果,以及效果能否最大化的根基,或者叫本源。这个维度涉及两个问题。一个是以清单的科学性、真实性、可靠性和精准度,树立其权威性,使其经得起质疑,经得起深究。二个是规范有效运行,不会出现梗塞,或者打乱仗。有点儿类似于法律里讲的,实体法与程序法有机结合。那么在第一个维度,就是要继续深挖存在的问题,规范清单的填报内容、程序和格式,增加网络填报手段,深化落实事项的量化分析和数字化管理。"

邓念成停下来,喝了一口茶,又掏出烟来点上。

"嗯！不错。"文闰生肯定了一句，又问第二个维度呢。

喷出一口烟雾，邓念成继续道："就是通过清单成果的充分运用，使效果最大化。有了这么丰富的数据，倘若不能充分运用，真是太可惜了。从这个维度讲，提案工作的一切，要以清单数据做基础、为依据。就仿佛种了一棵提案树，结出无数果实。比如通过制度机制再造，把清单数据镶嵌到绩效考核、评优评先、委员履职考核体系各方面，并作为考核与评价的基础和依据，以及改进提案工作的重要参考。"

"嗯！通过制度机制建设，倘若再同步公开办理结果清单，确实能实现提案工作评价的定量与定性相结合，倒逼质量提升，也能推进整个政协工作提质增效。"文闰生若有所思，随后笑道："你那提案树的说法，也很形象。"

"那个不是我发明的，那是乔阳主席的专利。"前任主席乔阳就抓住"提案树"这个概念不放，推动做了不少事。而他们今天做的，其实是在那个基础上往前拓展和延伸的。邓念成尴尬一笑说："突然想到，就借用了。"

这两人在一起，往往能碰撞出火花。顺着"两个维度"的思路，两人又把相关细节捋了一遍，越聊越开心，越聊思路越清晰。

眼见差不多了，文闰生叮嘱道："今年的提案工作情况报告，先把这概念抛出去，看看外界的反应吧！我相信这是个很不错的想法，能很好地推动工作，也会引起大家重视的。"

回了自己办公室，邓念成又把整个思路和想法梳理了一遍，看看能否找出破绽，是否立得住脚。确信无误，便叫杨豫明过来，讨论怎么修改相关提法和表述。

元旦过后，四次全会就赶在春节前如期开幕了。

手头事情太多，邓念成昨晚便没回家，又睡办公室了。早上六点多起床，把事情又默默梳理了一遍，眼看着七点半了，就抓起手机，准备去吃早餐。但门刚刚打开，他就吓了一跳。却原来，政协委员李大庆竟然站在门外。

"这么早啊！"两人相视一眼，随即异口同声，语气里都透出说不出的惊讶。把李大庆迎进门，邓念成笑道："你看你要来，也不打个电话。万一我不来这么早，你得等多长时间呀？而且来了，就在外边干等，也不敲个门。好像很生分似的,搞得我多不好意思啊?……喂!什么时候到的?"

在沙发上落座,李大庆脸上依旧惊讶,却直接忽略了他前面的话,说有一会儿了。又问他每天都到这么早的吗,邓念成苦涩一笑,也在硬靠背椅上坐下说,这几天事儿多,昨晚睡办公室了。

"哎呀!主任这是以办公室为家了呀?佩服,佩服!"说完,李大庆躬起身子,双手抱拳,微笑着对邓念成拱了拱。

"佩服什么呀?还不是因为笨,先飞多飞呗!"邓念成打了个哈哈,也抱拳拱了拱。又问,来这么早,莫不是有急事。李大庆落座后说,也没什么。随即尴尬一笑,掏出几张打印纸说,就是他提了件提案,专门过来跟主任汇报,希望这次能够立案,免得又给枪毙了。

邓念成接过一看,还是为他那行业协会要地的,便递回去,虽然面有难色,却也直白相告:"支持企业和行业发展,帮忙呼吁解决发展中的难题,的确是政协的职责。但你这个提案,估计还是比较麻烦。你也知道,前年是立了案的。去年之所以没立案,就是不予立案的情形,增加了单纯为企业、个人或者单位要编制、要地、要经费。那是硬杠杠,没法突破的。"

李大庆是一家公司的董事长,也是行业协会会长。为行业发展争取政策支持,本无可非议。但他的要求太过直接,何况他是行业里绝对的龙头老大,这要的地皮,还不变相就占大头了?所以办理单位不同意,说企业用地,市里有统一规划以及相应标准和政策,不是谁想要就得给的,所以前年没给他落实。

去年他又提,但碰上《提案审查实施细则》修订,直接把这类情形列为不予立案,主要是杜绝有委员通过提案牟取企业和个人利益。而且类似问题太多,政府又不能都落实,办理单位也叫苦不迭。搞不好,给人家个不满意评价,也是够办理单位喝一壶的。

"正是因为难,所以才来找主任,看看有没有通融的空间。"李大庆满脸期待,下意识拍了拍手边鼓鼓囊囊的纸质文件袋。

顺着他的手臂过去,邓念成心中一凛,正要开口说什么,做卫生的服务员来了,他只得暂时打住。李大庆见状便告辞,笑着说:"我通过系统提交了,麻烦主任高抬贵手。办理单位那边,我也沟通好了。他们说只要政协立了案,后面的办理就有基础了。"

办理单位的人这么说,邓念成也信。估计也是被缠得没辙了,敷衍他的。但是能不能办,即便能办,又能办到什么程度,就不好说了。这不仅因为答应的人不一定是具体办提案的人,而且还有个提案审查在前面,把责任推到政协,也不是没可能性的。总之是有千百个理由,分分钟给他个"完美"解释。

想到这里,邓念成便想着再提醒一句,他却已经起身,正朝门外走去,于是邓念成又忍住了。扫一眼沙发,猛见他把文件袋落下了,连忙抓起就赶出去。李大庆已经到了电梯门口,见他拿着文件袋追出来,顿时脸色一凛,尴尬地笑着推拒,正好电梯门也开了,李大庆赶紧闪身进去,笑道:"一点小意思。事情成不成,都请主任收下。"

"心意领了,东西真不能收。过去都不收,现在天天强调'亲''清'政商关系,就更不能收了。谢谢你的理解!谢谢!"邓念成不由分说,把文件袋塞他手里。

李大庆急忙摁关门键,邓念成则把文件袋扔进电梯,直接转身,然后走楼梯去餐厅。

21. 清单模式始成型

文闰生所作的提案工作情况报告,的确给出了一份亮丽的成绩单,不仅委员们兴奋地谈论,记者们更是敏锐地捕捉到了从未出现过的一组数据,别出心裁地进行了报道和解读——

共提交提案六百九十一件,立案五百六十一件,立案率百分之八十一点二;首次实现答复率和反馈率两个百分之百;办理单位采纳建议三千三百四十六项,当年已完成事项九百一十一项,平均每件提案一点六项;提案者反馈意见六百七十三件,其中满意六百六十五件、基本满意八件,无不满意提案……

随后的分组讨论,委员们对提案工作报告里的经验和体会更感兴趣:切实加强组织领导,凸显提案工作的全局性作用;着力推进制度创新,加强提案工作制度建设;坚持"精耕细作","三个质量"显著提高;持续加大协商督办力度,增强重点提案办理的引领作用;强化各级政协联动,有效推进重点难点问题解决;探索建立提案办理结果清单制度,创新提案及办理评价工作机制。

随着亮丽成绩单新鲜出炉,尤其是不同以往的精准数据闪亮登场,人们对提案工作的辛苦与精细感同身受,也看到了提案推动城市发展的巨大成效,都赞不绝口。与此相对应,委员抱怨"被满意"、办理单位吐槽"提案质量不高"、提案工作者头疼于"两张皮"等声音,包括评先评优不公的质疑,刹那间销声匿迹。

一年的辛苦终于赢得认可,这让提案委的人不仅松了口气,也信心大增。但是,邓念成却告诫,万里征途才迈步,不要被小胜冲昏了头脑。

他说过去三年的工作,主要是化解积压问题,被问题牵着走的,是打翻身仗。天天被责问,被鄙视,被调侃,就仿佛那国足,谁心里不高兴了,甚至兴之所至——总之是甭管高兴不高兴,都能拿提案说事,且不需负任何责任。要多狼狈有多狼狈的场景,千万不要忘记了。要像牢记百年国耻那样,警钟长鸣。如今也就解决了基本问题,刚刚掌控工作主动权。接下来,要贯彻毛主席指示,"宜将剩勇追穷寇",把清单理念发挥到极致,把清单工作做到极致。

当然,他也激励一番,说:"不管怎么讲,我们的工作是有成效的,是被认可的,也是可喜可贺的。更主要的是通过编制清单,我们看到了努力方向。"

"主任这是打一巴掌,再给颗枣哩!"大伙儿哭笑不得地调侃。当然,回想走过的路,大伙儿还是挺开心的。

就在这时,刘畅不合时宜地讲了个事,可见她都耿耿于怀,似乎不吐不快了。她说对去年的提案工作,委员大多是满意的,可能就除了朱虹。

她这一开口,顿时便聚焦了话题,大伙儿七嘴八舌地纷纷附和。那就是这次全会期间,仿佛提案委的人欠朱虹陈大麦①,碰上了便立马拉下脸来,甚至鼻孔朝天。

华艺章的话更直接,说她也太在意评优秀提案了。他这话,一下就捅破了那层薄薄的窗户纸。杨豫明说:"是啊!近六百件立案提案,不能都评优秀吧?也就评个三十多件。"方平哂然一笑,不屑地说:"都评优秀,那就没优秀了!"随后嘴巴一撇补充道:"都是成年人,这么在意一个优秀,真是幼稚得可以!"

"这个话题就此打住!不利于团结的话,谁都不准再讲。何况还涉及委员!"虽然认同大伙儿的说法,也觉得朱虹的确功利心太强,把一个优秀看得太重,但邓念成还是挥起右手再往下用力一劈,果断制止议论,以及这种情绪的蔓延。

众人闻言,霎时咋舌,相互扮怪相,嘈杂的议论戛然而止。

邓念成并未因此罢休,而是趁机又把讨论引导到早先设定的话题上来,继续说:"有人看重,是好事啊!这至少说明,优秀提案已经入心入脑,说明奖项具有一定含金量,成为委员的追求和向往。这难道不是对我们工作的肯定吗?再说了,为了追求优秀,委员们也必定更加重视提案锤炼,努力提出高质量提案。而这,又是对我们继续做好工作的鞭策。这是

---

① 欠人陈大麦:方言。本意指往年跟人借了大麦度荒,如今还没还。比喻欠别人东西,或者人情。

一个良性的双向互动。大家想想,是不是这么回事? 那么,提案委接下来要考虑的,就是如何化被动为主动,把鞭策当动力,把工作做得更细更实,做到无可挑剔,做到让所有人心悦诚服。所以,我们都要顺着这个思路,集思广益,积极出主意想对策。"

众人果然陷入思索之中,办公室里瞬间就鸦雀无声。

"哎呀,主任!"不想,刚刚静寂下来,突然又响起华艺章的一惊一乍,霎时就吸引得众人抬起头来,纷纷投去探寻的目光。随即他又笑嘻嘻道:"你这是什么脑袋瓜子呀? 莫不是天天喝脑黄金吧? 就这么个话题,都能引发如此深奥的思考?"没等邓念成作答,反应过来的方平,毫不客气地笑嘻嘻戏谑:"任何事情都有两面性。看来你哲学没学好啊!"

"说正事,扯远了!"邓念成连忙喝住,再把话题扯回来。

正要回击的华艺章,只得把话噎住。众人也不再嘻哈,一本正经地纷纷抛出各自见解……

离过年没几天了,所以全会一结束,紧接着开全会总结暨机关年终总结大会,算是把年前的工作做个彻底了结,让大家轻轻松松过祥和春节。总结会结束走出会议室时,文闰生歉意地对邓念成说:"对不起啊,没表扬你们。"

原来,丁锐讲话之前,主席班子成员都讲了话。文闰生大讲特讲提案工作,特别是办理结果清单,肯定了集体功劳,却没怎么提及个人。这与其他副主席形成了鲜明对照。其他人则是穿插着,把分管部门和工作人员挨个表扬了一遍。

"你肯定了工作,不就是表扬人吗? 你肯定的那些成绩,离开了人,它能自己蹦出来? 何况还给我们颁了个奖。所以,我们都感受到了领导的关爱以及组织的肯定。"邓念成咧嘴一笑,说得风轻云淡。

此前组织的机关评优评先,提案委评为先进单位。见李志江站在领奖台上笑逐颜开,提案委的人霎时想起邓念成说的"翻身仗",也都扬眉吐气,在心里说总能如《白毛女》里喜儿唱的那样,"欢欢喜喜过个年"了。

而且,他现在真没心情跟领导计较这些虚头巴脑的玩意儿。年终事情太多,又常常睡办公室,有时加班熬夜到天明,兴许劳累所致,身体又出现了类似前年的状况。就这两个小时的总结会,他就跑了三趟洗手间,下体却有如锈死了的水龙头,只有滴滴答答少量尿液漏出。何况正如他所说,文闰生没少在主席会议、党组会议和机关大会上肯定他们的工作。

邓念成回办公室拿了车钥匙,拎起简单行李和手提电脑,直奔二医院。他可不想整个春节都待在医院。

吸取前年的教训,他没傻乎乎先跑门诊部,而是事先在网上挂了泌尿科曾主任的号,然后径去本部。一通检查下来,果不其然,还是泌尿系统感染。这回他没硬犟,听曾主任要求办住院手续,把上回的流程又走了一遍。

曾主任有些欣慰,吁出口长气说:"这回的症状轻了许多,因为你发现不对头就来了,所以治疗就没那么费事。遗憾的是,之前你吃过药,所以没办法做培养,便不知道根源到底是什么,那就只能先把炎症压下去。下次再复发了,记得第一时间就诊,不要自己先吃药。"

邓念成顿时无语,骂道:"真是个乌鸦嘴!你还真希望我有下次啊?"曾主任却不跟他玩笑,绷着脸道,说不准的。倘若搞成慢性,就更麻烦了。语气中没半点波澜。邓念成更加无语,也只得哀叹一声,祈祷没下次了。

邓念成在医院打了五天吊瓶,就回家静养。因为当天就是除夕了。而原定回老家探望岳父岳母的计划又泡了汤。早就买好的高铁票,爱人萧红梅也悄悄地退了。

正月初八,节后上班第一天上午,照例开大会收心,免得大家到处串门,既影响形象,也不符合中央精神。

大会一结束,邓念成就被文闰生叫到了办公室。他先惊讶地问:"怎么不多休息几天?我还帮你向丁锐同志请假了的。"邓念成苦笑一声说:"也差不多了。何况开年就是事,哪里在家待得住?"文闰生也苦笑着感叹:"嗯!现在真是,忙得跟政协一样啊!"随即嘿嘿一笑,把茶杯从茶几上推过来,说:"既然闲不住,那是不是再思考一下清单的事啊?"

"你这人——"邓念成顿时语塞,心说哪里是要我休息呀!如果不是生病,说不定过年都不让我安生,一个电话就打过来了。他心里这么想,嘴里就说出来,"你这纯粹是鞭打快牛,把人往死里整的节奏哩!说不定我这病也是你折磨出来的。"

"一般的牛,我还懒得鞭打哩!"文闰生不屑地瞥他一眼,随后眼里狡黠的精光一闪,"也就你这牛,还值得我抽几鞭子。"

"得!官大真理多,有权就正确。为了日子过得安逸,免得被穿小

221

鞋,就不跟你争了,回头仔细想想。"见邓念成这副神态,文闰生笑着说:"也不急! 上半年能想透彻,提出方案,就算是完成任务了。"

出乎意料地,市委没给政协安排专职的秘书长,而是叫文闰生这个党组副书记、常务副主席兼任。兴许,这也体现了市委对政协的期盼,以及丁锐等人做出一番业绩的决心吧。当然,还是派了位办公厅主任,名叫周翠娇,协助文闰生主持办公厅的日常工作。

兼了秘书长,文闰生便得腾出半只眼睛去盯机关的事,所以提案委这边,他便不能像过去那样倾注全部身心了。黄达理本身大学副校长和党派主委的压力就大,因此提案工作的担子也就更多地压在了邓念成的身上。

两人闲聊了一会儿,邓念成突然灵光一现,一拍大腿惊呼"有了!"他这一惊一乍的,搞得文闰生一个愣怔,问:"什么有了?"

"你布置的清单啊! 我知道怎么继续推进了。"邓念成无比兴奋,脸上放出异彩,咧嘴一笑,屁股也猛地扭动了一下。

"你看你! 刚还怪我鞭打快牛,埋怨给你压担子了,甚至恐吓说住院都是我折腾的,害得我好生愧疚,只得给你半年时间去琢磨。这才一盏茶的工夫,就有思路了?"文闰生又是气结又是兴奋,然后给邓念成倒了一杯茶,推过来问:"什么想法?"

"你看啊,主席!"邓念成继续兴奋着,把茶杯推向一旁,双手扶在茶几上,盯着对方的眼睛说,"提案和办理结果都搞成清单了——这可是提案工作的主干,并对系统进行了清单式改造。而且提案的提交还是源头。既然主干和源头实现了清单化,那么能否把清单理念拓展到提案工作全流程呢? 就是说,全流程都围绕提案清单来开展。甚至并不需要花费太大精力,只须在各个环节,按清单化要求,对流程和系统再来一次改造。而这基本是水到渠成、顺理成章的事。"

邓念成的解释一气呵成,解释完,他端起茶杯一饮而尽,眼睛却不离文闰生的脸左右,仿佛就想看他作何反应。果然,文闰生眼睛也是一亮,兴奋地说:"嗯,这个想法好! 提案工作清单化。不仅做法,包括理念,无一不是全新的,绝对算得上发明创造。你这么一剖析,也的确是我们原来想复杂了。"

两人一直就觉得只隔着层窗户纸,就是不晓得该如何去捅破。如今邓念成轻轻巧巧,就仿佛四两拨千斤,瞬间把那层窗户纸给捅得透亮。顿时,那里边的精彩,便瞧了个仔仔细细。

"嗯!还真是拨开云雾见太阳。而且,你这'提案工作清单化'的叫法,也归纳得很好。要不,干脆就叫'清单式提案工作法'?也是受你的启发。"生了儿子,总得取个名字的。邓念成继续兴奋着,大声叫道。

"清单式提案工作法,清单式……"文闰生默念了几遍,最后重重点头,"好!就叫'清单式提案工作法'。"

"搞什么鬼呀,都这么大嗓门儿说话的?摁了半天门铃也不答应,还以为吵架哩!害得我们一紧张,赶紧找服务科来开门。"一个动听的女声陡然响起,惊吓得两人赶紧抬起头来,就看到新来的办公厅主任周翠娇笑意盈盈地站在一旁。她身后还跟着五六个秘书长班子成员,以及拎着一串钥匙的服务员。

瞥一眼众人的懵懂神情,又对视一眼,两人哈哈大笑。真是太投入太兴奋,都没听到门铃响。两人的表情让刚进来的一行人更加懵懂,面面相觑,心说这两个年近六旬的男人,何时变成老顽童了呢?

笑够了,文闰生打趣周翠娇说:"你这办公厅主任怎么回事?脑袋瓜子里不想好事,竟然想到上班第一天,机关就有人吵架?你就这么不希望有个安定团结的局面?"邓念成也笑着补充一句:"就是!哪个吃了熊心豹子胆,敢找上门来跟领导吵架啊?"

"没吵架就好。省得我刚来政协,就要调解矛盾协调关系,何况还是两位领导。"周翠娇放下心来,也不理会文闰生的调侃,甚至打趣了一句,然后转头笑问邓念成:"谈完了没有?谈完了就让位置,我们秘书长班子要请示汇报工作了。"

"谈完了,谈完了!"她那典型的女汉子的干练,让邓念成不敢再废话,一口把茶杯喝了个底朝天,爽朗地说,"我走了,给你们腾位置。"

两人都没想到,喝杯茶的工夫碰撞出的这么个叫法,竟然会成为金鹏市政协的工作品牌,成为金鹏市政协提案工作的一个里程碑,多次写进市委全会和党代会工作报告,并迅速在全国走红,还受到全国政协主要领导的肯定。——此是后话。

邓念成回来时,提案委的人已经在门口候着了。今天会议的原定主题,是商定全年工作计划细表。就是把年度工作任务细分到每个月每个人,增强工作的计划性,保持全年工作的均衡性。

这事年前就有了初稿,今天只是对初稿进行微调,所以没怎么花时间就搞定了。随后,又就近期的几项工作进行更细致的讨论。邓念成要求该形成方案的,尽快形成方案报批,该着手推进的,抓紧着手推进。又要杨豫明起草提案工作基本情况,做好兄弟政协来金鹏考察交流的准备。

这个话题顿时引起共鸣。大家都接到过兄弟政协的电话,或者好友微信,说是开年就来学习取经。他们也不吝赞扬,说主任考虑得太周到了。邓念成解释说:"毛主席教导我们'手里有粮,心里不慌',不管人家来不来,什么时候来,必要的材料还是该准备的。有备无患嘛!我过去都是这么做的。年初有个交流材料,然后根据新的情况及时补充完善,来了人就提锅上灶。不至于临时抱佛脚,被人偷袭打乱仗。"

这两年他接待过不少人,但多是挖企业的。有的也开个座谈会,话说得很谦虚,却基本没把心思放在提案工作交流上。更有直接的,说给个交流材料就行,但务必帮他们联系几家企业去看看。有的来了打个照面,然后说行程就不劳你们费心了。虽然委婉,却哪里听不出话外音?

面对这种局面,实话说,他心里凉飕飕的,觉得很悲哀。本是来挖墙脚的,却还得当上宾接待!如今,终于有人不是挖墙脚,而是奔取经而来,所以他觉得必须提前准备,打起十二分精神做好接待,让人不至于乘兴而来败兴而归。

对于做方案,大家早就轻车熟路了。刘畅感慨说:"好在主任重视工作总结和经验积累,每完成一项任务,都组织大家梳理,把成熟做法固定下来,枝枝蔓蔓剪除掉。下次碰到类似活动,不仅做方案容易,能拿现成的用,而且组织活动也方便,不至于老翻烧饼。"

邓念成的确是这么要求的。就是对于不同类型的活动,都形成相对固定的操作流程。碰到具体活动的组织,只需根据实际情况,少量调整便可。理由是提案工作重复性强,而同类活动基本的东西也就那些。把握住了基本的东西,便错不到哪里去。所以,提案委有成套的工作方案模板,包括流程规范。

这个话题一开,便又七嘴八舌,感叹确实省事多了,效率也高多了。倘若每次都搞新的,就是再增加一倍的人手,恐怕也忙不过来。华艺章又嘻嘻哈哈起来,说主任的"猴子理论",那是理论中的经典,实践中的精华。

邓念成的确说过，不能像猴子掰苞谷，一路掰一路丢，最后一个不剩。如今被华艺章用来打趣，他也哭笑不得，呵斥道："那不是我的理论，那是金鹏市政协的经验总结！"说着，他突然想起年前吩咐的事，又问："叫你们把去年各次活动的文件资料都单独形成文件夹，然后共享的。现在做得怎么样了？"

听说差不多了，邓念成提醒："还请大家真正重视起来。这不仅是为了活动的规范性，也是为了档案的完整性，更是为了工作的连续性。机关同志岗位调整是再正常不过的事。但是，我们不能因为某位同志的调整，便出现某些工作断档……"

嗅觉灵敏的华艺章，顿时就兴奋地凑过头来，表情夸张地打断邓念成的话，问谁又要调整了。邓念成瞬间无语，说："我是就事论事，没说哪位要调整。你这么敏感做什么？或者，是得了什么小道消息？喂！是哪位地下组织部长告诉你的？我看看你那位组织部长，靠谱不靠谱。"

华艺章不计较他的态度，也没回答他的问题，而是如释重负般"哦"了一声，又装模作样地吐出口长气说："我还以为又有人要调出提案委了哩！"刘畅怒极，笑骂他瞎操冤枉心。

几件简单的事情商量完，邓念成说："接下来的讨论，是我们今天的重点。"这也是他的一个方法，先易后难。倘若把复杂的事情放到前面，其他的事情，或许就没时间研究了。不过大家还是一愣，惊呼："一个多小时了，还没到重点哪！"

邓念成没理会众人的惊诧，抛出了"清单式提案工作法"这个概念，说："这是闰生主席跟我刚刚碰撞出来的。我们现在讨论一下清单式提案工作法的内涵、外延，以及构成要素和主要环节等等，然后形成系统完整的工作方法。"

邓念成一边说，一边观察众人表情，果然都精彩绝伦，兴奋之情跃然脸上。这也在他心理预期内，他心中暗暗有些欣慰。

兴奋过后，李志江开口道："别都傻不拉叽愣着了。主席跟主任商定的事，还会有错？按照主任要求，抓紧凑凑吧。"顿时，便张一嘴李一舌地凑了起来。

见大家想什么说什么，五花八门地没一个逻辑，邓念成突然醒悟，贪多嚼不烂,这样会搞得不汤不水,最后不了了之。想了想,连忙引导道:"这样吧!我们先易后难,从环节上凑起,看看跟'清单式'叫法相关联的,能凑出几个来。"

"清单式撰写提案""清单式培育提案""清单式提交提案""清单式审查提案""清单式交办提案""清单式办理提案""清单式督办提案""清单式答复提案""清单式公开提案""清单式评选优秀提案""清单式考核办理单位"……

他这个引导果然管用,不一会儿,就凑了十几个"清单式"。

见声音逐渐式微,都似乎搜肠刮肚,也江郎才尽,再凑不出来的样子,邓念成便问做记录的杨豫明跟小芳:"多少个了?按提案工作的环节先后说。"又转头对大伙儿说:"我们一个个过。形成共识的留下,不行的删掉。"

华艺章眼睛圆瞪,嘴巴微张,似乎难以置信,问道:"这也太简单了吧?一个环节前面搭配个'清单式'就行了?"邓念成笑着反问:"简单不好吗?一张嘴就知道是怎么回事,多方便推广啊!你这家伙,为何要把简单的事情复杂化呢?"方平冷不丁跟了一句:"主任的意思是,你一撅尾巴,就知道你要拉屎还是拉尿。"

"噗!"尽管他说得一本正经,众人还是瞬间反应过来,笑得前俯后仰。华艺章气结,不过这家伙反应也快,随即反唇相讥:"是啊!你张开嘴巴就接了,生怕漏掉一丁点。"

这回轮到方平气结了,他满脸憋得通红,硬是没接上茬。众人又是一阵大笑。笑够了,李志江回到原来的话题道:"主任说的,还真是那么回事。"

"聪明人,化繁为简;愚钝者,化简为繁。"没接上华艺章前面的话,方平有些懊恼,此刻盯着华艺章,犹如哲学家一般老神在在地念叨了一句,气得华艺章差点儿吐血,愣怔片刻才道:"好,好!我愚钝,你聪明。你聪明么,就不要主任想这些事了哟,就不要我们在这里凑了哟!还不跟我一样,是个事后诸葛亮!"

众人又是放肆哄笑,嘲讽意味浓烈。邓念成不担心他们真吵起来,甚至因此交恶,而是掏出一支烟来,点燃吸了一口。

这是一个令邓念成欣慰的团队,他很感谢党组给他配了这么好的团队。有的心细如发,有的粗犷豪放;有的文笔很好,有的社交能力极强;有的视野开阔,有的专注细节……该严肃时严肃,该活泼时活泼,工作却一丝不苟,把各自那一亩三分地经营得有模有样。也团结,没花花肠子,更没相互拆台背后阴人的。有了这样一个团队,何事不能成?

这一轮下来,留下八个主要环节。比如删掉了撰写和培育环节,因为可以归入"提交",而且也只能算前期工作;合并了优秀提案和先进办理单位评选,毕竟属于考评环节。

众人又争论一番,见实在没新的了,也不好再删除哪个,都说先就这样吧。邓念成也觉得差不多了,略一思忖便说,把所有叫法里的"提案"两个字删掉,一律用五个字表述。众人一想也对,整个不就说的是提案吗?叫法里多那两个字,画蛇添足了。随后又凑起内涵、外延、如何规范等等,一直过了饭点,大伙儿都似乎不觉得肚子饿。

望一眼墙上的挂钟,邓念成惊叫一声:"哟!过饭点了,赶快去吃饭吧。新年上班第一天就让大家饿肚子,太不好意思了。"已经起身了,杨豫明想起什么似的,突然问:"要不要按照这个叫法,修订规章制度啊?"

邓念成很欣赏他这种超前思维和全局意识,遇事总能想到前后左右,上挂下联,举一反三。但稍一思索,还是否定了。解释说:"规章制度需要相对稳定,不能有点儿新东西就去修订。倘若是那样,规章制度永远没法施行,永远在修订的路上。因为探索与创新是没止境的,实践也是不断丰富和完善的。等我们的思路再清晰些,做法再完善些,然后一次性修订。"

行走在走廊里,大家意犹未尽,都说年后的第一个会开得太有意义了。碰到吃完了饭回来的同事,惊讶地问:"这才新年第一天,你们的会就开到这个时候呀?"

尽管还不清楚这个会议到底有什么意义,会产生怎样的效应,但大伙儿脸上和心里都乐开了花。随后的事实证明,正如文闰生跟邓念成碰撞出"清单式提案工作法"的概念一样,他们的这次会议,的确可以载入金鹏市政协提案工作史册。

22. 匠心谋划推联动

提案委的工作,说起来很庞杂、很繁重。但归纳起来,不外乎简单而有规律的三件事。

第一件当然是提案工作,这是提案委的主业。从名称便看得出来,没有提案,便不可能有提案委,所以没理由不做好。而且,经过几十年探索发展,提案工作的思路基本成型,制度机制相对完善,动作也大体规范。每年都周而复始地重复着征集、审查、交办、督办、考核、评优评先等环节,金鹏市政协现在增加了公开和跨年度督办。贯穿其间的,当然会有一些协商和协调事宜。

第二件是统战工作。统战性是政协的本质属性。政协及其专委会都必须立足性质定位,做好统战工作。比如加强同委员联系,组织开展学习、联络、履职等活动,加强思想政治引领,增进团结,凝心聚力,推动大团结大联合,画出最大同心圆。

第三件是建言献策工作。承担政协的履职任务,组织视察调研、专题协商等活动,做到凝聚共识与建言资政双向发力,发挥政协协商民主重要渠道和专门协商机构作用。

从提案工作来说,全会刚刚闭幕,提案审查完毕,便处于交办环节了。这也是金鹏市政协提案委一直头疼的事。所以,新年上班第一天,邓念成便叮嘱华艺章全力做好这项工作,并交了个令华艺章哭笑不得,直嚷嚷"不可能完成"的任务。那就是今年争取不开疑难提案交办协商会。

三月初的办理工作培训会,重点是宣讲清单式提案工作法,规范办理结果清单的填写,以及紧紧依据清单开展办理工作。为了这个,他们想了些办法,比如梳理去年填写不规范的典型案例,印发会议讨论,力争达成共识。

邓念成反复讲,把清单式提案工作法落实好,严格按照操作程序,应填尽填、规范地填,不仅能准确反映办理成绩,也能减少提案委和办理单位的工作量。毕竟，如果填得乱七八糟，后续提案委还得再梳理，或者退回办理单位重填。何况，为倒逼质量提升，清单也是要一并公开的。如果填得不好，既影响政协形象，也影响办理单位的声誉。

见他讲得苦口婆心，与会人员也明白了，他要推的事，没人能抵制。而如果出现差错，影响到绩效考核，也得面对领导和同事责难。既然反对无效，还不如把精神吃透，再严格遵守。所以再没那么多反对意见，这也使得培训会出乎意料的顺利。

进入三月，邓念成就盯着华艺章，老问提案交办的事，问得华艺章都不敢跟他照面了。然而，不照面又是不行的，至少一周得去他办公室开几次会哩！他又不嫌麻烦，还常常不声不响地过来"摸哨"。弄得华艺章心里发毛，只得每次都嘻嘻哈哈地说："主任你就放心吧！保证完成任务，坚决不开疑难提案交办协商会。"

有时候，牛皮真不能吹太早，拍胸脯夸海口打包票的话不能说太多。否则，被直接打脸的滋味可是不好受。此刻的华艺章，就是这种感受。到了三月下旬的例会，邓念成再问时，他只能脸色涨得通红，蔫头耷脑地说有五件提案，实在交办不下去了。

听了这话，所有人都嘲笑起来。邓念成也用怪异的眼神望着他，望得他心里如十五只吊桶打水。不过，邓念成转瞬却呵呵一笑："你这成绩，大大超出了我的意料，应当给你记一功。这个季度的优秀，非你莫属了。"

为保证机关评优评先质量，客观真实即时地反映工作人员的工作态度、能力和水平，金鹏市政协对机关人员的考核方式进行改革，每季度评选一次，年底再加总，计算总得分。

华艺章一脸蒙圈，讥讽嘲笑声也戛然而止，大伙儿都愕然地扭过头来，一副不可置信的神情，惊问邓念成何意。邓念成笑道："你们想啊！一项创新举措真正落地，哪儿那么容易呀？去年开始施行，共有十三件提案开了疑难提案交办协商会。今年提案比去年还多，却只有五件要开。这样的工作成效，难道不该表扬？"

众人想想，的确是这么回事，顿悟之后都点头赞同。华艺章的脸色也转忧为喜，吐了下舌头，不好意思地笑道："主任天天追在屁股后头问，我还以为要问责哩！"邓念成依然笑眯眯的，眼神却有些怪异地说："你说对了！明年坚决不开，就是拿碓窝舂铁，你也给我把铁块舂成粉末。否则，坚决问责！"这句话让嘻嘻哈哈的华艺章，转瞬又是一个激灵，如小鹿撞了一下心口。

邓念成心情一激动，便会来点家乡通海口的土话。不过，他们都习惯了，也能从他那语气和神态里揣摩出大致意思。比如此刻的华艺章，似乎信心倍增，他豪情满怀地说："好！明年保证完成任务。"稍停，又问交办会什么时候开。

方平满脸坏笑，不怀好意地说："别年年忽悠主任啊！到了明年，又找借口。"华艺章坐直身子，拍了拍胸脯说："放心吧！明年肯定不会了。"邓念成说："等会儿排排吧，下周开了它。"

田静说公开的准备齐全了，请示是不是现在就公开。邓念成不假思索地说，既然齐全了，那就连同清单一起抓紧公开，让公众尽早了解提案，并通过围观和点评，逼迫办理单位认真办理。

为保证提案及办理复文公开的及时性，免得倒来倒去出现错误，邓念成让开发公司在系统预留了对接窗口。这样，金鹏政府在线、金鹏新闻网和市政协门户网站便可通过这个对接窗口，直接链接数据了。

"哇，小鸟哦！"

"哦嚓，好漂亮的小鸟哦！"

……

众人正要说什么，却见一只颈子雪白、浑身黑亮的漂亮小鸟，从不远处的荔枝树上飞来，落在了窗台上，霎时都一阵惊叫。许是发现进入了危险之地，许是被惊叫声惊吓，刚刚落脚的小鸟，转头就展开翅膀，又飞回了荔枝树，还探着头，惊魂未定地朝这边张望。

大伙儿又好一阵议论，觉得这间办公室真好，不仅光线充足，还时常有小鸟相伴。邓念成哭笑不得，说："金鹏四季如春，生态环境这么好，来只小鸟有什么好稀奇的？我那窗台上，常年有鸟屎。甚至有一天，小鸟进了屋，却不知道怎么飞出去，在办公桌和茶几上拉得到处是鸟屎。"

听闻小鸟在茶几上拉过屎，几个人疑惑中带着厌恶，下意识地瞅向茶几。邓念成无语，没好气地说："早就清理干净了！"

有人又懊恼不该惊吓它，应该让它飞进来的。华艺章又来了兴趣，说它肯定再拉一堆屎。方平又呛道："你恶心不恶心哪？这样的恶心事，亏

230

你想得出来。”

　　“这有什么恶心的?”华艺章不屑一顾,又说,“主任教导我们说,屙屎吃屎,不吃饿死①。何况,主任还亲手清理过哩! 难不成,你跟芳妹妹一样,也是城里的娇小姐?”躺着也中枪的小芳顿时脸一红,腼腆地说:“华哥! 我也不是城里的娇小姐。”

　　方平还说了句什么,众人都没听到,淹没在了哄笑声中。

　　这个小插曲过后,会议再次进入正轨。

　　“主任! 年度协商计划市委常委会议已经通过了,那请书记、市长和市委常委、副市长领衔督办重点提案的件,是不是可以报送了?”杨豫明又问。邓念成不假思索地说:“抓紧报吧! 履行完报批程序,我们好走后面的流程。”

　　小芳问:“有几个区打听市、区政协联动督办提案的事,问什么时候启动。”有人接口,笑呵呵地说:“积极性真高啊,这就等不及了? 告诉各区会尽快,叫他们先做好准备。”

　　“真没那么快的……”邓念成眉头微蹙,想了想又道,“已经打包为市长领衔督办提案了,那么就得按重点提案督办工作流程,先制订方案,报主席会议审定。有了这个基础,才能开会进行布置。这样,抓紧安排前期调研,同时做开联系会的筹备。至于督办的事,先不急,后面有的是时间。”

　　“也是啊! 不能他们一急,我们就乱了章法。”刚才那人知道自己前面过于乐观了,连忙附和。

　　邓念成进而解释:“今年有八件联动督办提案,工作量蛮大的,所以要统筹协调好。另外,尽管都是交通问题,但也五花八门的,有道路建设、站城一体化的交通枢纽建设、地铁规划与建设,还有打通‘断头路’、搞好内循环,涉及交通、规划、发改、轨道,甚至口岸等部门,以及各区政府,万不可打乱仗。”

　　市、区政协联动督办提案,是邓念成重点力推的,何况各区表现了浓厚兴趣,抱有极大期待,他也不想冷了各区政协的心,把道走死了。倘若

---

　　①　屙屎吃屎,不吃饿死:荆楚一带的俗话。没有化学肥料的时代,人类和各类动物的粪便,是农作物不可或缺的当家肥料。

231

兴师动众仍一无所获,把道走死的可能性也不是不存在。于是,干脆以"1+9"(一件主提案加九件相关提案)的方式,打包成市长领衔督办提案。希望挟去年联动督办之威,提升督办层级,加大督办力度,尽可能有所斩获。

邓念成说了这一通,人们顿时头大。方平忍不住问:"一家家地走,还是请过来开会?"前期调研归他负责统筹,当然得问清楚了。

"两种方式各有利弊。这些都是提案办理大户,一家家去走,能顺便宣讲清单式工作法,推动相关部署落地。请过来开会,更有针对性,可以迅速掌握有关情况。"邓念成眉头再次皱起,似乎下不定决心,到底该采取哪种方式。

众人又讨论起来,两种主张都有。李志江无奈地说:"公说公有理,婆说婆有理,反正都有理。你定吧,主任!"邓念成还是不太好取舍,说:"那就走几家主要单位吧。有些事,只涉及一两家单位,都请来陪会,似乎不太好。最好两天内搞完,安排紧凑一点。"

"监督性提案的督办,也得早些谋划。"见此事说完,杨豫明赶紧又提出一个议题。

为落实中央有关精神,提案委选了七件主提案及十件相关提案作为监督性提案进行督办,所涉内容都是市委市政府已经部署的民生实事。此事已经纳入市政协年度协商计划。

"豫明说得对。监督性提案督办,也得抓紧做方案。"邓念成边想边说,"虽然都是民生问题,但跨度其实蛮大的,涉及七个不同的主题。所以方案可能没办法归并,督办也得分别进行……这样,重点提案交办会上一并部署下去。毕竟新姑娘坐轿子——头一回,不说办理单位,就是我们自己,都得摸索着去做。而要取得成效,肯定得花些力气。那么到底怎么搞?大家都考虑一下,回头再找时间讨论。"

杨豫明又道:"重点提案交办会的材料,准备得七七八八了。四月召开,没问题的。"邓念成不磨叽,当即拍板:"那就好。开完市、区政协提案工作联系会,就定时间发通知,抓紧把重点提案交办会开了,各方面都好开展工作。议程简单点,不搞复杂了,重点是布置任务。"看看时间,该吃中饭了,何况讨论的事情也不少,便叫大家抓紧做准备,然后散会。

只一个上午,他们就一气呵成,把近期工作都梳理了一遍,明确了方向和重点。接下来,就是全力推进了。

周一有主席会议,华艺章便安排周二下午开疑难提案交办协商会。不过,有那个"霸王条款"在先,也有刘天民坐镇,仅仅一个多小时,五件提案就都明确了主办单位,把这件事画了句号。

随后的日程安排也很紧凑,比如周四用一整天时间,走访了发改、规划、交通和轨道四个部门。

各区的诉求,在发改委其实都有回应,大多列入了规划或者计划。但是,落实起来有个过程。何况从全市角度,还有个综合平衡和先急后缓。比如站城一体交通枢纽建设,规划上报国家有关部门了,发改委除了偶尔催催,运作空间并不大。而地铁建设都想赶三期、四期,却也得有个先后,不可能同时开工,同期建设,有的只能安排到五期、六期。还有包括西部交通的那几条路,很多开工了,只是拆迁影响了进度,规划部门甚至调整过几次规划。然而,各区似乎等不及,都想往前赶。

理想和现实永远是一对矛盾。不然,何以有理想很丰满、现实很骨感一说呢?

"饭得一口口地吃,事得一件件地做不是? 我们尽量吧!"部门的人话说得委婉。从这语气和神态,邓念成更是读出了无奈。

了解到真实情况,邓念成陷入深思,不知如何是好。也仿佛,自己被各区政协装进了早先布好的圈套。但他也不至于反过来做各区工作,说你们就等等吧。倘若那样,不说各区书记区长找他麻烦,估计就是主席们,也要恨得牙痒,撕了他都有可能。

邓念成没辙,只得半开玩笑半认真地恐吓,这是市长领衔督办提案。办不出效果,或者不能叫提案人满意,你们和提案委都吃不了兜着走。部门领导也不是吓大的,更不是三岁小儿,听了哈哈一笑,一副成竹在胸的样子:"主任放心! 活人总不至于叫尿憋死了,我们尽量推动落实一些事,有关工程进度也尽量朝前赶,保证让市长和提案人满意。"

杨豫明做出方案,讨论过两回,又报文闰生和黄达理同意,便于周五下午开市、区政协提案工作联系会,重点是部署和协调市长领衔督办提案的相关事宜。

按照方案,今年的市长领衔督办提案,也就是市、区政协联动督办提案,重点有三个环节,即通报情况、现场视察和办理协商会。其中,情况通报会和办理协商会各开一场，把"1+9"件提案一锅烩。第二个环节项目不同、地点不同，只能分开。但也不是"1+9"件提案都去视察，而是只视察各区提出的八件提案。为加大督办力度，设立七个督办小组，由市政协提案委兼职副主任和各区政协分管副主席任组长，可以开展小型督办活动。不过，得事先报市政协提案委，主要是方便统筹协调，因为都涉及市直部门。不然的话，市直部门就是应付这十件提案，也够喝一壶的，不弄得怨声载道才是怪事。

李志江说明完毕，会场便活跃起来，纷纷抢麦。邓念成顿时知道，他的开场白误导大伙儿了。他说了句"大家发言，希望有话长无话短"，有人便理解为"同意方案便可以不讲"了。想明白了这点，他便笑着说都有说话机会的。然后说照各区排序，先从鹏福区开始。

人们会心一笑，随后安静下来，听鹏福区政协副主席余得水发言。会议没那么多框框，所以相当活跃，文闯生和黄达理也不时插话，与大伙儿互动。

方案事先发给了各区政协，有的还开主席会议研究，甚至把方案送书记、区长征求意见，所以大家的发言都代表了区里的意见。焦点是现场视察，都希望自己组织的提案往前安排，并增加频次。

不过早几天晚几天的事，却争得脸红耳赤，这让邓念成深深感受到了分秒必争的精神状态，暗暗为大伙儿叫好点赞，为金鹏市有这么多好干部骄傲自豪。这与他们提出提案的初衷是一样的，就是所涉事项虽然列入了规划或者计划，但还是觉得晚了，都希望提前安排，或者建设速度再快一些。

现场视察集中安排在七月下旬到八月中旬，一周两场。这个频率，已经算高了。何况除了市长领衔督办提案，提案委还要承办几件市委常委、副市长和主席会议督办提案，特别是"7+10"件监督性提案的督办活动。而且，也不光督办提案一件事，还有许多其他任务，也得穿插进行。

于是，邓念成也参加到讨论中来，把上述情况作了说明。最后，文闯生、黄达理和邓念成商量，前两周每周三场，第三周两场，提前一周完成。等市长领衔督办提案的现场视察搞完了，再安排其他重点提案的督办活动。

邓念成无奈地说，也只得如此了。又跟大伙儿解释，频次也不能太密了。每次现场视察,办理单位都要提前准备,视察之后还要消化吸收意见建议。这都得有个过程。不是吃饭,早晨吃饱中午就饿了,就又得吃。没那么快消化的。会场哄然大笑。

再说了,市政协也给了点自主权,各组可以组织小型督办活动的。悟到了这一点,各区也就不再纠缠频次多少了。

鹏秀区政协副主席胡坤请假没来,提案委尹主任突然发问:“我们领导叫我问问,方案里怎么没鹏秀区政协的事? 去年督办会上就定了,西部交通问题的提案跨年度督办,我们就没准备新的提案。但一回头,就把我们搞没了,是不是对我们有意见?”

尽管没说哪位领导叫他问的,但这话来得突兀,也比较尖锐,会场顿时鸦雀无声。文闰生不禁脸色一凛,扭头问邓念成:“怎么回事啊? 事先没沟通吗?”顺着文闰生的话,众人又把目光转向邓念成。

邓念成心里也是一个咯噔。去年的联动督办,他们似乎不情不愿。向各区政协征集选题,甚至上次联系会他们都没回应,叫方平打电话询问也不了了之,加上周天鹏此前的那些话,便以为他们不想参加。但这个话,不好在这种场合说。倘若再惹出新的话题,节外生枝,就把会议节奏带偏了。这不是邓念成希望发生的。再说了,有积极性是好事。邓念成还真不想落下哪个区,于是尴尬一笑,歉意地说:“对不起,尹主任! 是我们疏忽了,马上加上去。”

“这种事都能疏忽。”尹主任嘀咕一句,脸色有些难看。

两人平时的关系,不论工作还是私交,其实挺不错的。但他这回丝毫没给面子,有些得理不饶人,更出乎邓念成意料。不过邓念成不想节外生枝,只愕然地望了他一眼,微笑着问:“你们是搞新的提案,还是继续参加西部交通问题的联动督办?”

之所以没接他疏忽不疏忽的茬,算是认栽吃鼻屎①了,后面这一问,也是把钉下的钉子回个铆,免得再生枝节。以前的沟通是两家对接,似乎说不清楚了。今天的话,可是在会上说的,所有人都可以证明。再说了,搞新的提案,不管是不是交通问题,都不好纳入市长领衔督办提案的篮子。市委常委会议已经通过,没法再往里加塞的。那么,就只剩参加西部

---

① 吃鼻屎:方言。意思同吃哑巴亏。

235

交通联动督办了。这也是邓念成的一点小心思,逼他作出没有选择的选择。

尹主任也没接他的茬,而是嘀咕道:"主任好像没听明白我的意思。"邓念成也不废话,说:"那我知道了。"转头吩咐杨豫明,正式方案里的西部交通联动督办,加上鹏秀区政协。

尹主任没再吱声,算是默认了,邓念成便请文闯生跟黄达理讲话。黄达理客气,说文主席讲就行了。文闯生的讲话,则是趁机宣传了一回清单式提案工作法。这让几个区政协的同志顿时来了兴趣,纷纷表态要好好学习借鉴。

大伙儿热情如此之高,两位领导当然求之不得,都扭头瞅邓念成,叮嘱他抓紧形成文字材料。邓念成何尝不是同样心情?正要说"我们形成材料了就印发各区参考"时,尹主任却笑呵呵地抢在前面说:"邓主任就住我们区,这么好的近水楼台,我们可不愿浪费了,你得抽时间给我们开小灶啊!"

对方主动示好,又这么抬举,这份情邓念成当然得领,当即就约好了时间。鹏安区政协副主席杨婕迫不及待地说:"邓主任你安排个时间,就这两天,我们来单独讨教!"

"杨主席这是又要拔头筹啊?"有人开了句玩笑。杨婕也不客气,爽快地笑道:"没有办法,谁叫咱是提案委的人呢?这才是真正的近水楼台,知道吗?再说了,提案委已经闯出新路,走在前头了,咱要跟不上,你们不又得笑话咱?"

这天,丁锐接待北江省政协考察团,要邓念成去汇报清单式提案工作法。

邓念成最近参加或者主持过很多次接待,基本上每周都有,多的时候一周三四批,都是讲提案工作清单的。有一次,两个地级市政协考察团同一时间到,实在没法错开,他只得歉意地和对方商量,采取"拼团"方法,给两个团一起介绍了。但却从未参加过省政协主席亲自带团的座谈会。

对方是主席带团,且全面考察政协工作,丁锐便要求各相关负责人都来讲自己分管的工作。印发的正式交流材料,除了研究室写的综合情况,再就是提案工作情况。丁锐拿起提案委的材料,对其他人说:"你们得学习提案委,形成像样的汇报材料。再有兄弟政协来,也可以用的。"

他不讲这话还好,毕竟多数没准备。他一讲,就惹得其他人拿眼神瞪邓念成,弄得邓念成仿佛做了错事一般,心里一阵苦叹:"唉,这是惹众怒了啊!"然后把头埋下,不与同事对视。

轮到提案工作了,北江省政协廖主席边听边问,竟然形成了互动,他兴奋地说:"清单工作我很感兴趣,回去就学着做。还有另外一个,就是邓主任你这材料里写的,把提案办理纳入绩效考核,还占百分之四的权重,真是了不得!能不能给我们详细介绍?"又对丁锐解释:"政协工作就是没个过硬的抓手。你们这一手却很硬,对于督促提案办理,提高办理质量,肯定很管用。"然后扭头再跟身边的人说:"出来之前叫你们梳理的金鹏市政协工作经验,就漏了这一条。可见你们的工作还是不够细。"

堂堂省政协主席,身段放得这么低,话说得这么谦虚这么诚恳,可见其重视程度了。丁锐接过话头,笑着对邓念成说:"你就给廖主席作个全面汇报吧!"

邓念成哪里还敢有丝毫保留?少不得又是一番介绍,包括来龙去脉、指标体系设计、考核环节和步骤、信息技术手段的运用,等等。然后淡淡一笑,道:"我们这个已经搞十多年了。"

"啧啧,都搞十多年了!还真是不听不知道,一听吓一跳。金鹏市政协的提案工作,比我们领先了不是一星半点,完全不在一个层级呀!"还真是语不惊人死不休,邓念成话音刚落,廖主席就发着感叹,又指向一旁的提案委周主任说:"你们可得好好拜金鹏市政协为师啊!你看看人家邓主任,讲起提案工作如数家珍,数据记得清楚明白。有这样的态度,工作想不做好都难。"

"好的,主席!我们一定拜金鹏市政协提案委为师,争取让提案工作上一个台阶。"周主任屁股虚抬了一下,脸色有些尴尬。

或许发觉自己那话讲重了,或许真想到了其他的什么,廖主席又笑着帮周主任打圆场:"我们周主任是这次换届,刚刚从民政厅厅长的位置上转过来的。工作能力和水平都很强的。不过才过来两个多月,屁股还没坐热乎,所以情况不是太熟悉。"

感受到了领导的关爱,周主任旋即坐直身子,笑着对对面的邓念成说:"邓主任,你可不准隐瞒啊!我的确是个新手,肯定是全方位地学,你也得毫无保留地教……哦,对了! 你刚刚介绍的经验,能否再给我们一份尽可能详尽的文字材料?"

"没问题呀,周主任!"邓念成也欠了欠屁股,爽快答应,接着笑道,"北江省政协是老大哥,历史比我们长,经验比我们丰富,做法比我们成熟。我们这些皮毛,都是从老大哥们身上学来的。以后有不懂的地方请教,也望周主任不厌其烦,不吝赐教。"

散会时,两人互加了微信,也算成了朋友,随后往来不断。——此是后话。

23. 绣花功夫缀补丁

酝酿已久的机关信息化统一建设,终于正式实施,不再由各部门各行其是。党组的这个决定,邓念成举双手赞成。

连续几年督办与行政审批制度改革有关的提案,委员们诟病比较多,也写进了民主监督建议书的,就是"信息孤岛"问题。其实政协机关的信息孤岛也比比皆是,大小各种系统,都由不同的公司开发、管理和维护。

当初只想着推动工作,便由各专委会或者处室根据需要,外包给不同企业开发建设,没考虑信息化的统一建设问题,于是形成一个个信息孤岛。虽有历史原因,但于机关的信息化建设,包括维护管理、水平提升,也包括系统整合,的确既不经济,又效率低下,还浪费海量信息资源。

提案管理系统也是如此,跟机关其他系统没形成有效对接。比如涉及委员履职考核的数据,都是华艺章导出,交给联络委再导入他们的系统,不仅费时费力,还容易出错。

按照方案,机关将建设统一系统平台,将全部工作一网打尽。各部门已有的信息化项目,先通过端口接入,然后采取措施,或买断,或虽继续营运但执行规范制式和统一标准,逐步过渡到大一统的政协信息网络,真正实现资源整合和信息共享。很有点儿类似于建国初期,对民族资本实行的赎买政策。

邓念成接手提案委之前,提案管理系统进行过一次升级改造,本决心不再花冤枉钱的。但现在的提案工作,离开了信息技术支撑,根本就寸步难行。而且,随着清单式工作法的施行,提案工作对信息技术的依赖就更大了。所以每年都在升级改造。

机关统筹建设,这对提案委,甚至整个机关的同志,都是一种解脱。他们只要把需求想清楚、写明白,交给负责统筹的部门就可以了。其他的事,包括编制预算、申请经费、招投标、与开发公司对接,以及后续报账等杂事,都有专门机构和人去做。所以,他和提案委的人,也终于松了一

239

口气。

这天开会,邓念成问方平和杨豫明:"叫你们按清单式工作法拟出对八个关键节点进行系统升级改造需求初稿的,进行得怎么样了?"两人回复有了初稿,但还没完全考虑清楚,所以没敢拿出来研究。邓念成说:"举个例子。"杨豫明说:"比如清单式公开。现在的做法,是提案在前,复文在后。那么插入清单,是放在提案前面,还是复文后面,还是夹在中间?三种方式好像都可以,但又似乎都不太贴切。"

邓念成不解,微皱眉头问:"提案已经清单了,复文也是清单,怎么又冒出另外一个清单呢?"

"是这样子的,主任!"杨豫明解释,"我们的想法,是照顾阅读者感受,提案和复文公开时还原成传统格式。如果只是清单式,担心人看不懂,引起不好的议论。"

邓念成想想,好像有点儿道理,于是催促尽快形成初稿,然后集体研究。今年就要推行了,还要先改造系统,时间其实蛮紧的。

两人答应之后,邓念成又对华艺章说:"虽然系统改造的具体事项,办公厅接管了,但我们也不能当甩手掌柜。一是要关注进展,需要配合的事,尽量配合好。毕竟系统是我们用的。好用不好用,委员和办理单位骂人不骂人,最后都得我们受着。二是把去年开发的手机 App 接入远程办公平台。就是说,信息化建设,提案委其实有两块内容,除了电脑版,还有个手机版。而手机版又涉及不同的软件系统。等人家搞成再去提,就不好了。"

细微的事情说完了,邓念成又说:"监督性提案的督办,原来安排在九月的,既然系统改造办公厅接手了,能否提前到下个月? 毕竟是市委市政府已经部署的工作,又是民生事项,提前督办,能够推进一些事情提速。而且,除了书记领衔督办提案的专题协商会,就是有关营商环境的那件提案,七月份好像没太多大事。大家看看,来得及来不及?"

李志江一拍大腿,第一个呼应:"提前安排好! 免得都集中到后面,搞不过来的。"刘畅也赞同,甚至提醒道:"主任你好像九月还要去省委党校学习吧? 那就提前安排好了。"

"是啊!"邓念成眉头微蹙地应了一声,似乎满脸纠结,却再没下文。

去省委党校学习,他早就想了,但组织没安排,他也不好主动要求。

然而世上就有这么多巧合,他不想去的九月,却偏偏安排了。不想九月去,除了忙得不可开交的公事,还有一件私事,甚至是他家目前最大的事,就是女儿的婚礼,定在了"十一"。

女儿长这么大,他没怎么尽到责任,都是萧红梅在操心,心里总有愧疚。所以,就想着在她人生最重要的事上,能帮的帮一把。何况也就这么个孩子。但党校在省城,不在金鹏。虽说周末可以回来,时间却还是匆忙。

他甚至差点儿找组织,希望学习改期。然而想了再想,纠结又纠结,最终接受了安排。女儿举办婚礼,毕竟是私事。公私分明,这点他还是把握住了的。

刘畅这话提醒了众人,都建议提前。华艺章还打起了包票说:"没什么来得及来不及的,方案已经印发了。我抓紧排个时间,先发预通知。"

既然大伙儿同意,就算是定了下来,各人分头准备。

随后,在文闰生、黄达理的带领下,围绕金融风险防控、人才政策优化、文化遗址保护、学前教育发展、厕所革命、住宅电梯加装、无障碍城市建设等事关大局、群众关注的"7+10"件监督性提案,于盛夏七月,冒着榨得出油来的酷暑,马不停蹄地通过督办调研、视察座谈、实地走访、办理协商等形式,扎实进行了一轮督办活动。

这个工作量和强度密度,的确让人捏了把冷汗,因为现场视察都是露天的,毫无遮挡地在烈日下暴晒。好在组建了七个民主监督小组,提案委的委员根据兴趣专长分到不同小组,并不用参加所有督办活动。但是,领导和提案委的人却必须全部参加。

那天上午去一个公园察看厕所改造,相关人介绍软硬件堪比五星级宾馆时,邓念成当即打趣:"可别按五星级宾馆的标准啊!倘若都把厕所当宾馆,赖在里边不出去,甚至在里边吃饭睡觉,那厕所还叫厕所吗?"顿时引得哄堂大笑。也的确,那厕所的空调、Wi-Fi都非常好,也闻不到丁点怪味,旁边还有个冲凉房。弄得那位同志有些尴尬,解释说:"夸张了,夸张了!"

下午又进一片老旧住宅小区,现场察看加装电梯的情况,还在社区活动中心开过座谈会。夕阳西下时走向停车场,尽管瞬间就汗流浃背,却也被绿荫夹道吸引,大家便兴高采烈地议论起来。有盛赞植被好的,有感叹果树大年,荔枝还没收尾杧果又上市,金鹏人真有口福的。

有委员开玩笑,来了就是金鹏人,这话可不是吹的。旁人忙问何意。那位委员笑呵呵地说:"你们想啊! 金鹏的植物,差不多半数是果树,整园整园的荔枝啊龙眼啊杧果的。就是社区和道路两旁,也比比皆是。这些果树结果的时间,前前后后加起来,可不就有小半年了? 如果身无分文地来,即便不劳动,也不向人乞讨,光这果实就够吃半年的,可不就有家的感觉? 这种幸福感,全国能在几座城市找到?"

众人顿悟,哈哈大笑地附和:"真是的啊!"

有人又指着那红的、黄的、白的和紫的鲜艳花朵,赞叹金鹏真是一座花的城市,什么花都开得无比艳丽,仿佛置身花的海洋。众人仰头四顾,又附和:"可不是吗? 远的近的,高的矮的,大的小的,全是各种各样的花花草草和绿色植被。"

文闰生指着不远处的一片簕杜鹃,突然提问:"有谁知道,簕杜鹃有多少个名字? 又有什么寓意啊?"

簕杜鹃是金鹏市花,在金鹏生活久了的人,谁不能说出个一二三哪? 于是都觉得他这问题太小儿科。不过,还是七嘴八舌地凑了起来,什么三叶梅呀,叶子花呀,九重葛呀,宝巾呀,贺春红呀,三角梅呀……总之凑了一大堆。凑完了才发现,这座城市的市花,竟有这么多吉祥的别名,可见不仅普通,也普遍,更广受喜爱。

随后,又凑它的寓意。有人说象征热情奔放、坚韧不拔和顽强奋进的精神,有人说寓意着活力、吉祥和欢乐,也有人说代表没有真爱的悲伤,还有人说也代表着三角恋……众说纷纭。

一路欢声笑语,加上绿荫遮蔽,倒也不觉得热了。坐中巴回机关的人则继续讨论,不时爆出爽朗欢笑。

虽不明了文闰生出于何意,引出簕杜鹃那个话题,邓念成却意外地没参与,而是在簕杜鹃和提案工作的探索创新间,产生了联想——

比如,四年来的探索创新,可不就如这簕杜鹃所寓意的,处处体现着热情奔放、坚韧不拔和顽强奋进的精气神? 倘若少了这股精气神,不说取得如今的成绩,寸进都难!

比如,探索创新的成功,虽带来喜悦和欢乐,却也充满艰辛与悲伤。原本"萧规曹随"的小算盘,尚未施展便支离破碎,只得被困难和问题推着,硬着头皮往前闯。不过,好在结果不坏,结局不至于鲜血淋漓,反而是有些凄美。这跟那个老城绣衣池旁的绣花姑娘小梅,既不尽相同,又略微相似。那个勇敢追求真爱的绣花姑娘,终生未嫁,结局凄凉。但她死后,却生出这种唯美植物,心形叶子,美丽小花,开得十分灿烂。人们相信,带给自己感官享受的这种植物,便是小梅的化身。

比如,因其通常三朵花瓣九片叶子簇生于苞片内,且呈三角形排列,人们根据各自偏好,取了些五花八门的名字,随心所欲地叫它叶子花、三角梅、三叶梅、九重葛……没有最贴切,只有更贴切。还因冬春之际,姹紫嫣红的苞片展现,给人奔放、热烈的感受,又得名"贺春红"。总之是如蜡烛燃烧自己照亮别人般,无私地开放自己,尽情地愉悦他人。

还比如,籇杜鹃的确普通,漫山遍野都是。且生命力顽强,插枝即活,却也花开高贵。这不同样跟他们的探索创新类似?虽说改革到了深水区,迈一小步都难,但那是就整体改革形势而言的。实际上,从改革创新的角度,政协工作算得上一片尚未怎么开发的处女地。他们也不过搞了些个小动作,就立竿见影,不仅让提案工作质量显著提升,也让工作局面霎时改观……

"下车了!又想什么新主意呢?"文闰生一声喝叫,打断了邓念成的遐想。目光瞅向窗外,中巴果然停在了机关大院。不过,他也没说什么,而是咧嘴一笑,跟在文闰生身后下车。

这一通督办活动搞下来,的确累得大伙儿够呛。几个朋友闲聊,揶揄邓念成自己不要命就算了,还拉美女垫背,真是心狠手辣。更有甚者,打趣他是辣手摧花高手,被摧了的花,都心甘情愿无怨无悔。也的确,史上最为强盛的提案委,除了五条大汉,还有刘畅、田静和小芳三位女同志。

邓念成嘿嘿一笑,并不作答。也只有闭嘴,让他们拳头打在棉花上,才是最佳应对办法。尽管都没恶意,可这些道貌岸然的家伙一旦坏起来,便满肚子坏水,前一句早为后一句埋下了伏笔,就等你接茬。至于接出什么话,只有他知天知,地都不知。不过邓念成知道一点,那就是狗嘴里吐不出象牙。当你气得恨不得吐血了,那些人就会一阵"哈哈哈哈",然后扬长而去。

然而,委员们却高度赞扬。

凭良心说,倘若走马观花,也没那么辛苦。问题是,每一项督办活动

243

都要形成督办报告或督办建议书,发办理单位研究,有的还形成社情民意,报市委市政府领导参阅,都实实在在起着推动作用。这些活,委员们看在眼里。

但不管怎么说,"7+10"件监督性提案的督办工作,算是基本完成,就等九月开民主评议会。

市、区政协联动督办市长领衔督办提案,五月开过情况通报会,五家单位负责人通报了办理工作思路及重点难点,并与提案人进行了沟通交流。

如今见把监督性提案的督办提前了,有的区政协领导顿时抓耳挠腮,甚至跺起脚来骂邓念成不守信用。邓念成哭笑不得,只得耐着性子解释,毕竟市长领衔督办提案更重要,所以必须更慎重。早跟办理单位讲好了七月下旬至八月上旬督办,突然提前,会打人家个措手不及。何况五月的情况通报会已经有过交流。提出的新意见新建议,也得给人消化和落实的时间。

不管怨气平息与否,市长领衔督办提案的现场视察可不敢再拖延,免得真惹众怒。所以时间刚到,便一气呵成,把"1+9"件市长领衔督办提案都搞了一遍视察督办。紧接着又开了几场更具针对性的小型座谈会,然后就由各组去形成意见建议,为十月开办理协商会做最后准备。

整整两个月时间,终于把提案委承担的近二十件重点提案现场督办了一遍。到了八月下旬,又带着委员马不停蹄跑了几家市直机关,对接委员即将形成的提案。这个举措,是分析了提案存在问题后采取的。

部分提案质量不高的一个原因,是由于信息不对称,建议滞后于党委政府决策,甚至部门工作进展。比如,有的部门已有具体措施甚至组织实施了,提案的建议却还停留在初始阶段,对党政部门的工作不具参考价值,放的是"马后炮";有的建议党政部门研究过,但目前条件不具备而无法采纳,只能作为参考,成了"空炮"或者"哑炮";有的偏离中心工作,不在部门的兴奋点上,打了颗"隔山炮"。为了解决这个矛盾,以及提、办"两张皮"的问题,邓念成萌生了一些想法,推动提办双方构建"一体发力"的共同体。

比如组织委员申报提案选题,邀请部门参与提案形成过程,增强提案的针对性和意见建议的可操作性,并从源头推动双方达成共识。邓念成称之为"提案选题协商"。按照这个思路,八月初便向委员征集明年提案选题,下旬组织选题相近的委员到相关单位对口调研,面对面协商。

比如建立"提办双方共同修改提案机制"。简单说,进入办理环节的提案,倘若办理单位觉得没法办理,或者意见建议方向不对,可以建议提案人修改提案。前提是需向提案委申请,形成的提案也须报提案委同意。邓念成的理由是,提提案不是出考题,而是开药方,要切切实实推动问题解决,以及市委市政府决策部署顺畅实施。那么,就应该坚持实事求是,使提案"能够办",而不是进入无解的死胡同,最终相互指责。

总之,一切有利于推动提案工作提质增效的办法,他们都愿意尝试,并采取措施去打补丁。

还别说,效果都出奇地好,提办双方非常欢迎。譬如参与选题协商的委员,以及所到部门都大加赞扬,说提案委做了件大好事,搭了座有效沟通的桥梁,纷纷现场添加微信等联系方式。

他们高兴,提案委的人自然也高兴,甚至更高兴。特别是邓念成,每到集中写提案了,电话都打成热线,更有委员带着初稿上门,忐忑地请他"斧正"。似乎他说可以,提案就能立案过关了。事实上,他说可以,也的确是可以。毕竟他那关是最难过的。他也不厌其烦地给人提修改建议。但他也不是全能的,也有把握不准的时候。

如今委员跟部门工作人员建立直接联系,至少参加选题协商的几十名委员不再事事找他,转而去跟工作人员沟通了。

这天开完选题协商会,邓念成看看时间还早,又正好在政府大楼,便让华艺章联系刘天民,看看他们有空没有。说:"市府督查室对提案工作的支持可是不小,基本做到了有求必应。如果有空,我们去拜访一下。而且,市长领衔督办提案的专题协商会方案,也得再和他们推敲。"

"走吧,主任!叫我们现在去会议室。"不一会儿,华艺章就联系完了,对站在走廊里的邓念成等人道。

一进去,就发现他们的人都在,不仅刘天民,还有市府办副主任、督查室主任金铭。邓念成一边笑呵呵跟众人握手,一边歉意地问:"不影响你们开会吧?"金铭笑道:"正好开完了。"然后,也歉意地拉他坐下说:"不知老哥来,时间急,没摆牌位。"邓念成笑呵呵摆手:"我们兄弟,不搞那些虚头巴脑的东西。而且我这突然袭击,也打扰了你们的正常工作。该说对不起的人是我。"

他们寒暄间,工作人员收拾完桌面,又都出去了。

金铭也不绕弯子,因为快到下班时间了,问他有何指教。邓念成直言道:"在大楼开了个提案选题协商会,看还有些时间,就临时起意,顺便过来看看老弟。另外,也想听听你们对提案工作的指示。"

"哎呀,邓主任!你这接二连三放大招,可是搞得生龙活虎啊!"刘天民负责人大代表建议和政协提案办理工作,跟提案委的人最熟了,对提案工作也最了解,不禁抢在金铭前面发了通感叹。又说起初还有人不理解,有些抵触情绪。现在可是提案委说什么,大家都屁颠屁颠地照做,老实得不得了。

"老哥你真客气了,哪敢有什么指示啊?"金铭先回应邓念成,又顺着刘天民的话道:"提案委的举措,都是帮办理单位的。再要去抵触,除非是傻子。"

"喂!我不是来讨表扬的,是真的有事。"邓念成连忙打住二人的话头。金铭也是个直人,心直口快地道:"直说不妨的。"

"我想听听市长领衔督办提案的专题协商会,你们还有什么想法、要求或者建议。虽然定的是十月,但得提前准备不是?而且也要做方案了。另外,政府是提案办理大头,占了百分之九十五,看看这方面还有什么要我们配合的?"邓念成直接说明来意。

"我就说嘛!你哪有空看老朋友?这分明就是工作嘛!"金铭笑道,转头问刘天民,"你有什么要说的没有?"

"邓主任,你说的第一个问题,我们目前还没想法。要不你们先拿方案,我们如果有想法,就在方案里改。第二个问题,恕我直言,提案选题协商会的场次,安排偏少了点。还有部门也想请你们去开哩!"工程兵转业的刘天民,更是个直肠子,说话都不带拐弯抹角的,何况也是熟得不能再熟的朋友。

邓念成当即就笑了,说:"今天的确有些唐突,事前没联系。那就我们先做方案,报你们审定。"金铭连忙打断他的话,说:"决定权还在政协,我们提点建议还差不多。"

"那就恭敬不如从命了。"邓念成笑着说,"邀请我们去开选题协商会,想法的确是好,也是真心感谢。可是委员申报的提案选题,今年只涉及六个部门的工作,明年争取多点。同时,这话也给了我个启示。"刘天民顿时来了兴趣,问什么启示。

"虽然不能每个单位都去,但可以拓宽思路、拓展方式,比如把委员申报的选题发给相关部门,请部门安排人员对接。而部门希望政协帮忙推动什么问题,也可以提供线索,我们找委员形成提案。可不就是良性互动了?"

邓念成刚说完,刘天民就双手抱拳拱了拱,嘻嘻哈哈地说:"佩服,佩服!"又惊呼:"你这是什么脑袋呀?我就说这么一嘴,你竟立马想出了对策。"

"你这老兄——"邓念成无奈摇头,又解释,"我们提供给委员的提案线索,是常态化不定期编印的。也请督查室再帮忙发动一下,争取有更多线索,更好地解决提办'两张皮'的问题。"金铭满口答应说:"没问题呀!这是帮政府做工作哩!"邓念成又吩咐小芳,再发一次征集提案线索的提醒,尽快把下期印发出去。

时间到了九月,邓念成去省城学习。尽管还操心机关的事,女儿的婚事也在紧锣密鼓地筹办,他却老老实实没请一天假。当然,他和机关保持着密切联系,也常常改他们发来的文件到深夜。机关的事也有条不紊地推进,包括组织办理单位骨干外出学习考察,也由黄达理带队完成了。

十月成了全国政协系统提案工作的高光时刻,也是金鹏市政协和文闰生的高光时刻。先是中旬,全国政协召开提案工作座谈会;紧接着下旬,又召开全国部分城市政协提案工作研讨会。在这两次高规格会议上,文闰生都介绍了编制提案工作清单的经验,受到与会领导和同人的充分肯定。

这两次会议,更是促使金鹏市政协站在更高层面,用更宽阔视野,对清单式提案工作法进行了一次系统的理论梳理,认知也达到了一个新的高度。

文闰生第二次发完言回座位,从邓念成旁边路过时,邓念成笑问他是什么感觉,文闰生竖直大拇指,不露声色地说了个"爽"字。

一个"爽"字,当然有太多含义。但以邓念成对他的了解,绝对不包括沾沾自喜,或者扬扬自得。但不管怎么说,能得到上下一致认可,这份喜悦之情,是用什么词来形容都不过分的。

更为重要的是,这条首创经验写进了全国政协办公厅印发的文件。这在金鹏市政协是第一次,也算破天荒了,当然令人振奋,令人欣喜。照文闰生那个说法,应该是"更爽"才对的。

然而,他们的付出,他们探索的艰辛,哪是一个"爽"字了得!邓念成心说,没下过河的哪里知道水深浅啊。

部分城市政协提案工作研讨会决定,明年的会议在金鹏召开,也给了他们极大鼓舞。丁锐在随后的主席会议上要求,早谋划、早准备,高规格筹办。

怎么落实丁锐和主席会议要求,承办好这次高规格会议?邓念成他们这些天一直在研究,也跟文闰生和联系提案委的副主席陈瑜碰撞过多次。

前不久黄达理调离金鹏,主席会议明确由非中共副主席陈瑜联系提案委,以分担文闰生的压力。文闰生这个党组副书记、常务副主席兼秘书长,工作任务太重了。

碰撞的结晶,一是对清单式提案工作法,从理念到实操再精细打磨,真正打造成一张闪亮名片,一座推不倒的里程碑。二是增强体验性,能给人直观感受。三是制作宣传短片,用动漫方式集中展示做法及成效。四是形成一个集理论高度与实际运用于一体的交流材料。总不至于,把讲过的交流材料再炒一次冷饭!尽管前两次的角度也有所不同,但那既不是金鹏的做派,也不符合几个人的风格。

宣传短片的想法是文闰生提出来的。他甚至说,这个事搞成了,又是一个亮点。感叹政协的宣传手法,跟党委政府甚至部门比,还是太老套了,也得与时俱进,出新出彩。邓念成也不想如猴子掰苞谷般一路掰一路丢,也想把近四年的探索和创新好好梳理一下,而且明年也得做本届总结了,不过是提前着手而已。于是,两人一拍即合,便着手谋划起来。

各区集中在十月、十一月换届,丁锐要求机关大力支持。所以,邓念成还得挤出时间,再去讲提案工作基本知识,以及如何撰写提案,甚至讲政协的光辉历程、性质定位与职能作用。这么好的机会,他当然不会忘记清单式提案工作法,必定兴致盎然地跟受众分享。

系统改造接近完成,八个关键环节都按照清单要求,在系统里得到了相应体现。唯一的美中不足,也是杨豫明讲过的,"清单式公开"到底如何处理？好在八个环节的程序设计是可以分开进行的。邓念成建议先易后难，循序渐进，最后合成。

系统改造和整合工作虽然移交办公厅了，但人家只负责升级改造。至于要搞成什么样子，还得提案委提诉求。所以，邓念成他们还是得耗费一些时间和精力去关注并参与这事。

这样的工作节奏，虽然忙碌，却也充实。好在家里依旧不要他管，萧红梅为他提供着强大后盾，给予了全力支持。不然，他纵有三头六臂，也是应付不过来的。

24. 穷尽一切求质量

搞出清单之后,许多过去想做却没做成的事,似乎都可以做了。也正如邓念成早先跟文闯生碰撞的,这根"杠杆",似乎真能撬动地球。这份意想不到的收获,令提案委的同志欣喜不已,也让邓念成对探索创新更加上瘾。

这天开完市长领衔督办提案专题协商会,提案委的同志齐聚"提案工作作战室",除继续巩固完善已有的创新成果,他又提了些新的想法——

一是明年的提案工作,重点还是狠抓质量,推动取得实效。因此,必须有更明确具体的要求,真正实现由数量向质量转变,评价考核由定性向定性与定量相结合转变。比如,原则规定委员的个人提案不超过两件,每件提案的建议不超过三条,剪除枝蔓、保留主干,聚焦最关心的事,提最重要的建议,让办理单位有足够精力集中解决一些问题。这条要求,在征集通知里就写明白。

二是按照"1+N+1"模式审查大会提案。即会前、会中各审一次,中间不间断审查。这是学人家的,但也结合金鹏实际做了些改进。他解释说,这既解决了审查时间集中在全会期间,无法保证审查质量的问题;又能挽救有一定价值,却还存在某些缺陷的提案,使之经过修改完善,重新提交后能够立案。

三是拿出部分优秀提案名额,不整体评选提案,而是评选既提得对又办得好的提案建议。过去缺数据,没法聚焦到建议及采纳落实上。如今有了清单,每条建议及其落实情况都一目了然。从而引导提案人更加注重建议的锤炼,同时引导办理单位更加重视办理效果。而这样的提案,自然也是优秀提案……

华艺章这家伙,就是耐不住,又笑嘻嘻调侃:"有了第一条,办理单位只怕是要抱着主任亲嘴巴了。"刘畅气极,笑骂:"真是狗改不了吃屎!这

250

么戏谑主任,你恶心不恶心哪?"杨豫明说:"第二条也的确是好。每年审查提案,都纠结给不给立案。立案吧,感觉差那么一点;不立吧,又可惜。特别是有的委员提案本就不多,不给立案,履职分就没了,所以都很在意……"

没等他说完,邓念成就抢过话头说:"委员履职的考评办法,也并非一成不变的。考评只是一种形式,督促委员更好履职的形式。形式可不得服从内容?内容不就得讲求质量?所以这个问题,我觉得也是可以探讨的……"

华艺章顿悟,也抢过他的话头说:"要是委员提提案,不只盯着立案去拿那个基础分,我们的压力就小多了。"刘畅正听得津津有味,见邓念成的话被打断,当即不客气地说了一句:"你这个家伙!能等主任说完吗?"随后又发了个感慨:"看来你也是被委员逼得够惨的,搞得像怨妇一样了。"

"人是活的嘛!活人总不至于叫尿憋死了。"邓念成点燃一支烟,继续说,"比如,提了提案就有基础分,然后立案了加分、选为重点了加分、办出效果了再加分,总之一直加,加到不能再加。这样,委员就不担心立不立案,转而关心质量了。杨豫明去问联络委,委员履职考核办法什么时候修订。然后我们按这个思路提建议。"杨豫明爽快地应了一声"好!"

"嗯!这个办法的确是好。委员、办理单位和提案委都把重心放到质量上,这是高标准,比单纯追求任务完成的低标准,更符合提质增效总要求。"李志江若有所思,首先赞同。

随后大家都说好,免了委员的后顾之忧,也免了办理单位应付海量提案,没办法把提案办成精品。方平冷不丁又笑嘻嘻地冒了一句:"关键是,艺章没压力了。"

华艺章正要回敬时,仍在兴奋中的邓念成拦住了,说大家再凑凑,看看还有哪些方面可以改的。艺章的话被堵在嘴里,满脸通红,看那样子要多难受便有多难受,惹得众人一阵哄笑。

随后,有人问:"关于第三条,主任你有什么具体想法?"

"我们搞清单的一个目的,不就是要人们把注意力由关注提案,转到关注建议吗?评既提得对又办得好的提案建议,就是一个具体举措。而且,也能吸引公众眼球,有更多的人围观,了解提案工作、关注提案工作、

251

参与提案工作。"邓念成开宗明义,引出主题,"更具体的设想,是有一点,大家也琢磨琢磨,看看这样子行不行?"

大伙儿连忙问:"什么设想?"

他停顿了一下,把烟头摁进烟盅后继续道:"比如根据清单数据,选取当年落实事项居前的提案,由各专委会和民主党派推选,形成初选提案。再组织他们,也吸收第三方参加,遴选出"提得对、办得好"的若干建议。然后通过手机 App,由公众投票评选出十条最佳建议。最后跟其他优秀提案一起,报主席会议审定。"

他这想法已经跟文闰生沟通过。文闰生一如既往地支持,嘱咐涉及经费的,该做方案的,都抓紧按程序报批。并且再次鼓励邓念成:"看准了的,就大胆去试,不要有思想顾虑。"说提案工作的探索和创新,即便错了,也不影响大局,改回来就是了嘛!甚至讲如果有人责难,尽管往他身上推,他保证帮他们兜着。

站在文闰生的角度,想想也是。下面的人想干事,他有什么好阻拦的? 而邓念成呢,领导这么支持,还有什么可犹豫的?

大伙儿还在震惊中,没想到他的想法如此疯狂。短暂沉默便纷纷鼓掌,直嚷嚷太有创意了,不仅更加公平,导向性也明确,更主要的是向公众宣传了提案工作。

"主任的意思是,由三十件初选提案,到二十条具体建议,再到十条最佳建议……"有人很快就梳理出头绪。

"对! 就是这么个流程。"见大伙儿没不同意见,邓念成又说,"这三点想法,闰生主席都同意,指示我们先做起来。"众人都笑了,说那就抓紧做吧,还讨论个什么。

刚想要讲什么,邓念成瞅一眼墙上的挂钟,遗憾地微皱眉头道:"时间过得怎么就这么快呢? 事情还没研究完,一眨眼又过十二点了。先去吃饭吧,下午两点半继续。"

下午两点半,众人刚一落座,邓念成就问华艺章,征集提案的通知发了没有。华艺章心里一个咯噔,连忙说:"这几天太忙了,一会儿就去发。"邓念成却脸上一喜,叫他先别忙着发,退回杨豫明,按上午说的修改。华艺章拍着胸口道:"哎呀! 吓死我了,还以为要挨批评哩!"一副庆幸的神情。方平又不失时机揶揄:"你还怕批评吗?"

在提案委,拖延甚至耽误工作,的确是要挨批评的。事情太多,节奏太快,耽误一件事,就会影响后续安排。不过,邓念成的批评都对事不对人,并非跟谁过不去。

华艺章正要回击,邓念成没给他机会,叮嘱杨豫明,把前面讲的"原则上委员个人提案不超过两件、每件提案的建议不超过三条,聚焦最关心的事,提最重要的建议"作为具体要求,加到讲求提案质量里。另外,关于明年的工作,都放进提质增效这口锅里去熬。他笑着说:"熬到烂熟,糖就出来了。"杨豫明说:"好的。我把相关材料的表述都统到这个帽子之下。"

"哼!"华艺章这声气哼,几乎跟杨豫明的话同时响起,但他也没敢再戏谑,只得把剩下的话噎住。

一看华艺章憋屈,方平又得意起来,但刚准备继续打击,邓念成同样没给他机会,瞅着窗外还没来得及清理的倒下或者断掉的树,蹙起眉头忧虑地说:"碰到重大自然灾害,我们还是无能为力,还须进一步提升应急处置的标准和水平……这样,豫明!征集提案的通知特别提醒一句,能否在这方面出些好的主意。想必,这也是市委、市政府需要的。"

众人闻言,都把目光瞄向窗外,随即议论纷纷,诉说各自的所见所闻,特别是"山竹"的恐怖。

上月中旬,超强台风"山竹"来袭,连片的高大树木被摧毁,把一座美丽的城市基本打回原形,弄得满目疮痍。不仅停课、停业、停产、停工、停运,也多点且大面积断电停水。就是过去二十多天了,街道、马路、公园依然到处是倒下的树木、断掉的树枝,以及满地残渣,正等待着工人去清理。

"如果有好的提案,明年争取搞成监督性提案,帮市委、市政府和有关部门一把。"见众人议论得差不多了,邓念成最后道。然后转入下一个议题,问刘畅和方平:"委员活动日和市、区政协提案工作联系会,都得在十一月底之前完成。筹备工作进展到哪一步了,你们能不能说说?"

开展委员活动日活动是提案委的一项特色工作,比单纯走访委员有所拓展,添加了些其他元素,比如委员相互了解情况,寻找合作机会。因为形式活泼,内容也更加丰富,所以深受欢迎,每次都有半数以上委员参加,差不多是一次全体会议了。

刘畅说:"委员承办的积极性非常高,这次有四名委员提出申请,看

253

是继续在机关办,还是去委员那里？倘若去委员那里,去哪位那里比较好?"然后点了四名委员的名。

邓念成顿时皱起眉头,还没开口,方平又抢着说:"真不能在机关搞了,还是去委员那里吧。浪费时间精力不说,还没什么效果。"

他这说的,还真是实情。开展委员活动日活动,原本是因为单纯地走访太单调,才想了个办法改变的。也真是无心插柳柳成荫,几年下来搞成了品牌。但这里边有个矛盾,就是吃饭的问题。不吃吧,承办的委员不高兴,说没尽到地主之谊,其他委员也感觉缺少了交流机会,兴趣降低。吃吧,上面有要求,文闺生也强调坚决执行。所以每次都为吃不吃饭闹心。

于是改到机关进行。但来机关,委员的感觉就是开会,不是真正意义上的活动。甚至还不如开会,因为没有纪律约束,所以来的人越来越少。

这一次活动又有所不同,必须过半数才行。因为要学习中央有关精神,传达全国政协提高提案质量的文件,审议年度工作总结,通过明年的计划安排,顺便讲讲"1+N+1"审查提案和网络评选"提得对、办得好"提案建议等事情。等于是开一次全体会议,把诸多内容打包了。如果专门开全体会议,内容又似乎单薄了些。这也是贯彻上级精减会议精神的一项具体举措,别动不动就劳驾委员往政协跑,毕竟都还有本职工作要做。

方平讲完,都不接茬,大伙儿齐刷刷地望着邓念成。邓念成也是无奈,苦笑一声说:"都望着我干吗？脸上有字啊？发表意见哪！刚刚不是挺能闹的吗?"

方平笑笑,建议去赵国文委员那里。他说:"那里地方大,会议室好,还有东西可看。"刘畅皱起眉头说:"去年去过一次了。老往几个人那里跑,会惹人说闲话,以为有亲疏哩!"李志江不假思索地说:"那就上杨彬委员那里吧! 邀请几回了,还一直没去过。"

把四位委员的情况轮了一遍,理由似乎都很充分,不去确实对人不起。邓念成无奈地问:"你们真放弃在机关搞了?"他这话顿时把众人惹急了,都说在机关搞,只会把路搞死的,还是去委员那里吧,内容也丰富些。不然就不叫"委员活动日"了。

邓念成也没辙了,对刘畅说:"你定吧。"见刘畅一副愕然的神情望过来,邓念成又笑着给她出主意:"你先说个准确时间,哪位有空就去他那里。其他的委员便不好说什么,只能等下次了。但得强调一点,不吃饭!

254

承办活动已经够麻烦,饭就不吃了。"

"假如都有空呢?你这不是为难刘主任吗?挖坑叫刘主任跳?领导怎么这么个担当啊?真是开了回眼界。"华艺章嘴巴一瘪,突然来了这么一句,惹得众人哈哈大笑。邓念成气极,说:"总能剔除一两个吧?那难度不就小些了?"

"真是!"

"尽跟主任抬杠!"

"我看是欠收拾!"

……

众人又是一阵讨伐。华艺章似乎很委屈,说:"我是好心提醒,却被你们当作了驴肝肺。得!不说了。"

"艺章说的也是实情!有的委员听说有活动,不惜中止出差,都连夜坐飞机回来参加。"刘畅仍然沉浸在惊愕中,眉头紧蹙。她负责委员联络工作,掌握的情况自然比别人更多。

"反正你去搞定,这个问题不讨论了。"邓念成笑呵呵的,果真要起了无赖,话却说得果断。心说就这事,讨论一个下午都不会有结果。

邓念成竟然要无赖,把矛盾一脚踢给自己,这是刘畅没想到的。她无语地撇了撇嘴巴,却也终究没再出声。因为除了接受,她似乎没法再踢给别人了。

邓念成其实不想要赖的,这也不是他的风格。一方面,委员抢着承办活动,这是令人欣慰的好事。面对这份积极性,他除了小心呵护,还能做什么?既不能浇冷水,更不能冷了他们的心。另一方面,刘畅心细,也耐心十足,相信她能处理好。

都说干部在斗争磨砺中成长,其实委员也是在履职历练中成熟。提案委六十名委员,分别来自二十六个界别,都是所在行业领域的精英。但他们知道,那只是自己成为政协委员的基点,绝非合格委员的标配,更不是炫耀的资本。所以都积极参加政协活动,大力支持提案委工作,以此提升履职本领,增长履职才干。这也就有了刘畅说的,抢着承办委员活动日活动了。

其实,岂止是这个呢?还有譬如张学彪,除了承担集体提案撰写任务,其团队每年都承担提案分析报告和提案办理情况分析报告——现在

255

是提案办理结果清单分析报告的撰写任务;郭方达每年安排人手参与集体提案、专题协商会或者民主评议会的调研视察活动,并协助撰写文案;孙华、吴敏、郑昌红等委员,直接派员工参加编制提案办理结果清单……不仅他们迅速成长为"明星委员",他们的工作人员也成了提案工作的内行,谈起来头头是道。还有赵国文、马道成、王芳、黄争鸣、谢荣等委员,本身企业和协会、商会事情就多,但市政协的活动必到,似乎成了履职专业户。

邓念成常常感叹,与这么一帮人共事,不做出点成绩来,真是愧对这个伟大时代;有这么一帮人倾力帮衬,又何愁事情不成?他也因此要求提案委的同事,像丫鬟服侍小姐,彻底放下身段,为委员履职提供贴心服务。甚至以"丫鬟领班"自诩,也的确对委员履职,做到了有求必应。

然后讨论市、区政协提案工作联系会怎么开。也是有几个区邀请。邓念成也不好定夺,只得说按各区顺序排吧。排到哪家去哪家,反正市、区政协轮流承办,都要去的。

任务刚刚布置下去,方案没这么快到他手上,下班了回家,又是周末,邓念成难得陪一次爱人,吃过晚饭便去离家不远的半山公园散步。

临海的金鹏气候很好,光照充足,四季温润,空气质量也好。尽管十一月中旬了,植被依旧青枝绿叶,箸杜鹃与其他花卉竟然盛开,候鸟也成群结队地栖息,根本觉不出冬天的味道。一些老人也如候鸟般,或者投靠在此地打拼的子女,或者租间民居,有经济实力的干脆买套房,都选择来金鹏过冬。所以此时的金鹏,陡增了不少人气,使本就拥挤的城市,显得更加繁荣兴旺。

金鹏人大多喜欢运动,此刻的半山公园更是人流如织,刚入公园门口,邓念成便发现稍微宽敞点的地方已经歌舞升平,音乐悠扬。两人没作停留,沿着平缓的绿道上山。

尽管寸土寸金,但着力打造宜居典范城市的金鹏,近年不断加大舒适环境建设力度,建公园、修绿道,把边边角角都利用起来,既美化环境,也便利市民运动和休憩。

掩映在浓郁植被下的半山公园,位于城市副中心比较繁华的地段,更是重点打造的公园之一,环境特别优美。目之所及,但见绿道宽敞平缓,两旁花团锦簇,灯光明媚而柔和,那真叫一个赏心悦目! 行至半山腰,抬头仰望,或者低头俯瞰,由稀疏星星或者灯光点缀,夜色下的山顶和山脚若隐若现,既朦胧又神秘,则是另外一番美丽景象,真正的环境友好型!半山公园也因此深受老年朋友喜爱,成了周边老人们的必去打卡地。

两人一边走,一边小声交流着一些事情。

走到一处有雨棚的休息处,手机突然响了。邓念成掏出一看,是赵国文委员的,心里有些诧异,不知道他这个时候来电话,会有什么事。正好,也走得有些累了,于是邓念成坐到休息处的长条凳子上,将手机放在耳边接听。

"喂,主任!吃饭了没有?"手机里的豪爽问候,震得邓念成耳膜一颤,还真是赵国文那粗门大嗓。他啼笑皆非地反问了一句:"这都几点了?"

"主任不都是八点左右吃饭的吗?这不也才九点?"赵国文呵呵两声,又连发两问。邓念成没辙,只得直言相告:"吃过了,在半山公园散步。你是要来陪我散步,还是另有指教?"

"哎呀!这是太阳打西边出来了哇?主任竟然有散步的闲情逸致了?"赵国文夸张地惊呼。邓念成戏谑道:"叫花子也有三天年哩!我就不能放松一回呀?"

赵国文直言:"我不陪你散步,太远了,过去也得半个小时。我到了,你也得回家了。当然,也不敢指教。"邓念成当即乐了,说:"这也不是那也不是,那你这通电话,到底什么意思?"

赵国文这回没调侃,说两个意思。邓念成又乐了,打趣道:"人家一个电话就讲一个意思,你却是两个。还真是注重效率,讲求质量啊!"

"哈哈!这不是主任教导的吗?要提质增效啊!"赵国文也哈哈大笑,一如既往地粗门大嗓。邓念成更乐了,笑道:"好!活学活用,举一反三。向你致敬!"

"第一个意思,感谢主任信任,把这期委员活动日交我承办。请主任放心,我保证办好。"

邓念成这回却是一个愣怔,心说刘畅也真是的,跟人商定了也不通个气,竟是委员先来电话。但他转头又一想,会不会是刘畅那里没说好,先到自己这边公关?倘若自己答应,他回头拿这个去压刘畅,那刘畅就被动了。万一,她约好了别的委员呢?于是,他没讨这个好,领这份情,而是笑

257

道:"我们今天分了个工,这事是刘主任负责。具体谁承办,得她说了才算,我说了不算的。"

赵国文却没接这个话茬,继续爽朗地说:"第二个意思,感谢主任开恩,准许活动结束了吃个便饭。"

这句话邓念成更不信了。但知道他是一片好心,便没接他话茬,继续笑着说:"还是前面那句话,由谁承办,怎么办,我说了不算,你得跟刘主任商量。不过,你要是征求我的意见,老哥就一句话,吃饭是肯定不行!你说在你那儿搞活动,已经够麻烦,哪里还敢吃饭?虽然几十个人吃餐饭,对你只是毛毛雨,但上面有规矩,不能逾矩的。"

"哎呀,主任哪!怎么能出尔反尔呢?不是你说能吃的吗?"

这回知道他是诓自己的,邓念成继续笑呵呵地说:"如果刘主任说,我说可以吃饭,那她就是捏造,回头可得好好地批评教育。"

"你这人……"赵国文顿时无语,稍停才说,"真是一点情趣都没有。"

"这种事,能有情趣吗?玩笑都开不得。"

"喂,主任!不开玩笑,说真的。提案委来我这里搞活动,是看得起我,也是对我的肯定,对我企业的宣传。我和几个委员有业务合作,这你是知道的。我也跟马庆方委员约好了,活动结束了再谈合作细节。这是帮我们牵线搭桥哩,是锦上添花,哪里是添麻烦呢?所以吃个工作餐,见证我们合作愉快,真没什么的。"

"工作餐也是餐哩!真不行,这是底线,国文兄弟!"邓念成一本正经起来,咬死不松口。

"喂!盒饭可以吗?"赵国文有些无奈,让了好大一步似的。

邓念成扑哧一声又笑了,问:"盒饭不是饭吗?再说了,你那盒饭是在街边买的?"赵国文依然心有不甘地说:"人家大老远跑来,搞完活动又是下班高峰,回到家里可不就七八点了?可不得跟你老哥一样,八九点才吃饭?"

他这说的,的确是个问题。金鹏经济发达,市民也比较富裕,有车一族众多,一到上下班高峰,堵得不是一星半点。路途比较远的,从他企业回到家里,跑一两个小时,算是常事。不然,也没那么多关于交通问题的提案了。

但是,任他说得天花乱坠,这个口邓念成也不能松。

有一阵子,在委员企业开展活动时,实在晚了,吃个工作餐,文闰生坚持出餐费,政协机关去的,每人一百元。但是委员死活不肯收,说是打脸了。邓念成没法,只得叫工作人员交涉,说是规矩。不然,不好交代的。后来,工作人员都不肯干这交涉的差事了,难度太大。这也就有了后来在机关搞的改变。

说服不了邓念成,赵国文只得说:"那好吧,我也不能把领导害了。"邓念成又说:"这事真是刘主任操办,我做不得主的。倘若你真有承办意愿,就联系刘主任。"互道了晚安,才挂断。

事情交给了刘畅,就给予充分自主权,放心托胆由她做主。何况政策也交代清楚了,也得相信人家的觉悟和能力。再有什么疑难,她肯定会来找自己。倘若事事横插一杠子,中间闹出个误会,就不好看了。不然,同事放不开手脚,他也累个半死,而且也没有效果,真正是顶着碓臼唱戏。这是邓念成的原则,疑人不用,用人不疑。到底对不对,邓念成便不管了。

这个电话没有避开萧红梅。见他放下电话,坐在一旁的萧红梅也提醒:"你可不能一时心软,坏了规矩犯错误啊!"邓念成拍了拍她的手说放心。然后起身,也把她牵起,两人继续散步。

25. 别出心裁搞票选

提案委的人都是蛮拼的,这几年的提案工作有所进步,探索和创新举措能够顺利推进,他们都是功臣,都功不可没。包括只在提案委干了一年多,就被和许冬梅同样理由,刚刚交流出去了的田静。对此,邓念成心里明镜似的,庆幸组织为他配了这么好一个团队,也感叹优秀团队的重要性。

这不,周五下午布置的任务,到了周六晚上,便陆陆续续通过邮箱把方案发了过来,或者电话报告进展。

赵国文那个电话,前一句没骗他,的确是刘畅跟几个委员沟通后,和他商定的。但后一句,却是他一厢情愿。听邓念成一说,刘畅气得笑了:"这个赵国文,看我怎么修理他!⋯⋯"当然,对这么有心的委员,也没真去修理。

只一个周末,就都落实得七七八八了。周一上午再讨论一次,又走完报批流程,便紧锣密鼓地一体推进。

手机 App 投票程序并没那么复杂,甚至可以说很成熟了。请了宣传处支援,只花三万元优惠价,便开发出来。

与此同时,通过系统提取当年落实事项靠前的两百件提案,交由各专委会和民主党派推荐,最终取推荐排名靠前的三十二件。原本只选三十件的,因最后三件得分相同,便一并纳入了,反正后面的流程里会处理掉。

这天,各方面代表三十多人,济济一堂地坐在会议室里,准备进行推荐投票。对这一新鲜事,大家表现出了浓厚兴趣,投票前议论纷纷,也为亲身参与而感到高兴。文闰生、陈瑜也是眉飞色舞,不时加入议论之中。

他们要做的工作,其实就简单的两项。先从三十二件候选提案中推选出二十件。接着从这二十件里,各选一条提案建议。原则是绝对按得票多少,现场排名。如果因排名相同而超过二十件提案或者二十条建议,则对后面排名相同的重新投票。

这种简单的游戏规则,邓念成只讲过一遍,大伙儿便都了解,迫不及待要求开始。

见大家猴急,两位领导也催促"快点儿",邓念成又笑着说:"倘若三分钟就搞完了,有什么意思呢?不就没体验感了吗?不就没享受到参与过程中的惊喜了吗?再说了,你们都没进入系统,投什么票呢?"

见他卖关子,众人又闹哄哄,笑骂他懒驴屎尿多,搞得神神秘秘干什么。邓念成这才对小芳说:"开始吧!"小芳起身,笑容可掬地说:"我们现在面对面扫码,建立投票微信群。然后我把候选提案发到群里,大家就可以投票了。"

众人这才恍然大悟,难怪没见一片纸哩!却原来,是通过手机 App 投票。顿时又感叹,到底是"天下第一委",真把电子信息技术运用到了极致。不仅提案从提交到公开实现无纸化,就是这小小的投票,也不浪费一片纸张。

大伙儿一边感叹,一边扫码入群。顿时,会场就咋咋呼呼起来:"我看到候选提案了!""我也看到了!"叽叽喳喳,此起彼伏。然后就安静下来,认真查看提案清单和办理结果清单,并在选中的提案后面勾选"√"。

邓念成勾选结束,摁了"提交"键,耐心坐等。见都放下手机,便问还有没有没完成投票的。见大伙儿都摇头不吱声,满眼期待地望着电子显示屏,邓念成便叫小芳统计票数。

手机 App 也连上了电子显示屏。小芳只在电脑上点击"统计"键,电子显示屏便把三十二件提案,按得票多少做了排序,一目了然。见前二十名没有相同票数,小芳又点击"保存"键备查,再删除后面的十二件,便进入从二十件提案里各选一条建议的环节。

有了前面的体验,大伙儿第二次更加熟练,很快完成。不过,有三件入围提案的建议得票相同,一共多了五条建议。

有人打圆场说,二十五就二十五吧!邓念成笑着解释:"投票系统只能容纳二十条建议,多一条都不行。而且,方案是一件提案只选一条建议。倘若一件提案有两条甚至三条建议,在公众投票环节依然靠前,那就挤占了其他提案进入优秀的机会,似乎也有些遗憾。"

众人又恍然大悟,说:"那就再投一次吧!"有人似乎也回过神来:"二十五,不就二百五吗?你们谁愿做二百五啊?抓紧投,抓紧投!"霎时又引得哄堂大笑。于是，又专门对那三件提案进行二次投票，取得票最高的那条建议。

走出会场时，大家依然兴趣不减，甚至吃午饭了，专职副主任们还在餐厅里议论，甚至向其他人介绍投票情况，帮本专委会及其委员拉票。

为期一周的"提得对、办得好"提案建议公众评选活动拉开序幕，媒体第二天又推波助澜，进行了广泛宣传。因为既要"提得对"，还要"办得好"，实际把提办双方捆绑到了一起，关乎双方荣誉，提办双方便都投入极大热情。一时间，整个政协机关、委员队伍和办理单位，都是动员投票、参与投票的热闹场面。

这天开全市领导干部大会，碰到几位局长，都笑骂邓念成胡闹。说你搞这么一出，害得机关的干部都没心思工作了，全在帮你拉票。还有人恐吓，你这瞎折腾，都影响中心工作了，就等着书记找你"谈心"吧！邓念成嘿嘿直笑，不回答。碰到类似情况，他都是这表现。

十一月底的委员活动日活动，由赵国文委员承办。下午两点多，政协的中巴刚刚驶入他那公司大门，正在宽敞院子里漫步聊天的委员都围拢过来，然后跟下车的人握手寒暄。

"怎么都在院子里呀？"文闯生一边寒暄，一边扭头问赵国文，"你不是有很多宝贝吗？不舍得给人看，还是怕人顺走了？"赵国文爽朗大笑："我能有什么宝贝呀？主席说笑了。"一旁有人帮他解释："赵总邀请过，我们想等主席们来了一起去看。"

"这还差不多。"文闯生笑着，随赵国文朝那栋办公楼走去，不禁又道："他的好东西太多了，真有需要镇个馆啊啥的，顺他两件走，他应该不会肉疼的。是吧，国文委员？"

"那是自然的！我那都是些垃圾，哪有什么宝贝？看得上，全拿走都没关系呀！"赵国文一如既往地爽朗，然后指着一旁的电梯，对众人邀请道："都去帮我掌掌眼吧！"

赵国文是做企业咨询和项目估价起步的。如今产业比较庞杂，跨度也大，除了老本行继续做着，还做起了房地产、娱乐传媒，以及网络平台，甚至私立医院等等，涉及好几个行业。尽管跨度如此之大，但运营却非常之好，没一个是亏钱的。这除了他那与众不同的眼光与头脑，也跟他发达的情商高度关联。

他最引以为傲,谈起来最津津乐道的,是收藏室里摆放的上千个青花瓷瓶,也就是他刚刚谦虚说的"垃圾"。各种各样的青花瓷瓶摆满了四楼整层,算得上一座青花瓷瓶专题博物馆了。据说还只是一部分,因为楼层面积和展柜都不够,还有些堆在仓库里。也或许,太过珍贵的宝贝,他也没舍得拿出来摆放。

参加活动的五十多人,不少见过大场面的。如今流连于青花瓷瓶王国,听赵国文和工作人员眉飞色舞地讲解,还是惊艳于他这展厅的大气与展品的丰富,纷纷赞叹,还真是琳琅满目啊!

邓念成看过两次,但再来看,也依旧被震慑住了,仿佛百看不厌。随后,他的思绪又转到赵国文委员身上——

委员推荐表介绍,推荐他当政协委员,理由不是他企业做得好、收藏多,而是热心拥军和社会公益事业,是响当当的全省拥军模范和公益事业先进个人。没当过兵的他,把大量精力和金钱投入拥军,同时热心社会公益事业。就在去年,邓念成还受他邀请带了一回队,去部队搞过一次慰问。当时的那个场景,至今历历在目,而他和官兵的那份亲热劲,更让邓念成感动。

当委员这四年,他的提案和各种场合的发言,也聚焦于拥军和社会公益。在社会公益领域,又特别钟情于老年事业,不惜投入时间与钱财。也是巧得很,他是前三年唯一一位年年都有提案获评优秀的委员,也算是创了个奇迹。今年的"提得对、办得好"优秀提案建议公众评选,他又有提案入列。就是说,评为优秀提案,已经有百分之五十的概率……

邓念成突发奇想,他会不会连续五年都有优秀提案呢?倘若是那样,要不要在届满的时候,再颁他一个特别奖项?

后来的事实证明,邓念成还真猜中了。他是本届市政协唯一一位连续六年都有优秀提案的委员。当然,没给他颁发特别奖。——这是后话。

正这么想着,刘畅过来提醒,时间差不多了。邓念成一看,可不是吗?都两点五十了。下午的会是有具体内容的,而且必须五点半结束,免得到了饭点大家都尴尬。

邓念成对刘畅点点头,走到赵国文、文闰生和陈瑜跟前说:"今天的参观就到这里吧!没看完的,改天再来。再说了,他这好东西太多,一个半天都不一定能看完。"于是,众人压下猎奇的心,去到一楼会议室。

这次委员活动日,是先听赵国文介绍他的企业。本身就做着娱乐传媒和网络平台,他那企业介绍,也充分运用了自身优势,所以也有些与众不同。

介绍一结束,还没进入提案委的正题,文闰生突然对赵国文说:"明年全国部分城市政协提案工作研讨会在金鹏举办,你要帮忙做个宣传片,好好展示一下你的技术优势。"

"这有什么问题呢?主席指到哪里,我们就打到哪里。"赵国文依旧笑呵呵的,他似乎永远乐天派,回答也丁点不含糊。

主持会议的邓念成先是一个愣怔,心说这老兄,真是念念不忘他的"三字经"。刚给自己布置任务,就想着怎么运作,甚至都找好合作单位了。于是他笑眯眯对赵国文道:"具体做什么、怎么做,等过完新年,我们再对接。"然后话锋一转,便宣布进入提案委议题的环节。

整个会议兴奋而热烈,委员们似乎有说不完的话。因为时间关系,邓念成只给了每人五分钟发言时间。但想发言的太多了,他也不好意思真拦着不让说。所以尽管限了时,还是超了十五分钟。文闰生讲完话,就到五点四十五了。邓念成的结束语,便只能三两句,草草收场。

谁知,邓念成刚说完"赵国文委员要求安排晚餐,但我们有规定,就不在他这里吃了。谢谢他的美意,也请大家谅解",门外却有人端着装着盒饭的盘子,鱼贯般进来。

所有人的脸色顿时便精彩绝伦了。邓念成也惊诧莫名,问这是干什么。赵国文摁下话筒,笑呵呵地说:"茶歇!"文闰生也哭笑不得,说:"你这茶歇来得也太是时候了吧?会议都结束了,还茶什么歇呀!"

"请大家尝尝,这是我们食堂做的工作餐,五十元标准,跟员工一样的。"赵国文仿佛永远一副笑呵呵的爽朗相,也不再隐瞒。然而,话却说得再客气不过,"本想请大家进餐厅吃的,但主任们死活不批准,我便只能憋出这么个胡乱应付的歪招。还请大家体谅,帮我把盒饭解决了。"

就仿佛招待大伙儿,是帮了他天大的忙。而且的确也是。做都做了,怎么办?不吃,也是浪费。邓念成无语,扭头看领导。陈瑜尴笑不吱声,也扭头看文闰生。文闰生同样无语,摇头苦笑道:"既然国文委员有心,而且周末确实可能堵车,大家就领他这份好意,帮他消灭了这些盒饭再走吧。"

于是,大伙儿一边吃饭,一边继续笑谈,都说国文真是人精哪,这样也可以!也仿佛受到了什么启发似的。

离开时,邓念成笑着"警告":"下不为例啊!不然,你把我这主任置于何地呀?我的话当屁放了?"赵国文讪讪地笑,不作答,只对上车的人挥手说:"一路平安,周末愉快!"

"宣传片的事,我还没提上日程,这段时间太忙了。你今天跟赵国文那一说,是有具体想法了吗?"一上车,邓念成就问文闺生。暗道:你有具体想法,我就不用劳神费力了。陈瑜顿时来了兴致:"什么宣传片?我也挺好奇的。"

文闺生侧过头跟她解释:"我参加了几次全国性的会议,似乎都只有文字材料,缺乏新技术的运用。我就跟念成说,金鹏是座科技信息技术相对发达的城市,我们做个宣传片,既能很好地展示这几年提案工作的探索创新成果,又能突出金鹏的特色和优势,肯定一炮打响!"

"嗯!的确是个好主意。"陈瑜思忖片刻,然后频频颔首,一副认同的表情。

"我没具体想法。"文闺生狡黠一笑,随即霸气地道,"宣传什么、以什么方式宣传,那是你们的事,别什么都要领导帮你做。我的任务就是出题目,难道答案也帮你们写呀?那要你们这些人干什么?找一堆人吃干饭?国文那里的盒饭还没吃够?"

邓念成本不是这个意思,但被他几个问一绕,就绕成这个意思了。类似一个正常话题,被他绕到旁路上去,已经不是第一次了。便不服气地辩道:"你不能老是出题目啊!写一回答案不行吗?出题目出上瘾了吧?这官当得也太舒服了吧?你不老叫我把你当科长用吗?怎么着,用你一回,就不高兴哪?却原来是个口是心非的两面人。"

两人打着嘴仗,满车人哈哈大笑。

"我们金鹏大学相关团队也能提供技术支持的。"陈瑜笑够了,接口道,"而且我相信,邓主任也完全能做好。你当宣传处处长那几年,出新出彩的东西还少啊?"

她这一下子,又扯到过去了。众人正要附和,邓念成却没给机会,而是不失时机将了文闺生一军:"听到没有?好好向陈主席学习!别成天高高在上,只知道指手画脚,吆三喝四,就像下面的人不是人似的。"

265

文闰生刚想说什么,他同样没给机会,又嘀咕一嘴:"这主席跟主席,思想境界的差距,怎么就这么大呢?"

邓念成这话,顿时就让车厢里鸦雀无声,大伙儿想笑又不敢笑了,甭管老脸嫩脸,都憋得通红。心说也就是他敢跟主席开这种玩笑,或者也就文闰生听了不会生气。在他们的认知里,似乎文闰生从来就没生过邓念成的气。

文闰生也是气极,尴笑着乱甩指头。然后一本正经地说:"这个事,笑归笑,但真得好好策划,不能当作玩笑开。必要的时候,我和陈瑜主席也参加讨论。"

也的确玩笑归玩笑,事情丁点不含糊,邓念成说:"我们回头就研究。"文闰生又笑呵呵地说:"相信你这脑袋瓜子,肯定能想出好东西来。"众人都说"那是!"

然后,兴奋点自然就转到了公众评选"提得对、办得好"提案建议上。今天是第四天了,公众投票相当踊跃,车上的人更是高度关注。此刻大家最想说的,当然也是这事。如果不是邓念成一上车就提宣传片,大伙儿早就议论开了。

反正塞在路上,嘴巴闲着也是闲着,还不如说点什么。

"喂!你是怎么投票的?"刚聊了一会儿,刘畅侧过脸来问。

她这个话题转换有点儿急,弄得邓念成先是一愣,然后才道:"我呀?我是把二十条建议,分成了两组。早晨起床,先打开手机浏览投票情况,看看是否正常。没发现异常,便轮流着每天投一组,各投五票。"

规则是每人每天可投十条建议,每条建议可投五票。

"他那是平均主义,老好人思想,不负责任的。你们不能学他啊!"文闰生立即发现了他那话里的漏洞,揪住辫子,笑呵呵地打趣,引得车内又是一阵哄笑。

于邓念成而言,手心手背都是肉。二十条建议都无法割舍,所以便采取笨办法,把建议分为两组,一天投一组。邓念成不服气,狡黠地问:"主席,你是怎么投的?"

"我呀?"文闰生哪里不知道他下一句是什么?嘿嘿一笑说,"军机不可泄露。"

"狡猾!"邓念成没辙,只说了两个字,然后把脸别向窗外,欣赏金鹏那婀娜多姿的夜色美景。

"两位主席呀,都别忘了给提案委的提案投票啊!要是落选了,多丢人啦!"刘畅还是不放心,立即提醒文闰生跟陈瑜。

提案委的人,除了关注整个投票情况,更是心心念念本委的提案,也不遗余力地拉票。

陈瑜是女同志,没文闰生那么多花花肠子,实话实说:"肯定得投啊!也关乎我的荣誉哩!"文闰生果然不像陈瑜,狡黠地问:"跟我有关系吗?谁胜出我都热烈鼓掌。"刘畅顿时气结,撇起嘴角嘟哝:"主席你怎么能这样子呢?提案委不是你分管吗?获奖了,你不也脸上有光?"文闰生不屑地说:"我管的多了去了,照顾得过来吗?"似乎理直气壮。

他们聊着,邓念成已经收回目光,打开了手机 App 投票系统。但见前三名咬得很紧,而八到十三名也是犬牙交错,似乎昨天还在十二名的,今天蹿到第九了。他的嘴角咧出了一丝弧度。

到了这个程度,提案人的目标,可不只是进前十,而是尽可能靠前,最好拿第一了。

再翻看机关微信群和几个委员工作群,以及办理单位建立的委员联系群,都是拉票的呐喊,都在拉票。看到这里,邓念成笑得更开心了。不管最后结果如何,宣传提案工作的目的,肯定是达到了。正如文闰生所言,哪条建议胜出,都超不出提案这个范畴,他都会使劲鼓掌。

是否有人恶意——甚至通过投票软件——拉票,这个他不担心。系统设计时就考虑到了,有专门的监测阀门,发现问题立即关闭。负责此事的小芳,也会每天报告监测情况。再说了,委员也不至于为了这个,去做恶意拉票的事。丢不起那个人哪!

这个周一上午九点,张学彪和他的提案工作清单分析团队,就跟在杨豫明身后,准点到了邓念成办公室。

邓念成不想分析报告老翻烧饼,分析项目每年不一样,因而没办法前后比对,也就看不出进步,找不出差距,挖不出本质和真原,便叫他们搞出一个框架模板,年年都照模板填空。

张学彪竖着大拇指,由衷赞叹道:"分析报告规范化,你这想法太高明了!而且也省事多了,免得每年都不知从哪些方面去分析。"杨豫明不无自豪地接上嘴,说:"主任就是工作标准化的忠实践行者,什么事都想

267

着去规范,因此尽管我们任务繁重,却都能有条不紊地完成好。"

一个简单想法被他们上纲上线,还举一反三到工作作风高度,邓念成哭笑不得。不过细究起来,还真是那么回事,便没跟他们调侃,也没顺着话题谦虚几句,而是"嘿嘿"几声带过。

本想叫李志江、刘畅和方平一起的,毕竟可以集思广益,但几人都去有关单位参加提案办理情况通报会了。

定了分析报告框架,邓念成要他们尽快形成更加精准、更具参考价值的分析报告。因为后面的很多工作,都要依据分析报告提供的数据。而原始数据由系统自动生成,不需要另行计算和统计,能够节约大量时间。

公众评选"提得对、办得好"提案建议的数据被迅速统计出来。总计投票数达九十五万,第一名更是超过了十三万。

就在公众评选"提得对、办得好"提案建议的截止日,根据陈瑜建议,系统清单式改造也顺利结束。而长期困扰他们的"清单式公开"难题,是根据陈瑜建议迎刃而解的。陈瑜的思路,是以提案清单为索引,设计提案公开模板。既方便搜索,也方便更好地了解提案及其办理复文。毕竟海量的提案及其答复,并非每个上网的人都会全部关注。她称之为"索引式公开"。

随后就于十二月底,即全会召开前二十天,通过改版的提案管理系统,组织第五次全会提案的第一次审查。

提案审查尚未开始,委员们一边听邓念成讲解怎么在系统上审查,一边兴奋地对着电脑上以清单为基础的全新审查系统点击鼠标,努力把握要领。在他们的印象中,提案委总是给人惊喜,常常出其不意地搞些新鲜做法。

即将退休的向中敏是最后一次参加提案审查,她也显得兴奋不已。提案委的探索创新,她早就不再动辄质疑,仿佛问题大王或者意见领袖,转而只说一个字——好,不管是真好,还是假好。但她那粗门大嗓的女汉子性格,却是一如既往。

这天也是。邓念成正在解释为何要开展"1+N+1"审查,以及新的审查模式的注意事项时,身为文化建设类提案审查组组长的向中敏直接插话:"这还不好理解?保证审查质量呗!"

这话怎么听,都让人觉得她有抱怨邓念成废话连篇的意思。好在邓

268

念成和她长期相处,也算了解对方的脾气性格了,何况是即将退休的老同志,又是请来帮忙的局级领导,所以虽然哭笑不得,邓念成却不好说她什么,只得应道:"向主任说得对,就是保证立案提案的质量。因为立案审查是保证交办提案质量的最后一道关口。这关过了,再差的提案,也进入了办理环节。那么实行'1+N+1'审查模式,一是解决全会期间时间紧,无法保证审查质量的问题,二是挽救有一定价值又有所欠缺的提案。"

"我真是服了你们! 提案委的创新举措都是杠杠的,没哪条是走弯路走错路的。这届提案委的工作,怎么肯定都不为过。"向中敏又发了一通感叹。

"谢谢你的肯定。不过今天不是做总结。希望机关年终总结,或者全会讨论提案工作报告时,向主任再给予鼓励。好不好?"会议都快被她带歪节奏了,邓念成只得善意提醒。

然而他这话,又被无所顾忌的向中敏打断。只见她嘟着嘴,不满地道:"你知道我全会前的常委会议要免委员和副主任,故意这么说的吧? 我都没资格参加全会了,鼓励个鬼呀?"说完,还撇了撇嘴巴。邓念成猛然想起确有其事,便歉意地说:"对不起啊,忘记这么个特殊情况了!"

但是这段对话顿时就引起了骚动,委员们都关切地问候起向中敏来。果然是被她带歪了节奏,带偏了方向! 邓念成不免懊恼,却也不好立即制止。不然,就显得太人情寡淡了。

直到会场再次安静,他才接着说:"我想强调的是,因为后面还有'N+1'次审查,所以今天尽量从严,不管是个人提案,还是集体提案。但建议不予立案的理由,一定要写清楚、写充分,而且要提出下一步处理——譬如修改完善——的建议。因为这是提案人修改完善的依据。第一次审查结束,我们会原原本本反馈给提案人,方便其修改完善。第二次集中审查,只审查修改后重新提交的提案。所以第二次审查,工作量会小很多,时间也更充裕。"

邓念成几乎是一气呵成,不给人中间插话的空隙,然后问还有没有疑问。又解答了几个疑问,再没人举手了,便请文闰生和陈瑜讲话。

陈瑜客气,没讲。文闰生也讲得简单明了:"邓主任讲得很清楚了,我没新的补充。不过,我要提醒大家一句,也是邓主任强调过的,一个字,严! 就是从严审查。只有严把审查关口,提案质量才能真正得到提高,提

269

案办理也才能见成效。"

得了这么个尚方宝剑,这次的提案审查,果然是够严。收到提案六百三十件,只有三百六十件审查通过,刚过百分之五十七。百分之十二建议撤回,不予立案;百分之三十一则建议修改完善后重新提交。

第二天,提案委的同志对这百分之三十一的提案,包括修改完善的建议,重新梳理了一遍,便通知提案人按要求修改完善,再重新提交。

总之,今年的提案工作,推进都非常顺利,都在预定轨道上运行,彻底扭转被动局面。甚至年底召开的市委全会,书记作的工作报告也专门肯定了"清单"这一创新做法。对市政协报送的重点提案督办情况报告,书记更是作了近三百字的批示,也是给予充分肯定。市委改革办也要求报送材料,纳入全市改革创新案例。这让提案委的人好一阵兴奋。不过,也感到新的压力。

26. 质量评价指标化

转眼之间,五次全会召开了,新年也过了。这天,邓念成又去文闻生办公室喝茶。

当然,喝茶是借口,主要还是聊新年的提案工作。

把已经考虑过的几项工作碰了碰,文闻生突然说:"有个事,我觉得可以做,甚至会功德无量。当然,会有难度。就是不知道,你愿意不愿意做。"文闻生动辄出新点子,邓念成已经见怪不怪,波澜不惊了。喝了口茶,放下茶杯时无奈地问:"听你这口气,肯定是极有难度的事。但是,也想做。说吧,什么事?"

"你不是一直想把提案工作评价定量化吗?春节我想了又想,假如搞个质量评价指标体系,估计能彻底解决你这个问题。"

"嗯——"邓念成眉头紧皱,"直奔质量评价,想法的确是好。但指标体系到底怎么建,我得先好好琢磨。琢磨透彻了,再向你汇报。毕竟,这是个新玩意儿,全国都没有。"

"你可以自己想,也可以找人碰撞。说不定能碰撞出火花呢!如果我有时间,碰撞也记得叫我参加。"文闻生说完,突然又问,"你们今年的调研课题定了没有?我记得那是有经费的。"

"议了几个,但尚未最后敲定。这两天应该可以报你了。"

"那就定这个吧。也可以跟理论研究会联合,委托第三方去做。毕竟,我还是研究会的会长。"文闻生也喝了一口茶,然后说能用的资源,尽量用足。

金鹏市政协高度重视理论研究,全国政协系统最早的理论研讨会就是在金鹏召开的。然而于他目前想做的这件事,到底能作多大指望,有多大帮助,邓念成心里没底,于是苦笑着摇头说:"委托第三方,谈何容易呀。"

但领导说得这么直白,他也只得答应下来。而且他也清楚,领导嘴巴上说给他半年时间,心里却恨不得明天就见到稿子。于是他茶也没心思喝了,说:"我回去考虑考虑,看看怎么做,才能达到你的要求。"文闰生也不挽留,举起茶杯笑道:"祝你成功!"

下午的主任办公会,邓念成开宗明义便讲了文闰生布置的任务,以及主要打算。也不等大家议论,便吩咐刘畅联系郭方达和张学彪,近期碰个头,看看到底怎么去做。

之所以联系他们,不仅是因为两人都是提案委兼职副主任,而且郭方达领导的综合研究院承担过大量政府课题,包括设计全市绩效考核指标体系,以及经济社会和民生等方面的指标体系,有专业队伍,也熟悉政府指标体系的设计。张学彪则承担了每年的提案及其办理情况分析报告,熟悉提案工作。

"好,一会儿就联系。"刘畅紧接着又问,是请过来,还是上门走访。

"都行,看他们方便。同时请郭院长叫上熟悉情况的专家,就说我们要搞个提案工作质量指标体系。"回答完刘畅,邓念成转头吩咐杨豫明起草方案,说:"这个事不要等。我看闰生主席的意思,好像迫不及待了。"

刘畅也不含糊,麻溜地落实下来。于是第三天,他们就跟张学彪及助手一起去综合研究院拜访。一见会议室里坐了好几个人,邓念成除了欣喜,还有一些感动,连忙笑呵呵地跟人一一握手,嘴里说着"新年好"之类的吉祥话语。

落座了,郭方达又介绍他的团队,听得邓念成一行笑逐颜开。他那团队,真是藏龙卧虎啊! 参加座谈的,以行政体制改革研究所人员为主,由王所长打头,都有参加政府指标体系设计的经历。

邓念成介绍完这边的人员,然后直奔主题说:"我们是上门讨教的,希望你们不吝赐教。文主席要我们搞一个提案工作质量指标体系,我就琢磨着,不仅要弄出个指标体系,还要让指标体系的效能最大化。我的大致想法,是从提案质量、办理质量两个维度,分别设计指标。至于服务质量,先不考虑……"

"你这想法也对。"郭方达插话说,"提案质量和办理质量,一定程度也反映了服务质量。再说了,多了容易乱,也更加麻烦。"

邓念成笑着说:"就是这么个意思。提案质量、办理质量,其实都有具体要求了,那就把具体要求转换成可以考核的量化指标,并形成内部关联,形成闭环。姑且称为两个'二级指标体系'。然后在两个'二级指标体系'间也形成关联,使得提案质量不高,办理单位得负连带责任,办得不好,提案人也有连带责任,倒逼他们形成合力,解决提办'两张皮'的矛盾。姑且叫作'一级指标体系',也可叫'综合指标体系'。最后通过参数或者其他什么关联,运用两级指标体系,从不同维度,评价提案工作总体质量,或者某方面的质量。"

说到这里,他喝了一口茶,给时间让大家去消化。也的确再没人插话,听他一个人讲,边听边消化。

郭方达颔了颔首,赞许邓念成思路和想法的确是好。然后说:"我说说我的理解,你看对不对啊!"邓念成伸出右手示意,说:"院长请讲。"

"按照你这设想,就是拆分开来,能分别评价单一维度的质量;适当组合,又能评价某方面的质量;综合起来,便能评价整个提案工作质量。是这样子的吗?"

"到底是大院长,归纳总结就是到位,而且更成体系。"邓念成伸出大拇指,又面朝众人含笑说道:"我能想到的,大体就是这么些。各位专家看看,合理不合理?行不行得通?或者还有什么遗漏的?然后该如何设计?希望帮我们出出主意。"

郭方达环顾左右问:"邓主任这意思,大家明白了吧?"专家们都点头说,邓主任说得倒是很清楚。然后就面有难色地说:"但是政协提案工作,我们没接触过,属于完全不熟的陌生领域,行话都不会讲啊!"王所长微微笑着说:"能不能请主任跟我们科普一下呢?另外,市政协都有些什么具体要求?只有掌握了知识,明白了要求,才能有针对性地设计。而且也正如主任刚刚讲的,是要把具体要求转化为指标的。"

他们虽然是专家,却并非全才,什么都懂的。这个邓念成明白,于是叫杨豫明把准备好的资料发给专家,他则继续说:"具体要求材料里都有,但要讲透彻,恐怕也不是一下子的事。同样是公文,其实政协的公文,包括话语体系,也有自己的特色,并不跟党委、政府系统完全相同。大家先熟悉材料,然后帮我们想辙。毕竟你们设计过很多指标体系,有这方面的经验。至于更具体的,我们再找时间专门研究。"

听闻此言,众人似乎松了一口气,连忙笑道:"好,好!"邓念成趁机对王所长说:"我有个不情之请。"美女所长嫣然一笑,优雅地抬了抬右手说:"主任客气了,请讲!"

"能否请你们介绍一下,市政府和有关部门制订指标体系,是怎么操作的？具体到提案工作质量指标体系设计，又需要我们怎么做？走些什么流程？因为要抓紧做方案，倘若是委托第三方，还得有个正式合同。但政协从未做过，是真正的门外汉。"邓念成的态度十分诚恳，甚至还微微躬了躬身子。

"嗯！这个办法好。既节省时间，又务实管用，充分体现了主任一以贯之的求实风格，以及高超的领导艺术。"郭方达既是肯定，也不着痕迹地赞扬了一句。邓念成哪里听不出来？当即苦笑出声："我们兄弟，表扬和自我表扬就不要了。我这不是没辙了，才跑来讨教的吗？"张学彪却笑嘻嘻插话："必要的马屁，还是要拍的。"

李志江跟刘畅也准备开口，却被邓念成手一挥拦住了，说："表扬的话就此打住。等指标体系出来了，我请大家喝酒，一醉方休。"张学彪没酒量，但没酒的场合，却比谁都嚷嚷得厉害，当即道："有酒喝啊？好啊，好啊！那就抓紧吧。"

还在过年期间，众人也就是闹点小插曲，活跃活跃气氛，所以很快又回归正题。

王所长叫两个博士把刚刚完成的一个政府课题的操作流程，以及运作方式，完整介绍了一遍，然后说："这个课题的操作流程和运作方式，其实是有典型意义的，不知道邓主任听了之后，能不能感受到一些什么？"

"很有启发，受益匪浅！"两个博士讲的时候，邓念成其实没停嘴巴，一直在互动，脑袋瓜子也高速运转。应答完王所长，又转头问身边的人："你们呢？"一起去的人都含笑点头说："应该知道怎么做了。"

邓念成叫杨豫明和几位博士加微信，方便随时讨教。李志江建议建个群，面对面扫码。大家都说好。于是杨豫明现场弄了个码，叫大家都扫了。又就一些细节讨论过，看时间差不多了，邓念成便起身告辞。

郭方达留大家吃工作餐。他说大过年的，主任就来调研，不吃个饭，心里过意不去。邓念成边走边笑着说："两家单位又不远，十几分钟就回去了。等大功告成，我一定请大家喝酒。"既然他这么说，郭方达也不好勉强，便预祝指标体系早日设计出来，然后喝庆功酒。

今年工作的重点，邓念成心里很明确，四件事。一是搞出质量指标体系。二是围绕提质增效，把提案工作做深做实，让几年的探索和创新成果发挥整体效应。三是做好本届工作总结。四是筹备好全国部分城市政协提案工作研讨会。

走访综合研究院,第一件事情便算正式启动了。有关立项申报、课题委托等事项,有王所长等人提供的经验,迅速进入报批环节。李志江那个建议真的很好,有问题就在微信群里讨论。邓念成叫方平把文闯生、陈瑜也拉进来,不时给予指导。

第二件事,提案工作是周而复始的,每年大同小异。如今思路和目标清晰了,规则和机制建立了,套路和做法也成型了,只要把握住时间节点和基本要求,做到精耕细作,应该没那么难搞。至少不会再如过去一般,被问题牵着走,被压力推着走,处处被动。邓念成甚至觉得,随着主动权和主导权被自己牢牢掌控,那么实现由忍气吞声到气吞山河的跨越,也就只是时间问题,完全可以预期。

第三件事,机关有统一部署,按要求落实就成。而第四件事,研讨会下半年才开,时间算是充裕。等把前三件事的头开好了,回过头去弄,完全来得及。所以提案委的人都把全部身心扑在了前三件事情上。

这天杨豫明说,专家团队整了个初稿,希望下周研究一次,毕竟群里讨论,还是有些琐碎,聚不起重点,形不成中心。邓念成的眉头顿时皱起,心说这指标体系,还真不是那么好搞的。

他很相信自己的直觉,东西好不好,看一眼就能感受出来。就如男女恋爱,第一次见面的一刹那,对眼了的怦然心动,真的很重要。他的这么个直觉,萧红梅也很佩服,说比女人的第六感还灵。因为她有好几桩事,都被他预料到了最终结果。

已经出过三版讨论稿,邓念成觉得,都没法让人眼睛一亮,总感觉隔靴抓痒,雾里看花。但又不能打击人家的积极性,毕竟是半义务性质,付的那点报酬,做胡椒末都嫌少。

而且话又说回来,这事做得不怎么理想,责任的源头还在他自己身上,怨不得别人的。都说心急喝不得滚粥,可他就是想喝。虽然不是自愿的,是形势所逼,可毕竟还是想喝。平心说,搞个课题,哪个不是一年半载的?谁也不是能掐会算的诸葛孔明,料到他有这么个课题要做的。倘若是那样,还不妥妥地准备好,就等着他去上钩啊?甚至,见面了便从荷包里掏出几张纸说:"喏!这是你要的东西。"

也得亏那帮门外汉都是货真价实的高素质人才,不是吹牛皮撮吃撮喝①的江湖骗子,才能在短短一个多月时间里,便从消化概念到提出这么

---

① 撮吃撮喝:方言。意思是骗吃骗喝。

些讨论稿。明显地强人所难,但人家半句怨言没说,毫不含糊地就做到了。换作他自己,也没那个把握的。

沉下心来想明白了这些,邓念成便无奈地道,叫他们定时间吧。杨豫明问要不要通知文闰生和陈瑜。他说:"不用!等我们觉得比较成熟了,再去请。领导们都太忙,别动不动骚扰。"

刘畅突然说:"有件事,我看可以继续推进了。"邓念成问什么事。刘畅说:"归口管理部门呀!"

邓念成思索过后,摆了摆手,无奈地笑着,却还是坚定地说:"算了,别再浪费时间了。已经搞顺当了,加上都清单化了,有没有归口管理部门也不重要了。再说了,真碰到个难处,两家督查室也蛮支持配合的,并没有袖手旁观。要那个名分干什么? 你们说是不是啊?"邓念成继而解释:"积极支持的戴新国不也离开办公厅,调去当区长了? 新领导支持不支持,我们心里也没底。没把握的事,还是不要浪费时间了。再惹一顿气回来生,也得不偿失。"

众人想想也是,都说就这样吧。刘畅似乎也想透彻了,说那就算了吧。邓念成便宣布散会。

已经出门的刘畅,突然扭过头来问:"你那本小说,什么时候出来呀? 都快一年了,只能隔三岔五看你公众号,我几个朋友都等不及了。"邓念成思维瞬间短路,愣了一会儿才反应过来,啼笑皆非地问:"你这是什么思维,跳跃性也太大了吧?"然后无奈地说:"大概四月吧。"

"四月……哎呀,可不就是下个月吗? 太好了! 要第一时间去书店购买。"众人先是一阵惊诧,随后又是一阵惊叫。

"去书店买什么买? 我哪本书没签名白送你们? 真是一群喂不家①的白眼狼!"邓念成白了众人一眼,人一急,便又蹦了句通海口老家的话来,惹得一阵嘻嘻哈哈,然后都扬长而去。

邓念成一直有个作家梦。这个梦,始于没书看的少年时代,比他参加工作后干的那份公文差使要早十多年。

那时想看书,真的太难了。乡下就不说了,就是镇上的新华书店,也没什么书卖。偶尔到了几本,但家里穷,买油盐的钱都从鸡屁眼里抠,哪有钱给他买书? 后来下来一批知青,恰巧父亲给他们当队长,他们便把自

---

① 喂不家:方言。意思同"养不熟"。就是无论对他多好,他都不会跟你一条心。

己这个小他们好几岁的乡下孩子当朋友了。

知青们有不少好书,常常搬了小板凳,坐在河边的柳树杨树底下看。见他老盯着手中的破书发呆,便好奇地问:"想看吗?"他使劲点头。他们故意扬起手中的书,狡黠地说:"不能白给你看。"他天真地说:"要什么条件?只要做得到,我保证做到。"他们问:"真的吗?"他又使劲点头。他们说:"帮我们干活,干一件活,借一本书给你看三天。"

还以为什么大不了的事哩!邓念成松了口气,当即应允。乡下的孩子,干活算什么?天生的本事。天天做的,可不就是干活?

自此,他便能隔三岔五捧着本破书看了。不认识的字,查《新华字典》;读不懂的句子,慢慢嚼。书是越看越想看,越看越有味道。但是,也就一年多时间,知青们也没书给他看了,尽管他一如既往地帮他们下地干活。

有个知青开玩笑:"你小子就是个书虫,再多的书也经不起你咬的。不如自己去写吧!光看人家写的,算狗屁本事啊?"他心里顿时一个忽闪,暗道这书还能自己写吗?再一想,可不都是人写出来的!于是下了个决心,长大了也写书去,让没书看的乡下孩子也能看到书。

然而不如意之事,常常十之八九。大学毕业,他没能去写书,而是进了机关,一头扎进公文堆里。按说他应该庆幸的,毕竟还是以文字为生,成天和文字打交道,而且也应了母亲找人算命时,盲人陈先生说他有文曲星照着,一辈子吃文化饭那话。

但海量的公文似乎没完没了,常常弄得他疲惫不堪。更有领导似乎戴着透视镜,仿佛看穿了他那点蠢蠢欲动的小心思,时不时敲打他不要不务正业,去搞邪门歪道。甚至警告他,说那些东西在机关不仅没价值,而且对仕途有反作用。

从文字工作中抽身,转到提案委主任岗位,想着终于有时间写点想写的东西了,邓念成兴奋得手舞足蹈。但他很快就发现,理想很丰满,现实很骨感。不仅"萧规曹随"的南墙碰得头破血流,而且问题接踵而至,他根本就没时间去写想写的东西。这让他不禁喟叹,也加深了他对"各安天命"的理解,他就是个"鸡爪命①",活该一辈子奔波劳碌。

这么一晃,就晃过了五个年头,也该对本届工作进行盘点了。有没有成就,都得做交班准备。这也是政协机关的一般规律。

---

① 鸡爪命:方言。意思是要如鸡爪一样不停刨生活的命。是苦命、劳碌命。

一眨眼,邓念成就从到省政协起,干了三十四个年头的政协工作,经历过十任省、市政协主席,亲历或者目睹了太多的人和事。细心观摩之后,他概括出了一个规律:"第一年,幼儿园;第二年,小学生;第三年,进中学;第四年,上大学;第五年,找工作。"

机关一次务虚会上,他忍不住讲了这个感受,惹得哄堂大笑,都说前面四年好理解,那是速成班,但第五年什么意思呢?都要退休了,还找什么工作呀?

"调整心理和生理状态,谋划退休生活,不也属于找工作范畴呀?比如,夫人买菜的经费预算要不要审批?是只管定额度,还是具体到菜的品种?还比如,孙子上学出门的时间需不需要固化?诸如此类的,不都是要考虑的问题?"邓念成的解释有些诙谐,会场先是一个愣怔,尔后又是会意的哄笑。

但是,正如毛泽东跟黄炎培关于历史周期率的"窑洞对",金鹏市政协也似乎跳出了这个规律,所以对这个调侃都不以为意。而且,上年就谋划好了次年工作,从年头到年尾,安排得满满当当,也没时间去"找工作"。兴许,领导们就是要堵死退路,没准备再去"找工作"。就仿佛,他们要一直干下去,鞠躬尽瘁,死而后已。或许,这就是金鹏这座特殊城市才有的特殊现象吧!

虚岁五十八的邓念成,似乎不用急着"找工作"。正常来说,明年换届他可以连任。即便组织要他让出职位,甚至提前退休,他的"工作"也早找好了,那就是坚定地做好两桩事。一桩是彻底回归家庭,好好陪陪萧红梅;另一桩是终于有时间搞点文学创作,圆了几十年前的那个文学梦。

对家庭,说实话他亏欠多多,几乎大小事情都扔给萧红梅了,就是回去吃个饭睡个觉,比甩手掌柜还当得彻底。对生他并养他到二十岁的那一方故土也是亏欠多多,离开了就极少回去。但不知多少回的梦里,清晰呈现的依旧是下王家台①那个低矮老台上漏风漏雨的破旧小屋,以及禾场②上欢快乱跑的鸡、猫与小黄狗;依旧是和大哥去排湖推鱼③挖藕捡蚌

---

① 下王家台以及其后的排湖、通州河、三超沟:都是通海口的地名或者湖名、河名。

② 禾场:江汉平原把农家门前的晒场叫禾场。

③ 推鱼:江汉平原有一种叫"泽子"的简易捕鱼工具,由一张三角形的网和一根长竹竿(推杆)组成。三角形网的最前端横着一根木棍,便于在河底推行。木棍与竹竿垂直,且顶住竹竿一头。

壳,和三弟去都不够资格取名的村头小潭里抬水,和小伙伴们去通州河、三超沟里打鼓泅①;依旧是村里长辈露出憨厚的笑,质朴而亲热地唤他乳名的画面……其实他的梦,基本是关于通海口那片土地的。由是,他心里便清楚,他是属于那片土地的,也必将回归那片土地。

所以退休之后,他要把全部身心放到家庭的操持上,给予萧红梅一些补偿。同时,他也会和萧红梅一起,隔三岔五回老家住上一段时间,顺便采点风,把家乡的美丽,把乡亲的纯朴,把故土的风土人情,展现给世人,为家乡建设贡献一点绵薄之力。

这些事情,想想都令人向往,令人兴奋,而且也肯定非常充实,非常忙碌,哪里会有"失业"之忧呢?

虽然不急着"找工作",但他是个不想让领导太操心的人,既然领导有布置,那就尽心尽力做好它。所以,新年伊始,他的日程就排得满满当当,几项工作齐头并进,也就没太多时间去搞他的"文学"了。

尽管如此,他还是忍不住手痒,就在人家喝酒聊天掼蛋打麻将的时候,在人家扬拍挥杆打网球打高尔夫的时候,把自己关进逼仄书斋,憋了些文字,也出了几本文学作品。甚至于,坚持每天六点起床,写到八点再去机关过早②了上班;晚上是他的黄金时间,他往往写到十二点才上床。至于周末,他基本是在书斋度过的。

但对那些没法一气呵成,甚至中间要停顿半个月才能续写几百几千字的所谓"作品",他自己都不满意,甚至觉得惋惜、懊恼,竟白白糟蹋了这么好的题材和素材。

刘畅提到的,就是他自己都不满意的其中一部,已经给出版社了。但禁不住朋友们撺掇,便在微信公众号里偶尔发一点。

也是没想到,刘畅这一问,竟引出这么一通乱七八糟的联想。最后他无奈摇头,把杂念收起,继续思考质量指标体系到底该如何去设计,到底要设计成个什么样子。

---

① 打鼓泅:方言。指游泳。
② 过早:方言。指吃早餐。

27. 清单理念再细化

专家们拿出来的,并非质量指标体系,乃是一份研究报告。属于"方法论"的范畴。

报告全面分析了提案工作存在的问题,提出了指标体系和评价标准的建立方向,以及几种研究方法。当然,也提出了框架建议,算是前进了一大步,这给接下来的工作奠定了很好的基础,具有重要参考价值。

面对邓念成的疑惑,王所长只得又解释,只有先解决了"方法论"的问题,再将"方法论"运用到具体的课题研究中,才能事半功倍。邓念成的态度郭方达明白,研究团队的苦衷他更是一清二楚,他插嘴说:"等于是磨刀不误砍柴工。就是说,还是得先解决了桥,或者船,再来考虑过河的事,那过河便简单容易得多。"

邓念成头疼,因为他没那么多时间去搭桥或者造船,他得抓紧时间过河。当然,也不能淹死在河里了。那样,他还是没过河。于是挠头苦笑道:"我现在没时间磨刀,我就要砍柴。水都放锅里了,就等着柴火做饭哩!我们不是搞理论探讨,先弄出个模型,再照模型去弄出成果的。我们只是要打造一个操作工具。倘若这个工具不方便使用,便会遭到唾弃,或者在里边胡乱填写些东西,最后变成一纸空文,沦为笑柄。"

平心而论,一群不懂政协的人,在如此短时间内搞出这么个文稿,算是厉害的。譬如他们设计的构架,算是把提案工作各环节的基本要求一网打尽了。同时,也算是形成了体系模型,以及评价闭环。

邓念成这番话让他们感受到了时间上的紧迫、工作上的压力,同时也觉得有些道理。但具体怎么搞,又似乎找不到北,于是无奈地说:"你能不能再给我们指点指点?"

人家帮自己大忙,完全是看面子的。他总不至于说"我给了钱的,只要结果不管过程"吧?于是少不得又讲了一遍思路和想法。邓念成最后说:"总之是尽可能简单、方便操作。其实,你们关于指标体系的设计,方向是对的,就是分提案质量、办理质量和综合质量三类指标,然后形成体系闭环。但搞得过于复杂了,评估项目不要分一级、二级,就是一个级。也不要面面俱到,不求大求全,而是选取关键项目。但现在合起来有三十几个项目,这么长一张表格,估计那些人会边填边骂。另外,要按照公文格式,可以包括指导思想、基本原则、组织主体、指标体系、评价方法、评价规则等几个方面。"然后又叫杨豫明提前介入,他搞文件有经验。

毕竟都是专家,还真一点就通,一个个脸色渐渐放出光来。邓念成也不是傻子,知道响鼓不用重锤,于是见好就收。不过,郭方达还是把钉下的钉子回个了铆,笑问:"专家们听明白了没有,如果有疑问就抓紧请教,邓主任很忙的。"见都微笑摇头,邓念成笑着说:"那就拜托各位了!"

今年是人民政协成立七十周年,市政协准备了系统庆祝活动。今年还是本届政协最后一年,总结工作的任务也不轻。同时,正常的履职活动安排也并不比往年少。

综合这些因素,邓念成预计,下半年会非常忙,于是要求所有工作往前赶。比如,提案办理培训会和市、区政协提案工作联系会,都于二月底三月初开完,提案分析报告也及时审定并印发。而今年的重点提案,因为培育工作更加成型,流程更加顺畅,所以确定得比往年都早,也及时布置下去。同时,他们还把每年要做的常规工作,按照时间节点迅速走了一遍……

"知道!就是主任你教导我们的,千万别'日里跑四方,半夜补裤裆'呗!"回机关的中巴车上,邓念成正喋喋不休,华艺章却猛丁插这么一句嘴,弄得所有男人瞠目结舌,刘畅和小芳两位女同胞,脸色红到了耳根,头也低垂下去。

这句老家的俗语,邓念成就当男同胞的面说过,但毕竟"裤裆"二字不雅,所以有女同胞在场时,他便没敢放肆。不想这华艺章说话不过大脑,在这么个场合竟然张嘴就来。

见男同胞都用责怪的眼神望过来,华艺章有些懵懂,挠着头皮问:"怎么了?我说错了吗?"邓念成没好气地叱道:"场合不对!"华艺章嘻嘻一笑,一副无所谓的神情和语气道:"不就是说了个裤裆吗?谁没裤裆啊?"

"你这家伙……"真是越说越不像话了。邓念成气极,真想把手里的矿泉水扔他头上去。李志江也道："别嘴上没个把门的,动不动口无遮拦!"

"主任这句提醒,就是叫我们工作要有计划性,会合理安排,不要像他们老家的女人,白天无所事事,东游西逛,临到睡觉才想起裤裆是破的……就是打个比方而已,其实真没什么的。"或许是心情好,华艺章竟毫无顾忌又清楚明白地解释一通。

没想到这家伙不仅口无遮拦,而且还毒舌,惹得众人笑得前俯后仰,两位女同胞也不例外,掩嘴偷笑。大伙儿一边笑,还一边望向邓念成。邓念成那话,本是戏谑做事没计划,不晓得合理安排时间的人的。到了他嘴里,却变成了"他们老家的女人"。

邓念成脸色顿时铁青,却愣是没说出话来。直到半晌过后,才骂一句:"你这家伙,真是狗嘴里吐不出象牙!好生生一个比喻,却歪曲得不成样子!"刘畅笑够了,揩着笑出来的眼泪,指着华艺章道:"你真是胆大包天哪,居然敢开主任的涮!"

就在这时,中巴进了政协大院。邓念成也懒得跟他计较了,一边下车一边叮嘱:"各位,赶早不赶巧啊!希望都抓紧时间,把手上的工作尽量朝前赶。"

三月底的一天,邓念成桌上的电话骤然响起,他一看是全国政协机关的号码,虽不知是哪个部门的,还是赶紧接听。刚听了个开头,就激动得差点儿从座位上跳起。

原来,全国政协将于五月开地方政协工作经验交流会,拟安排金鹏就清单式提案工作法作大会发言。正式函件还在走流程,但时间比较紧,所以先电话通知,希望他们抓紧形成材料上报。

这个消息太过惊人,邓念成不敢耽误,第一时间报告文闰生,又整理电话记录报丁锐,然后就叫提案委的人过来。众人已经适应了他的工作节奏,知道临时叫他们过来,肯定又是急事,或者有新想法。按照邓念成要求,杨豫明把前几次的交流材料也都打印了带过来,人手一份。

把材料摊在桌面,烟抽得满屋缭绕,邓念成一边琢磨,一边皱着眉头分析,似乎在自言自语,又似乎在提醒众人:"就这么一件事,在全国性的会议上再去讲,肯定不能炒剩饭,会惹人笑话的。何况这次肯定得丁主席去,层级更高,就更不能拿过去的材料敷衍。而且,新的做法也该补充进

282

去,表示我们的探索并未止步,还在不断完善……"

见他这副模样,几个人的脸色也由刚进来时的兴奋,渐趋凝重,既是认可了他的话,也不敢轻易打扰,都认真研究起材料,准备一会儿的发言。共事这么久,大伙儿都知道他到了这种程度,已经是陷入沉思了。

"去年的两次交流材料,都是讲探索编制办理结果清单的……后一次加了原因分析,即为什么要搞清单,因为做法和成效的归纳更准确,理论高度也上去了……今年讲什么呢? 或者说,从哪个角度讲呢?"邓念成口中继续喃喃。

"经验交流会不讲做法和成效,还能讲什么?"虽然不想打扰他,但大伙儿听了他那话,又大惑不解,还是忍不住惊问。邓念成仿佛没听见,依旧低头沉思,偶尔翻动材料,烟却没忘了吸几口。

又过了一会儿,他突然抬起头来,眼里放出精光,使劲掐灭烟头,兴奋地说:"你们说得对! 当然还得讲做法和成效,但重点和角度都可以调整。"众人相视一笑。原来,他们的话他不是没听到,只是还没想清楚,便没及时回应。见他似乎胸有成竹,便都望过来,问他怎么调整。

"你们看啊! 去年讲的是提案办理结果清单,如今已是完整的清单式提案工作法,理念有了质的提升,工作有了新的进展,高度和深度也就都有了。这是其一。其二是重点和角度变了,做法也拓展了,提质增效的目标更加聚焦,紧扣了当前大势。其三,为了实现提质增效,更好运用清单成果,质量评价体系和评价方法要尽快搞出来,并作为重要内容写进去。"说罢,他又点燃一支烟,静静地抽,任由众人消化,没丝毫催促的意思。

直到众人抬头展眉,仿佛领悟了他的意思,他这才接着说:"就按这个思路写,怎么样? 已经有了成熟做法,成效也显著,可写的东西很多,不会言之无物,也立得住脚,经得起拷问。但字数有限制,书面材料五千字左右,发言更是控制在十二分钟以内,按丁主席的语速,撑破天也就两千五百字。那么就要好好地归纳总结,有所侧重,不面面俱到。要把握的是,切莫搞些花里胡哨的东西,尽量往实里写,让每一个字都发挥出效能。哦,对了! 下半年在金鹏召开部分城市政协提案工作研讨会,也得留点东西。不然,到时候话都没得说了。所以,也得把那个一并考虑,不要把素材用完了。"

见众人点头,他便引导大家想题目、码框架、凑要点。见差不多了,又提醒杨豫明,既然把标题定为《编制提案工作清单,倒逼提案工作提质增效》,那么要抓住三个关键词,一个是"清单",一个是"倒逼",一个是"提质增效"。落脚点在"提质增效",基础是"清单",目的是"倒逼",把三者间的关联讲透。要充分运用数据,这也是我们的优势和特点,不能只有文字描述。而且可以预见的是,在单纯的正向引导功效渐失的时候,再辅以反向倒逼,正向引导与反向倒逼共同发力,这样的工作机制一定能够产生意想不到的效果。

　　众人再没新的意见,邓念成便叫杨豫明抓紧形成初稿,又吩咐方平转告郭方达,质量指标体系和评价办法的文件要提前完稿,最好下周安排一次讨论。

　　"主任!"会议结束,华艺章刚刚出门,却忽然转身回来。邓念成很是疑惑,问:"还有事?"

　　"小倪问去年说的那几处修改,现在能不能着手了? 他正好有点儿空闲。"

　　"哦!"原来是这个事! 邓念成略微思索,就说:"暂时别动。质量指标体系和评价办法出来,肯定要体现在系统里的。"

　　去年年底把提案管理系统又梳理了一遍,发现还有几处体验性差了些,当时就想改的。但各地开"两会",需要他们提供技术支持,工程师都派了出去,便暂时没做。如今各地"两会"结束,便想着有时间,抓紧帮金鹏市政协修改了。

　　华艺章答应过后正要出门,又被邓念成喊住了,叫他让小倪把五月份留出来,专门做这个事。也告诉秘书处,提案系统还得改,请他们安排计划时,记得增加相关经费预算。

　　提案工作的氛围,现在是越来越好。领导重视就不说了,机关同事也不仅再没说怪话,更是鼎力支持。就说办公厅,基本上有求必应。新来的办公厅主任周翠娇还常常上门,主动问有没有需要协助或者支持的事情。所以这系统改造,邓念成相信,只要华艺章把信带到,那帮兄弟肯定会安排好。

　　华艺章答应一声,出了门,邓念成也出门去向文闰生汇报交流会材料的思路,看看他还有没有新的想法。如果被他推翻了,也来得及调整。

　　文闰生没新的意见,只是提醒抓紧把质量指标体系搞出来,同时在材

284

料里写透彻。既然这样,邓念成就放心了。

全国政协催得也急,没过多久,材料就报过去了。质量指标体系及评价办法也经过几轮修改完善,于四月中旬印发征求意见。到了这个时候,提案委的人算是能喘口气,也有时间做其他事了。邓念成便把评选市政协成立以来的七十件优秀提案提上了日程。

市政协庆祝人民政协成立七十周年活动计划里,有提案委几项任务,也是他们主动申报的。其中难度最大的,当属评选七十件优秀提案了。

金鹏市政协成立不到三十年,提案不说海量,但也有一万六千多件。却只评选七十件,平均一年两件多一点,何况是几十年跨度,难度可想而知。邓念成有些啼笑皆非,懊恼为何脑子一热,就提了这个建议,真是捉了虱子放身上啊!文闯生却直说这个建议好。

自己找的苦,就是堪比黄连,也得吃下去不是?何况做这种富有挑战性的事,也不是一件两件了。但在正式下手之前,邓念成还是花了些时间去琢磨怎么做。贸然动手,欲速不达,还白白浪费时间。现在的工作节奏,真没时间给他浪费,更容不得他走弯路。想得差不多了,他便请张学彪团队过来,正式启动这个事。

刚一落座,张学彪就笑嘻嘻地问:"主任是不是有想法了?"邓念成也不卖关子,说:"有了些想法,但也想先听听大家的意见。毕竟,也都考虑一段时间了。"

评选七十件优秀提案是由李志江具体负责的。所以他迫不及待地接口:"主任你只管吩咐,我们照做就是了。"邓念成苦笑着摇头问道:"都没想法吗?"李志江不着痕迹地拍了个马屁:"这一群人的脑子都不如你一个脑子好使。你就说怎么做吧。"

任务布置下去几天了,怎么可能一点想法没有呢?打死邓念成都不信。特别李志江,本就是有想法的人,此事由他负责,不可能没一点想法。或许只是拿不准,怕说错了惹人笑话,不敢做那根出头的椽子,当那只出头的鸟。邓念成没时间磨叽,不禁又苦笑一声,摇头说:"那好吧!我先说个思路,算是抛砖引玉,大家看看行不行。"

"在政协成立七十周年,评选七十件优秀提案,生动再现我们这座城市的成长与发展轨迹,再现参加单位和历届委员的参政议政热情,再现政协为这座城市发展所作的贡献,也为我们了解特区发展脉络,开辟一个独特视角,提供宝贵的一手史料,意义其实蛮大的。所以,大家不要看轻了这份工作,一定要投入必要精力。"接着,他讲了这么几点。第一,评选标准。坚持好中选好,优中选优。入选的提案,无一不是在推动经济社会发展中发挥了作用的精典提案,经得起质疑和推敲。第二,评选原则。概括起来说,在质量优先前提上,做到"四有"。就是每届都有、每年都有、每个党派和专委会以及提交了提案的界别都有、"五位一体"都有。第三,方法流程。张学彪团队先梳理出历年优秀提案及其办理复文,然后成立评选小组,按要求、分类别推选,再征求各专委会和党派意见,最后报主席会议审定。第四,成果运用。形成优秀提案汇编,每件提案附录点评,供委员学习借鉴。最后召开座谈会,同时表彰提案人。

他这一番话果然是抛砖引玉,大伙儿顿时都打开了话匣子,嘈嘈嚷嚷热闹不凡。有人皱眉哀叹,几十年的提案及其办理复文,还不是海量啊?这个工作量,可真是不小哟!有人提问,以前没电子版,都是纸质的,哪里找得到?也有人说,提案内容五花八门,选题有大有小,哪是一把尺子能衡量的?更有人说,还真是狗咬刺猬,无处下嘴……

面对铺天盖地的疑问,邓念成似乎胸有成竹,从办公桌上摸过烟来点上,笑眯眯地看着众人。

邓念成忍得住,却也有忍不住的。比如,面对找不到提案以及到哪里去找的疑惑,华艺章笑道:"这个不用担心。我们把所有提案及办理复文,全部转换成电子文档,录进了系统里。打开系统里的'文件资料库',都可以搜索到,一件不差。"

"要说这个,还真得感谢前两任主任,也得感谢艺章。"邓念成感叹不已,笑着紧跟了一句。众人也对华艺章投去惊诧一瞥,有的张大嘴巴讶异道,这个也做到了?有的赞叹真有先见之明。有的啥话不说,直接竖直了大拇指。

"当然,单凭这个还是不够的。"邓念成掐灭烟头,然后慢慢引导。他说:"好提案太多了,我们却只能每年推选两件左右。最好的年份,也不能超过五件。所以,还要参考各年常委会工作报告和提案工作情况报告,里边都会提到几件提案。每年关于提案办理成效的新闻报道也不能忽略。还有一个渠道,就是大多数年份都评选过优秀提案,那已经是筛过一遍,在当年提案中质量相对较高,办理也相对较好的。另外,要比对市委、

286

市政府的重大举措,有些也有提案的推动,或者是由提案引发的。

听到这里,大家虽然仍有难色,毕竟还是大海捞针,但似乎也找到了点儿感觉,有些信心了。瞅见大伙儿脸色稍霁,邓念成又引导到下一个讨论环节,把一些细节敲定。

有人提出,评选过优秀提案的年份好办,到政协档案室里查存档。但没有评选的年份怎么办?又有人问,我们提出多少件为好?总不至于把优秀提案都整理出来,或者只提七十件吧?

邓念成没一个个回答,而是说:"我们现在要做的只是基础性工作,就是收集整理原始数据,为评选提供依据。"他建议设计一个推选表格,写明推选理由,既方便评委评选,也方便面对质疑。

朱虹对优秀提案的质疑,就像一柄铁锤,时时敲打着邓念成的神经,让他警钟长鸣,不敢懈怠。这次评选七十件优秀提案,涉及面更广,时间跨度更大,何况是政治任务,稍有不慎,便会招致更多诟病乃至批评,产生负面影响。这是邓念成不容许发生的事,每个环节,他都会亲自把关。

因为涉及大量资料性工作,邓念成便叫华艺章配合。最后敲定了具体细节,明确了时间节点,又强调了一遍注意事项,才放张学彪他们离开。

此事布置下去,邓念成又找赵国文团队聊制作宣传片的事。方法同上。甚至请文闯生参与,也是几经碰撞,决定以"质量是提案工作的生命"为主题,通过生动的动漫表达形式和短小精悍的经典故事,来展示提案工作的创新亮点及其成效。宣传短片分上、下两个章节,前面通过十来个典型案例讲创新做法,后面专门介绍清单式提案工作法。

脚本只得自己写了,因为赵国文团队对提案工作不太了解,尽管他的提案年年评为优秀,而具体负责的赵公子,也是区政协委员。当然,他们得提出几种表现形式,供讨论选定。

几件大事落实下去,邓念成就挤出三天时间,带着同事到举办过提案工作研讨会的城市上门取经,顺便学习提案工作经验做法。三天的行程安排,弄得兄弟单位哭笑不得。

第一家单位的同行说:"没你这么拼的,邓主任!你们中午到,下午座谈,晚上就坐高铁去下家了。我们还想听你讲清单哩!甚至异想天开,请你们现场指导的,却愣是不给机会呀!你那经验不给人学的吗?也得让我们开开眼界,跟上你那步伐呀!"

的确,他们时间太紧了。但不挤出个空当,又不知要拖到猴年马月。会议办砸了,可不是闹着玩的。邓念成只得歉意地说:"欢迎你们去金鹏,我们一定翔实汇报,保证让师傅满意。"

　　"师傅"的说法,邓念成也不是谦虚。他一直有个观点,金鹏市政协成立时间短,起点和要求却高,所以许多做法都是从兄弟政协那里学来的。虽然也结合实际进行了再加工再改造,但毕竟发明权还在人家那里。

　　当晚十一点入住第二座城市酒店,第二天上午座谈,下午看了个提案办理成效现场,晚上便飞回金鹏市。第二家接待单位的同行,也一边无奈摇头,一边发着感慨:"到底是金鹏的同志!这工作作风、态度和效率,就是与众不同啊!"

　　考察学习回来,便抓紧起草筹备工作方案。好在兄弟单位也够意思,不仅传授了办会经验,给了全套会议资料,还毫无保留地提醒注意事项,以及应该把握的环节。可谓是慷慨解囊,为他们做出一个可行方案,打下了良好基础。

　　没多久,张学彪团队的资料梳理就七七八八了。不过有些多,甚至不是一般地多,竟然有一千多件。张学彪自己都不好意思,说:"太多了,怎么办?"邓念成说:"多了不怕,就怕遗漏,所以你们尽量做完整。回头再拟定几个条件,就可以做减法了。"

　　杨豫明起草的方案,文闰生和丁锐也审批同意,只等着上主席会议审定。赵国文团队提了几种动漫方案,他们一旦选定,同时确定了文字脚本,便可进入制作环节。报全国政协的经验材料基本通过,要求提炼一份口头发言材料。也就是之前邓念成说的,两千五百字左右的压缩版本。准备印发部分城市政协提案工作研讨会的《金鹏市、区政协提案工作创新案例选编》,也布置下去,市政协的提案自己写,各区政协的写好了报上来。

　　就是说,目前为止的所有工作,都在正常轨道上高效而有序地运行。

　　这天提案委开专题会议,研究征集到的对质量指标体系及评价办法的修改意见。邓念成耳朵听着发言,眉头却紧蹙着,似乎有些哭笑不得。

　　跟刚接手提案委那会儿不同,再没有搞一点小改变就引起轩然大波,甚至招致激烈反对的情况,而是众口一词地肯定。比如这一次,都说出台这个文件好。当然,意见还是有的,却都是建设性的,并非批评或者反对。这样一个好兆头,已经持续一段时间了。

这次收集的意见,加起来有二十多条,有些提醒还很好,说明都认真研究过,也把握住了重点,大多可以采纳。这是令邓念成欣慰的。他头疼不是因为这个,而是关于指标设计,提办双方的意见截然相反,都希望严人宽己。

估计都不敢不重视,因为征求意见的文件说了,将来优秀提案、先进办理单位评选,以及委员履职考核和提案办理绩效考核,都将以质量指标体系形成的数据做基础。涉及切身利益,谁敢大意?所以都想给自己加层保护网,也情有可原。而且,既然给机会提意见,不提白不提。提了还有可能采纳,从而给自己松点绑。倘若不提,那可真是人为刀俎我为鱼肉,只有任人剁斫的份儿了。

截然相反的意见,采纳不采纳,都会引起至少一方不满。当然,邓念成不是怕不满。如果他是小脚女人,瞻前顾后,那些创新举措一条都实施不了。通过折中,或者把无法调和的内容删除,也是一种办法。但都是核心内容,删除之后,文件也似乎没必要出了。

"还是一条条过吧!能采纳的,如何采纳;不能采纳的,说明理由。这事不能再拖了,下周的主席会议争取上会,然后把精力转到其他事情上去。"邓念成思索片刻,便有了主意。

见众人点头,邓念成又吩咐杨豫明做好记录,回头再绘制一张表格,内容涵盖原文、修改意见、采纳与否、采纳后的表述、不采纳说明等等,都在这张表格里体现。然后连同正文和说明,一并走件报批。

"这是开联欢会吗?还是哪位过生日啊?这么热闹?"随着虚掩的门被推开,刘天民那没几根头发的光亮脑袋,以及弥勒般的笑脸,便从门口探了进来。

众人连忙打招呼,华艺章更是让出沙发,一把扯住刘天民的衣衫说:"坐这里,伯伯!"刘天民落座,依旧笑呵呵地说:"你们开会呀?我不会影响到你们吧?"邓念成递过一支烟,笑道:"你来得正好!我们在讨论指标体系这个文件怎么修改,也请你发表高见。"

刘天民有空没空,都喜欢往这里跑,喝杯茶,抽支烟,也聊些工作上的事。听说是这个事,他把烟点燃后说:"我们的意见已经反馈,我就不参加了。总的感觉,写得蛮好的。"

"不!你要参加,旁观者清嘛!而且提案工作,你也是专家。再说了,很多事还得仰仗市府督查室帮忙哩!"邓念成也点燃一支烟,叫华艺章把材料给刘天民,他跟小芳共用。刘天民是个直人,接过材料便看起来,随即指着一条建议说:"这条不能采纳。"邓念成不说他对,也不说他不对,而是问:"理由呢?"

"这是典型的屁股指挥脑袋,通病。哦!把责任都甩给提案人,他办理单位就没责任?他就不该换位思考?"刘天民点着那条建议,气咻咻的样子。他现在讲起提案工作,仿佛屁股坐歪了,坐到政协这边来了。而且,他对邓念成和提案委的想法也门儿清。

华艺章提醒道:"主任刚刚说过,这条没采纳。"刘天民嘴巴一咧,憨厚地笑道:"没采纳啊?这还差不多。"

"英雄所见略同啊,老刘!"邓念成放下材料,笑呵呵地道,"因为屁股指挥脑袋,所以长期以来,提办双方都是互相推诿的'两张皮',老是贴不到一块。所以我们要通过质量指标体系,让提办双方不仅换位思考,还要紧紧地捆绑在一起,把不死不休的'两张皮',变成休戚与共的'共同体',一岗双责、一体发力,既承担提案人的责任,也承担办理单位的责任。"

刘天民也放下材料,憨厚地笑道:"市政协这几年的所有措施,都为我们精准督办提案提供了很好的依据和标准,也为政府系统办好提案提供了明确的方向和指引,使我们办提案、督提案,都变得前所未有的轻松,也推动了政府系统的工作。这个文件出台后,我们督办提案将更精准,更好操作,更有靶向性。所以,我们是期待尽快出台。"

"站在办理单位的角度,恐怕是希望胎死腹中哩!"邓念成指着那些反馈意见,在烟盅里掐灭了烟头。

刘天民抽了一口烟,戏谑道:"网到网里的鱼,怎么着也得蹦跶几下吧?说不定蹦出去了呢?谁肯傻乎乎地乖乖等死啊?"华艺章跟了一句说,伯伯这话,怎么跟主任说的一样呢?刘天民又笑嘻嘻地道:"主任说过了?那我就不当跟屁虫了。"

"还是刚刚那话,英雄所见略同嘛!"邓念成追了一句,随后又道:"不过对于认真办提案的单位,估计也是希望有这个规矩约束的。毕竟也是一种鼓励和肯定哩!"刘天民当即附和了一嘴:"那是!"

相互客气了一回,又继续逐条研究,然后叫杨豫明抓紧形成文案,起草上主席会议审议的说明。为了配合文件实施,还配套起草了《提案工作质量专家评分细则》一并报审。

已经要结束了,刘天民突然说:"差点儿把正事忘记了。"众人都好奇地盯着他。邓念成也是一个愣怔,随即说:"请讲。"刘天民这才说:"政府的试行文件,有效期不超过两年。如果要继续施行,必须去掉'试行'二字,再印发正式文件。否则,便自动废止……"

他还没说完,邓念成猛地记起这事,一拍脑门儿说:"好在你提醒,我还真忘记了。"前年搞的市政府领导领衔督办提案办法,就是加了括号,写着"试行"两个字的,到今年便有两年了。杨豫明也想起来了,又提醒:"市委那个件,也是试行的,都三年了。"

"那伯伯你是什么意思?废了它?"华艺章笑嘻嘻地跟刘天民抬杠,摸着他那光亮脑袋,满眼不怀好意地道,"你要敢废了它,主任铁定跟你拼命,把你这头上搞得一根毛不剩。你信不信?"

刘畅受不了了,白了他一眼,怒声呛道:"人家说正事,你能不能正经一回呀?"刘天民推开华艺章的手,一本正经地说:"那么好的文件,废它干吗?当然是修订啦!"接着笑骂:"你小子尽胡说八道!我什么时候说要废了它?"

"那个文件如果要修订,老刘!我有个建议……"邓念成一直后悔文件里多了"人民团体和政协界别"几个字,感觉有些画蛇添足了。如今刘天民主动提起,他顿时心念一动,暗道何不趁这个机会,把这个问题也解决了呢?

"金主任说了,我们尊重政协的意见。而且我相信,你也不会瞎来的。"没想到,刘天民竟然如此爽快。而更让邓念成感动的是,他已经跟金铭讨论过了。

既然这样,邓念成就不客气了,说他想把那几个字删除。随后解释:"主要是能拓宽重点提案的选择范围,让更多优秀个人提案也有机会进入重点提案的行列。"

"我们的意见,是政协拿初稿,我们负责走流程。所以,想怎么改,你们就怎么改。毕竟,提案工作的新情况新精神,你们把握得更透彻。"刘天民也是直率,一如既往地充满信任。

话讲到这个份儿上,那邓念成就不客气了,转头吩咐杨豫明去看看,还有哪些地方要修订的。又叫他也问问市委督查室,是否一并修订。已经到了中饭时间,邓念成便拉着刘天民一起去政协餐厅用午餐。

291

28. 得意之时不忘形

　　四月下旬的主席会议,很顺利就通过了质量指标体系和评价办法。邓念成也没忘了讲过几遍的许诺,如果不兑现,人家还以为他泡皮哩! 所以第一时间摸过手机,热情洋溢地打给郭方达。

　　"通过了?"郭方达也一直关注着,当然知道所为何事,口气里也满是欣慰。邓念成语气轻松地说通过了,这两天便可以印发红头。然后直截了当道:"我准备兑现承诺了,你定个时间吧。"

　　不想,对方一口就回绝了,笑道:"公家出钱,现在不允许,你也没那个权限,我不能逼你为了一顿饭犯错误;私人掏腰包,就你那点工资,能请几回呀?"邓念成当即就被逗乐了:"吃顿饭的钱还是有的! 别把机关干部说得有多穷酸,好像乞丐似的。"

　　"嫂子不管啊?"

　　"你这话说得……就好像嫂子有多闲,又有多抠门似的! 谁还没几个朋友啊? 谁不得有些应酬啊? 就这么点子事,你嫂子都去管? 那还不得把她累死?"邓念成晒然一笑,又不无自豪地道,"我这人品学兼优,缺点全无。这样举世无双的好男人,现如今还找得出几个? 又怎么会叫嫂子不放心呢? 最最重要的,是我俩心心相印,哪会像管那啥似的,管我管得那么紧……"

　　"酸,酸,酸! 看把你嘚瑟的……"没想到一句调侃,惹来他一阵自吹自擂,气得郭方达无语,当即打断。稍顿,又无奈地调侃:"喂! 我说,不晒你那些幸福史,会憋成气球吗?"

　　"哈,哈,哈……"两人心情都不错,邓念成只给了他一阵狂笑,再没说一句多余的话。

　　直到他笑够了,郭方达才一本正经地说:"主任! 这是购买服务,公对公的事,叫你个人掏腰包,我真的于心不忍。而且,花费心思和精力最多的,其实是你们。我们的人都感叹,说是跟着学了不少东西,真正长了回见识。哪好意思再叨扰你呀？再者说了，王所长他们手上都是一堆的活，没时间应酬的——他们也不适应应酬。真的，不骗你……你要没别的事，我就挂了。我这边也是一堆的事，一头的包。"

对方的话说得如此通透，如此体恤，也轮到邓念成无话可说了，而且似乎无法反驳。想想，邓念成还是争取了一下，笑问："你到底是想帮我省钱呢，还是逼我当毫无信义可言的泡皮？"

"都有吧！看你怎么理解了。"相处久了，邓念成时不时冒一些方言，比如"泡皮"，郭方达也明白是什么意思了。话却说得模棱两可，由他猜去。不过，他突然又说："喂，主任！我就好奇了，你那个第六感和预见性，怎么就那么准呢？"

他这弯转得也太急了，邓念成有些蒙，问什么意思。郭方达解释道："说实话，你当初催那么急，我是有想法的，甚至怪你不懂搞研究的规律，净瞎指挥。却也没明说。可是没想到，居然就有要到全国政协去发言这么个事在后面等着。而且时机也恰恰好，这边四月搞完，那边就安排在五月。"

"我哪有什么预见性哪？就是性子急，不愿意把一件事老捏在手里，碰巧了而已。"邓念成哑然失笑。面对郭方达的坦诚，邓念成没再坚持。再坚持，就是矫情了，他不是一个矫情的人。只是还有些不甘，也有些无奈。因为，他真的要当一回泡皮，食言一次了。而且，这份不甘和无奈，让他好长时间心里都不辣火①，犹如做了亏心事。但这份人情，他却永久记下了，也更加坚定地认可了这帮朋友，时不时地电话联络。

提案委的文稿，并不比他当研究室主任，或者分管文字工作的时候少。比如今年才几个月，就已经完成了十几个大稿，手上还压着好几个。各种报告、制度、总结、经验交流和研讨文章、资料汇编等等，五花八门，就没个停歇的时候。政协的所有文种，这几年都有涉及，甚至还创造了新文种，譬如《民主监督建议书》。

好在他干了大半辈子文字工作，思路还算清晰，也好在文闰生等领导水平高，基本不要准备讲话稿，什么场合都能张嘴就来。不然，即便再加三五个人，估计光应付文字材料，就能把提案委整趴下。而倘若一篇稿子

---

① 辣火：方言。有热乎、舒坦等多种意思。这里是指舒坦。不辣火，意同不舒坦。

反复"拉抽屉"、翻烧饼,停摆都有可能。

完成这么多文稿,并不全是为筹备提案工作研讨会的,也是本届政协总结的一部分。不过,他还是分了个轻重缓急。比如去年全国政协修订提案工作条例,他就把修订金鹏市政协的条例提上日程,决定上半年完成。

贯彻上级精神,金鹏市政协有个特点,就是决不简单地照搬照抄,而是在遵守基本原则和核心要义的前提下,尽可能结合实际,并把最新的探索成果用制度形式固化,成为遵循依据。这次也是。叫杨豫明拿初稿时,邓念成就要求把清单式提案工作法,以及质量指标体系及评价办法的有关内容都纳入其中。原则是完全在上级文件框架之内,决不搞流程再造,不要给人另搞一套的误解。

提案委的工作又不只是文字材料。甚至可以说,文字工作并非提案委的主业。作为提案工作的组织、协调和参谋部门,提案委还有更重要的事要做。何况,应急和突发事情也多。

好在形成了规范的运行机制,有了具体的操作流程,大家便能发挥主观能动性,自觉把控时间节点。另外,邓念成坚持每周五开例会,统筹协调推进。为此,也不得不常常睡办公室了。

就在条例修订稿刚印发征求意见时,北京便传来了好消息,说丁锐在地方政协工作经验交流会的发言引起了很好的反响——

譬如,全国政协主要领导总结讲话,充分肯定"编制提案工作清单,推动评价考核从定性向定量转变,提办双方从各自为战向一体发力转变,让提案写得好不好、办得行不行一目了然"。

又譬如,与会者高度评价,有人跟丁锐说要来学习取经。

还譬如,省政协主席指示秘书长向全省印发金鹏市政协的经验。而秘书长落实主席意图更加到位,把全省政协提案工作座谈会直接放到了金鹏。

与此同时,各类媒体的报道更是来了一波小高潮,甚至学习强国平台还进行了转载……

金鹏市政协的接待任务一直都重,每周都有几批客人。办公厅没办法,只得定了个"对口接待"的章程。即不管对方来的什么人,也不管什么主题,只看具体负责的单位是谁,便由对口部门负责接待的一应事宜,包括拟订方案、迎送客人、参观陪同、组织座谈等等。

相比其他专委会，提案委的接待量算是少的。零星一些也是招商引资，或者考察改革开放、城市发展、科技创新这类主题，基本不涉及提案工作。如今却完全改观，接待量激增，有省级、副省级的，也有地市级甚至县级的。主题无一例外，都直奔提案工作，特别是清单机制。

果不其然，地方政协工作经验交流会刚刚结束，全省政协提案工作座谈会召开前后，金鹏便迎来又一波接待高潮。邓念成也因此更加忙碌，喋喋不休地跟人讲清单。而"拼团"的做法，更是不得不常常使用了。这也让他生出感叹："难怪古人讲酒香不怕巷子深，又道穷在闹市无人问，富在深山有远亲。"

这天，北江省政协廖主席又带人来了，依旧是把会议室坐得满满当当。丁锐讲完开场白，廖主席就对邓念成说："感谢你上次介绍的经验。回去之后，我跟省委书记一报告，就把你们绩效考核的经验全省推广了。"

"全省都纳入绩效考核？"邓念成大吃一惊，嘴巴张得能吞进鹅蛋。心说，我的个乖乖，这要怎样的力度才能推得开呀！心里这么想着，嘴巴就不自觉发出声来。廖主席脸上带着微笑，微微点头，风轻云淡地道："嗯！全省普及。"北江省政协提案委周主任笑着补充道："廖主席是一个地市一个县区去推的。这个决心和力度，的确是不小。"邓念成由衷地叹服和敬佩，说："那我要向廖主席表示钦佩了。"

"一会儿，你可得再给我们好好地上上课。你是没去北京参会，不知道丁主席的发言引起了怎样的轰动。"廖主席依旧面带微笑，算是提前打了个招呼。

"一定认真向主席汇报。不过，都是丁主席领着我们干的。"人家如此放低身段，哪容邓念成造次？他诚心诚意应道。丁锐笑了，说："事情都是你们做的，我就是当了个坚定的支持者，别动不动往领导脸上贴金。好了！一会儿，你再跟廖主席做个完整汇报。"

插曲过后，座谈便正式开始。

轮到邓念成发言，少不得把清单式提案工作法和选题培育、立案审查、办理协商、重点督办和公众参与等"五项机制"的最新进展介绍了一遍，重点是讲质量指标体系及评价办法。

虽然印发了材料，廖主席还是一边记重点，一边跟邓念成讨论。末了，他笑着感叹："金鹏市政协这创新步伐，真是太快了，前年搞办理结果清单，去年延伸到全链条，形成清单式工作法，今年又搞出个质量指标体系。真是一年一大步啊！我们费了老鼻子劲，才将全省纳入绩效考核，清单式工作尚在研究阶段，你们却又搞出了质量指标体系这么个重磅炸弹。看来，一年来一次还不行，得半年来一次了。"

丁锐不失时机地笑着说："欢迎主席常来。"廖主席笑吟吟地道："我突然有了个想法，不知丁主席觉得如何？"丁锐道："主席请讲！"廖主席继续笑着说："我想两家政协建立对口联系。当然啦！主要是把你们的探索创新经验拿到北江去复制推广，占你们一点小便宜。省得我们折腾来折腾去，时间精力花费不老少，却还是不得要领。"

"主席客气了。"丁锐笑了，谦虚地道，"其实北江省政协也有很多经验值得我们学习的……您的提议，我同意。"转头又吩咐周翠娇："你们回头跟北江的同志对接，看看如何操作。"

"好！"廖主席很是兴奋，对提案委周主任说，"老周！就由你们提案委先建立密切联系。另外，邓主任刚刚讲的那些，你们吃透了精神没有？要没有，就赶紧请教。可别像上次，好像整明白了，回去却又说不出个所以然来。"

邓念成没想到，这么会儿工夫，两位主席就定了对口联系的事，而且明确由提案委打头。他更没想到的是，廖主席会当着这么多外人，如此说周主任，当即有些替他难受。下意识地瞅过去，果见周主任老脸一红，连忙应道："我们原本要聘邓主任当顾问，专门去北江指导的。包教包会，不会不准回来。既然主席们定了这么个联系机制，那就再好不过了。"

"哈哈哈哈！"廖主席也是性情中人，听后哈哈大笑，又对丁锐说，"你可不准打拦路板，不放邓主任的行哪！"丁锐也是直爽，满口答应："这么好的上门学习机会，我们是求之不得哩！哪会打拦路板？廖主席请放心。"

邓念成并未因为人家一句表扬，甚至恭维，就沾沾自喜，迷失自我。而且他也知道，客人不过是调侃，活跃气氛的。而那个所谓的联系机制，能成不能成还得两说，反正是走一步看一步。所以，他并未完全往心里去。

今年的重点提案有二十九件,另有十一件市、区政协联动督办提案。因为内容比较分散,不像去年只是交通,这便使得督办活动没法合并,只能由七个专委会分别负责,主席会议成员全体参加,一件件督办。提案委则承担了其中十四件的督办工作。

自前年开始搞市、区政协联动督办,去年更是提升到市长领衔督办,而且也的确成效明显,让各区不仅是政协领导,也包括书记、区长,都看到了这种督办方式的优势,纷纷加大力度组织提案,要求纳入范畴。

以前还担心区政协没积极性,想着动员他们组织提案的。看到如今这架势,邓念成心里又发起怵来,只得觍着脸,反过来做工作:"市政协没那么大督办力量,不可能全部纳入的。"各区政协想想也是,才最终妥协,同意只报一件提案给市政协。但有两个区政协主席不死心,又找丁锐和文闰生说情,才各加一件,总数变成了十一件。

不过,九个区政协都组织提案,算是全覆盖了,还是很有成就感的,想想都令人欣喜。然而想起碰过的一回软钉子,也算是敲了回警钟,邓念成又苦笑摇头——

那天的市、区政协提案工作联系会,鹏华区政协还想继续督办西部交通问题的提案。鹏秀区政协提案委尹主任委婉地问:"一件提案,能跨三年督办吗?"当时都没在意,邓念成还解释:"只要建议没完全落实,跨几年都可以。"说有些事情,就是要紧盯不放,才能推动落实的。甚至,又列举打捞中山舰的提案作注脚。

第二天起床蹲马桶,邓念成突然想起了尹主任提问时的神态和语气,而胡坤还请假没到,似乎是一种默契,过往的几件事霎时浮上心头,邓念成惊出一身冷汗。那几条路也的确受益的是鹏华区,拆迁的难题却压给了鹏秀区。仿佛市政协提案委帮着鹏华区压鹏秀区干活。尽管天地良心,自己没那个意思,但也确实没顾及人家的感受。

左想右想,他决定先歇歇,毕竟上下级关系,工作还得互相配合的。何况,也不是没替代方案。于是,他到机关吃早餐的时候,就跟文闰生和陈瑜建议,叫鹏华区换提案。他这个没头没尾的建议,让二人都觉意外,惊问为什么。

邓念成无奈,却也不好把疑虑和盘托出,因为毕竟只是揣测。倘若人家没那意思,岂不是以小人之心度君子之腹了?在上下级和同事间挑拨离间,他没那爱好,也不感兴趣。于是编了个话,说那件提案督了两年,虽然进展不错,但交通建设是有周期的,总得给部门一些时间去解决积压问题。再督,也不会有太大效果。二人仍没多想,而且实际情况也的确如此。修路这么大的事,哪会像菜市场买小菜,还个价,转身就把买卖做成了?不过,二人还是叮嘱他跟鹏华区做好沟通。如果对方同意,他们也没意见。

邓念成转头给范体军打电话,建议他们改为督办生物医药产业园区建设的提案。对方当然不乐意,责问他怎么能朝令夕改呢,说他都给书记区长汇报过了。他这么个态度,当然在邓念成的意料之中,于是邓念成把跟领导们讲过的那番话,更细致地讲了一遍。范体军虽心有不甘,无奈邓念成铁了心,且讲得也有些道理,只好勉为其难地点头同意……

提案委组织的十四件提案督办活动,文闰生和陈瑜各七件。但所有督办活动,提案委的人都得到场。于是,他们白天奔波在督办活动现场,晚上便抓紧起草或者修改那些文稿。就是周六和周日,也全部利用起来。好在都认真对待,也好在市政府领导领衔督办提案办法,刘天民说明年开年印发也可以,而市委办说暂时不用修订,为他们减轻了一些工作量。

刚刚进入九月,政协成立七十周年的庆祝活动,便一个接一个登场亮相。提案委准备的几场活动,当然也穿插其间。

这天一起床,邓念成习惯性地蹲在马桶上刷微信,重点关注几个委员微信群。这几乎成了他生活的一部分,成了一种习惯。

为加强委员联络,及时收集意见建议,了解社会动态和市民关注热点,金鹏市政协运用信息技术开展网络协商,不仅建了全体委员微信群、各专委会微信群,以及各种工作群,还专门建了几个履职的专题群。

各个群里除了委员,还有党政部门负责人甚至市领导,许多问题,在群里就直接解决。这种短平快的履职方式,还甭说,效果出奇地好。甚至有关交通、生态文明建设等几个群,还受到书记表扬,央媒也进行了报道。

见有个群很活跃,未读信息几十条,他便先点了进去。但只看了几条,他心里便一个激灵,脑袋"嗡"的一声响,脸色也刹那间难看起来,赶紧爬楼往上翻。

终于找到那条引发热议的言论了。只瞟一眼发布者的姓名,邓念成不好的感觉更甚,整颗心霎时凉到了冰点。引爆点是三张图片,凌晨三点多发的。他连忙点击放大,果真是提案复文的征求意见稿,文号和落款处的印章清晰可见,是把整个文件拍成图片发了出来。

发布图片者,正是全会分组讨论会上,当着丁锐的面,问邓念成他提了三年的提案,为什么第四年没立案的律师夏聪。他今年的提案还讲那件事。可见于夏聪,那事已经如鲠在喉,颇有"不破楼兰誓不还"的决心。不然,不会连提五年的。

原来,早期金鹏没钱,便拿土地做文章,或卖或租,也的确解决了建设资金的难题。但是,随着城市高速发展,原本位于郊区的一些地块,如今却在市中心。他所关注的,就是市中心的一个高尔夫球场。这块地租赁到期,也的确该由政府收回。但因各种原因一直没收回。不仅市民反映强烈,人大代表、政协委员也以各种方式——包括建议和提案,呼吁收回。

前年没立案的提案,今年却立案了,也是与有关部门沟通的结果。一是他那角度变了,建议也有新意,政府部门愿意尝试。二是横亘其间的障碍,政府逐步化解了,收回的可能性增大。为调动委员履职积极性,方便将来这事若成了,可算夏聪委员一份功劳,他也的确一直努力推进,便给予了立案。

有关部门的复文征求意见稿,大体也是这个意思,一是感谢他长期关注,不遗余力推进;二是政府收回那块地的工作,已经进入走程序的阶段,不久就能变成现实。

为避免因缺少沟通,委员直接评价"不满意"造成工作被动,邓念成建议办理单位正式答复前,复文先送提案人征求意见,双方达到一致了,再正式上传提案管理系统。这也是发挥政协专门协商机构作用,推动协商民主健康发展的一个举措。就是说,一切都经过充分协商,推动提办双方达成一致意见,实现建言资政与凝聚共识双向发力。而最后的答复,只不过履行个程序。

不想,夏聪却把征求意见稿上传到了微信群里,不仅引发不少评论,还有人进行了转发。

邓念成当即给文闰生打电话。文闰生也在浏览,相约上班了研究处理办法,千万别弄出个什么舆情来。特别是在国庆马上就到了的这么个敏感的时间节点。

邓念成不敢大意,一边开车去机关,一边想怎么处理这事。到机关七点刚过,他坐在办公室想了一会儿,上网浏览,发现已有几家媒体报道,而都市报的报道还挺长的,也有一些讨论,看得他更加心焦,吃早餐的胃口都没了。文闰生来得也早,八点半不到,就叫邓念成去他办公室。

文闰生也跟丁锐作了汇报,丁锐要求做好工作,再不热炒了。有了丁锐这个态度,两人于是商定,一是邓念成约谈夏聪一次,了解真实情况,同时讲清楚问题的严重性和潜在风险,进行必要的批评教育;二是联络在群里发言比较踊跃的委员,逐个做降温工作;三是密切关注事态发展,必要时按舆情预案处置。

上午十一点,夏聪就来了。出乎所有人意料,或许真是律师出身,对规则了解更透彻,所以没等邓念成开口,夏聪就说接到刘主任电话,便意识到那条微信惹祸了,而且他也知道自己错了,不该把复文的征求意见稿发群里的,保证再没下回了。

他这话听得邓念成一愣,似乎再不好按事先想好的套路,先了解情况,再宣讲纪律,然后批评教育了。思忖片刻,邓念成还是笑着问:"为什么不能发?"

"那是政府公函,何况是未定的征求意见稿。就如我们打官司,法官还没宣判,就先把法律文书发到网上,好像要通过公众舆论,去影响法官判断似的。任何一个有良知的律师都不会干这种事。"夏聪有些尴尬地笑着,挠了挠稀疏的头发。

"嗯! 你有这个认识,的确值得肯定。但是,只说对了一半。"

"啊? 还不全面?"

"当然。"邓念成颔首,随后耐心解释,"那另外的一半,是即便正式复文,提案人也不能私自发到网上。因为那是政府公文,是否公开、以何种形式公开、公开到什么程度,决定权在作出公文的政府部门。而且,并非所有提案和办理复文都能公开的。市政协在网上公开,也是甄别了的。不然,我们写提案,办理单位写复文,为何要标注'是否公开'呢? 如果大家随便把政府的文件发到网上公开,那还要保密制度做什么?"

他已经承认错误了,态度也还不错,便没必要再板起面孔教训。夏聪红着脸,又挠头顶说:"我知道错了。这些规矩过去没人讲,所以不知道。给组织添了麻烦,要怎么处理,我都没意见。"他的这个态度,让邓念成更不好讲什么了,甚至都没要他写情况说明。不过,对他擅自接受记者采访的事,还是提出了批评。他也虚心接受。

末了,邓念成好奇地问:"据我所知,你是个非常谨慎的人,怎么就发群里了呢?"夏聪再次挠着他那"地中海"头顶,尴尬地笑道:"这个事终于有眉目,一高兴,就发了。就是告诉关心那块地的人,政府要出手了,我们可以放心了,甚至要给政府点个赞。真没想那么复杂!"

"正所谓人可以得意,但切莫忘形啊!"得意不忘形的话,邓念成在不同场合,讲过很多次。夏聪的这个解释,也让他再次感叹一声,随即又提醒,心是好的,但方法也要注意。千万别得意忘形,好心办了坏事,给组织惹麻烦,也给自己找事情。

"哎哟,主任!你这话真是经典。"夏聪紧跟一句,尔后双手抱拳,对着邓念成拱了拱,笑着说,"谢谢,受教了!"

手上事情太多,夏聪也心悦诚服地认错,邓念成没必要揪着不放。他心想,只有关注事态发展,再作打算了。于是,又叮嘱了夏聪几句,叫他也想办法做做熄火的工作,便结束约谈。

好在,这事并没造成大的舆情,网上讨论两天,就过去了。

这天邓念成又去文闰生那里喝茶,话题自然就聊到了这个上面。文闰生眉头微蹙,忧心地说:"虽没闹大,但也给我们提了个醒。你那一年几百件提案,都不知道哪件会成为导火索。假如都要这么灭火,给你再多的人手也是不够的。"

邓念成认同他的观点,想了想说:"正向引导也是必要的,但制度机制建设似乎更为紧迫。就如我们搞清单,也是无奈之下逼出来的。因为不管委员还是办理单位,你从正面引导,似乎引不起足够重视。但搞出个清单,再配套着质量指标体系去倒逼,不仅规范了工作,省了麻烦,也倒逼大家按要求去写提案、办提案。"

"那你们梳理一下,看看还有什么可能引发舆情的事,一起搞个制度。"文闰生也不废话,直接布置任务。

"有关提案舆情处置的制度,提案公开的文件里已经有了。再从提案的角度,似乎撑不起一个制度文件。"邓念成不假思索地一口就回绝了。见文闰生面露不满之色,他抽了口烟,又笑嘻嘻地建议:"不过,从整个政协的角度,由联络委出个制度,把提案的相关内容包括进去,似乎更

301

为妥当。因为这就是委员履职管理的范畴。"

文闰生想想,觉得有些道理,便放过了他。

两人正说着,邓念成放在茶几上的手机响了。他低头一看,是北江省政协提案委周主任的,小声跟文闰生说了一句,便抓起来放在耳边接听。听了一会儿,他嘴角扯了扯,脸上一副无奈神情,不过还是爽快答应:"好吧,那就恭敬不如从命了。"

原来,廖主席提议对口联系的事,目前有下文了。北江省政协设了个智囊机构,从全国聘请一帮专家学者出谋划策。机构叫什么顾问团,他没听太明白。来这个电话,就是想聘他作为顾问,时不时提些建议。既是两家主席商定,而且也就挂个虚名,总不至于山遥路远的,天天叫他去开会,他似乎没理由不答应。再者说了,人家也算给足了他面子,倘若他不知好歹拒绝,也显得太冷血。

"哦哟!名声在外了呀,名气也越来越大了呀!"邓念成刚刚讲完电话,手机还没放到茶几上,文闰生就一脸坏笑,不失时机地调侃起来。

"唉!命苦。"对他的调侃,邓念成不置可否,感叹了一句。然后端起茶杯一饮而尽,便起身告辞。

29. 全力以赴再下城

进入九月，各级各地都隆重庆祝政协成立七十周年，中央更是首次召开政协工作会议。

提案工作条例的修订早就完成，但丁锐说，既然中央开这么重要的会议，总书记还将发表重要讲话，肯定会有新的精神和新的要求，让他们先放放。等中央会议开了，把新精神新要求融入进去，再提交主席会议审议。何况下次常委会议十月才召开。

根据规定，提案工作条例须经常委会议审定，才能颁布实施。于是暂且放在一旁，一边按市政协机关"不忘初心、牢记使命"主题教育活动工作部署，做好有关收尾工作，一边对去年的一百七十三件 B 类提案抽查督办，督促办理单位落实提案建议。

面对一如既往的忙，邓念成他们只有一个笨办法，就是加班加点。白天忙活动，晚上忙文稿，晚上开会研究材料也是常事。

这跟他同时分管秘书处和研究室那几年一样。秘书处主要是会议安排和活动组织，是要"动"的，必须腿勤；研究室则是爬格子，非"静"不可，必须脑勤。邓念成分身乏术，只得白天带着秘书处的人到处跑，晚上跟研究室的人一起，关在办公室里研究文稿，或者修改他们起草的文稿。

有人说，只有笨人才加班加点。还有人说，强迫机关干部加班加点，违反了劳动法，更是官僚主义和形式主义的表现。邓念成除了苦笑，就只能感叹还真是看匠多、搞匠少①，甚至也想送一句伟人"空谈误国，实干兴邦"的话给那些人，劝他们"醒醒酒"，切莫站着说话不腰疼。

这天下班之后，一群人一边吃着盒饭，一边又聚在邓念成办公室，研究张学彪团队草拟的一个工作方案。

---

① 看匠多、搞匠少：俗语。意思是看人家做事，然后评头品足的人多，真正自己动手干活的人少。讽刺只说不干的人。

经多方验证,清单式提案工作法的成效的确是好,但是否还有改进空间? 倘若要改进,该从哪里入手? 于是"十一"刚过,邓念成便跟文闰生建议,鸡蛋里找点骨头,给下届改进工作准备些素材,提供个参考方向。具体做法,是向全体委员搞一次问卷调查,通过数据分析去发现问题,进而实现这个目标。

专业的事情,当然交给专业的人去做,于是又委托给半专业的张学彪团队。此刻,有的围坐在茶几四周,有的坐在邓念成办公桌边,还有的端着盒饭,靠在他那张练字用的脏兮兮的桌前,一边吃着饭,一边盯着几张打印纸琢磨。

这几张打印纸,就是张学彪团队做的方案。

三下五除二,邓念成就吃完了。他点上烟,抓起桌上的打印纸又琢磨了一会儿,顿时就有了想法。但瞅一眼众人,见有人还在吃着,便把想说的话咽住,没让它出口。再怎么忙,也得等人吃完了饭再说。

下午督办完提案,他们就直接赶回来研究方案。说起来也都累得够呛了,却都没一句怨言。这本身就令他感慨和感动。他还有一口烟来缓解情绪,其他人不抽烟,也得给人缓解情绪的时间,也不能把人逼得太紧了。

眼见华艺章把饭盒清理出去,他才慢慢悠悠地笑着开口:"学彪啊!我说,你们专业的人是不是都喜欢把简单的事情往复杂里整呢? 但我却喜欢把复杂的事情往简单了整。"

配合很多次了,彼此脾气性格都摸得通透。所以他这一开口,尽管语气里满是戏谑,但大伙儿哪里听不出不满意的意思来? 同时也明白,他没恶意,只是那个乡下人的臭脾气,喜欢巷子里赶猪——直来直去。张学彪也不气恼,扯张纸巾一边揩嘴巴,一边嘻嘻笑道:"已经往简单整了,主任! 你还觉得复杂呀?"

负责设计选题的年轻人也扯纸巾揩嘴巴,无奈地补充道:"是啊,主任! 谁也不喜欢把事情搞复杂。而且这个事,我们真不知道再怎么简了……"

张学彪扬了扬手里的纸巾,拦住年轻人的话,顺手把纸巾丢进废纸篓,继续笑嘻嘻地道:"他们这个,就是抛砖引玉的。甚至砖头都不是,只是一块泥巴坨。你就不为难他们了。把你那玉亮出来,给我们长长眼吧!"众人又哪里不能领会张学彪这意思,都嘻嘻哈哈附和:"是啊!想给主任当徒弟,还不一定会收哩!"

邓念成顿时啼笑皆非,把指头对着他们一一甩过,不禁有些无奈地笑道:"你们这些家伙!一个两个三个……"

李志江也笑呵呵地起哄:"听主任的!赶快拿笔记下来。"张学彪爽快地接口:"你说吧,怎么改?你说怎么改,他们就怎么改。"

"我没设计过调查问卷,却也答过许多。算是没吃过猪肉,见过猪跑的一类。"把烟蒂按进烟灰缸,又使劲碾了几下,直到烟消云散了,邓念成才接着说:"正如闰生主席说的,调查问卷一定要'傻瓜式'。不然,委员还没填完,估计就得骂娘了。倘若是那样,我估计发出去的调查表收不回来几张。"

"你就说怎么弄吧,别东弯西绕考他们了。"称兄道弟的关系,所以张学彪逮着机会,也笑着给了他一个回击,"刚刚还自吹自擂,说喜欢把复杂的东西简单化,但这一开口,就是把简单的话往复杂了说。还真是只许州官放火,不许百姓点灯。"

"你,你……"正说着的话被人打断,而且这么不客气,邓念成噎了个半死,话都说不流利了,只能拿指头指过去。

看他吃瘪的这副神情,众人哈哈大笑。

"看这样子,是真有想法了,不是故弄玄虚的。"张学彪也不等他回过神来,嘻嘻笑着对众人说完,又继续打趣邓念成,"有想法就直说,别成天考年轻人。很有成就感是吗?你越考,他们越紧张,就更搞不出来了。到最后,耽误的还不是你的时间?"

张学彪这一番激将法,逗得众人更乐了。笑够了,李志江接口说:"是啊,主任!时间还是挺紧的,拖不起了。"

"你们这帮家伙——"邓念成再次无语,又点燃一支烟猛吸一口,然后大手一挥,"算了!不跟你们一般见识,也不计较你们这'大不敬'的态度了。"众人又嘻嘻哈哈,直接无视了他的不满。

瞥一眼众人,邓念成也不打哑谜了,站起身来,一边踱着步转圈助消化,一边掰着指头道:"第一,清单式提案工作法各主要环节,都设计选题。第二,题目不能多。你这三十几道题,其实也有点儿那个意思了,显然是下了功夫的,但还不得把人填死了?第三,尽量简单,每题只问一句话。你这前面一段描述,然后才提问题,答题的人光看描述,都看得烦死了。要相信委员们的理解能力和政策水平。第四,最好是打钩的选择题,也可以有两三道填空题。但坚决不搞问答题,甚至简答题都尽量避免。你问一句话,要人家写一大段文字,相信没几个人感兴趣。第五,整个问卷做下来,十分钟左右,轻轻松松搞定。"

"哦——"众人呼出一口长气,似乎顿悟了。这不就是他一直强调的"体验感"吗?也是他常说的"换位思考",要他们站在使用者的角度去设计问卷调查表。

"别有的没的说那么多!你举个例子,他们照着设计。正如李主任说的,没时间耽误了。"张学彪却不依不饶,一副咄咄逼人的架势。

"好!"邓念成同样不废话,略微思忖便道,"比如'以百分为标准,您对提案办理答复,真实满意度是多少?'后面给几个选项:一百、九十到九十九、八十到八十九……低于六十,叫人家打钩。这是单选,选项唯一。当然,也可以设计多选题。大家觉得,这样设计,可不可以?"

年轻人揣摩片刻,随即露出整洁皓牙,尴尬地笑了笑说:"还真是的啊!"张学彪狡黠地眨了眨眼睛,依旧嘻哈着脸,身子往前倾了倾,却还是一副紧逼的架势:"那你再说个多选的例子。"

虽然是购买服务,邓念成却没法跟他计较。一是时间的确紧,设计完选题,还得设计 App。二是张学彪团队干的是人情活,卖的是自己这张老脸皮。他要不接提案委的活,便有更多时间和精力,去接一些高报酬的活,人也更轻松。张学彪就不止一次地以玩笑的口吻威胁:"你再这么较真,我就撂挑子。"当然,也就说说而已,他不会真撂挑子。

思索过后,邓念成又道:"比如'您与办理单位沟通协商,曾遇到过哪些问题?'用括号标明可多选。然后也是几个选项:办理单位婉拒推托协商、办理单位敷衍、办理协商'走过场'、熟人政治负面影响、其他情形……这样设计,可不可以?"

"嗯!我知道了。"年轻人再次吁出一口长气,身子也由紧绷到放松,脸色更是彻底松弛下来。

"既然知道了,那就不打扰主任休息了。明天交稿子,能做到吗?"张学彪不再嘻哈,神情严肃地盯着年轻人。

"啊?明天晚上?"年轻人当即面色一凛,显然是有些为难。但见张

306

学彪颔首,只得硬着头皮发了发狠,然后使劲点了下头,"好,没问题!"

"后天吧! 后天是周四,晚上我请大家吃饭。"邓念成想想,觉得还是时间宽裕点好,能弄得更精细些。不然又得返工,反复拉抽屉,也是浪费时间。

"主任请客? 好啊! 那我明天不吃了,腾出肚子后天吃。"华艺章的情绪又上来了,戏谑一句,又问邓念成,"吃什么?"刘畅扑哧一笑,呛道:"盒饭!"

"盒饭? 跟今天一样?"华艺章顿时语塞,扮了个怪相,"那还是算了吧,明天不能饿肚子。天天吃盒饭,也是吃腻了。"

"等事情搞完了,我们吃大餐!"邓念成脱口而出。

"唉!"华艺章一听,顿时泄了气,叹口气道,"主任这意思,也就只剩盒饭了。"年轻人有些蒙圈,低声问华艺章:"主任什么意思?"华艺章没直接回答,而是反问了一句:"提案委的事情,搞得完吗?"

众人霎时恍然大悟,又说笑了一回,方才各自回家。

十月中旬,把对照中央政协工作会议精神和全国政协有关文件,又认真推敲过的《提案工作条例》审议稿,连同关于提案工作进一步提质增效的意见,一并呈报主席会议审定,然后《提案工作条例》又经常委会议审议,就都正式颁布了。

这天下午,文闰生主持召开庆祝人民政协成立七十周年暨优秀提案表彰座谈会。

望着白发苍苍的历届政协提案获奖者代表,听他们饱含深情地发言,然后激动得有些颤抖地从丁锐和文闰生手里接过获奖证书,以及印刷精美的《庆祝人民政协成立七十周年——金鹏市政协优秀提案选编》,坐在后排的邓念成百感交集。

尔后丁锐充满激情地讲话时,有的人眼里分明噙着泪水、闪着泪光,身子都有些颤抖。这一幕映入邓念成的眼帘,让他也跟着精神一振,仿佛所有的艰辛和付出,都值了。

特别是会议开始前,一位提案人遗孀颤巍巍地过来,希望多给她两本选编,说是她留一本,两个孙子各给一本作为传家宝,感动得几个人差点儿泪奔。刘畅当即拿文件袋装了五本,搀扶着送她回座位。她那话语,老在邓念成耳边回荡,那幅场景,老在他眼前晃动,让他感动不已。

专业人士设计的优秀提案选编,封面黄底红字,亮丽大气,让人眼睛一亮,内页也颇为养眼。每件提案后面都附有一段精彩点评,肯定了提案的特点、价值和作用。

从近三十年的一万六千多件提案中,遴选出这么七十件,还每件给个恰如其分的点评,没经历过的人想象不到难度到底有多大,想象不到邓念成他们到底费了多大劲,吃了多大苦头。总算功夫不负有心人,虽然千辛万苦,还是被这帮敢吃螃蟹的家伙给搞了出来。

置身于激动人心的场面,摩挲着凝结了自己心血的成果,邓念成欣慰之余,似乎又有些遗憾,后知后觉地无奈一笑,小声对两边坐着的李志江和刘畅说,早知道能搞这么精美,这么厚重,得到这么多老委员认可,就应该申请个书号,正式出版的。两人都附和说:"是啊! 但是当初连怎么搞都不知道,哪敢提公开出版的建议呀!"

尽管有遗憾,但事已至此,也只能作罢。再说了,世间的事,有几件没遗憾呢? 留下遗憾,便也有了努力方向,以及改进空间。比如八十周年的时候,再评它个八十件。这么阿Q式地一想,邓念成的心里又不觉得有多遗憾了。但是很快,他又无奈地苦笑摇头。因为他突然想到,假如真有下次,也是后人的事,跟自己再无半分瓜葛。就是说,这个遗憾,其实是没弥补机会的。

他这无厘头的傻笑,让刘畅有些好奇,问:"你笑什么?"邓念成轻声回道:"没什么! 以后的工作,考虑还是得更严谨些。"刘畅虽不知他的真实想法,却也点头称是。

此事画上句号,问卷调查表在走件,部分城市政协提案工作研讨会的召开便近在咫尺了。

材料准备已经完成。包括会议手册,交流材料汇编,市、区政协提案工作创新成果选编,市政协七十件优秀提案选编、十九项提案工作制度汇编、清单分析报告等等,都正式印刷。赵国文公子团队跟提案委合作,弄出来的小视频宣传片也正式灌装光盘,还印刷了精美封面。

邓念成和同事们再次松了口气。他们的短暂松口气,有如把"戒烟"二字常挂嘴边的瘾君子,从没断过吞云吐雾一样。二者的本质区别在于,瘾君子是自制力不强,他们则太有自制力,一直都在奔跑的路上。往往这口气还没喘匀,就又忙下一桩事;下一桩事还没完,却又接上了另外的

308

事……似乎没完没了,永远都有事情等在后面。

差不多筹备了一年,却只开三天的研讨会,不出意料十分顺利。尤其《质量是提案工作的生命》小视频宣传片,在驻地屏幕和会场滚动播放,引起强烈反响,一迭连声叫好。脑子灵光的,碰到金鹏市政协领导和提案委熟人,还能惟妙惟肖地念几句俏皮解说词,然后得意地问,有没有那么点味道?

邓念成他们哪敢说没有,何况是给足了自己面子。当然,也不敢把嘚瑟摆到脸上,都是谦虚地一拱手,嘴里说:"过奖过奖!"

金鹏市政协的交流材料,是讲建立和完善提案工作制度机制的。把由十九个制度文件所构建的培育引导、协商审查、多层次督办、评价倒逼、服务保障五项机制,与清单式提案工作法和质量指标体系融为一体、揉成一团,整体作了详尽介绍。

有代表找邓念成,希望多给些汇编资料和宣传片光碟,说要好好向领导汇报。承蒙人家看得起,他哪会吝啬,笑着建议:"太沉了,回头给你寄过去吧!"对方摆手说,顺便就带回去了,哪好劳烦他寄呢?邓念成便要求提案委的人,一定满足客人需要。他说全会不够数,回头加印便是。

这天早餐过后,高高兴兴又恋恋不舍地送走客人,留刘畅带人在酒店善后,邓念成和李志江火急火燎回机关,列席主席会议。

按惯例,换届大会五月举行。在此之前,本届政协不再开全会。所以,全会的准备工作都是按这个时间节点部署的。但就在前几天,市委那边传来消息,明年一月要增开一次政协全会,与人大同步。今天的主席会议,就是研究全会筹备工作的。

一下子提前那么多,不少人觉得头大。好在本届政协的总结工作差不多到了收尾阶段,便又觉得有些底气。当然,会议文件必须着手起草,这是原来的工作里边没有的。譬如常委会工作报告和提案工作情况的报告,原来准备的是总结五年,也对下届提些原则建议。现在却要在这个之外,起草过去一年的情况,而关于明年的工作,也没办法抽象了,必须提出具体项目安排。

丁锐似乎胸有成竹,说:"我们不是要给市委汇报今年的工作吗?就在那个基础上充实完善!还有会议日程和议程也得安排好。既是开全会,那么该有的都得有。"他这意思,大家都听得出来,就是大会发言、专题协商会,甚至提案,一样都不能少。

但是,他说的这几项基本都没准备,除了大会发言。按惯例,新一届委员名单,要到换届大会前的十几天才能出得来。而本届委员,许多人揣摩着没自己的份了,便也没做那些准备。所以都在等新委员名单出来,再去组织具体活动的。尽管议题已经有了,甚至材料也准备得七七八八。

大会发言的准备情况,之所以稍好一些,是因为政协是党派性机关,是民主党派、无党派代表人士和相关人民团体履行职责的重要场所,每年的大会发言,主要安排他们。而各党派以及工商联早就开始准备,只是谁上台发言,需要等确定委员名单了再作决定。但是,发言材料的基础是有了的。

文闰生、陈瑜和邓念成发言时,都说提案也得准备,因为这是委员履职的重要形式,也是全会的重要内容,而且各党派、团体和专委会提交了部分集体提案。去年培育的二十一件重点提案也比较成熟了。

邓念成特别提到一次会议那年的重点提案,因为时间关系,无奈地搞成跨年度督办,以至于第二年都没法组织更多新的重点提案。明年一月开完全会,三、四月便可交办重点提案了。将来领导换了,也按照分工,由新领导继续领衔督办分管领域的提案。

"邓主任!如此一来,你今年可要审查两次提案了。但这跨届的年份,你准备如何处理呢?比如叫什么名称?一月是六届六次会议,五月却是七届一次会议。是分开叫,还是统到一起叫?如果分开,可能不仅办理单位糊里糊涂,说不定两届的委员都有意见;如果统到一起,你既不能统称六届六次会议提案,也不能统称七届一次会议提案,都包不住。还有,不连任的委员,他们的提案是否继续办?他们是否还有资格参与后续的督办、反馈和评价等工作?因为照你说的,大会提案的办理至少得五个月,那肯定得跨过七届一次全会,不可能五月份就办完的。"曾涛笑眯眯地提醒,而且说了一大篇。

顿时,众人都把目光瞄向邓念成。曾涛前面说审两次提案,不是众人关注的重点。他明年年底才五十八岁,按干部管理规定,连任应该不是问题。但后面那些话,还真是个难题,有些振聋发聩。

邓念成起先也是一个愣怔,因为他提的这些,的确是问题,自己也的确没考虑这么细。霎时心里便充满了感激。但凡人家在关键时候提醒过

310

他的,他都心存感恩。

脑袋瓜子急速旋转了一回,邓念成便笑着回应说:"感谢曾主席提醒,之前确实没想这么细。刚刚想了一下,觉得可以这样处理。第一,既不叫六届六次会议提案,也不叫七届一次会议提案,统称当年提案。第二,立案交办的提案,不管委员是否离任,都是经过审查立案的,都是政协提案,当然得把流程走完。相关的提案办理协商活动,也请原提案人参加,包括由他作满意不满意的反馈评价。我的这个建议,不知主席们同意不同意?如果同意,我们就抓紧完善系统,按这个意图去推进。"

会场顿时便一阵叽叽喳喳,小声议论起来。就在这时,文闰生率先呼应道:"我觉得这想法好!全面,也切合实际。"陈瑜随后附和,她也这么认为。

分管和联系的领导都同意,大家还能有什么意见?曾涛又开了句玩笑:"你那脑袋瓜子,还真不同于一般人的。"众人哈哈大笑。邓念成无奈地咧嘴,心说:"还不是叫你逼的?"然而不敢再接话。

见大家都没意见,丁锐便摁下麦克风拍板定夺,说:"提案的事,就这么定了。请提案委抓紧形成方案,并做好组织工作。"

邓念成没闲心管人家的事,见自己的事情落了听,也不管其他领导和责任部门说些什么了,给方平发了条微信,叫大家下午两点半到他办公室开会。

下午两点半,邓念成开口就说,本想着忙过这段时间,让大家松口气的,现在只能表示遗憾了。华艺章嘻嘻一笑说:"主任哪!这个话,以后可以不说吗?"邓念成也是真心不好意思,问:"耳朵起茧子了,是吧?"刘畅笑着呛了华艺章一声:"那又不是主任能定的事。你个鬼艺章,尽胡说八道耽误时间!"华艺章又道:"嘻嘻!开玩笑,开玩笑啊!主任你说吧,怎么做?保证完成任务。"

一月份加开一次全会,整个机关都紧张起来。几人的调侃,也是基于这个没敢深入,免得没完没了。所以,很快就进入正题。

邓念成不废话——也没时间给他废话,直接按全会筹备要求以及提案工作规律,把任务一件件落实到人,也明确时间节点。有些事项是纳入大会议程的,比如提案工作情况的报告,要先上主席会议,再上常委会议,才能印发全会;优秀提案和先进办理单位,原先只在常委会议表彰,现在改到全会了,还增加了办理工作先进个人等等,也得跟随筹备工作节奏。

他也没办法分轻重缓急了。都急,没哪桩事不急。也都重要,没哪桩

311

事可以忽略或者轻视的。特别是有的事,还需其他部门或者委员配合,譬如征集提案、完善系统、问卷调查、清单分析报告等等,只能保证自己的节奏,却无法掌控其他环节的节奏。当然,可以提出时间要求,但毕竟需要人家配合。

尽管时间紧迫,但为了稳住阵脚,不打乱仗,甚至丢三落四,最后一团糟,邓念成还是一桩桩事情明确,然后叫小芳拉出完整的时间表。最后,他要求所有工作和流程不减少,但要优化,保质保量完成筹备任务。

就在筹备工作有条不紊推进的紧要时刻,十一月下旬,全国政协提案委通知邓念成去北京,在提案办理工作座谈会上介绍相关经验。邓念成满脸无奈地捏着电话记录稿去找文闰生,很是踌躇地说:"不去呢,咱摆不起那个架子;去呢,的确有些浪费时间。"

"凭什么不去? 这么好的机会,浪费了多可惜!"文闰生接过电话记录稿看了一眼,叮嘱抓紧走件报批,"人家说得清清楚楚,地方政协就三个发言,另外两个还是省级的。不仅要去,还要把发言稿准备好,把言发好。千万别搞砸了。搞砸了,丢面子的不光是你邓念成,还有金鹏市政协,更有金鹏市! 这个人,你丢不起的。"

"知道会挨一通批,还真是挨了一通批。我也是生得贱,跑来找一通批。算了,不跟你说了。再说下去,你又说我矫情。但我真不是矫情,手头一堆的事情。"邓念成左右为难,无奈地嘀咕。

"去吧! 时间总是挤出来的。"文闰生被他那副难看神情惹得呵呵一笑,劝道,"你看事情都是你们做的,露脸的机会却让我跟丁锐同志占了。好不容易有这么一次,可别糟蹋了。"

邓念成没辙,只得又叫杨豫明写发言稿,自己修改,也报丁锐和文闰生审过,然后一如过去出差马不停蹄:先一天晚上飞北京,第二天上午在酒店改材料,下午发完言,晚上就回了金鹏。也算得上风尘仆仆了。

许多事情,没动手之前,觉得这也难那也难,仿佛荆棘丛生,豺狼遍野,让人惊悚得心脏痉挛。但真正动手做起来,似乎也没那么难搞。所以,尽管时间紧迫,但提案工作这一块,并没拖六次全会后腿,甚至还完成得相当漂亮。比如,依然征集到四百一十四件提案,经审查立案了三百五十五件。

30. 众志成城抗疫情

　　随着年纪增长,人们便会觉得,舒心的日子越来越不经熬。似乎前面的年刚过,还没做什么,后面的年就接踵而至了。许多人感叹岁月如梭,感叹白驹过隙。这不,一眨眼又要过年了。

　　也或许,生活在和平年代的人,才会有这种体验吧。小时候听父母提起旧社会,听得最多的,就是度日如年,就是寒夜盼天明,就是饥馑难挨,盼庄稼早熟。

　　这一年忙忙碌碌,都没回老家看望年迈的父亲母亲。如今全会在年前召开,邓念成有了相对清闲的时间,萧红梅便早早地叫侄子在网上抢了高铁票,高高兴兴做起回老家的准备。

　　她甚至一直记着,过去每年回去,因只提前一天,便也只得中午在邓念成大哥家吃年饭,然后匆匆忙忙赶往自己家,再跟萧家人团年吃晚饭,闹得三弟很有意见,嘟哝道:"难不成天下就老二最忙? 就不能提前一天回来,在我家吃餐团年饭?"

　　邓念成父母去世早,兄妹五家却和睦。并非如有的家庭,父母去了,家就散了。这既得益于通海口民风的淳朴,许多好传统延续了下来,也得益于父母的言传身教。

　　一个典型例子,就是每年的团年饭,兄弟几家一起吃。却又不放在同一天,由小到大依次递进。直到除夕那顿年饭,必定在老大家里吃。或许,是契合了"长哥长嫂替爹娘"之意,体现了老大的权威,以及弟弟们对大哥大嫂的尊敬吧。

　　邓家老二、老四在外地工作,都是前一天在老三家里吃,除夕当天在老大家里吃。几十年了,都是这么个规矩,从未改变过。老四表现比老二好,在武汉工作,离家也近,总能赶上老三家的团年饭。

　　三弟的抱怨,萧红梅特能理解,毕竟都是兄弟,一家吃一家不吃,给人感觉,似乎厚此薄彼。但邓念成的确是忙,并非有意不去。然而不管怎么说,终究还是对三弟不起。所以她一直心存愧疚,老想着要弥补。今年也是,买票之前,她又跟邓念成商量,能不能早点回去,到三叔家里吃餐年饭?邓念成想想说:"可以呀! 全会开得早,也没太多其他事,你可以按这个时间去买票。"

于是,便买了腊月二十八的高铁票,直接到县城的。计划是下了高铁先去通海口,二十九在老三家团年,除夕中午在老大家团年,下午赶去县城,跟萧家人团年。

但是有些话,真不能说太早。轻易承诺甚至大张旗鼓的事,往往会因突发变故而无法兑现。这突发的变故,站在当事人角度,是黑天鹅事件;但于社会大众,其实是灰犀牛事件。就如萧红梅策划并紧张准备的这次省亲之旅,便碰到了类似情形。

就在所有人沉浸在即将过年的喜庆里,刚刚成功举办世界军运会的武汉,祥和与欢乐更是余音绕梁,久久不愿散去时,却突遭不知从哪里冒出来的病毒袭击,霎时间就打了人们个晕头转向。而随着疫情蔓延,加上舆论发酵,人们更加惊恐不知所以,也让萧红梅策划的回乡之旅,能不能成行,转瞬间成了一个问题,也让邓念成一家人的心蒙上了一层厚厚的阴霾。

邓念成一家人,一直关注着家乡的疫情,也关注着亲人朋友的安康,天天电话打成热线。或许是宽他们的心,或许并未掌握真实情况,都轻松地安慰说没事,人们该干什么,还干着什么。有的说年饭准备好了,甚至开玩笑说蒸笼都冒热气了,桌子板凳也揩干净了,就等他们回去了开饭。

及至后来,各种传闻铺天盖地,他们对亲朋好友的话也产生怀疑,不怎么信了。但萧红梅的准备工作,却依旧紧张地进行着。她不相信这波疫情会无休无止地闹下去。甚至冥冥中觉得,就如那年的 SARS,来得快去得也快。

人们还不清楚病毒叫什么,源头在哪里,只知道传染性很强,便用"不明原因肺炎"暂时代替。随着不好的消息越传越邪乎,疫情越来越严重,人们终于给这邪魔取了个"新型冠状病毒肺炎"的名字。

武汉的疫情,也成了敏感的金鹏人的关注点。领导和同事知道邓念成的家乡通海口距武汉不远,碰面了便向他打听。

这天刚进餐厅,丁锐终于委婉地劝邓念成,今年就不回去了吧。新来的党组书记周诗玉和文闰生等领导和同事,也劝他不回去了。邓念成笑着说,武汉的朋友说了,没太大事情。众人又告诫,可别存侥幸心理,还是小心为妙。

别看他说得风轻云淡,笑得轻松自如,内心其实也很纠结。不回去吧,亲人都盼着。回去吧,风险的确有些高。听说那家伙传染性太强,就如美女蛇,外观很美丽,杀伤力却大得常人无法想象。

到了腊月二十七上午,萧红梅突然打电话过来,焦急地说口罩卖断货了,跑了好多药店都没买到。问他能不能想办法买一些,不仅自己出行需要,说不定家里人也需要。

虽然SARS病毒消失快二十年了,但金鹏人或许对突发疫情更为敏感,防范意识更为强烈,得到武汉那边的消息便未雨绸缪,拼了命地囤积防疫物资,口罩、酒精、消毒液、塑胶手套等等,如不要钱般,都往家里搬。

"唉!还真是计划赶不上变化。兴许这个年,真的回不去了。"正在开会的邓念成,出门接完电话回会议室时,心里一声哀叹。

尽管有这个心理准备,他还是心存侥幸,托周翠娇帮忙买了一百只口罩。万一,疫情很快控制住了呢?再者说了,备些物资在家里,总是没大错的。

这天,他破例地下班就匆匆回家,夫妇俩吃过晚饭,沿着小区一边散步,一边还在纠结是否应该成行。原定的成行时间就是明天了。倘若决定不回,就得抓紧退票。

望着行色匆匆和满脸肃穆的过往行人,萧红梅眉头微蹙说:"我记得你常说一句话,就是但凡有人打破①,或者自己犹豫的事,就不要继续做了。如今领导和同事都打破,你自己也犹豫,就不回了吧。相信父母和亲戚们是能理解的。"萧红梅的话,霎时便坚定了邓念成那颗还在摇摆的心。

艰难地做出不回去的决定之后,两人轻松不少。不过,还有善后工作要做。他们先给父母打电话。父母体谅他们的苦楚,何况疫情也传得沸沸扬扬。接着打电话给侄子,叫他帮忙退票。明早的高铁票,再不退就来不及了。然后叫来快递,把原本要带着的礼品,都快递回去。最后打电话

---

① 打破:方言。意思是泼冷水、劝阻。

告诉女儿,他们改在金鹏过年,不回去了。

正收拾着行囊,准备探望公婆的女儿女婿,听完他们的决定,大吃一惊,霎时犹豫起还要不要回新疆。虽然生活工作在同一座城市,毕竟各忙各的事情,平时也不怎么见面的。他们不回去,孩子们也想留在金鹏陪着。

不久,回到老家的侄子回电话说,疫情可能真的很严重,因为可全额退票,连退票费都取消了。他们也在犹豫,要不要现在就买票回金鹏。二人一听,更是吓得心惊肉跳,也庆幸及时做了个正确决定。

这个春节没回老家,邓念成夫妇其实什么都没做,除了神经高度紧张地跟亲戚朋友打热线电话。也做不成,没那个心情!更是哪儿都不敢去,在家里宅了七天,除了下楼买菜,都在家宅着。

疫情也的确凶猛。腊月二十九,武汉封城。从除夕开始,全国各地的医疗队陆续驰援武汉及至湖北。很快,金鹏也有病例了。侥幸回新疆的女儿女婿,也于正月初二,狼狈地飞回了金鹏。

这似乎昭示着,面对汹涌的疫情,人是多么脆弱!实际情况也的确是这样。所以这个新年,整个地球都不淡定,都过得极不平静,也注定极不平凡。尤其是中国,所有党政机关都没停摆,所有人都在行动——宅在家里,也是一种特殊行动——真正的万众一心。

虽宅在家里,没得到上一线的召唤,邓念成也默默地想着,应该做点什么,而不是无所事事地傻等。不过,他很快就想明白了。自己的职责是提案工作,那就征集一批疫情防控提案吧!跟文闰生一说,电话那头满口赞成。又打电话给杨豫明,叫他起草专门征集疫情防控提案的通知,一上班就发了出去。

这波疫情,真的改变了很多,甚至许多城市停摆,返乡的人们无法回到工作的城市。人们的精力都投入到防控疫情中去。尤其是医护人员和公务员队伍,直接冲到抗疫前线。

金鹏市政协也不例外。李志江、方平等人下到社区,主席班子成员则带着干部职工天天跑企业、下基层,指挥防控疫情和复工复产。委员们则响应号召,捐款捐物、复工复产。机关还通过收集社情民意,帮市委市政府出谋划策。

二月下旬,征集到的二十四件关于疫情防控类提案,以远程方式召开

316

提案委主任会议，审查立案了二十件，并以"快处"方式，通过绿色通道交办。

主席会议研究疫情防控时，邓念成建议将市长领衔督办提案改为与防控疫情相关的选题。他举了建设三医院的例子。当年SARS来袭时，金鹏只有一家小型的传染病医院，应付不了严峻局面。根据时任主席季德胜要求，科教卫体委组织调研，提了一件建议案和几件提案。其中一条建议就是，以传染病医院为班底，择址另建集传染病防治与疫情防控于一体的现代化医院。

听他提到这件事，科教卫体委专职副主任韩猛补充说："若没有当初的建议案，没有市委、市政府的从善如流，二十年后的这波疫情来袭，还不知拿什么去应对。"丁锐一听就心动了，问："有现成的提案吗？"

"疫情来时，大会提案已经审查完毕，目前正在交办。紧急征集的防控疫情类提案，我仔细看过，高度和深度都不够，没法列为重点提案。即便合并，也还有所欠缺。恐怕得另外组织力量调研，形成新的提案。然后提案委急事急办，尽快审查立案。"邓念成一边解释，一边苦笑摇头。

"交给科教卫体委吧，主席！"分管科教卫体委的副主席李明自告奋勇，扭头便吩咐科教卫体委主任夏菊，一会儿就研究怎么组织调研，尽快形成提案。

"好的！"夏菊应了一声。韩猛接口说："我们去年搞过医疗方面的调研，可以那个为基础。"李明没接他的话茬，扭头问邓念成："最迟什么时候提交？"邓念成说："提案什么时候完成，我们就什么时候审查。不过，能快当然更好，因为要纳入年度协商计划的。"

年度协商计划得上市委常委会会议审定，肯定不能无期限拖下去，这个李明当然明白，所以也不废话，当即立了军令状："争取一周，最多十天。"随即又建议丁锐和书记、市长沟通，暂缓审议政协年度协商计划。

"好！"丁锐应了一声，当即拍板，"先把选题报上来，纳入年度协商计划，同时抓紧组织提案。"又要求主席班子和各专委会全力配合。文闰生提醒李明，除了具体防控措施，最好在体制机制构建上，也能提点建议。这波疫情的防控，涉及的不光是医疗卫生，而是全方位的整个体系。

李明和夏菊也是雷厉风行，八天就提交了提案，最终以"1+4"的形式，纳入年度协商计划，交由市长领衔督办。

原定五月召开的换届会议，依旧紧锣密鼓地推进。领导们带着干部职工，马不停蹄跑企业、下基层，一刻也没间断。委员们更是被发动起来，到处找防疫物资，捐给有需要的医疗机构、医护人员和基层社区。实在找不到的，也买了矿泉水、面包等生活物资，送到基层和防疫人员手中。

这天众人下企业指导防疫，顺便给李志江驻守的街道送去委员捐赠的防疫物资。

见过了空荡荡的厂区，被防护服包裹得严严实实的防疫人员，以及那飞过一只苍蝇都难的防疫措施，再加上听闻李志江和基层干部谈起的种种困难，几个人都有些郁闷和心焦。金鹏的企业和社区，一直都是生机勃勃的繁忙与祥和景象，哪会如此萧条啊！

回来的中巴车里，文闰生望着窗外不开口，邓念成用手机浏览疫情相关新闻，刘畅和杨豫明小声议论着的，也是疫情。大家的心情都被这疫情左右了，气氛甚是压抑和沉闷。

车子行驶到高速路口，文闰生突然扭头，声音低沉地对邓念成说："搞个社情民意吧！志江他们那测体温的手段，太原始了，也浪费人力。你看人家高迪曼集团，摆台机器人在门口，人都不用停的，走过去就显示体温了。建议人口密集场所，尤其是中小学校、商场企业，推广机器人测体温。"

高迪曼集团，是文闰生挂点的帮助复工复产的企业。公司和生产车间门口，都摆着一台测体温机器人，自动显示体温，的确是方便。

"好啊！"邓念成点头表示认同，也说，"这手段的确是要更新。现在才三月，天气尚不热，也没到雨季。倘若疫情拖到那个时候，学校上学放学时段人流量大，如果还拿着体温枪，来人了对着额头点一下，再在本子上记录，然后才放行，谁受得了？还不怨声载道啊！"刘畅说："金鹏高科技企业众多，搞些测体温的机器人，一点都不难的。"杨豫明也是醒目，当即说："我回去就写。"

文闰生又提醒说："看看其他的还有什么，你们想到了，基层人员或者委员提到的，都可以形成社情民意或者提案的。"邓念成又应了一声"好！"

此事刚了，文闰生拍了一下邓念成的肩膀，突然又说："喂！杨董说一流企业做标准。现在清单式提案工作法已经成型了，你有没有兴趣，也做它个标准出来,再成为第一个吃螃蟹的人?"

"什么?"他是什么脑回路?这弯转得也太急了!邓念成一个愣怔,没反应过来。高迪曼集团的杨董事长介绍情况时,的确说了一嘴:一流公司做标准,二流公司做研发,三流公司卖产品,四流公司做项目,五流公司做服务。但把清单也做成标准?闻所未闻哩!太异想天开了吧?

刘畅以为他没听清楚,递了一嘴:"主席问清单式提案工作法能不能做个标准?"

邓念成没接话。思索片刻,脑子里灵光一闪,然后猛拍大腿道:"这个创意好啊,主席!就这座城市而言,先是金鹏速度,后是金鹏质量,现在是金鹏标准。这个创新,正好与金鹏的城市定位契合。嗯,我觉得很好!"

刘畅、杨豫明也附和说好。文闯生顿时来了一句:"大家都说好,才是真的好。"又充满自信地补充:"要搞就搞个有权威,能被社会认可的。"

"依你这意思,那得由标准局颁布了。"邓念成再次皱眉,沉思了一会儿嘀咕道,"但标准局是否同意?毕竟没听哪家政协搞过,所以要先沟通一下。"

"哎呀!倘若是这样,那又是全国领先了。还没听说哪家政协由标准局颁布工作标准的。"杨豫明也兴奋地嚷嚷。

"豫明!跟市场监管局约个时间,他们加挂着标准局的牌子,我们上门做个沟通,探讨一下可能性与可行性。"邓念成不敢把话说满了,万一人家否决呢?毕竟,出标准是有规矩的,得遵守人家的规矩。

杨豫明应了一声,文闯生再没说什么,这事便算定了下来。

一个下午下基层,善于发现问题和勤于思考的文闯生,竟一连给提案委布置了两项任务,后面的一项,更是极具挑战性。虽然事情当面交给了杨豫明,邓念成却不敢当甩手掌柜,当晚就给市场监管局局长傅铁斌打电话,表达上门讨教的意愿。

傅铁斌也雷厉风行,第二天就派标准处处长对接。然后,处长带着标准研究院的专家上门,介绍标准建设情况,探讨提案工作清单标准建设的可行性与可能性。

原以为标准只用于生产技术方面的,听介绍才知道,一些党政机关也把成型的工作制度转化为地方标准,便于统一遵照执行。而且,标准具有地域性和全局性,假如颁发了清单式提案工作标准,那便是全市的标准……

听到这里,邓念成先是感叹自己孤陋寡闻,竟然不知道机关工作也可以制定标准,随即又眼睛一亮,甚至对这个标准充满了期待!

目前,各区政协都借用了"清单"理念,做法却五花八门。倘若有了地方标准,那岂不是说,各区政协都得遵照执行?那么,整个金鹏市的提案工作,不就实现真正意义上的清单化了?

光是这么一想,都令人血脉偾张!

随着丁锐、文闰生甚至他自己在各种场合宣讲,清单式提案工作法早已名声在外,兄弟政协考察调研者络绎不绝。有些地方政协能来金鹏的,便来开培训班;不能来的,还贴上机票,请他飞过去讲。所以这段时间,邓念成到处给兄弟政协举办委员培训班,或者开办提案办理培训班讲课,宣传清单式提案工作法。

尽管他不厌其烦,心里却总有个结。文闰生也多次提醒,怎么做好市内的推广普及,千万别墙内开花墙外香。如果由标准局颁布了金鹏市标准,那么他和文闰生的担忧,不就迎刃而解了?!

邓念成有些期待,甚至迫不及待,叫杨豫明配合标准研究院,尽快制定方案报批,然后抓紧组织标准制定。丁锐和周诗玉也是兴趣浓厚,办公厅则在经费上开绿灯。标准研究院更是高度重视,迅速组建团队,开始熟悉杨豫明提供的材料。

与去年搞质量指标体系一样,少不得,邓念成要不厌其烦地给团队普及提案工作基本知识,以及清单式工作法的操作要领和主要流程。只有透彻了解相关工作和要求,并弄懂其中的逻辑关系,才能通过标准语言,制定出符合标准的"标准"。否则就是强人所难了,神仙都没辙。邓念成有这个心理准备,也知道这是自己必须做的事,是他这个"甲方代表"应尽之责。

正式启动标准的制定,是四月下旬的一个下午。除了政协这边的人,市场监管局标准处处长和标准研究院院长、分管副院长也赫然在座,可见人家的高度重视并非只停留在口头上,还落实到了具体行动中。唯一美中不足的是,李志江、方平依然在防疫一线,没法与会。

会议结束前,邓念成指派杨豫明全程跟踪,做好配合、联络和服务工作。其他同志,依旧忙提案委的其他任务,以及防控疫情的事。虽然制定标准很重要,但提案委没法把全部人手压上去,何况也帮不上什么具体的忙。这不是靠人海战术就能解决的问题。专业的事,还是交给专业的人去做。

这也标志着,金鹏市政协的提案工作,即将揭开新的一页。不过,他们没举行敲钟之类的盛大仪式,甚至相都没照一张。事后,刘畅不无遗憾地说:"早知道会产生这么大影响,有这么大意义,就应该做点什么,留些史料的。"

几个人都附和说:"是啊,是啊! 可惜了,太可惜了!"

华艺章依旧嘻嘻哈哈的,戏谑小芳:"你每次活动都照相的,那次怎么没照呢?"闹得小姑娘满脸绯红,似乎犯了多大错误,忸怩地望着大伙儿,不敢开口说话了。

"你们这帮家伙——"邓念成无语,手指挨个点过去,最后落在华艺章面前笑骂,"我们搞标准,既不是为自己歌功颂德,也不像有些人那样到了旅游景点,非找地方打个卡,刻个'到此一游'不可的。纯粹就是做分内的事,照相不照相的,有什么? 值得你大惊小怪? 你既然先知先觉,当初怎么不提醒,甚至主动拍一张?"

"哈哈! 开玩笑,开玩笑!"华艺章依旧涎皮赖脸,对小芳拱了拱双拳,"对不起,对不起! 唐突了,别往心里去啊!"

面皮薄的小芳,这才脸色稍霁,嫣然一笑说:"华哥提醒得对,的确是应该拍的!"不过,小姑娘很有灵性,此后的活动,甭管有用没用,都会拍几张照片留存。

31. 千磨万难定标准

今年的疫情真是惨烈,全国的"两会"都因此延期。

不过,既然全国"两会"终于在五月顺利召开,那么市"两会"原定就在五月底,也应该能如期举行了。众人这么想着,于是筹备工作快马加鞭,也进入最后冲刺,开始查漏补缺。

不料到了五月,没等来新委员名单,也没等来开会的确切日期,却等来了另外一个截然相反的消息——"两会"延期。至于延到什么时候,没有下文。也或许,随时就来通知,说可以开了。因为准备工作基本完成,只差那临门一脚。

对于政协领导和机关人员来说,全会延期是件痛苦的事。会议一日不召开,准备工作就一日不得停歇,且必须根据新的情况,反复修改和调整。就是说,同样一项工作,大家得反复去做。

长期干文字工作的邓念成,对这个的体会,那是太深刻了。譬如常委会工作报告,往往不到进厂印刷的最后一刻,领导都有可能要求修改。极端的情况,甚至作报告前几分钟,领导也会突然冒出新的想法。所以,他都把时间压到极限,压到会务组和印刷厂的人,心里冒火头上冒汗屁眼门子冒烟;压到工作人员追着他屁股说再不进厂,就要影响会议了;也压到领导不再找他了,才逐字逐句又核校一遍,然后签上"同意付印"几个字。

另外,既定时间突然不开会了,也不知延期到什么时候,那么总不至于什么都不干,坐等市委通知开会时间吧?就是说,总得安排些活动。但太长远、投入精力太大的活动也不适合。而零打碎敲,不痛不痒,只是刷个存在感,似乎也没必要。好在新的党组书记已经到位,周诗玉铁定是下届主席。那么,安排什么活动,都有了连续性。

更重要的影响,是人事安排增加了不确定性。这是一次换届会议,有些领导和委员安排,原本是掐着时间节点的。五月开能连任,过了点便得做卸任准备。譬如陈瑜。

邓念成清楚地记得,体质不太好的陈瑜,去年六月抱着病,带队外出学习考察,一路上跟他唠叨的,都是抓紧调养好身体,再去一趟新疆,了解她上次送去的汉语、维吾尔语"双语桥"教学软件使用情况,同时送第二版软件过去。

她还兼着金鹏市中华职教社社长。为推动民族地区教育事业发展,多次深入民族地区考察,组织编写汉语与维吾尔语、藏语两个"双语桥"教学软件,深受当地群众——特别是教学工作者欢迎。看如今这疫情,估计她在位的几个月,是没办法成行了。

陈瑜可能无法连任,邓念成心里有些不好受。但是没办法,那不是他左右得了的。何况党和国家事业,就是一代代人接续奋斗,不断向前推进的。说不定他自己也会面临跟陈瑜同样的情况。

变数比较大的,是哪些委员留任。金鹏市委重视发挥政协党组作用,留任委员的话语权,基本交给了政协党组。为真正把认真履职的委员留下来,去年下半年起,就反复做着推荐留任委员的工作。名单早报统战部汇总,甚至都上过市委常委会议,只差提交政协常委会议协商确定了。

如今这么一变,踩着年龄线推荐的留任委员,也发生变数,得重新组织推荐。但是,因为没有终止线,就是说并未明确开会时间,大家其实并不知道要如何重新推荐,只是反复做着按年龄排序的简单重复。

提案委的人,甚至文闿生和陈瑜,都庆幸年前征集了提案,并交办理单位去办了。不然,这一年的提案工作都不知道该怎么做。所以,相对而言,提案工作并未受太大影响。那批临时征集的防控疫情提案,也大多办结,有的直接转化为疫情防控和复工复产的具体措施。

每每提起这个事,同事们就称赞邓念成有远见。曾涛更是竖起大拇指,笑呵呵地说:"看来,你这太认真的缺点,有时也是优点。这个事说明你这家伙,还有点儿预见性!"

这天主席会议前碰到了,他拍着邓念成肩膀,又笑呵呵说了一回。邓念成哭笑不得,回应道:"狗屁预见性,瞎猫碰上死老鼠而已。"气得曾涛瞪他一眼说:"白猫黑猫,逮得住老鼠就是好猫。而能逮到老鼠的猫,甭管活的死的,都不是瞎猫。"邓念成只得闭嘴。

这老头也到点了,五年来帮自己不少,还真舍不得他离开。他的脾气性格更是大变,似乎更放得开了,不再绷着一张刻板的脸,动辄笑呵呵地拿邓念成戏谑。假如跟他对上话了，他会话唠般不停歇地跟你打嘴皮官司，一直到你闭嘴为止。所以，邓念成的应对办法，就是早早闭嘴。

政协的同志都有大局意识，一切行动听从组织指挥，该干什么便干什么，叫怎么干就怎么干，并未出现什么怨言。

全会延期，让邓念成的紧迫感又加重了几分，觉得标准的制定，还得加快进度，尽早落地施行。就比如去年搞质量指标体系，要不是自己紧催慢催，丁锐的那个发言材料，哪会那么丰满？他可不想卸任前落下终身遗憾。倒不是说接手的人做不出来，主要是他不想丢个烂尾给继任者，人家接着做不是，放弃也不是，两头为难。他也于心不忍。所以这段时间，制定清单式提案工作标准，被邓念成当作了头等大事，经常和标准研究院团队一起碰撞。

说实话，他是很感激傅铁斌和标准研究院的。

那天跟标准研究院研究方案，他问搞出个标准，大概得报多少预算。对方回答几十万吧，上百万的也有。他吃了一惊，要这么多吗？便涎着脸笑道，政协穷哩，可没这么多钱。撑破天，八万块。怎么办？

他说的八万，是政协给每个专委会的课题经费，他打算全部砸在这个上面。

对方几个人先是一愣，又相视一眼，估计都没想到这么少。随后分管的副院长也笑了，大方地说："我们局长和院长都说了，跟政协做事，不谈钱，免费也做。政协为金鹏做了那么大贡献，我们支持一下，也是应该的。"邓念成不失时机地感谢道："那就谢谢了！也谢谢傅局长和周院长！"

所以他叫杨豫明起草的方案，以及后面签的合同，就是八万。

尽管没给多少钱，甚至只能算是那么个意思，研究院依然不含糊，不仅派首席工程师带着两个助手，全天候投入，还明确由一位副院长直接指导。并且说关键的时候，其他人也会协助。

四月底的那次会议之后，邓念成跟团队碰撞了几次，重点是明确提纲和框架。

邓念成不好意思当甩手掌柜，何况这也不是他的性格。他跟团队直言不讳地说："讲提案工作，你们不懂，但我们在行；讲标准的术语，你们在行，我们却不懂。那么，我们一起来做，豫明直接参与。每一个环节的讨论,我也参加,我们一起研究,尽量少走弯路。"对方当然求之不得,满心欢喜地说好啊好啊。

两方面都派骨干参与,算是强强联合,最佳搭档了。但真正运作起来,难度还是不小。首先是理念的碰撞。

专业人士有个通病,都比较执着。说得客气些,敢于坚持真理;说得直白点,那是一根筋,冥顽不灵。北方话叫"轴"。他知道自己也是。不然,曾涛怎么会说他"优点是认真,缺点是太认真",而文闰生也认同呢?

从邓念成他们的角度,当然是希望使用政协的话语体系。但团队强烈坚持使用搞标准的那套话语体系,且动辄搬出规则,说不然就不叫"标准"了。搞得邓念成哭笑不得,一个头两个大。

这一次也是。杨豫明沟通了几次无果,再次无奈地说:"又得主任亲自出马了。"邓念成问,又搞不定了?也无奈地说请他们过来吧。

下午两点半开会,邓念成开门见山:"我们各退一步好不好?找到都能接受的表达方式。一直纠缠着争论不休,老卡着不能推进,也不是个事。"首席工程师吴工也不废话,问:"主任你是不是有具体想法了?如果有,能不能先跟我们说说?"

"好!"邓念成也不绕弯子,笑着说,"我们先要弄明白两个问题,那就是搞这个标准,目的是什么?给谁看?我们的这个标准,就是在提案管理系统使用,给从事提案工作的人看。那么首先,要这些人看得懂才行。不然,光有个名义上的标准,却不能使用,更不能推广,那我们花了老鼻子劲,有什么意义呢?"吴工一听顿觉不妙,连忙抢着说:"可以配套制作一个解释啊!"

"解释肯定是要的。不然,也没法使用。但解释不是翻译,不是怎么把标准的话语,翻译成提案工作的话语,而是如何理解标准的设计,以及标准的运用。"话虽然是笑着说的,语气却不容置喙。要讲一根筋,说实话,也没几个能拧得过邓念成了。

年轻的时候给领导当秘书,就养成了他一根筋的毛病,认死理不松口。比如下乡交伙食费,早餐四毛,中、晚餐各八毛。这既是规定,也是领导要求的。住几天还好办一点,可以一次性开发票,或者收据。但有时路过,吃一餐就离开,人家死活不肯收,收据都不好开哩。他可不管人家是真有苦楚,还是客气找说辞,坚持交领导、司机和自己三人的伙食费。有时实在说不通,他也懒得废话,把钱往人家怀里一塞,或者桌上一扔说:"发票你寄到省政协去,写我收就行。"搞得人家啼笑皆非。

"听主任这意思,就是要我们让步呗!哪里是各退一步啊?"一名团队成员的脸上满是无奈。邓念成又笑了——他脸上其实始终带着笑,道:"其实我们也得让步。只是,我的话还没说完……我们的让步在于,表达提案工作概念时,尽量用标准的语言。当然,这个就要各位费心了,毕竟那套话语体系我们不懂。"

吴工这个团队,主要是承接党政机关标准制定的,所以邓念成的意思,他们能理解。之所以坚持,主要是担心专家评审通不过,那就白做了。当然,也怕别人骂他们做出来的东西不专业,把名声和牌子搞砸了。如今邓念成依然坚持,也果然退了一步,吴工无奈地说:"那我们尽力吧!"

这个难题解决了,邓念成一鼓作气,商定框架和提纲。他说在这个问题上,政协也退一步,就依标准的行文格式和规矩,不再强求按政协公文的格式和规矩。他这个退步,让专业团队大松一口气,当即就拟定框架。邓念成都没仔细看,就当场敲定了,充分体现对专业人士的信任和尊重。

提纲却没那么快,邓念成说过几天再讨论。但主体部分,得按清单式提案工作法的八个主要环节,一个个来设计。就是说,从单个环节如何实行标准化操作,最后统到一起,便是一个完整的标准化体系。而且,要重点体现去年印发的质量指标体系的基本要求,能设计进去的,都设计进去。

这道难题总算就这么解决了,于是专业团队去写提纲。

又经过三四次碰撞,提纲和框架终于敲定,并报文闰生同意,便正式进入文稿写作环节。

专业人士出手的东西,都当独根苗的亲儿子看的,宝贝得跟那啥似的。所以,要他们改变定式思维,修改基于定式思维形成的文案,比儿子受到虐待还让他们难受,不是一般地费劲。

何况就提案工作而言,邓念成跟杨豫明也算专业人士了。他们跟专业团队的人,其实半斤八两,只不过专业不同。这样的两帮子人碰到一起,其情形可想而知。有时根本不像合作关系,或者购买服务。那唇枪舌剑的场景,更像敌对双方终于坐到了谈判桌上。属于"谈判型",而不是"对话型"讨论。

标准研究院虽是市场监管局的二级事业单位,团队却似乎"只唯实不唯上"。对跟他们局长傅铁斌一个级别,且被傅铁斌一口一个"老哥"尊敬叫着的邓念成,不说吴工,就是两个助手,也丝毫不怵。不仅不怵,还往往脸红筋暴地据理力争,似乎对面坐着的,正跟他们理论的,是刚出校门的大学生。

邓念成不知道这是研究院的企业文化,还是吴工团队就这个性。每每这时候,他就一个头两个大,恍惚自己到底是甲方还是乙方,怎么感觉主次颠倒了呢。但他又不能甩袖子离开。

当然,他不是惊讶于人家对自己的态度,他没那么小气,也没那大脾气。再说了,人家是帮自己的。人家都没拂袖而去,他怎么可能袖子一甩,扬长而去呢?

他是惊讶于他们的执着,涉及专业领域和专业权威,寸土不让的那个较真劲,似乎比他还轴。他已经是轴的了,如今碰到个更轴的,他几乎找不到更好的应对办法。这么多年,跟专业机构合作无数,都没这个团队不好打商量的。比如郭方达和张学彪的两个团队,动辄博士博士后,也基本他说什么,那就是什么。对方只是想方设法实现他的意图。

说实话,他挺佩服这股较真劲的,私下里还跟傅铁斌表扬过。而他们也是为事业着想,为客户着想,为产品着想,努力使清单式提案工作标准,更像一个标准,不至于遭业内人士耻笑。甚至,让人质疑他们的专业水准。

虽然一路磕磕碰碰,但经过无数次碰撞,框架和提纲总算是成型了,也获得了领导认可。再次松了一口气的邓念成,请他们先写一部分拿来讨论,认可了再写全文。

他这意思,对方当然明白,毕竟有太多理念上的差异。倘若写完了再推倒重来,那个弯路走的,的确有些得不偿失。吴工当即笑着点头说,一定照主任的意思办!

吴工的话,说得很好听。邓念成却是知道,打个开场都这么费劲,接下来能轻松到哪里去?想都不用想,肯定更艰难。但人家是专业人士,有自己的坚守,也没什么不对,自己更得尊重。他叹了口气想,只得慢慢说服了。当然啦!他也不是死脑筋,倘若对方能说服自己,也不是不可以接受的。

六月上旬,委托张学彪团队整理的《六届市政协优秀提案选编》,再一次发送到了邓念成的邮箱。

为全面展示本届政协提案工作,也给下届委员撰写提案提供借鉴,提案委遴选出本届部分优秀提案,专门搞了个选编,并附录专业人士的点评。本来四月底就完成了,正要付印之时,却传来全会延期的消息,邓念成灵机一动,请他们再对点评做精细打磨,使之更全面更生动更权威。

坐在书房里,望着电脑屏幕上跳动的一个个字符,本届政协提案工作的点点滴滴,也清晰地在脑海里浮现,令邓念成百感交集。间或,他也做些修改和润色。一直过了半夜十二点,妻子萧红梅几次催他休息了,才点击保存,然后发杨豫明。又在微信上留言,请他们再作最后的文字校对,但不急着送厂付印。

有人说,搞文字的人,都视文稿如孩子。邓念成也是这样。凡是过了他手的稿子,没有不认真对待的。有朋友劝道,重要的稿子下点功夫,无可厚非,但一般的稿子,领导甚至都不照着念,过得去就得了,那么较真干吗?他觉得也对,但事到临头,仿佛每件稿子都重要,所以一直把自己累得不行。

经过反复碰撞,标准终于在六月下旬出第五稿了。这天,杨豫明带着打印稿,来请示是否再组织讨论。邓念成皱着眉头,没回答。他还是感觉有些干瘪,缺乏特有的灵性,没法让人眼前一亮。

他模棱两可的态度,杨豫明当然感受到了,转而试探性地问:"要不,我再改一稿?"

"可以。"邓念成就等他这句话,所以当即首肯,然后谈了自己的感受,以及修改的重点,"几个完全不懂提案工作的人,能搞出这么个稿子,已经不简单了。再要深入,估计也难。这样,你改的时候不要动框架结构,重点是文字表述,能体现金鹏特色,符合政协语言特点,也更加精准。"

杨豫明答应一声,收起稿子离去。

"等等,等等!"杨豫明刚离开办公室,邓念成脑子突然一个激灵,一幅结构图,清晰地在他脑海里浮现。他连忙站起身来,兴奋地叫了两声。

已经出门的杨豫明,或许没听到,或者听到了,但没想到是和自己说话。见对方没回应,也没回来,邓念成追到门口,对着快到电梯间的杨豫明,又大喊了两声:"豫明,杨豫明!"

前脚跨进了电梯的杨豫明终于听到了,而且听那声音,似乎充满兴奋和急迫,他连忙退出电梯,站在走廊问:"还有事吗,主任?"

"回来,快回来!"邓念成一边招手,一边兴奋地说,"提案工作流程图,我知道怎么改了。"

原来,他们按照清单理念,绘制了一张提案工作流程图,力求形成清单式闭环。但设计了几个版本,似乎都有那个意思,却又不尽精准。为这张图,邓念成和专业团队绞尽脑汁,反复讨论,最终也没一个满意的结果。邓念成便叫他们先放着,等琢磨出更好的,替换就好。

"真的吗? 那可太好了!"听说找到了解决办法,杨豫明一边快步回来,一边兴奋地叫道。进屋之后,他直接翻到那张图表,然后把文稿摊在桌面,自己则站到了邓念成身后。

"你看啊! 我们都知道,'督办'既包括'办理'环节,也包括'答复'环节,但图示却放在'办理'环节之后,'答复'环节之前。这让我们一直纠结,会不会给人误解,只督办'办理'环节,不督办'答复'环节。但平面的图表,又似乎只能这么处理。所以,一直都没想好到底该怎么改。"邓念成指着结构图,耐心解释。

因不明白他要如何改,杨豫明只得附和说:"是啊! 按照这个排序,的确容易产生这种误解。"邓念成抓过圆珠笔,在图上画了几笔,把原来的结构稍稍改动了一下,然后说:"你看啊! 这样子,是不是就解决问题了?"

"真是啊!"随着他把笔往办公桌上一扔,杨豫明霎时就眼前一亮,兴奋得差点儿跳起来,然后俯下身子认真端详,"嗯! 的确一目了然,再不会引起误解了……这也太好了,主任!"

却原来,他把与"清单式办理"和"清单式答复"处在同一列,且居于二者中间的"清单式督办",往左移了过去。而把"清单式督办"上下的实箭头,改为两个虚箭头,上面的对准"清单式办理",下面的对准"清单式答复"。

"这样改,没问题吧?"邓念成还不放心,摸过烟来点上,眯缝起眼睛,继续端详这处改动,揣摩着有没有不恰当的。杨豫明也继续端详了一会儿,才应了一声:"嗯! 没问题。"

"没问题就好。"把烟头摁进烟盅里,邓念成又抓起笔来作了几处改动,有的用虚线框起,有的实线改虚线,有的虚线改实线,也新画了几条虚实线。

改完了,再端详一遍,这才放下笔,转到他常坐的那张硬靠背椅上坐下,又点燃烟,有些诡异地笑着说:"我现在不解释了,你自己揣摩。揣摩透了,把理解的意思讲给我听,看看这么改,能否把意思表达得完整准确。"

杨豫明不废话,抓过稿子,坐到茶几旁的椅子上,认真地琢磨起来。邓念成不催他,闭上双眼,也在大脑里琢磨。

"主任!"终于,杨豫明的声音响起。邓念成睁开眼睛,把头凑过去,说:"你说。"

等杨豫明说完了,邓念成坐直身子道:"照你的理解,这么改,应该算是完善了。那么,假如碰到一个完全没接触过的人,你觉得,他也看得懂吗?"

"应该可以的。都这么明确了,还能看不懂啊?"

"那就好!"邓念成略为思忖,"你接下来的修改,就依据这张图来改。再说了,反正还得写解读的。实在说不清的问题,通过解读去解决。然后发吴工他们确认,再抓紧开一次碰头会。事情不能老是原地踏步,得继续朝前走了。"

又经过几个来回,稿子终于送到文闰生的案头。文闰生看过,总体同意,又亲手改了几个地方,便让组织专家评审会。

终于到了这个环节,提案委和专业团队的人,是既兴奋又忐忑。制定第一部政协工作标准,没先例可循,完全是摸着石头过河的。所以,专家评审会能否一次通过,他们心里都没底。

提案委的人,压力似乎更大些,毕竟大姑娘坐轿子——头一回。为争取一次过,邓念成又请专业团队的同志过来,咨询他们过去开专家评审会的情况,有哪些经验教训,以及该从哪些方面提前做好准备。

制定一部标准,召开专家评审会是必经程序,吴工他们经历过无数次,便不厌其烦地介绍,同时主动承担准备工作。总归这件事,是委托给了他们,他们有着不可推卸的责任。

据吴工介绍,金鹏制定标准的机构,并非他们一家,还有不少民营的,

330

也有行业协会,甚至党政部门自己写初稿。不然,应付不了庞大的标准制定市场需求。这也是为何要把专家评审会作为必经程序,主要是确保每一件标准都符合质量要求。作为独立的专家评审组成员的评审意见,对于标准能否颁布施行,具有绝对的话语权。至于后面再过市场监管局标准处,不过是做合规性审查。符合规定的,予以公示,最后给予标准文号,准予颁布施行。但其前提,是专家评审组能通过。

有人笑嘻嘻地问:"就没有变通吗?比如,自己聘请专家?"吴工脸上顿现肃穆,把头摇得像拨浪鼓:"绝无可能!七位专家,都是从专家评审委员会的专家库里随机选取的。邓主任,你可千万不能动这心思啊!不然,本来能过的,最后弄巧成拙,就搬起石头砸自己的脚了。"

就仿佛,动这心思的是邓念成,弄得他哭笑不得。不过,邓念成也有些惊诧,暗道:这么严格啊!他们确实想着,请市委督查室、政府督查室和几名懂行的委员和主要办理单位的人来当评委的。毕竟这个标准,最后要他们使用的。

杨豫明也瞅过来,诧异地问:"那岂不是有可能让完全不了解提案工作的人来评审呀?要是看不懂,然后不给通过,可不就惨了?"

"他们懂标准哪!"吴工继而解释道,评审组专家确定之后,要提前半个月把稿子送给他们审读。倘若有疑问,他们便会找我们,甚至提案委解答的。

"既然规定是这样,那就抓紧启动吧。何况还要提前半个月报送稿子,整个流程下来,差不多也得一个月。"邓念成不想标准有任何瑕疵,不管是实体,还是程序。否则即便通过了,还仍然被人说三道四。更不想耽误时间了。何况,如果那群外行都说行,那也就说明,其他人照样能看懂;他们要说不行,再具体看哪些方面不行,修改起来,也更有针对性。

就是说,不管从哪个角度讲,遵守规矩没坏处。更主要的,是他对自己的文稿充满自信。他就不相信,写了一辈子文稿,多少大稿子都写过,会阴沟里翻船,栽在这么个小小的标准上头。

文闰生高度重视,于七月下旬亲自主持专家评审会。甚至,陈瑜也到会听取意见。

吴工的警告,的确并非空穴来风,七名专家真有点儿鸡蛋里找骨头的味道。好在准备还算充分,专家们也没提颠覆性意见,没要推倒重来,除了一些小修小改,甚至赞扬声一片,说是自己审过的最好版本之一。听得众人舒出一口长气。李志江对邓念成小声嘀咕:"开什么玩笑! 主任审定过的稿子,还能不是最好的版本啊?"

"说实话,这回心里还真没多少底气。"邓念成却不敢认同,而是轻轻摇了摇头,一副如释重负的神情。

文闰生也有些兴奋,在总结时说,所有意见照单全收,然后再发专家们审查。

到了这个时候,专家们反倒谦虚起来,一边在评审表上签署大名,一边说总体通过,无须再审了。提出的意见,其实可改可不改,无伤整体的。既然专家们如是说,那就修改之后,于八月印发各方面征求意见。

到了九月,虽然零星散发的病例还有,但疫情整体得到了有效控制,人们终于可以走出家门了。

就在这时,标准征求意见的工作终于完成,也根据征求的意见,进行了最后的文字修改,正在走报批流程,然后等着上主席会议审定。

32. 墨菲法则频显灵

九月下旬,政协又开了一次全会,即第七次全会,丁锐、陈瑜、曾涛等退出领导岗位,选举周诗玉为主席,也对等选举了几位副主席。

一届开七次全会,换届也延期至明年,都算开了金鹏市政协历史上的先河。虽不清楚换届大会的具体时间,但大概率是明年五月。当然,不管是不是五月,反正听口令做动作,瞎操那个心,也是徒劳无益。政协机关的人没那么无聊。于是大伙儿再次松一口气,转而把全部身心放到完成全年目标任务上。

机关的人松了口气,提案委的人却惊出一身冷汗。因为疫情,这次会议只开一天,议题也只有一个,就是人事选举。惊出冷汗的同时,他们也再次感叹邓念成的远见,以及执拗的正确——

那天讨论杨豫明起草的标准解读稿,为标准的颁布做最后准备。李志江一开口就兴奋地说:"要不是主任的据理力争,今年真没提案可办了。"刘畅说:"可不是吗? 提交了提案的委员,还不骂死提案委了?"杨豫明说:"关键的是,明年的提案工作报告也没法写呀!"小芳也说:"还有重点提案,是作为常委会议专题协商会和主席会议专题协商会议题的,也不知该怎么搞了。"

说这些话的时候,大家都心有余悸。同时,又透出一丝欣喜,一丝宽慰,一丝如释重负。毕竟,大家担心的事情,并未真的发生。总之,是五味杂陈。

华艺章这个喜欢抬杠的另类,却阴恻恻地唱起反调:"也可能,办理单位得给主任放鞭炮了。"

他那言下之意,不用办提案,办理单位可不得举杯相庆哪! 但他这话立即招致一堆白眼。方平也不失时机调侃,倘若是那样,你也该失业了。

"开玩笑,开玩笑!"华艺章适可而止,笑嘻嘻地说,"你们也不想想,有主任坐镇,这种沦为笑柄的事,怎么可能发生?"

……

七次全会当晚，邓念成陪萧红梅去半山公园散步。

萧红梅提醒，上半年体检，就说你那肠道里有息肉，一直忙，没时间割。人家医生提醒几次了，说是早割的好。现在正好有个空当，抓紧去割了吧。不然，总是一块心病。邓念成满口答应，当即就给二医院打电话预约。

干部科张主任说："哪天都可以，看主任你哪天方便。"既然是这样，邓念成便叫她等电话，再预约具体时间。之所以这么说，是他突然想起，"十一"就要到了。

春节和几次小长假，都因为疫情没能回老家。现在疫情有所缓解，便想着割了息肉，休息几天，正好赶上国庆长假，回去看看岳父岳母。把这意思一说，正疑惑他为何突然挂断电话的萧红梅，好一阵感动，连说好啊好啊。

随后，萧红梅又提醒："从过年到现在，几个假期都是疫情防控，人们早憋得不行了，着急往外走，所以都盼着这个'十一'。就是说，远行的人肯定多。高铁票早卖光了，只能看看还有没有机票。你要是能定时间，我就抓紧去买……也不知道，女儿他们'十一'是怎么安排的，会不会回新疆啊？"

邓念成说："问一声吧！我估计不会回。春节回去，可是把两个人累得半死，也吓得够呛。如果他们不去新疆，建议跟我们一起回通海口。"

女儿女婿春节回去，也是碰到了疫情。好在他们毅然决然，年初二就往回赶。那条机场路堵得一塌糊涂，差点儿没赶上飞机。直到临关门了，才狼狈地挤进去的。不然，就隔离在新疆，也不知什么时候能回来了。

夫妇俩讨论一回，又跟二医院张主任商量，最后定在九月二十四号上午手术，然后休息一周，就远行回趟老家。

手术是肛肠科王主任亲自做的，一共割了四块息肉，其中两块有些大，所以割得深些。虽然手术非常成功，王主任却也告诫他要卧床休息，不能剧烈运动。另外，前三天只能喝牛奶米汤，后几天也只能进流食。同时注意观察大便颜色，倘若是红色，就说明出血没止住，得及时就诊。

萧红梅问："大概要休息多长时间？"王主任答："至少三天吧。"随即又补充道，"流体饮食得七到十天。"

做完了手术回家，邓念成上床休息。到了下午两三点的样子，腹部隐隐约约有些痛，估计是麻药醒了，却也在能接受的范围。所以他没吱声，眯着眼睛半睡半醒。萧红梅偶尔进来，轻声细语问他感觉怎样，他回答没什么感觉。

快四点了，放在床头柜上的手机，突然又响了起来。

应该不是问候的。知道他做手术的人极少，大概一手之数，而文闰生和提案委的同事都来过电话了。邓念成心里这么想着，还是摸过手机接听。

刚听了几句，就惊得他猛丁坐起。这一坐，直接扯动了腹腔里的伤口，又痛得他倒吸了一口凉气。直到疼痛缓解，气也喘匀了，他才叫对方赶紧报告文闰生，然后按要求准备材料。

电话是方平打来的，告诉他全国政协提案委领导带队的调研组，二十七号在省里开座谈会，要听制定清单式提案工作标准的情况汇报。

邓念成暗暗叫苦，懊恼怎么这么背呢？拖了小半年才做个手术，尽管是小手术，却也是把时间左算右算过的。可这手术刚刚做完，就碰上了这档子事，还真是人算不如天算！电话早来半天，甚至几个小时也好啊！又不是要命的病，小半年都拖了，也不怕再多拖半个月，过了"十一"去做呀！

但是手术已经做了，汇报又是必须去的，容不得他懊恼。何况懊恼没丁点意义，于事无补的。他想了想，又抓起手机打给文闰生，恰好李志江、方平和杨豫明已经到了他那里，便在电话里商量汇报材料怎么写，然后叫杨豫明抓紧写初稿。

今天是周四，二十七号是周日，中间只隔两天。而且上午汇报，他必须二十六日晚上赶到省里。

"主席呀！虽然点的是我的名，但我这刚做过手术，所以想请你一起去。万一我有个什么突发情况，你也可以汇报的。总不至于叫领导失望。你看呢？"材料商量完了，邓念成想了想，又建议道。文闰生也不放心，满口应承："好，我们一起去！但汇报还是你来做，我可以补充，也可以参加讨论。"

"方平！把全国政协提案委的来函做个件，写明闰生主席和我、豫明去省里汇报，抓紧报诗玉和闰生两位主席审批。"那头的电话开了公放，所以邓念成的话，方平也能听到。等方平答应一声，邓念成又叹了口气，道："唉！这时间也太紧了。"

文闰生也是无奈，见事情说得差不多了，便说要没其他事，就先挂了，抓紧休息。晚上还要改材料，这个我们没法帮你的。

邓念成煲上了电话粥，请假在家护理的萧红梅就很紧张。不过，起先只是时不时进卧房，提醒他注意休息。及至后面听出来是什么事，她那脸色，便不是一般的凝重。但是，却也不知如何是好。丈夫的脾气性格，她太了解了。他想做的事，没人拦得住。何况今天这事，还真不是她能拦的。但是，他才刚刚做完手术哩！就是个铁人，也吃不消啊！

如没安引窝蛋的母鸡，在屋子里搓脚捻手，却也不敢唉声叹气，怕影响他的情绪。无奈无助的萧红梅，最后啥都没讲，转身进厨房，继续给他煲粥熬米汤。她心里想着，自己能做的，也就剩让他多喝几碗米汤、鸡蛋花，多喝两杯牛奶了。

结构和要点已经商定，汇报也就半个小时左右，加上标准报主席会议审议时，也写过说明，所以杨豫明的工作量不是很大，扭转角度而已。晚上九点多，他就把电子版发了过来。也没时间拉锯了，邓念成改过，半夜十二点便发给文闰生。文闰生再反馈回来，已经是凌晨两点。

又是凌晨两点！在邓念成印象中，这不是第一次了。领导都这么拼，他这做下属的，除了比他更拼，还能做什么？何况领导这么拼，也让他内心惶恐，仿佛是自己工作没做好。

二十五号一早，再把稿子润色一遍，发文闰生定稿，便退回杨豫明送厂印刷，同时做PPT。直到二十六号下午，才把所有工作做完。三个人在机关吃了碗面条，邓念成其实只喝了点面汤，便往省城赶。住进宾馆，已经是夜里十一点。

这一连串动作，真叫个一环扣一环，没有丝毫缝隙，比很多正常上班的日子还累。医生叮嘱至少休息三天、流体饮食七到十天的话，他从第一天起，就当耳旁风吹了。这可把萧红梅心疼得不行，也担忧得不行，泪水在眼眶里打转转，直嘀咕："你是铁人哪？地球离了你就不转了呀？"

他自己也觉得，似乎要虚脱了。餐餐喝米汤、牛奶和鸡蛋花，不过续命而已，哪能承受如此高强度体力与脑力劳动？好在他身体底子好，也好在王主任医术精湛，他不仅硬扛下来了，还坐车跑了一趟长途。

当然，萧红梅唠叨归唠叨，照料那是丁点不含糊。再说除了搞好后勤，她似乎也没其他法子。

第二天一早，邓念成便起床，抓紧去餐厅吃早饭。刚到餐厅门口，就碰到了省政协提案委专职副主任熊德阳，熊德阳叫他先进去，解释说他要等领导。他笑着说，一起吧！接着便打听汇报会的有关安排，为一会儿的汇报做准备。

陆陆续续有领导和客人过来，有他认识的，也有他不认识的，熊德阳都会帮他介绍。他便跟人热情握手，笑意盈盈地说："欢迎去金鹏检查指导工作。"

这时，全国政协提案委的领导们，由省政协副主席张诚陪着，谈笑风生地走来。到了门口，驻足跟他闲聊了几句。其中一位是计量方面的权威，他笑呵呵地说："我搞了一辈子标准，却从未听说提案工作也能搞出个标准的。我这次来，就是专门听你介绍标准的。你可不要保留，让我失望啊！"

邓念成哪敢跟领导说，自己刚刚割了几块息肉，是带伤参加会议的呀？他忙不迭地保证："一定，一定！都是全国政协提案委和省政协提案委指导，才搞出来的。在领导面前，我哪敢保留啊？还希望领导们不吝赐教哩！"

领导们继续往里走，见邓念成还在那儿杵着，张诚便笑道："熊主任你不像话啊，竟罚邓主任当门童！"又对邓念成招手："我们也想学习金鹏的标准，可别搞得墙内开花墙外香。正好共进早餐，给我们开个小灶。"

进到餐厅，其他人流连在橱窗前各取所需，然后聚到一张桌子。邓念成径直走向煮面条的地方。王主任说过，三天后可以吃点流食了。何况酒店不像家里，有萧红梅给他做可口食品，只能有什么吃什么。不过，他还是请师傅把面条煮烂一点。

听他一直说再烂一点再烂一点，师傅皱起眉头嘀咕："再烂就不叫面条了，那是糊糊。可不能抱怨我面条煮得不好啊！"他笑道："哪能呢？你态度这么好，表扬还来不及，怎么会抱怨你手艺差呢？你放心，肯定不会投诉你的。"

文闯生吃完了，路过时关切地问，还只能吃软食吗，又说辛苦了。邓念成苦笑一声说："命苦！"随即想起来，提醒道："张诚主席刚刚还问起

337

你。"文闺生扭头张望,下意识地问:"人呢?"

邓念成接过搁了一碗面条的餐盘,嘴巴朝那张桌子努了努,说:"喏,在那桌!全国政协提案委的领导也都在。"问他要不要去打声招呼。于是,两人前后脚去了那张桌子。

见他只端了碗面条过来,且熬成了糊糊,张诚笑道:"怎么吃起婴儿餐了?要减肥吗?你这除了肚子稍大点,也不见有多胖啊!"邓念成笑答:"昨晚上吃得太饱,还没消化哩。"

跟领导们打过招呼,文闺生本想走的,他还穿着早上锻炼的衣服哩!但那位领导似乎对标准真感兴趣,不停地问这问那,而且问得很细,他便不好意思把邓念成一个人丢这里接受拷问了。邓念成呢,原本想打听怎么汇报的,此刻也只能收起小心思,跟文闺生一道耐心作解释。再者说了,领导对你的工作饶有兴致,你还不高兴得跟那啥似的?

这哪是一次简单的调研活动?分明就是一场现场观摩和经验推广会!出席会议的,除了全国政协提案委领导和省政协领导,还有十多个省级、副省级政协提案委主任。议程却重点是听省政协提案管理系统建设、金鹏市政协制定《清单式提案工作标准》的情况汇报,同时征求对全国政协提案委两个文件的意见,然后围绕汇报情况,交流如何提高提案服务质量。

省政协的汇报,是直接进入提案管理系统,各个环节逐一介绍的。金鹏市政协做的PPT,也是把标准和清单结合起来,图文并茂。

那位领导果真对标准感兴趣。邓念成汇报时,兴致盎然地跟他和文闺生互动。汇报结束了,那位领导也意犹未尽,说:"我得抽个时间,去金鹏市好好考察一番。"二人当即邀请说,省城到金鹏,不到一百公里。择期不如撞期,明天就去吧!领导笑呵呵的,意味深长地说:"马上'十一'了,大家都忙。不过,明年恰当的时候,我是一定要去的。"

领导的话,顿时就让两人体会到了言外之意。

此前就有好友悄悄地问邓念成:"假如明年的全国地方政协提案工作经验交流会去金鹏开,你们接得了接不了?"当时以为她开玩笑,邓念成便笑道:"有这样的好事吗?那真是求之不得哩!"又自信满满地说:"你放心,真没金鹏接不了的会。"

后面一句还真不是吹牛。前些年,全国政协每年都在金鹏办理论研究会会长培训班,除了全国政协领导,各省级、副省级政协都来一位副主席。那接待工作让客人印象深刻,直夸金鹏接待水平和办会质量都高,简洁却不失礼节。

她是老政协,当然知道这些情况,显然是明知故问的,或者想给自己一点暗示。邓念成心想。果然,只见她嫣然一笑,似乎也意味深长,却没作答。邓念成把她那话,当作闲话讲给文闯生听。如今看来,并非空穴来风啊!或许真把在金鹏召开作为选项之一了。

文闯生反应也快,当即就说:"我们一定做好准备,专程去北京面请!"领导摆了摆手,依旧笑呵呵地说:"派部车到机场接就行。违反八项规定就不好了。"

这让两人对那传言又信了三分,满眼都是期待。其他人不明白话外之意,有的跟着打呵呵,有的一脸蒙圈。当然,也有羡慕的。毕竟金鹏的工作引起了领导关注,让领导产生了浓厚兴趣。

领导说现在不是恰当时机,或许只是客套,却还真说对了。明天二十八号,是周一,文闯生已经被市委安排了另外的公务,的确没办法陪他。所以,吃过晚饭,三个人匆匆赶回了金鹏。

到政协机关,快十点了。尽管距邓念成的家有三十多公里,但机关有规定,公车不能送他回去。他便拖着疲乏身子,开私家车回家。

他的病假,是休到"十一"的,这几天可以不去机关,但事情还得照做。

对于金鹏市政协来说,这次会议的精神尤为重要,特别是还有那个非正式渠道的消息。所以回来的路上,三人就商定,国庆长假前把会议精神报告上去。于是,杨豫明当晚便着手起草报告,第二天晚上发邓念成修改,二十九号文闯生定稿,三十号就走件到了周诗玉的 OA 系统。

萧红梅所料果然不差。人们憋了差不多一年,几乎要憋出病来了。如今一放开,就都疯了似的涌出家门,涌到了出行的路上。所以不说高铁,机票都买不到了。

邓念成笑道:"反正孩子们不回新疆,干脆一家人换着开车,一边游玩一边走。"萧红梅还是担忧,一是火车票飞机票都没了,开车回去的人肯定多,那路上不定有多拥堵;二是不管怎么说,邓念成也是做过手术的,一天也没好好休息,一千多公里的路途,身体能否吃得消?

339

"我这哪像做过手术的人哪？早好得差不多了。"邓念成嘻嘻哈哈，说得风轻云淡，甚至还蹦跳几下，弄得一家人啼笑皆非。

也的确，他的身体似乎没任何不适了，除了有些虚弱。

一家人拗他不过，何况老父老母还翘首以盼哩！于是便讨论哪天走。其实，今天二十九号，离"十一"只隔一天，女儿公司三十号还有个会要开。所以讨论这事真没太大意义。

没在黄金假日开过这么远长途的一家人，想当然地觉得，三十号下午和"十一"上午是出行高峰，便决定"十一"下午出发，中间找个地方歇脚，第二天轻轻松松便能到家。

谁知理想很丰满，现实很骨感，整条道路拥塞不堪。他们的车一驶出去，就仿佛进了车展现场，有如沧海一粟，淹没得无影无踪。一路艰辛，经历过的人都清楚，就不备细详说了。

他们是十月三号到的老家。或许是没好好休息，或许是远途跋涉劳累所致，也或许是终于到家，精神彻底放松，总之是相逢的热闹还没消散，邓念成的老毛病就又犯了。起先只是低烧，晚上变成高烧，老往卫生间跑，却又尿不出来，吓得萧红梅都要哭了。

病痛的折磨和求医的艰辛，也不备细详说了。反正是很严重。严重到什么程度呢？严重到五号傍晚，妹夫和两个表弟借了辆豪华商务车，把两排后座打平，扔了垫絮盖絮，让他一直睡到六号中午，直接送进二医院病房。因为发热，病人上不了飞机，也不能坐高铁。除了自己开车送，他们想不出其他办法。

邓念成被收治了，家人正要吁出一口长气，不料泌尿科曾主任却皱眉摇头，冷笑着发了句感叹："你们啊，胆子可真大！"众人顿时就想到了什么，赶紧把长气憋住，后怕得背心直冒冷汗。

曾主任那意思，可不就是说，倘若中途出个什么状况，且在前没村后没店的高速路上，你们又都不懂医，怎么办？那可真是呼天不应，叫地不灵，还不把他老命给断送了！临出发前，所有人——包括还在老家的亲戚朋友，怎么就没人想过这一层呢？

躺在病床上的邓念成，更是有些佩服那个美国人墨菲了，他从众多案例中归纳出了一个墨菲法则，大意是如果事情有变坏的可能，不管可能性有多小，它总会发生的。而发生在自己身上的事，近者如割个息肉，却正好领导要听汇报,从而引发了连串的惊险事情,远者如年初征集提案,如果自己稍稍偷下懒,也会酿成大错,可不都印证了那个墨菲法则,处处存在吗!

好在他福大命大,终于平安抵达,并安安静静躺在医院的病床上。

这一次麻痹大意,乘兴而回,落荒而返,直接把自己搞进医院住了半个月,也给家人添了一堆麻烦,搞得亲戚朋友提心吊胆。邓念成懊恼至极,愧疚至极,心说再不敢造次,再不敢任性了。

因这泌尿系统感染,五年间竟在医院三进三出,也是他懊恼的事情。而此前几十年,他也只住过两次医院——

一次是年幼得脑膜炎,在公社卫生院的走廊住了两天。

据母亲说,差点儿就死掉了。是父亲看病孩太多,医生根本顾不过来,何况没有特效药,也怕交叉传染病情加重,干脆抱回家,请他那懂点中医皮毛的堂叔煎草药喝,死马当活马医。没想到,原以为是死马了,甚至本家爷爷跟堂叔悄悄地把埋他的坑都挖好了,装尸骸的匣子也钉了一个,竟真被他那半吊子堂叔整活了。

兴许这一年,他把一辈子的病得光了。因为第二次住院,并非因病,而是公伤。

那是大学三年级的一个寒夜,学校教材仓库失火。他砸碎窗户爬进去抢救教材,不慎被玻璃碴割断了两根手指肌腱。在医院住了一周,叫一名实习医生给接上了。那两根手指,至今都看不出曾经受过伤……

此后,他一直与医院无缘。就是偶有感冒咳嗽,连药都不用吃,挺挺就过来了。以至于,他在医卫界都没几个朋友。

然而这五年,却被这泌尿系统感染搞进了医院三次。这让邓念成郁闷至极。

虽然郁闷至极,工作却没敢停歇。他几乎把病房当工作室了,常常叫人来说事。他们也把这里当作了临时"作战室",不停带着想法过来"推演"。一些文稿,他也在病房修改,然后或者通过邮件发回去,或者叫人把纸质件取回去,接着走下面的流程。

老有人来,且一来一群,一讨论就是小半天,或者打完针了伏在小桌上改材料,搞得医生护士啼笑皆非,问:"没你这么拼的吧?"邓念成无奈地笑。他不拼,不行啦!时不我待哩!

341

六号中午住进医院,下午文闰生就来探望,然后两人在病房分析形势。文闰生说今年没能换届,明年便有一批人要进人大或者政协,因为正好卡在年龄上,不能在市委或者政府岗位续任了。那么,他很可能要给人腾位置。如果是这样,原来计划的提案工作安排,便都得提前落实。

他这个分析,邓念成高度认同,甚至说自己也要腾位置。就在前两天,他过了五十九岁生日,尽管是窝窝囊囊,在病痛折磨中过的。他与文闰生面临的局面其实一样,也有一批同级别干部,无法在党政部门任职,也得转到人大或者政协。望着头顶的吊瓶,邓念成苦笑道:"五十九,兴许会成为一条硬杠杠。"

文闰生安慰,那倒不至于!毕竟按照规定,政协常委可以干到六十二岁的。过去的专委会主任,也有过了五十九岁连任的。再说没到退休年龄,又没犯错误,组织上也不好叫你提前退,总得给你个位置的。末了,文闰生笑问:"你不会是想提前退休,专职写小说去吧?"邓念成苦涩地笑道:"多一年少一年,也没所谓了。不管后面还能不能继续,都尽量在你的任上,把你布置的事情做完。"

这既是对文闰生的承诺,也是对自己的承诺。他不想文闰生落下遗憾,也不想自己落下遗憾。他总有个预感,自己同文闰生一样,只能干到明年换届了。那么给他的时间,大概还有半年。

至于后面的人,是否顺着他们干的干,那是他左右不了的事。文闰生也左右不了!而且他相信,人家肯定比自己干得更好。不然,怎么叫长江后浪推前浪呢?

"十一"前那个报告的几条建议,周诗玉都同意,并于十月上旬召开党组和主席会议,审议通过了。所以,在全面完成既定任务之外,提案委还着重抓了两件事——

第一,全面推进标准的出台和实施。

按周诗玉要求,提案委准备了两个版本。一个是地方标准版本,市场监管局合规审查已经结束,正按程序进行网上公示。三十天公示期结束,如果没有异议,即可正式发布。另一个是公文格式版本。标准的版本跟公文格式差别太大,不好以政协文件印发,便准备了一个公文版本,以标准要义为体,公文表述为用,便于各方面遵照执行。两个版本将同时颁布施行。这件事,目前没太多可做的,等时间便可以。

但是,应用实施和示范推广要早做准备。譬如,作为提案撰写培训、提案审查培训和办理工作培训的重要内容,帮助提案人和办理单位熟悉流程,掌握填写方法,提高填写质量;进一步优化提案管理系统,提高系统使用的便利性和简易性;召开新闻发布会,营造良好氛围;推动各区政协实施,实现标准在金鹏全域使用;后续根据实践中发现的问题,及时修订完善。

第二,编撰《提案工作一百个创新案例》。

组织新闻单位的跑线记者,梳理本届提案工作各环节的创新做法,以新闻笔法讲述故事,形成一批有借鉴意义的实践案例。这既是本届政协总结工作的一部分,同时,假如明年真在金鹏召开提案工作经验交流会,也有一个不错的交流材料。

宁信其有。万一成真了呢? 否则,就得抓瞎了。打无准备之仗,金鹏市政协没干过,也不是邓念成的性格。

在医院住了十多天,后期除了打吊瓶,也不停做检查,但自身却没什么不适感觉了,邓念成便坚持要出院。

管床医生拗他不过,便把曾主任叫来。曾主任解释,泌尿系统感染,引发的因素各种各样。之所以反复检查,就是希望查出病因,对症下药,一劳永逸。然后笑问:"你就这么着急回去呀? 就不想彻底治愈呀?"

"这不是你没那本事搞清楚吗? 过去这么长时间,症状早就消失,估计再检查,也找不出来了。"两人年纪相仿,打了这么长时间交道,也算老朋友了,说话间便少了客套和顾忌。曾主任也不客气,针锋相对地说:"谁叫你开始就用药的? 上次就跟你说过,有症状了赶紧住院检查。你却倒好,拿药当饭吃,反正是公费医疗,不要自己掏腰包。"

他这话更加坚定了邓念成出院的决心。不过听了后面的话,他又气不打一处来。从老家回来,的确是带着一大包药。然而被曾主任无情地勒令停用,说不仅无益于解除病痛,甚至可能引发其他问题。于是反唇相讥说:"那些药还不都是你的同行开的!"

"但不是我和我们医院的医生开的!"曾主任可不替人背锅,当即刚了回去。随后无奈地叫医生开出院单,并且叮嘱他,下次发病了千万记得先不要用药,第一时间来医院做细菌培养。

邓念成更是气结,上次住院他就说过,被自己刚过一回,怎么还说呢?

便禁不住笑骂:"你这个人,良心还真是黑!这话怎么又说一遍呢?"曾主任也不客气,又气恼地顶了回来:"你还说哩!上次说过,你记住了?这回病了,不还是先吃了药?"

邓念成一边收拾东西,一边继续戏谑:"我是真不想看到你。"曾主任说:"我也是,但愿你再不来医院。一辈子都不想跟你说再见。"然后转身出门,忙自己的去了。

"再不见!"对着他的背影,邓念成大叫一声,惹得一旁的医生护士狂笑,甚至有护士眼角都溢出泪来。

办完出院手续,邓念成叫了辆的士,直接去机关,研究部署标准落地,以及提案委年度工作收尾的事。

33. 火力全开推标准

时间一晃，就到了十一月十三日。

标准的公示，一周前已经结束。公示期间没收到不同意见，市场监管局便正式发布。于是一早，市场监管局的公告和"金鹏市政协清单式提案工作标准"的字样，便出现在各相关网站和部分媒体，有的甚至挂在醒目位置。

"同志们！于本届政协提案工作而言，能够被铭记的日子不多。但是今天，应该算一个。"碰头会上，邓念成扬起手中的报纸和几份从网上下载的文档，开门见山地笑道。

众人都附和："是啊，是啊！"华艺章却竖起两根指头，冷不丁冒了一句："两个，主任！"

这家伙喜欢抬杠，时不时冒一个违和的泡，特别是喜欢在别人兴高采烈的时候浇冷水，众人虽然大倒胃口，却也见怪不怪了。所以他这话刚出，便招致一顿白眼，弄得他很是无奈。不过，也没再说一句下文，干脆闭了嘴巴，满脸不屑地东瞅瞅西瞧瞧，看众人能不能猜得出来。

果然，有人很快反应过来，原来他还真说了句实话，并非恶作剧，于是面露讶异神情，愕然说道："是哦，主任！今天一个，十二月一日也是一个啊！真是有两个喜日子哩！"

原来，依据市场监管局公告，标准将于十二月一日正式实施。

李志江笑吟吟地问："这大喜的日子，是不是要找个地方，好好庆贺一下呀？"众人又笑着附和说："那是得找个地方好好庆贺一下。"甚至讨论起谁买单，谁出酒，或者 AA 制了。

就在大伙儿兴奋不已时，华艺章瞟了一眼邓念成，又一桶冷水泼下来。只见他双手乱摆，不屑地哂然道："看你们一个个喜形于色的，有点儿城府行不行哪？庆贺什么呀？就这么点屁事，还值得大张旗鼓庆贺？那一年得庆贺多少回呀？别成天动歪心思，变着法子宰主任！吃大户呢？

吃大户,也得在大户得意然后忘形的时候啊! 你们看主任那脸上,有一丝喜色吗? 是忘形的样子吗? 这才是真正的得意不忘形哩!"

刘畅气结:"你这小子,怎么尽扫大家的兴呢?"方平更是笑着嚷嚷:"不要让他参加,把他除名了。"

"艺章说的也没错啊!"邓念成指着华艺章,哭笑不得地继续道,"我只是说,我们终于有了个值得纪念的日子。可没说要搞什么庆贺呀! 庆贺的话,是你们说的,怎么就强加到我的头上了呢? 而且看你们这猴急的样子,似乎都迫不及待了。但这才打了个基础,有什么好庆贺的? 这要传出去,还不让人笑掉大牙? 万里长征才起步,后面的路更长。等标准在金鹏全域落地的那天,我一定请大家去一家大排档,吃个尽兴。"

"听到没有? 酒喝不成了啦!"华艺章又幸灾乐祸地调侃,惹得大伙儿都拿能杀人的眼神瞪着他。瞪得他脖子一缩,弱弱地说:"算了! 主任不请,我请。不然,这个圈子真没法混了。"

"你请客?"方平又来劲了,打趣道,"就你那点工资,还要养家糊口,大家伙好意思去吃啊?"刘畅一阵无语,对着方平翻了个白眼说:"你这人也真是……他还不是去餐厅请客,然后你自己刷卡呀?"华艺章仿佛就等这句话,又笑嘻嘻地道:"感谢领导们体恤。那就这样定了,中午这餐,我请了。"

"好了,玩笑到此为止。标准已经颁布了,我们来研究一下,怎么推动尽快落地。"邓念成适可而止,言归正传。

为推动标准尽快落地,原定十一月还有两场活动,也已经布置了下去。一场是开市、区政协提案委主任座谈会,了解各区系统建设情况,并印发《提案管理系统建设指引》,指导各区政协升级改造系统。二是开一场媒体通气会,全面推介标准。

方平刚开口汇报,华艺章叹了口气,又插嘴道:"哎呀! 媒体通气会应该昨天开的,正好配合今天的标准发布。多有气势啊!"杨豫明说:"今天开也可以呀。标准刚刚发布,便大张旗鼓宣传。"

"讨论过的事,就不要再提了。马后炮,没意义。"邓念成当即制止,不过语气里也透出些无奈。李志江也瞪着华艺章,帮邓念成的腔说:"就是! 又不是没讨论过。这不是想在政协报发大点,时间紧了赶不及吗?"

初步设想,的确是这个时间点开的。但政协报记者站长说想发个长篇通讯,得给他些时间准备,才决定下旬召开。然后把集中宣传的时间定在了十二月一日——正式实施——之前。

"能不能将提案委主任座谈会跟市、区政协提案工作联系会一起开呀?照往常,也是十一月开的。年底了,事情太多,根本忙不过来。"有同志又建议。

"不能!再忙也要单独开。"邓念成一口否决,解释道,"第一,联系会有联系会的议题,重点要研究明年的联动督办提案。而且只能在市、区政协主席联席会议之后,这是两级政协的大事。座谈会是具体工作层面的,说不定还会有不同声音,也得做解释说服工作。不要把矛盾和问题都扔给主席们去伤脑筋,最后很可能就不了了之了。也不要因为这个冲击了联系会的主题。第二,时间上不凑巧。十二月开联系会,预通知早就发了,突然提前,各区会措手不及,主席联席会精神也没办法贯彻,会搞得怨声载道。所以还得在十二月开。但座谈会又不能拖到十二月。因为各单位正在报预算,只有他们把系统升级改造列入明年预算,这事才能顺利推进。错过了这个时间点,便得再拖一年。再者说了,会议材料都准备好了,那就不要拖,下周开了它!"

既然他一锤定音了,而且听那口气也不容置辩,大伙儿便商量分工,然后分头去做准备。

最后,邓念成沉着脸,毫不客气地说:"我再提醒一次啊,各位!定了的事,就不要再翻出来讨论了,甚至试图推倒重来。没完没了地翻烧饼,既打乱工作节奏,也影响工作效率。散会!"

众人没想到,一向笑嘻嘻的他,会突然板着脸来这么一句,顿时兴致索然,悄无声息地出了他办公室。

不理解的人听了这话,或许会不高兴。但他现在顾不得别人的感受了。高兴也好,不高兴也罢,该说的话,他还得说。因为他的那种紧迫感,似乎愈加强烈,总把这次活动当作他职业生涯的最后一次,仿佛再没下一次了。所以总想着抓紧把手头的事情做完,画个圆满句号,既不给自己留遗憾,也不给后人留麻烦。这也是他给文闯生的承诺。

给人添麻烦的事,他觉得越少越好,最好是没有。所以,他把提案委的工作安排得很紧,一环扣一环,不留丝毫空隙。

各区政协提案委主任座谈会,总体还算顺利。

对于清单理念,大家早就接受了,各区也探索出了自己的做法。市政协搞的地方标准,也都知道,是要全市实施的。所以,主任们态度高度一致,不仅举双手赞成,还希望有更具体的时间表和路线图,尽快落地施行。甚至有两个区要求市政协帮忙指导,以便他们下次全会也按照标准要求,做到全链条清单化。

讨论的焦点集中在系统上。一是版本能否照搬市政协的?虽然提案委印了系统建设指引,但若是各区重新开发,不仅耗时,而且浪费。二是各区的系统都归"两办"建设与管理,政协只有建议权,没有决定权。市政协能否发一个文件,要求各区按照标准改造系统? 三是各区的系统由不同公司开发,怎么对接? 还是改为与市政协相同的公司? 如果改公司,又牵扯到与原公司的合同履约问题。四是是否与人大代表建议系统分开? 各区是统在一个系统里的。倘若要分开,也不是政协能做主的,不仅得跟区"两办"商量,还得跟区人大沟通。总之,如果市政协有更好的解决办法,那就省事多了,推进也快。

大家的发言让邓念成松了口气,因为统一思想的目的已经达到了。剩下的,只是操作层面的问题,也就是技术问题。技术问题的难度肯定小得多,他不相信找不到解决办法。但虽是技术问题,却也超出了他职权范围,于是他谨慎地没敢当场表态,而是说:"我们抓紧反映,尽量协调解决。"

散会后,鹏秀区政协尹主任单独跟他说,他们也学市政协,正在编本届政协的优秀提案选编,胡坤的意思是请他帮忙点评。邓念成愣怔片刻,没想到胡坤会拜托他这件事,随即就问:"你们是一件件点评,还是整体点评?"对方说跟市政协一样。

胡坤叫尹主任带话,也算对自己信任,并释放出足够的善意了。何况他们本就是意气相投的哥们儿,没个人恩怨,只不过因所处位置不同,对同一件事有不同的看法而已。甚至说不定,胡坤还承受着各方面的压力哩! 毕竟,他分管提案委,有关提案工作方面的上下沟通,包括市、区联动督办,是由他主管的。倘若区里有人生出不满,首当其冲的发泄对象,自然便是胡坤了。只是胡坤涵养好,没跟人顶牛而已。那么通过这件事,能够化解因督办西部交通问题提案所产生的隔阂,其实也挺好的。

这么一想,邓念成便在内心接受了。然而,自己是否有那么多时间,又的确是个问题。

"那就是一件件点评了。"邓念成念叨了一句,又思忖片刻,歉意地说:"你看这样子行不行呢?你们先找人写点评,最后我帮着把把关。一件件点评,我可能抽不出那么多时间。麻烦你转告胡主席,实在是抱歉。"

散会之后,邓念成又去文闰生那里喝茶,商讨应对措施。

市政协提案委和市场监管局、标准研究院联合召开媒体通气会,是十一月二十六日,十几家央媒、省媒和市媒记者参加。随后,各媒体进行了充分报道。

这也算为这部耗时九个月,经过了立项、起草、征求意见、专家评审、公示、发布等完整流程制定出来的,共有十二章和一个附件,涵盖了清单式提案工作总体要求、基本流程以及各环节工作要求的标准,于十二月一日正式实施前,举办的一场特别"派对",一个没到满月的"满月宴"。自此,该标准便在全市隆重登场。

每天看到微信群里同事、记者朋友发的新闻链接,眼见提案委同人扬起手中的报纸或者打印的文档,春风满面地分享喜悦,耳听领导、同事、朋友们热情洋溢的电话、微信或者口头道喜,邓念成的心里,说不兴奋,那是假的。

但他的面部表情,他的语气语调,却让人感受不到激动,似乎连激动的涟漪,都没泛起分毫。就仿佛他那根兴奋神经被抑制了;或者,记者朋友绞尽脑汁,用生花妙笔写就的东西,跟他没半毛钱关系;再或者,人家述说的,是远古往事。

这倒不是他麻木了,或者是觉得记者朋友写得不够好。而是几十年的机关生涯,早把他熏陶和磨砺得宠辱不惊,更是时时警醒,不会沉沦于颂扬里。不仅不会沉沦,甚至于,只会唤起他对酸甜苦辣的回味,唤起他对艰难困苦的追忆,以及因尚有缺憾而生出的惆怅。

做一件事有多难,只有做过了才知道。邓念成甚至觉得,"没吃过猪肉,还没见过猪跑"那话,讲的根本就是两码事。如果硬拿这个自慰,那纯粹是扯淡!

当然啦!邓念成也不会一直沉浸在往事回忆里不能自拔。他既没老到只剩回忆往事的年纪,更知道必须向前看、朝前走。尽管有喜悦,也有缺憾,但那种时不我待的紧迫感似乎更加浓烈。所以,跟做过的许多事一样,这件事也很快一页翻过,再不提及。

他的那种紧迫感,源于又快过年了。

这个年过完,就到了二月尾。这于金鹏市,似乎有着特殊意义,即过了二月,便进入真正的换届时刻,不可能再延期的。于是,二月的第二天,他便请来各区政协分管副主席、提案委主任和区"两办"负责人,专题研究标准推广落地问题。

三番四次开会,大家便都知道再说"搞不搞"毫无意义,何况也都真想搞。就是说,推动标准在全市落地实施,思想认识是统一的。所以,都把"怎么搞"作为发言重点。而"怎么搞"的难处,说到底,还是系统问题。这个问题如果能解决,又是节省人力、保证提案工作质量的有效举措,何乐不为呢?所以,有的出思路,有的提建议,有的讲打算。

"怎么搞"的问题,提案委主任座谈会后,邓念成和开发公司专门讨论出了一些想法,文闰生也同意,便把开发公司副总李玉珍请到了今天的会场。

见众人说得差不多了,文闰生示意邓念成一并解释。邓念成摁下麦克风,笑着说:"系统不统一,的确是个问题。不过,我们找到了解决办法。就是说,这不再是个问题。所以大家不用再为这个发愁了。之所以请各区'两办'的同志和开发公司李总也来,就是为了解决这个,帮大家做好对接,牵线搭桥的。"

见众人有的似乎恍然,有的却还迷惑,邓念成进而宣布,跟市政协同一家开发公司的,系统改造的钱由市政协统一支付,不用各区再造预算。他笑问李总,不过就是把金鹏市,改成譬如说鹏安区,或者鹏福区,要不得多少成本吧?

如果只是改个名字,不用另写程序,当然要不得多少成本。李总起先却是想着,比照市政协系统改造,跟各区一对一去谈的。谁知正做着美梦,邓念成却找她过来,直截了当希望只收成本,给各区让点利。李总顿时一个咯噔,笑着说:"怎么像集体采购呢?那我不亏大发了?"邓念成也笑了,没好气地戏谑:"别太精明了好不好?系统开发市政协付过钱了,只是叫你少赚点而已。你真好意思从金鹏财政那里赚双份哪?"

李总是精明人,不然也当不了企业老总。虽然照邓念成这种方式,她

350

要少挣不少钱,但毕竟后续还有系统维护,甚至还有几个区没用他们的系统。再从更长远看,全国都在推清单标准,那潜在用户不就更多了?市政协再帮忙介绍,从金鹏这边少收的钱,还不都弥补回来了?想明白了这些利害关系,她就爽快同意了。笑道:"我知道,一口吃不成个胖子的。"

听了这个结果,文闰生也是高兴,想想便笑道:"也就几万块钱的事。你干脆好人做到底,让市政协买单得了。"得了领导这个态度,邓念成就更有底气了,转头便告诉李总。

如今邓念成故意这么一问,李总咧嘴一笑,大度地说:"邓主任,你怎么说,我们就怎么做。再说了,我们是金鹏的企业,为金鹏政协提案工作作贡献,也是承担企业的社会责任。"

她这话说得的确漂亮,五个区的同志顿时雀跃,长吁一口气说:"保证跟开发公司搞好对接,抓紧完成系统改造。"他们同市政协一样,使用着该公司的提案管理系统。

邓念成又笑着对李总说:"既然你这么爽快,那我也不矫情了。当然,贴本的事也不叫你们干。传出去,说市政协揩企业的油,这个人我们丢不起。你们先算算成本,再向市政协报个价。"

另外四个区的同志顿时紧张了,连忙问:"我们怎么办?"邓念成没直接回答,再次笑着对李总道:"我们的想法是这样,李总……"李总如唱双簧的,马上应道:"主任你说。"

"由你们开发提案管理系统的五个区,哪个区要用市政协的系统,请你们配合,直接改名字就成。但他们四个区也回去先商量,如果改用贵公司的提案管理系统,那就好办了。如果还用原公司的提案管理系统,就请你们设计个接口,方便他们对接。怎么样?"邓念成直接道。

"这个没问题呀!"李总一如既往地爽快,又想起什么似的提醒:"鹏福区的提案管理系统常出问题,硬件太旧了,支持系统也太老。如果使用新提案管理系统,我担心老问题依然存在。"鹏福区政协副主席余得水立马说:"这个请李总放心。我们今年将进行全面的升级改造,区里已经立项了。"

"大家还有什么问题没有?"见都一脸轻松地摇头,有人还一边摇头一边说没问题了,邓念成又提醒,用其他公司提案管理系统的,也叫他们做对接接口。技术问题,跟李总他们对接。

这个问题已了，邓念成也不拖沓，当即转入下一个话题，说："既然都没问题了，那么我们商量一下时间表。"文闰生插话说："一下子铺开九家，估计会打乱仗，不如先搞两家试点，推广起来会更顺畅。"

他的语音刚落，杨婕便自告奋勇："鹏安区一直紧跟市政协提案工作探索创新步伐，还于去年对系统进行了改造，条件和基础完全具备。我们先试点吧！"余得水马上接话说："我们正好要进行系统改造，可以结合起来进行的。试点也算我们一个吧！"

"好！那就先在鹏安区和鹏福区试点，请两位回去就跟主席汇报一下，抓紧定下来。"不等其他区开口，邓念成便道。随后他依旧笑眯眯地对全场说："其他区也不要等，该做的前期准备，希望都能抓紧。"

杨婕跟余得水都笑了，自信满满地说："我们主席很重视提案工作，也重视学习运用市政协的经验成果，不会反对试点的。"既然二人都打包票，就算是定了下来。

文闰生突然问："李总！他们这试点，一个月时间够不够？"

"只给一个月时间？"李总一个愣怔。见文闰生眼中满是期待，咬了咬牙道："确实有些紧。毕竟中间还隔着个春节哩！好吧，我们尽量！"

邓念成也是愕然，不过随即想到即将换届，文闰生和他都有可能离开岗位，便顿时释然，也不失时机地将了李总一军："那就辛苦你们了，一个月后开推广会。"见李总无奈点头，他旋即又开口，彻底堵死各区退路："各区也按这个时间做准备。一个月后，全市铺开。"

会议结束，邓念成便去提案审查室。离过年不到十天，有关工作必须分秒必争。但时间太过紧迫，提案委的七个人，只能分成两拨行事。他在这边开标准落地的会，李志江则领着人在初分初审提案。

吸取去年的经验教训，尽管换届会议年内召开铁板钉钉，但邓念成提出年前征集审查一批提案时，再没人异议。现在的疫情，犹如打摆子，时而来那么一下，金鹏又是与外部高度关联的国际化城市，更是时不时冒出一两个病例，闹得人神经高度紧张。假若定好的时间又来了病例，那会期便得推迟，而推到什么时候，没人能知道。所以，趁相对安全的空当，抓紧审查完了交办下去，大伙儿都认为是上策。

这时，落在后边的胡坤和尹主任，又说拜托他帮忙点评优秀提案选编的事。邓念成欣然应允，但也还是上次那话，请他们先找人点评，最后他帮忙把关。他歉意地说:"尹主任跟我说的时间,差不多是五六月份。假如市政协换届会议如期召开,那便正是最忙的时候,我可能没那么多时间,一件件去点评。"

"没问题,我们会组织一个专班来做的。但周主席说,请你务必支持一下。"胡坤笑道。

"谢谢周主席信任!"邓念成没想到,周天鹏还叫胡坤捎了这个话,随即笑道,"你们稿子出来了,就给我吧。我保证尽全力,希望不让你们失望。"

组织委员复审终审提案,是两天后的二月四号——北方小年,与提案委全体会议一起进行的。然后,邓念成便让华艺章通过系统去交办。如今依靠清单式提案工作法,更有标准加持,有没有归口管理部门,正如邓念成所说,真的不重要了。因为提案工作的所有事情,一片纸都不用,全部在提案管理系统里搞定,而且效率更高,扯皮更少。

紧接着,提案委的七个人又关进邓念成办公室,花费了大半天时间,逐条梳理提案工作创新案例条目。

"主任!照这个架势,要超过一百条啊!你那书名,或许得改一下了。"杨豫明兴奋地说。

"是啊!看着这些熟悉的条目,就仿佛把本届的提案工作再过了一遍,还真是心潮澎湃。"完整经历过本届政协提案工作的几个人,一边梳理,一边不禁发着感叹。李志江、方平也由衷附和:"就是我们这中间来的,也深有感触。"

通过前期梳理,提案委提出了八十多条,九个区政协报上来的,合计也有五十多条。如今打印在一张表格里,人手一份,一条条地过。

按邓念成的要求,这次梳理,重点解决三个问题:一是能否当得起"创新"二字?就是说,不要把常规工作也当作"创新"去写,惹人笑话。二是有没有进入本书的资格?或者说,有没有写的价值?鸡毛蒜皮的事,就没必要单独写了,可以合并到相关条文里。三是相同条目的取舍。特别是各区的条目有许多雷同,那么便只保留一条。这就要看各区推荐的条目,谁的分量更重,效果更好。当然,也得有个先后顺序,尽量用首创者报送的条目。

跟大伙儿的感受一样,梳理这些条目,就仿佛近六年的工作全是昨天做的，真是历历在目。但邓念成没说出来，而是盯着手中的稿子，头也没抬，淡淡地说："有多少算多少吧！书名就不大改了。充其量，把后面的数字改成'选编'就可以……不过，这三条原则，请大家牢牢把握住。不然，编出这么个东西，很可能惹人耻笑。倘若是那样，便得不偿失了。"

前面的话，是回应杨豫明的。后面的话，当然是对所有人说的。众人也听出来了，当即答应，然后都埋头梳理。

他们的办法，是先各自梳理，这个前期已经做过了。今天主要是汇总梳理情况，各人陈述意见和理由。

经过小半天梳理后，定了八十五条，其中市政协五十二条，九个区合计三十三条。最后，邓念成说："先就这样吧！这几天，抓紧对照条目准备素材，包括我们和各区政协的。节后便请学彪委员过来，具体商量写作的事。"

至此，提案委的全年度工作，便算是彻底完成，大家都可以轻轻松松过个好年了。当然，病毒还在肆虐，疫情还有蔓延的可能。所以这个轻轻松松，也是相对的。至少心理上不会轻松。

34. 长征路上再启程

这个年来得比较晚，阳历的二月十一日才是农历除夕。过完年上班，就到了十八日。

这天一上班，就传来好消息，鹏安区政协的系统可以试运行了。就是说，大家过年都没好生休息。这让文闰生、邓念成等人好生感动，也好生激动。其实他们也没休息，一直在准备编写创新案例的素材。

文闰生叫邓念成安排人打听一下，鹏福区政协是不是也可以试运行了。打听的结果，是因为硬件购置和支持系统改造需要时间，所以余得水跟区"两办"商量，决定先挂在政务服务数据管理局，硬件和支持系统暂由该局负责。

"余主席，你真是大智慧啊！"操起电话，邓念成就打给余得水，喜滋滋地说，"原来让人头疼不已的问题，竟然还可以这样解决！你这边迎刃而解，可是为各区政协也开了一扇明亮的窗。"

既然都七七八八了，调试和试运行效果也不错，他们便着手筹备试点推广会。请示和方案报到主席周诗玉，没想到她更重视，决定亲自出席并讲话，同时把各区出席领导，由政协副主席改为主席、区"两办"相关负责人改为主任。层级的提升，邓念成他们当然求之不得，但准备工作也得提高档次。

到了三月，金鹏市正式进入"换届时刻"，筹备工作更加紧锣密鼓，留任委员也不断调整。

这项工作进行过无数次了。甚至可以说，一年多来就没停过。因为一些人选的职务变了，比如调整到其他单位任职，还有的人选过了新的年龄杠杠，这都得调整。所以，除了政策明确不能继续提名的，其他委员并不知自己的去留。或许刚刚还在名单里，却又来一条杠杠，也被剔除出去。

政协的人也不清楚哪些委员留任，哪些委员离开。当然，他们推荐了谁,心里是有数的。但政协的推荐只是基础,并非最后拍板。不过,内部人员的去留倒是逐渐明朗。比如,文闰生真的不能留任了,邓念成一直还在名单里。

尽管这样,文闰生也必须站好最后一班岗。

三月中旬,在鹏安区召开的标准落地实施专题现场会仍由他主持,鹏安区、鹏福区介绍试点情况,邓念成介绍标准的制定过程、主要内容和落地实施的意义及作用,讨论时各区政协主席和"两办"负责人发言,最后周诗玉总结讲话。

周诗玉在讲话中,提出了完整的落地时间表,就是当年各区政协提案管理系统全部完成升级改造,并正式投入使用。配合这个要求,提案委也公布了几个时间节点,将定期督促检查。

这件事落地,从提案工作来说,文闰生还有两件事要做。一件是在换届大会上,代表本届政协常委会作提案工作情况报告。另外一件,便是他倡议的提案工作创新案例选编。

尽管还在留任名单里,但直到四月底,有的专委会也明确了主任人选,甚至各种传闻都出来了,邓念成和提案委主任那个位置却一直没有下文,仍然是个未知数。邓念成一概不知,他也无暇关心。他把主要精力都放在那个选编和全会提案工作上。

选编的稿子是跑线记者写的,有那么些味道,邓念成却仍不满意,反复退回修改。为这个,把张学彪也累得够呛。

一直到五月初,离大会开幕不到半个月,终于有人找邓念成谈话,告诉他留任,但不再是提案委主任,而是改任专职常委。

这个消息既在意料之中,也在意料之外。意料之中,是其他专委会大多明确了主任人选,提案委主任人选却一直秘而不宣,也没人找他谈话,他便预感没自己什么事了。他早跟文闰生分析过,五十九,说不定是一条硬杠杠。这也再次证明,他的预料真的很准!但仍然留任,却出乎他意料。更意外的是当专职常委。

金鹏市政协没有试过专职常委,他算是开了个先河。但专职常委不好干,他倒是有所耳闻。

他有个朋友,当过一段时间的省政协专职常委。但当到中间,便申请退休了。他告诉邓念成,专职常委不是一般人能干的活,光吃亏,还受气,却没丁点儿好。他没想到,自己也要干这光吃亏,还受气,却没丁点儿好的活了。所以,他的第一反应是向组织申请,什么都不要,等着退休,或者提前退休算了。反正还有半年便年满六十,也该退休了。

不过,他想了想,又放弃了这个打算,没敢轻举妄动。主要是怕人说他闹情绪,说他给组织出难题。一辈子老老实实,假如最后给人这么个印象,感觉不太好,似乎留下了人生污点。

谈话一结束,文闽生的电话就打了过来,约他上去喝茶。刚一进屋,文闽生就迫不及待地问:"怎么样?"

"专职常委。"知道他问什么,邓念成在茶几旁落座,脸上有一丝无奈。文闽生却似乎松了口气,笑道:"那就好!你留下来,有利于推动清单标准落地。"

"谢谢!"接过茶杯,邓念成淡淡一笑,似乎卸下了千钧重担,"长江后浪推前浪。我们都要相信,后人会比我们干得更好。"

见他不接话茬,文闽生也突然转移话题,说:"有个事得提醒你一下。"邓念成早已波澜不惊了,抿了一口茶说:"你说。"

"你那一根筋的脾气,得改改了。"

"我知道。我会摆正自己位置的,不在其位,不谋其政。"

"我当副主席第三天,去你办公室,却被你当着旁人打脸,还记得吗?"

"你这么记仇的?五年前的事情咧!"邓念成有些诧异,霎时把笑僵在脸上。随后又尴尬一笑,还是以戏谑的口吻调侃了他一句,"不过,你没机会报复了。"

当初的画面,也瞬间在邓念成的脑海里清晰起来——

有位专委会主任,总想搞个"一号提案",找邓念成说过几次,见没效果,又在主席会议甚至机关务虚会上提,邓念成仍然不为所动。那年文闽生刚到政协,又分管提案委,那位主任便找他说。文闽生不明就里,与那位主任一起来找邓念成。邓念成瞅了那位主任一眼,点燃一支烟,轻描淡写地说:"你要搞一号提案,也不是不可以。"那位主任一听终于有戏,满脸兴奋地问怎么搞。谁知他却说:"你们第一个提,排在最前面,当然就是一号了。"

"你这不还是不同意吗?"那位主任的脸色霎时就垮了下来,有些挂不住,"搞个一号提案,也是宣传你提案委的工作,多好的事啊! 很多政协也是这么搞的。"

见他一口回绝,文闰生也有些生气。毕竟,他是倾向于搞的。于是问道:"你倒是说说,为什么不同意?"

"你想听原因? 好啊! 其实我跟他说过的,他却不认同,到处找领导。你这刚来,不熟悉情况,他就又去找你。"邓念成把烟蒂摁在烟盅里,话说得相当不客气,"原因很简单,就是都做点实实在在的事,不搞虚头巴脑的噱头。提案没质量,搞成一号,甚至零号,那又如何? 媒体炒作一次,风一吹,就过去了,能留下什么? 什么都没留下,除了一个惹人笑话的一号! 金鹏市政协从来实事求是,不搞花架子。包括大会发言,就没出过'雷人'语录。如果他真想提案出成效,就把质量搞上去,我们变成书记、市长领衔督办,不比搞个什么一号强?"

气得那位主任脸上红一阵白一阵,却也无可奈何,讪讪地说:"看把你激动的! 我就提个建议,采纳不采纳,还不是你这'天下第一委'的主任说了算? 至于生这么大的气?!"

他也是真生气了,不过还存了些理智,没讲更难听的话。也不知道是把他的话听进去了,还是有其他想法,文闰生竟没强求,这件事就这样过去了。

……

"喂! 你不会要秋后算账吧? 我的印象中,你心胸没这么狭隘的。"邓念成又调侃一句,再次端起茶杯喝茶。文闰生狡黠地瞪着他,不置可否地问:"你怕吗?"邓念成呵呵一笑,满脸不屑地说:"真要怕,也是你在台上的时候怕。那时候都不怕,现在还怕个屁呀?"

"你!"文闰生气得无奈摇头,随即又道:"我们两个,还真是绝配。当时看你生气了,我就觉得有蹊跷。因为我刚来,不懂,便没强求……喂! 如果我拍板了,你会不会照做?"

"或许吧!"邓念成也狡黠一笑,同样未置可否。随即反问:"你现在还觉得搞一号二号有意思吗?"文闰生没回答,而是劝他改改脾气。他说:"总的原则,话可以说到位,但不得罪人。"

"那就是圆滑呗!"

"看你怎么理解喽!"

"不过，我最不怵有人拿领导压我。不仅不怵，还反感。"话是这么说，邓念成还是把文闯生的话听进去了。毕竟人家是好意，自己也到了耳顺的年纪，不再是懵懵懂懂的毛头小子。

接下来的全会筹备，邓念成由提案组组长，变成了常务副组长，但组长直到全会前两天才真正到岗。周诗玉跟他谈话时，说具体工作还是由他负责，也相信他能担负起职责。

他当然会一如既往地尽职尽责，这是他的人生准则，他也是这么跟周诗玉表态的。但他的工作能否让组织满意，让接手的人舒服，便只得凭良心去做了。

所以，尽管不是主角了，他却依然忙得让有些人匪夷所思。于是有人说，看老邓这样子，怕是闲不下来呀！有人附和道，谁说不是呢？似乎干得更欢哩！也有人说，这是何苦来哉！就不知道往后退退吗？还以为自己是主任？更有人充满兴味，说照这个架势，提案委的新老主任间有好戏看了喽！……

这些话蔓延了几天，才被他偶然听到，他着实吓了一跳。一边郁闷地蹙眉咋舌，一边在心里面惊呼，我的个乖乖哟！这还当着个常务副组长哩，那位辞去专职常委的朋友的遭遇，这么快就让我碰到了吗？但他又有些迷惘地想，我要怎么做，才算恰到好处、恰如其分呢？撂挑子的事，他做不来。而且果真那样，肯定又有人说他闹情绪，也是一顿嘲讽。

他记起了当初接手提案委主任时的尴尬。那时的情景，与今天何其相似！都是还没做好准备，便于匆忙间转换角色了。然而他的苦闷，还没法跟人诉说。如今这浮躁年头，谁有耐心当个心理咨询师，听你说个没完没了，然后帮你排解呀？他甚至都没跟爱人萧红梅讲，毕竟是负能量，会影响人心情的。再说了，自己的郁闷和苦痛，凭什么要别人替你承受！

这天有点儿空闲，他的困惑又浮上心头。突然，他想起了那位仁兄。因为压根儿没想过自己也有当个什么专职常委的一天，所以除了同情，并没深究他到底经历过什么，以至于原本"佛系"的仁兄愤而辞职。说不定，他的遭遇能给自己些感悟呢？哪怕一丁点，也是百利而无一害呀！

想到这里，他便准备打电话聊聊。但是最后还是放弃了。毕竟揭人伤疤，还是挺尴尬的事。再者说了，正如托尔斯泰在《安娜·卡列尼娜》开头写的那句话，"幸福的家庭都是相似的，不幸的家庭各有各的不幸"。

那位仁兄的情况,以及所处的环境,与自己也不能完全类比的。世上就没有完全相同的两件事。而且说到底,无非是些挑不上筷子①的闹心事,脚指头都能想到的,自己注意些细节,或许也就相安无事,平稳度过最后两年半了。

更何况,周诗玉把任务压给了他,假如真出个什么纰漏,板子铁定打他屁股上,没人主动替他扛。

想明白了里里外外的关系,邓念成又安慰自己,且行且珍惜,笑看风云变幻吧。成天困在苦恼里,也是无聊至极!真到混不下去了,也学那位仁兄,当一回逃兵去。反正,不管年满六十,还是工龄满三十年退休的规定,自己都符合了。而且,这逃兵当的,似乎也不怎么丢人!

豁然开朗之后,邓念成把流言蜚语抛诸一旁,继续全身心投入工作上。比如,站在党校宽阔的讲台上,滔滔不绝地讲如何清单式撰写提案,如何运用提案履行委员职责。比如,为保证提案审查质量,绘声绘色地讲一堂清单式审查提案的课。

直到开幕这天,提案审查委的大小事情皆由新主任周崇明接手,他才自觉往后靠,配角都不当。甚至分组讨论也一言不发,当一名忠实听众。

人一下子轻松下来,邓念成没感觉不适,反而有说不出的惬意,有一种精神上的解脱。分组讨论时,他一边听委员们畅所欲言,一边过电影般,把自己的提案委主任生涯又过了一遍。间或,也把目光转向窗外的公园,以及马路两旁和大街小巷,眺望蠕动的人流和车流,眺望那一簇簇盛开着的、鲜艳欲滴的簕杜鹃。

过完之后,他欣喜地发现,这几年虽然磕磕碰碰,甚至坎坷崎岖,虽有许多不足,甚至缺憾,但基本每年都有所进步,光阴并未虚度。别的不说,光是编印成册的或薄或厚的各种有封皮的汇编资料,就有十几本;探索出的清单式提案工作法,不仅上下一致叫好,不同场合肯定,还作为改革创新经典案例,被改革办收编到经验材料,上报国家层面推广。而刚接手那两年,甚嚣尘上的委员抱怨“被满意”、办理单位抱怨提案质量不高等违和声音,以及重答复、轻办理,重提交、轻参与等怪现象,随着制度机制完善,以及工作力度加强,早就烟消云散,不知所终。提办双方早由“两张

---

① 挑不上筷子:方言。意思是摆不上台面。

皮",变成了一体发力的"共同体"……

仔细咀嚼,还真是酸甜苦辣,什么滋味都有。

随后,他又试图归总一下,看看能否捋出一条主线。

这条主线,很快被他捋了出来,就是建立清单式提案工作法,通过正向引导与反向倒逼双向发力,推动提案工作提质增效。具体说来:第一年,苦撑危局求变革;第二年,查找症结明思路;第三年,编制清单初尝试;第四年,完善机制串链条;第五年,质量体系成倒逼;第六年,颁行标准促定型。今年是第七个年头——其实只能算第六年的下半段,清单标准稳落地。

想到这里,他哑然失笑。刚刚还以为做了不少,似乎挺有成就感的。但这么一归纳,才发现六年间竟只做了一件事,那就是"清单"。就是说,所有工作都是围绕"清单"去思考、去部署、去推动的。也难怪"清单"二字老在脑海里闪烁。却原来,六年时间,就干了"清单"一件事。

他突然间感叹,老天爷似乎给予他特别眷顾,竟然一届政协干了六年。倘若没有六年时间,他的"清单"根本做不圆满,只能成为半拉子工程……

突然,桌上的手机振动起来,他不得不中断遐想,下意识地瞅了一眼,顿时便心有所感,连忙抓起就快步走出了会议室。

站在走廊里只听了几句,他便感慨万端,暗道自己的心灵感应还真是准确无比。原来,全国地方政协提案工作经验交流会举办地终于尘埃落定,确定七月在金鹏召开。这个电话是找他要传真号,好发方案和有关函件过来。

邓念成兴奋得差点儿跳起,都没来得及告诉对方,自己不是提案委主任了,转身就去找酒店的传真号。正值疫情期间,他们的会议全封闭,食宿都在酒店。

杨豫明倒是醒目,早从会场追到了走廊,一听是这事,连忙报出了传真号。邓念成当即转告对方,又叫杨豫明去取传真,自己则进会场,先跟文闰生和新来的副主席人选雷天口头报告。

不一会儿,杨豫明便捏着几页传真,兴奋地进来。三人看过,文闰生欣慰地笑道:"和我们所料,果然不差。"

邓念成还在激动中,但激动的心情被他压住了,没表现出来。事情到了这一步，便是新的领导和新的提案委主任的事了。当然，需要他做什么，他也会不遗余力。再说了，现在这疫情，也真让人抓狂，动不动骚扰一下，似乎专治"不服症"。倘若天不遂人愿，到时候那浑蛋突然又来了，改在北京，或者去其他地方开，都有可能。毕竟，会议是铁定要开的，但在哪里开，却有无数个选项，那不是金鹏市政协左右得了的。

被这事打了个岔，邓念成的思绪再也没法回到先前的频道。他下意识瞥了一眼坐在中间的文闰生，也不知道，正襟危坐着的那个家伙，此刻正想些什么哩！

突然记起他说过的"绝配"，又心生感慨。六年光景，有五年跟他搭档。每年成就一桩事的点子，照文闰生的话说，是两人喝茶喝出来的，闲聊聊出来的。从这点看，两人真算"绝配"了。

不过邓念成清楚，他这话只能算自慰，以显得轻松自如。但真正的喝茶和闲聊，能喝出什么？又能聊出什么？这么多火花，哪是一聊就有的？其实都是心血和智慧的结晶。甚至，不说喝茶喝不出什么，聊天聊不出什么，就是用"艰辛"二字，也概括不了那么全面。个中的酸甜苦辣，只有当事人明白。

当然啦！他心里更清楚，几年间能做成一些事，主要是喜逢伟大时代，也得益于金鹏市政协鼓励创新、宽容失败、大胆干事的良好氛围，并非自己有什么特殊本事。倘若没有方方面面的人共同努力，纵有三头六臂，使出浑身解数，他也做不出这些成绩。甚至于，换一个人，或许能做得更好……

由此他又想到，目前最紧迫，也是向文闰生打过包票，却未竟的事，便是抓紧完稿创新案例，以及周诗玉提出的清单式提案工作宣传折页。

这本创新案例，最后定为八十二个条目。他又附庸风雅，起了个自以为过得去的书名——《踮步集》。跑线记者们写完，又经张学彪润色，邓念成再花一周时间修改，终于完成了送审稿。原本是要印发全会的，但时间太紧了，只得等走完审批流程，再送厂付印。

想到《踮步集》，他又记起了另一件趣事。说是趣事，却也是一件遗憾的事——

《踮步集》初稿出来，正逢市里开会。中间休息闲聊，他便把电子版发给几位朋友，假装谦虚地"请他们斧正"。其实，就是抑制不住内心喜悦,想和朋友们分享。这也是他做宣传工作的一种方式。他认为,政协不主动宣传,没人知道你做了什么、做成了什么,也就没法获得更多理解和支持。

几位朋友果然给面子,当即掏出手机看了起来,而且也果然有了反响。党校副校长赞不绝口:"哇!机关的创新工作,还能用新闻笔法,以案例形式展现,而且这么生动耐读啊?邓主任,你这本身也是创新咧!"

宣传部副部长兴致盎然地盯着短文,接口说:"你说的没错!刚打开文档,还以为是干瘪瘪的公文体哩。没想到,全是文风清新的小故事,让人越读越想读。哎呀,老邓!应该申请个书号,正式出版的。不然,还真是糟蹋了这么好的素材。我跟你说,就你这《踱步集》,对新闻媒体的记者们,也是不可多得的好教材。"

"就是!也不说支持一下出版行业。"出版发行集团老总擂了邓念成一拳,笑着附和。

"你不还没印吗?来得及呀!我们部的文化发展基金可以资助你的。"宣传部副部长主动表示支持,又指着出版发行集团老总,"书号找他要,铁定现给。"

"怎么样,老邓?回头我就叫人把书号给你送过去。"出版集团老总趁热打铁。

几个人的话,的确让邓念成怦然心动,"好啊"二字差点儿脱口而出。不过,他却又硬生生咽了回去,没敢说。因为他猛地醒悟,自己不是提案委主任了,当不得那个家……

想到这里,邓念成苦涩地笑了,暗道:"还真都是遗憾哪!"

随后,他的思维又跳回被张伟华逼着接手提案组的情景,再联想到换届拖了一年,就拖得毫无征兆地卸任,他蓦然顿悟:却原来,人这一辈子何时登场、何时谢幕,真乃天机不可窥探,也无逆天改命之法。而那啥有心栽花花不开、无心插柳柳成荫的说辞,都没丝毫道理。真发生那样的事,也不过机缘巧合而已。

他进而感叹,人这一辈子,真就一过客。匆匆忙忙开始,慌脚毛手结束。哪有如排好的戏文,登场来个亮相,结束来个谢幕啊?严格说,比跑龙套都不如!

随即,他又想到"大浪淘沙"那句话。或许,人就犹如山涧一粒尘

363

埃——石子都不是,被突降山洪挟裹着,到了河流,到了湖泊,再到大海,成为那泥沙里的一分子,寂静无闻地沉入海底。运气不好的,都没能到大海,就被小鱼小虾吞噬,然后消化。最后,也许能化为鱼屎,却不知拉去了哪里……

突然,"缺憾"二字又从脑海里跳将出来。但是随即,他又释然了。人这一生,有多少是没缺憾的?所谓人生,邓念成理解,就是由无数缺憾累积而成的。没有缺憾,何谈人生?没有缺憾的人生,才是不完美的人生!何况,他已经成为过去时,不再是进行时,所以那些所谓的缺憾,与自己没关系了,没弥补机会的。

而且,他始终相信长江后浪推前浪、一代更比一代强那类老话。更何况这里是金鹏,是敢闯敢试的金鹏,是人人都充满想象和活力的试验田!甚至于,他跟文闰生呕心沥血的清单式提案工作法,再进一步说,他们苦心孤诣的标准,倘若某日被抛弃,他也不觉得有多么遗憾。那只能说明,那东西不合时宜了,后人找到了更好的替代办法以及解决方案。

别的不说,周诗玉主政才一年时间,就创新了多少东西?光协商平台便有好几个,且都有声有色,风生水起。这不也说明,新人的思路更加开阔,解决方案更加清晰,推进落实更加有力?

所以,他既不为自己伤感,也不会为后人担忧。

他就这么放飞思绪,海阔天空地胡思乱想。当然,也偶尔瞅向窗外,眺天空云卷云舒,观远方滚滚红尘,瞰楼下浩荡车流,盯近处姹紫嫣红,进而感叹世界之大,惊羡万物之美,尤其是簕杜鹃之艳。他那满是褶皱的脸庞,不时爬上欣慰的笑意。

心满意足的邓念成,突然又心弦一动,觉得是时候规划退休生活了。虽说离退休还有两年多,但也就弹指间的事。其实,也没什么好规划的,无非是回归家庭,回归故土,同时写点儿时便想写的文字,搞文学创作去,努力修补大半辈子的缺憾,还家人、乡亲以及自己的一些欠账。

想到文学创作,他眉头又蹙起。前些年利用业余闲暇,写过几部长篇,原本是自个儿写着玩的,不想好友索去看了,说有那么点味道,撺掇给出版社试试。他们笑着说,反正你也没做那指望。但是,万一成了呢?他想也是,便有些忐忑地寄了出去。

还别说,真被朋友们"不幸"言中,果然有出版社感兴趣。但条件是,他要资助部分出版费用。当然，会给他一些书籍当作稿酬，而且假如卖得好，也会按比例付稿酬。听到这里，他眉头顿时皱起："我到哪里去卖书呢？如今纸质出版物萧条，又有多少人愿意买呢？再说了，写书人卖书，也有辱斯文啦！即便送朋友，也没那么多朋友可送的。"

回头跟爱人聊到这个，没想到萧红梅满心欢喜，劝道："我们的收入养老，一点压力也没有。孩子也可自立，不需要帮她个什么。你不是常说老家那句话，叫'后人不如我，留钱做什么；后人超过我，留钱做什么'吗？几万块钱的事，出吧。"

既然萧红梅也支持，那就试它一烙铁①吧！于是出了几部。出版过程中的酸甜苦辣自不必细言，不过说没丁点激动，也是假的。毕竟，儿时的作家梦算是实现了。

然而好景不长，很快邓念成就望着满屋的包装袋发起愁来。办公室毕竟是用来办公的，不是仓库。但家里房子太小，也不能当仓库，只能暂且放办公室。那天有朋友过来，一见也是大吃一惊，问他怎么都堆在办公室里。然后介绍了很多种处理办法，比如开作品研讨会，比如签名售书，等等等等。

因为刚刚涉足，在这行当算是菜鸟，他皱起眉头问，人家书店怎么会帮你卖书呢？朋友哑然失笑说，书店可不就是卖书的？让利呀！签个正式合同，约定分成比例，总比你堆得发霉强吧？虽说不指望稿酬过日子，但能卖一点，你不也能挣回点成本？邓念成想想，觉得可以一试。

朋友好人做到底，当即联系在书店的朋友，对方果真答应，叫他送书过去，然后签订代销合同。

书送过去几年了，也联系经办人好几次，款项却一直没结。禁不住他反复催促，对方终于同意结算，却又出现了新的情况。一是有些书找不回来，就不退了，但要他承担损耗。理由是合同规定，半年必须结的，现在早过了约定期限。二是要他找正规书商开发票，书店把款项打到书商账上，他再跟书商结。这两条都让他无法理解，也无法接受，他反问道："假如少送了十本书，你们是否也承担损耗呢？再说了，跟经办人反复沟通，她都没提醒半年内必须结算的。"他还不好意思再说其他，比如其实已经卖

---

① 试它一烙铁：方言。意思是试一试、试一回。

了,却故意说丢了。至于第二个,假如书商也要卖书的发票,换作你,你会怎么办? 再去找家书商开发票吗?

这通操作下来,邓念成终于明白,在作者、出版社和书商之间,所有压力都在作者肩上,作者就是那个弱势的大多数。于出版社,款项到账了才给书号,然后开印,再发书商去上架;倘若是代销,书商也是如此,卖一本赚一半的钱,卖不出去的退还作者,甚至都不退还。总之,二者是稳赚不赔的。只有那吭哧吭哧码文字的傻傻作者,心血得你付出,成本得你承担,亏损得你兜底。至于你视若"至高无上"的所谓颜面,连狗屁都不如……

那么,再写书,还去出版吗? 照老家通海口的土话说,再给出版社和书商当赶棍①? 倘若不出版,又有什么意思呢? 虽然正如朋友所说,他不靠稿酬过日子,但总归是劳动成果没体现应有价值吧? 邓念成纠结起来。

纠结了良久,最后他总算想通了。或者说,勉为其难给了自己一个再写下去的理由:不管能不能出版,总归是得做点什么,不至于混吃等死;而自己能做的,可不就这点事了吗? 别的都不会呀! 再说了,儿时的起意本就纯真,没想当作谋利手段哪! 他甚至悲壮地想着,就算一本都不出版,最后死了,孩子们来到坟头也有点儿东西可烧啊!

于是他便决定了,原定规划不变。他此刻要谋划的,是怎么让规划落地。或者更具体说,眼下的一部从何处写起。

"有了! 就写最熟悉的提案工作。"

随即他眼睛一亮,瞬间就起好了书名:《提案委主任》……

---

① 赶棍:江汉平原有一种捕鱼的工具,叫赶罾。往赶罾里赶鱼的,是三根棍子绑成的三角形,叫"赶棍"。此处是借喻,意思是给人白打工,光付出没收获。

后　记

　　作为深圳市政协机关的一名普通工作者，和一名业余文学爱好者，写深圳、写政协、写深圳市政协，是我早就定下的目标，也是一个必还心愿。

　　相继出版的六部长篇《破格》《闯荡》《纠结》《引姑》（华夏出版社2016年出版）、《人生归途》（海天出版社2019年出版）和《葵花金黄色》（作家出版社2023年出版）中，《破格》是从一个极小的角度写政协的；《闯荡》是写深圳的，以一个求职者的经历，展现深圳以海纳百川的胸襟广纳人才，从一个侧面探寻深圳成功的秘密；《人生归途》也是写深圳的，聚焦于一名退休干部的恋乡情结，从另外一个角度展现深圳人的博大情怀。但是写深圳市政协，却一直没敢落笔。直到2021年退出提案委主任职位，才开始想着，怎么去完成自己给自己布置的这个任务，了了这个未竟心愿。

　　屈指一算，自1986年从湖北省纪委调入省政协，迄今竟有三十八个年头了！三十八年里，在湖北省政协经历了黎韦、沈因洛、钱运录、杨永良四位主席的领导；2002年调入深圳市政协，又见证了李德成、王顺生、白天、王穗明、戴北方、林洁六任主席主政。

　　我很庆幸，居然在政协机关干了三十八年！也很感激这三十八年给予我的充足养分！

　　三十八年来，随着我国改革开放的深入推进和中国式现代化建设的阔步前行，随着中国特色社会主义民主政治的蓬勃发展，人民政协事业高歌猛进、一路向前，在国家政治生活和治理体系现代化中的地位越来越重要，作用越来越突显，贡献越来越卓著。

　　三十八年的政协机关工作生涯，的确经历过不少激动人心的时刻和场面，耳闻目睹了太多感人的经典案例与突出事迹。这么大的时间跨度，有些事情又亲自参与，或者亲身经历，按说素材是够写一部作品的。之所以迟迟没动笔写深圳市政协，其实是尚不确定该从哪个点切入，才最为贴切,才能更好体现。

2015年5月,深圳市政协换届,作者有幸担任第六届提案委主任。也似乎老天爷冥冥中刻意安排,六届市政协竟然干满了六年!整整六年,不仅深圳市政协工作成就辉煌,而且让清单式提案工作法的探索,有了一个完整过程和完美结局,也使得以"清单"为主线的提案工作探索创新成果更加丰腴饱满。

真心感恩深圳市政协延期一年换届!

第六届深圳市政协提案工作的探索与创新,有的是作者策划和推动的,有的是根据领导意图甚至指示,或者基层呼声与实际需要,由作者组织实施进而落地落实的。作为一名直接组织者和参与者,印象更加深刻,感悟也更加直接。

卸任之后再回首,一桩桩鲜活案例历历在目,恍如昨日之事。此时此刻,才如醍醐灌顶般幡然醒悟:何不以提案工作为主题主线,来写一部反映深圳市政协工作的文学作品,从一个侧面展现各级政协波澜壮阔的探索创新实践,展现人民政协发挥专门协商机构作用,深入践行全过程人民民主的履职成效,并进而展望人民政协事业的光辉前景?

目标明确之后,心胸豁然通透,于是开始谋篇布局。直到2022年仲春,一个万物复苏、生机盎然,象征着希望与美好的季节,终于正式落笔,开启了这部作品的艰难创作历程。

需要交代的是,作品所描写的探索创新,特别是典型案例,大多源于深圳市政协的履职实践,是真实发生过的。但是,文学创作源于生活而高于生活。因此,作品中的人物、地名和故事情节等等,却是文学再造,并非简单的真实再现。之所以如此处理,是为了整篇故事的完整性与可读性。

说得再准确一点,是以深圳市政协的提案工作为体,以虚构的人物和情节为用,来构造这部长篇小说《提案委主任》的。所以,尽管部分人物有原型,也决非"拿来主义",简单套用,而是采取模糊手法,做了艺术性处理。

创作故事和人物如此"真实",以至"自己"也置身其中,甚至被朋友戏谑为"自述式"半纪实的文学作品,对于出版过六部长篇,甚至由作家出版社出版的《葵花金黄色》,获评第三十二届东丽杯梁斌小说评选长篇小说类二等奖、2023年"深圳市优秀群众文学(小说)评选"长篇小说类唯一一个一等奖,深圳市文联、作协和评协还专门举办过"余立功长篇小说《葵花金黄色》研讨会"的作者,仍然是一种新的探索、新的尝试,更面临极大挑战,充满了荆棘和坎坷,也近乎"自虐"。探索和尝试过程中,感觉难度更大,更不好拿捏。毕竟,故事太熟,人物也太熟,很容易写得逼真,也很容易让人浮想联翩,对号入座。

其最大挑战,是种种顾忌羁绊,总是试图避免给人产生跟现实对号入座的联想。思想上有了顾忌,等于是心里住了个魔,打了个心结,便不能敞开来写,更无法任由思维天马行空,想怎么写就怎么写。否则,那才叫酣畅淋漓! 才叫一个爽!

作者心里住着魔,有了心结,便只能瞻前顾后、畏首畏尾,企图"左右逢源"。这在一定程度上当然影响到作品的创作,降低了想象力的发挥,以及艺术性的处理,比如人物刻画、场景描述、情节塑造等等。特别是矛盾冲突和思想观念碰撞,往往写到紧要处,只能遗憾地戛然而止,令人嗟叹,甚至扼腕。

这是作者不满意处,也是作品不成熟处。但是,作者有心结,不愿惹麻烦,无奈只能如此了。

举几个例子。譬如,彼时深圳市政协文史委专职副主任空缺,才故意设置了这么一号人物;而到有专职副主任的时候,那位已被作者"安排"退休了。再譬如,金鹏市政协副主席曾涛、鹏秀区政协副主席胡坤、政协委员朱虹等人物,以及地名诸多元素,也是如此"安排"的,并非真有这么些人物,或者真有这么些地名;其中相当部分的素材,是根据作者平时的积累,把一些典型人物的性格特征,给予某个抽象角色了。特别是主人公邓念成和文闰生、丁锐、周诗玉、黄达理、陈瑜等人物,以及提案委诸位的性别、性格、语言特点和处事方式等等,都是虚拟的,并没有现实人物与之一一对应。

其目的,无非是使故事情节更为生动,使作品更有可读性。

解释这么多,也算苦口婆心了,意思却只有一个,就是敬请读者诸君切莫对号入座,以免造成误会,产生误解,生出隔阂。倘若真有人较真,硬要指证个甲乙丙丁,那就有悖作者初衷了,也是作者不愿看到的。

当然,倘若还有人不依不饶,那我也给大家交个实底。这部作品,正如扉页"谨以此书,献给敢闯敢试的深圳市政协"所表达的,是写深圳市政协领导、委员和机关干部职工这个群体的,是把他们的理想、奋斗和开拓创新,集中到几个典型人物身上的群像图。

还有一点需要说明的是,作品只选取了提案工作这个局部,遗憾地没能反映出深圳市政协生机勃勃的探索创新全貌,没能全方位体现深圳市政协践行全过程人民民主、发挥协商民主重要渠道和专门协商机构作用,为推动城市发展和社会进步所作出的巨大贡献。

更加需要说明的是,作品并非为个人歌功颂德,树碑立传。作者的创作初心和意图,正如本书扉页致辞所写,是感恩我们所处的伟大时代,感恩伟大的人民政协事业,感恩敢闯敢试的深圳市政协。这几层意思,作品结尾处也特意交代过,不赘述。之所以还要提醒,无非是仍然忧虑,有朋友曲解创作初心和意图。

写完上述解释,作者兀自无奈地笑了。作品已经封笔,却还要絮絮不休,说明心结仍未打开,还由心魔拘禁着,依旧耿耿于怀。而且也应该相信,读者是会理解作者苦衷的。

由此也得到一个启示,就是再不轻易去写类似于"自述式"半纪实文学作品,进行"自虐"了。顾忌太多,压力太大,也太折磨人。好在,作者许下的写深圳、写政协、写深圳市政协的心愿,也算彻底了了。这却是作者聊以自慰的。

本书能够顺利与广大读者见面,要特别感谢深圳市政协领导、委员及机关全体同人,感谢周北川、尹昌龙、于爱成、涂阳斌等朋友的关心与帮助。

由于作者能力水平所限,作品中谬误难免,敬请广大读者批评指正。

2024 年 1 月 28 日于深圳

图书在版编目（CIP）数据

提案委主任 / 余立功著. -- 北京：中国文史出版
社，2024.2

ISBN 978-7-5205-4485-6

Ⅰ. ①提… Ⅱ. ①余… Ⅲ. ①长篇小说-中国-当代
Ⅳ. ①I247.5

中国国家版本馆 CIP 数据核字（2023）第 227616 号

责任编辑：薛媛媛

出版发行：**中国文史出版社**

社　　址：北京市海淀区西八里庄路 69 号院　邮编：100142

电　　话：010-81136606　81136602　81136603（发行部）

传　　真：010-81136655

印　　装：廊坊市海涛印刷有限公司

经　　销：全国新华书店

开　　本：720×1020　1/16

印　　张：23.75　　　字数：356 千字

版　　次：2024 年 2 月第 1 版

印　　次：2024 年 2 月第 1 次印刷

定　　价：68.90 元